JAN WEIL

MUNK

JAN WEILER

MUNK

ROMAN

HEYNE

Zitate S. 125, 130 und 218:
Walter Benjamin, *Gesammelte Schriften: IV: Kleine Prosa. Baudelaire-Übertragungen.*
Band 1 Suhrkamp Verlag, Frankfurt am Main 1972

S. 81
MORNIN'
Musik & Text: Al Jarreau, David Walter Foster,
Jay Joseph Graydon © Al Jarreau Music / Songs Of Universal, Inc. /
Universal / MCA Music Publishing GmbH © Peermusic III Ltd.
© Bluewater Music Services Corp.

FSC www.fsc.org MIX Papier | Fördert gute Waldnutzung FSC® C014889

Penguin Random House Verlagsgruppe FSC® N001967

Neumarkter Str. 28, 81673 München
Umschlaggestaltung/Artwork: Jana Jacobs Grafikdesign, Baldham,
unter Verwendung von iStockphoto (NSA Digital Archive)
Satz: satz-bau Leingärtner, Nabburg
Druck und Bindung: Friedrich Pustet GmbH & Co. KG, Regensburg
Printed in Germany
ISBN: 978-3-453-27378-8
www.heyne.de

Als Peter Munk zwei Tage nach seinem einundfünfzigsten Geburtstag auf der Rolltreppe des Globus zwischen der zweiten und dritten Etage einen Herzinfarkt erlitt, ergriff ihn weder Todesangst noch Verunsicherung, sondern reine Empörung. Das ist entschieden zu früh, dachte er, ganz entschieden zu früh und auch völlig der falsche Ort für so etwas.

Während er auf die Knie sank und nach Luft schnappte, dachte er weniger an die Gefahr dieser Attacke, sondern an jene, die am Ende der Rolltreppe drohte, wenn sein Schal, womöglich auch sein Mantel, unaufhaltsam in die Mechanik gezogen würden. In den wenigen Sekunden – es waren vierzehn –, die er benötigte, um auf der Treppe zu knien und zu begreifen, dass er einen Herzinfarkt erlitt, machte er sich mehr Gedanken über die betriebliche Störung, die er im Züricher Warenhaus Globus verursachte, als über jene in seinem Brustkasten. Und auch wenn Peter Munk sich diesen merkwürdigen Umstand in jenem Moment nicht klarmachte, so war genau dieses Verhalten einer der Gründe für seinen Herzinfarkt. Er besaß einfach keinen intakten Blick auf die wesentlichen Dinge des Lebens.

Später würde er oft darüber nachdenken, warum er im Augenblick dieser lebensgefährlichen Situation nicht um Hilfe rief, nicht einmal leise darum bat, sich nicht aufbäumte, keinen Ausweg aus ihr suchte, sondern lediglich fand, dass es dafür zu früh im Leben sei und ihm die Umstände leidtaten, die er dem Personal des Warenhauses sowie den Rettungssanitätern und allen

Kunden bereitete, die vielleicht gerne ebenfalls in die dritte Etage des Globus gefahren wären.

Er selbst hatte dies getan, um ein Paar Handschuhe zu ersetzen, die ihm auf der Fahrt in die Schweiz am Morgen im Zug verloren gegangen waren. Vor der Rückfahrt nach einem geschäftlichen Termin nahm er die Gelegenheit wahr, in das Kaufhaus am Bahnhof zu laufen, rasch rasch, und die Handschuhe zu besorgen. Auch wenn er sicher war, dass er sie anschließend ohnehin wieder im Zug nach Freiburg liegen lassen würde. Es war nicht seine Art, Dinge zu verlieren, aber an diesem Tag war es geschehen und weil er sich seitdem in einer seltsamen Stimmung befand, schien es ihm bereits vor dem Kauf der neuen Handschuhe unausweichlich, dass er am kommenden Montag erneut günstigen Ersatz besorgen und dem Finder seiner guten, quasi ungetragenen Merola-Handschuhe ein schönes Leben wünschen würde.

Da sein Leben von solcherart Zweckpessimismus begleitet wurde, freute er sich immer sehr darüber, dass Feuerzeuge, Schlüssel, Telefone oder eben Handschuhe lange bei ihm blieben, was der Regelfall war, weil er ängstlich darauf bedacht war, dem Schicksal von Verlusten auszuweichen.

Das funktionierte hervorragend bei Dingen, nicht aber bei Menschen. Munk war mit einundfünfzig Jahren ledig und auch niemandem verbunden. Eigentlich war er allein, denn seine Eltern waren tot und seine Schwester Annegret lange ausgewandert. Australien. Weiter von ihm weg ging gar nicht. Die Geschwister gratulierten einander zum Geburtstag und wünschten ein frohes neues Jahr. Mehr Kontakt gab es nicht. Wenn sie nach Europa kam, erfuhr er das nur durch ihre Postings in sozialen Netzwerken. Sie meldete sich nicht bei ihm. Und er beschwerte sich nicht darüber. Seine einzige symbolhafte Reaktion auf ein Foto, das sie mit ihrem australischen Mann beim Zibelemärit in Bern zeigte, bestand darin, nicht darauf zu reagieren.

Peter Munk war bis vor Kurzem gerne und oft nach Zürich gekommen. Er fand, dort zu leben sei, wie in einem warmen Apfelkuchen zu wohnen. Allerdings empfand er den Ort als zu teuer und die Menschen zu abweisend, um sich dauerhaft niederzulassen. Der Grund für seine häufigen Besuche war vor drei Monaten hinfällig geworden, weil Nadja ihn verlassen und sich einem Perkussionisten zugewandt hatte, was bei Munk beträchtlichen Ekel hervorrief. Perkussionisten fand er das Letzte. Nadja und er waren ein Dreivierteljahr zusammen gewesen und in der Rückschau nahm sie damit einen guten Platz im oberen Mittelfeld ein, denn nur wenige hatte er länger an seiner Seite.

Als er vor Tagen den Termin in Zürich bestätigte, machte er sich Sorgen, ihr zu begegnen, vielleicht sogar in Begleitung von Conga-Klaus. Darauf hatte er keine Lust, beruhigte sich aber dann mit der selbsthypnotischen These, dass Zürich zwar nicht besonders groß war, aber nicht klein genug, um zwangsläufig aufeinanderzutreffen. Außerdem konnte er dies schon dadurch vermeiden, dass er die Stadt gar nicht richtig betrat, sondern mit dem Taxi vom Bahnhof zu seinem Termin bei einem Bauherrn in Zollikon fuhr und auf dieselbe Weise zurück. Wenn Bongo-Bernd nicht zufällig Taxifahrer war, ließ sich eine Begegnung mit beinahe hundertprozentiger Sicherheit ausschließen. Als er entschied, vor der Abfahrt des Zuges noch ins Globus zu gehen, war er nach dem geschäftlich erfolgreichen Tag, an welchem er sich zudem auf eine geradezu triumphal geschickte Weise vor seiner Ex-Freundin verborgen hatte, sicher, Nadja im Kaufhaus nicht über den Weg zu laufen.

Und dann stand sie einfach so an einem Verkaufstresen in der Parfümerie und fächelte sich Duft von einem Pappstreifen ins Gesicht. Jedenfalls glaubte er das. Es hätte sich um jede andere schlanke Züricher Dame mit blonden Haaren handeln können.

Dafür sprach, dass die Frau einen Shearling-Mantel von Loro Piana trug, wie Munk ihn ihr zum Geburtstag geschenkt hatte. Dagegen sprach, dass er sie lediglich von hinten sah. Er hätte, um sich zu vergewissern, in einem angemessenen Bogen um sie herumlaufen müssen, um dann beiläufig von der Seite zu schauen, ob neben dem Mantel auch die Nase zu Nadja passte, eine Nase, die ebenso schmal wie lang war und durch ihre leicht nach oben zeigende Spitze auf eine ganz hinreißende Weise unverwechselbar.

Innerhalb von Sekunden wog Munk das Risiko, dabei von ihr entdeckt zu werden und ihr in die Augen sehen zu müssen, gegen die Möglichkeit ab, dass es sich um ganz jemand anderen handelte. Auch das fühlte sich für ihn nicht gut an, denn wenn er nun nachschaute, hieß das, dass sie ihm immer noch etwas bedeutete. Dass er Laufwege ändern würde, nur um sich zu vergewissern. Dass es ihm wichtig war, sie noch einmal zu sehen. Dass er womöglich enttäuscht wäre, wenn sie nicht Nadja war. Also entschied er, die Frau mit dem Mantel gar nicht richtig wahrgenommen zu haben, und lief zur Rolltreppe. Zwanzig Minuten hatte er noch, bevor sein Zug abfuhr, und wenn er bei den Handschuhen entschlussfreudig wäre, könnte er noch einen Espresso nehmen.

So eilte Peter Munk in die erste Etage des Globus, wechselte die Treppe und fuhr weiter in die zweite und dachte an nichts anderes als an die Frau in dem Mantel, und als er in der zweiten ankam, war er sich vollkommen sicher, dass es Nadja gewesen war. Er blieb am Ende der Rolltreppe stehen, wodurch eine ältere Dame gegen ihn stieß. Er trat einen Schritt vor, entschuldigte sich, blieb unschlüssig über die Frage, ob er umkehren und noch einmal nach unten fahren sollte, um sich zu vergewissern. Und dann? Konnte man womöglich noch einmal reden.

Sie hatten vor Wochen das letzte Mal gesprochen, nicht an

Weihnachten und auch nicht an Neujahr geschrieben. Womöglich war der Perkussionist längst Vergangenheit und Nadja dachte selbst, dass es sich um einen ihren Munk verletzenden und dadurch schwer zu korrigierenden Irrtum gehandelt hatte. Und nun traute sie sich nicht, bei Munk anzurufen, und betäubte sich stattdessen mit einem Duft von Guerlain.

Munk fuhr zurück in die erste Etage, blieb abermals am Ende der Treppe stehen, anstatt zu gehen, dachte nach und verwarf die nun blödsinnige Idee, eine fremde Frau anzuglotzen, bloß weil sie ihn von fern an Nadja erinnerte, die er verloren hatte und die sicher Wichtigeres zu tun hatte, als an einem kalten Mittwoch Ende Februar nachmittags um 15:23 Uhr Parfüm auszuprobieren.

Und selbst wenn sie es war: Es würde nichts ändern. Ansprechen konnte er sie nicht, wie auch? »Was machst du denn hier?« Oder: »Sieh mal einer an, die Frau Bürklein kauft sich einen neuen Duft.« Vollkommen egal, was auch immer er sagen würde, es waren immer die Worte eines Verlassenen und eben niemals jene des interessanten Mannes, den sie kennengelernt hatte. Der konnte er für sie nicht mehr sein. Er hätte versuchen können, ihn vorzuspielen, nach Art eines Heiratsschwindlers aus Portofino. Doch vermutlich hätte sie ihn dabei durchschaut, ihn mit einem Blick entwaffnet und sich, eine Ausrede verwendend, schnell verabschiedet. Sie anzusprechen erschien ihm als eine Zumutung. Was für eine Dummheit.

Sie hatte die Beziehung zu Munk beendet, in einem zähen Gespräch, unter Tränen und doch vollkommen sicher. Er saß ihr in ihrem Lieblingscafé gegenüber, sprachlos, überrascht, ohne Argumente oder auch nur irgendeine Idee, wie er Nadja hätte halten können.

Diesem letzten Treffen war eine wochenlange Hängepartie

vorausgegangen. Da kam er wochenends nach Zürich, wissend, dass sie es gar nicht wünschte. Oder sie besuchte ihn in Freiburg und sie gingen nur stumpf und stumm zum Kybfelsen und zurück, anstatt wie zuvor beim Wandern angeregt zu plaudern. Sie zog sich nicht mehr vor ihm aus und er schloss die Tür hinter sich, wenn er ins Bad ging. Es war, als zöge langsam und klamm ein Nebel zwischen ihnen auf, jedenfalls sahen sie einander nicht mehr, und wenn, dann mit Argwohn, denn natürlich spürte er, dass es nicht mehr stimmte, und er fragte sich, ob es jemals gestimmt hatte. Je dichter der Nebel wurde, desto unsicherer tasteten beide darin umher.

Aber Munk traute sich nicht, das Schweigen zwischen ihnen zu durchbrechen, aus Sorge davor, dass sie es dann aussprechen und es beenden würde. Er sprach es nicht an, hielt das für tapfer, bildete sich ein, dass es nur eine Durststrecke sei, auch wenn er wusste, dass voneinander zu lassen vermutlich das Beste war, was sie noch füreinander tun konnten. Als er es schließlich an jenem Mittag im Café nach einem doppelten Espresso und Streuselkuchen vom Blech – der schmeckte wie eine Henkersmahlzeit und ihm im Hals steckte – doch sagte, dass er nämlich das Gefühl habe, es sei in letzter Zeit anders und jedenfalls nicht mehr so schön, da wehrte sie sich nicht dagegen und rückte stockend mit ihren Wahrheiten heraus, mit einer mühsam vorgetragenen Trennungslyrik.

Sie sagte, dass sie innerlich um ihn gekämpft habe, dass er ihr niemals gleichgültig werden könne, dass sie jedoch wisse, dass es nicht mehr gehe. Und dass sie ihn seit vierzehn Tagen mit einem Perkussionisten betrüge, der übrigens namenlos blieb, was Munk erleichterte, weil er dadurch nicht in Versuchung geriet, im Internet nach ihm zu suchen. Das war auch insofern weise, als er sonst schnell recherchiert hätte, dass der Kerl nicht nur Perkussionist war, sondern auch Liegeradfahrer. Diese Entdeckung hätte seine Beziehung zu Nadja für ihn vermutlich nachträglich stark entwertet.

Wenn er sie nun in diesem Kaufhaus ansprach, würde er nicht nur seinen Mund öffnen, sondern damit auch seine noch nicht verheilte Wunde. Und womöglich auch ihre.

Eine Beklemmung bemächtigte sich seiner, Munk öffnete seine Jacke, weil ihm warm wurde. Er ballte die Hände zu Fäusten und streckte dann die Finger aus, immer abwechselnd. Sein linker Arm schmerzte. Er schüttelte ihn. Er vermutete das Trageband seiner Umhängetasche als Ursache für den Schmerz. Das Band drückte in die linke Schulter. Er nahm die Tasche ab und legte sie über die rechte. Dann fuhr er von der ersten Etage ins Erdgeschoss. Die letzten Stufen sprang er, um dann in Richtung der Parfümabteilung zu laufen.

Die Frau war weg.

Munk kehrte zurück in die erste Etage, diesmal eiliger, weil er wertvolle Minuten mit diesem Unsinn vergeudet hatte. Natürlich war es nicht Nadja gewesen. Schneller Wechsel in die zweite Etage, allerdings unter einem belastenden Schmerz im Oberkörper, den er auf diese Begegnung schob, die gar keine gewesen war. Aber sie machte ihn eng, so fühlte es sich jedenfalls an. In der zweiten Etage des Globus kurze Verschnaufpause. Munk sah auf die Uhr und entschied sich gegen den Kaffee, aber immer noch für die Handschuhe. Jetzt erst recht. Nach der kurzen Aufregung galt es, die Betriebstemperatur zu senken, Normalität herzustellen und die Scheißhandschuhe zu kaufen, damit er sich nicht hinterher vorwerfen musste, durchgedreht zu sein, bloß weil irgendeine fremde Frau einen Mantel trug, den er schon mal woanders gesehen hatte.

Er ärgerte sich, dass er diesem Gefühl, sie vielleicht noch nicht ganz verloren zu haben, überhaupt stattgegeben hatte. Es kam ihm albern vor, dass er zaudernd erst rauf, dann runter und schließlich ganz runtergefahren war, um dann doch wieder raufzufahren. Ein Kaufhausdetektiv hätte ihn wahrscheinlich verdächtig gefunden. Und er selbst fand sich auch verdächtig. Verdächtig dämlich.

Er nahm die Rolltreppe in die dritte Etage, griff sich plötzlich an den Hals, wo es schmerzte, bekam keine Luft mehr, machte sich bewusst, dass er dabei war, recht früh im Leben einen Herzinfarkt zu absolvieren, sank auf die Knie, fiel aber nicht vornüber, weil er nicht mit den Haaren oder Ohren in den Kamm der Treppe gesaugt werden wollte. Stattdessen glitt er beim Eintreffen in der dritten Etage mit den Kniescheiben sanft auf den Treppenabsatz, wurde dabei im Ganzen minimal angehoben und strandete gewissermaßen, einer Kegelrobbe ähnlich, am weitläufigen Strand der Herrenbekleidung. Sein Hals erschien ihm wie zugebunden, die Atemnot wuchs und endlich befasste er sich mit der Angst, hier an diesem Ort zu sterben. Der Mann, der auf der Stufe hinter ihm gestanden hatte, fiel über ihn und stürzte, Munk kippte auf die Seite und sein rechter Hosensaum glitt in einem sanften Takt von der Kante des Treppenabsatzes, um dann von jeder herannahenden Stufe angehoben zu werden und wieder herabzufallen.

Jemand drückte den Notschalter und die Rolltreppe hielt an. Zum Glück kamen die auf ihr fahrenden Kundinnen und Kunden recht schnell auf die naheliegende Idee, sich umzudrehen und die Treppe herabzugehen, anstatt über den sterbenden Munk zu steigen. Diese unempathische Geste glückte nur dem ersten Kunden, der dann über Munk stolperte, sowie zwei älteren Frauen, die mit einer Entschlossenheit über die beiden am Boden liegenden Männer hinwegstiegen, welche nur mit dem Ziel ihrer Fahrt, nämlich der Wahrnehmung eines fabelhaften Sonderangebotes für Zimmerli-Unterhosen, erklärbar war.

Munk sah nur Beine, er war ansonsten ganz bei sich, was für

ihn, auch wenn die Umstände nicht glücklich schienen, trotzdem ein gutes Gefühl war. Dann bemerkte er, dass sich Menschen kümmerten, ein junger Mann beugte sich zu ihm herunter und redete auf ihn ein. Ein anderer zog den Jungen wie eine Kulisse zur Seite, um sich alsdann auf Munks Brust zu setzen und sein Herz zu stimulieren. Munk gelang es nicht, dem Mann mitzuteilen, dass er einen Infarkt habe und keinen Herzstillstand. Er wollte ihn auch nicht stören, weil er sich darüber freute, dass sich jemand so sehr um ihn bemühte. Kritik am Verfahren hätte vielleicht dazu geführt, dass das Engagement des Mannes zum Erliegen gekommen wäre, und das hätte Munk bedauert. Dann rief der Mann, der ihm beständig mit seiner Drückerei wehtat, dass das Herz wieder schlage, worauf er aufstand und seinerseits Platz machte für die Rettungssanitäter.

Das Letzte, was er sah, bevor ihm eine Sauerstoffmaske aufgesetzt wurde und er die Augen schloss, war das Gesicht einer Notärztin, die ihn duzte, was ihn wunderte. Sie sagte: »Was machst du bloß für Sachen.«

Die Herzklinik des Universitätsspitals befindet sich ganz in der Nähe vom Globus. Die Fahrt dauerte nur wenige Minuten. Munks Erinnerungen an den Transport wurden später überlagert vom erst in der Rückschau erstarkenden Gefühl der Todesangst und der flackernden Unsicherheit, ob eine Notärztin oder nicht doch Nadja auf ihn heruntergesehen hatte. Dieser Gedanke beschäftigte ihn im Krankenwagen, während der professionelle Betrieb um ihn herum einsetzte, welchem er sich ergab, ohne zu fragen, wie lange die Fahrt dauern würde und ob es am Ankunftsort Herzspezialisten oder am Ende bloß Orthopäden gäbe, was er nicht begrüßen würde. Sein Anspruch, niemals die Kontrolle über eine Situation abzugeben oder die Verantwortung für sich selbst an jemanden zu delegieren, wich einer sanften Gleichmut, was auch mit der Gabe von gefügig machenden Schmerzmitteln zu tun hatte.

Auf dem Weg ins Spital legte man ihm bereits einen Venenzugang und verabreichte gefäßerweiternde Medikamente; man sprach in dem beruhigenden schweizerischen Dialekt auf ihn ein, der für ihn wie Kindersprache klang, und er hörte die Sirene, die, wie er, trotz der einsetzenden Wirkung der Medizin und der bangen Frage, ob Nadja ihn sterbend gesehen hatte, bemerkte, ganz ähnlich wie eine deutsche klang, bloß etwas tiefer. Er war von diesen unwichtigen Gedankengängen überrascht und in diese ebenso abseitige Überlegung hinein wurde schon die Hecktür des Krankenwagens geöffnet, worauf man ihn ans Tageslicht zerrte und unsanft umbettete, was in Anbetracht der Todesgefahr, in der er sich noch befand, so unwichtig war, dass man, wie ihm schien, doppelt so grob als nötig mit ihm umging.

Später suchte er nach weiteren Erinnerungen, aber es kam nichts hinzu, und jenes bisschen, was er rekapitulieren konnte, zog er in Zweifel, weil er kaum glauben konnte, dass er während eines Herzmuskel-Infarktes über die Verschiedenartigkeit deutscher und schweizerischer Martinshörner sinniert hatte. Er entdeckte in seinem Kopf nur noch ein Bild, nämlich jenes der Notärztin, die ihn packte, als der Krankenwagen einmal während der Fahrt schaukelte, sodass etwas herabfiel, vielleicht eine Spritze. Da öffnete er die Augen, sah über sich Schläuche baumeln und dann ganz kurz Oberkörper und Gesicht der maskierten Ärztin, die ihn festhielt und mit ihm sprach. Was sie sagte, konnte er nicht rekonstruieren. Wohl aber den Ton der Sirene.

Auch an die Tage auf der Intensivstation hatte er keine Erinnerung. Er wurde dort nach der Operation mit Monitoren überwacht, bevor er auf eine normale Station kam. Er fühlte sich wie in Watte gehüllt, hatte Schmerzen an, auf oder in der Brust und kein großes Zutrauen in seine Lebendigkeit, weil sie sich fragil und leihweise anfühlte. Immerhin begegneten ihm die Menschen um ihn herum freundlich und mit großer Zuversicht, was ihm gefiel und die großen Gefühle ermöglichte, denen er sich manchmal hingab, indem er zum Beispiel zu weinen begann, als eine der Schwestern morgens den Vorhang aufzog und sagte: »Sehen Sie, Herr Munk, wie die Sonne scheint. Ist das nicht ein schönes Geschenk?« Er weinte, weil er einsah, dass sie recht hatte – und weil er sich für dieses Geschenk bis zum akuten Verschluss eines seiner Herzmuskel-Gefäße nie bedankt hatte. Der Beginn des Tages war für ihn bis dahin eine mehr oder weniger langweilige Selbstverständlichkeit gewesen, mal begleitet von schönen Farben, mal verregnet oder vollkommen ohne jede bemerkenswerte äußere Form, ihm jedenfalls gleichgültig und banal zwangsläufig vorkommend. Nun zu bemerken, dass nichts und gar nichts am Tagesanbruch egal war, machte ihn regelrecht fertig. Ähnlich intensiv reagierte er, als eine der Schwestern sein Kissen aufschüttelte, damit er besser in der halb aufrechten Position liegen konnte, die ihm guttat. Vordem hätte er das als eine Service-Dienstleistung minderen Ranges eingestuft, nun erschien ihm das von freundlichen Worten begleitete Auffrischen des Kissens als die aufmerksame Geste, die es war. Er bedankte sich tränenreich dafür.

Natürlich waren das psychische Effekte des Überlebens, solche, von denen man weiß, dass sie mit der Zeit wieder abflauen, aber Peter Munk nahm sich vor, so viel wie möglich von der Sanftheit, die ihm seine Rettung ermöglichte, zu behalten.

Nachdem er auf die normale Station verlegt worden war, fragte man ihn, wer benachrichtigt werden müsse. Daran hatte er auch schon gedacht. Er nahm an, dass seine Mitarbeiter und Partner sich Sorgen um ihn machten. Aber er wollte sich ihnen nicht als Todkranker mit belegter Stimme offenbaren und er bat auch nicht darum, in seiner Firma anzurufen. Stattdessen diktierte er einem jungen Arzt die Nummer seines Anwaltes, der auch sein Freund war, zumindest sein Golfpartner. Hösch solle für ihn im Büro Bescheid sagen, dass er sich noch in der Schweiz befinde, sich dort einem kleinen und lange geplanten Eingriff unterzogen habe und nun noch eine kleine Weile dableiben müsse. Doch anstatt dies Hösch einfach auszurichten, gab der Arzt Hösch die Durchwahl von Munks Krankenbett.

Und so rief Frank Hösch am dritten Tag nach Munks Zusammenbruch bei seinem Freund und Mandanten an und fragte als Erstes, ob Munk eigentlich noch ganz bei Trost sei, einfach so, ohne ihn ins Vertrauen zu ziehen, in die Schweiz abzuhauen, um dort offenbar was machen zu lassen, und worum es sich handele, und er habe zwar immer gefunden, dass Munk ein ziemliches

Gesichtsgulasch mit sich herumgetragen habe, ihm jedoch nie zugetraut, das ändern zu wollen, wofür es ohnedies zu spät sei.

Munk verging augenblicklich jede Lust, Hösch über die Umstände seines Krankenhausaufenthaltes aufzuklären oder überhaupt nur ein einziges Wort mit ihm zu wechseln. Dennoch kam ihm der Anruf hilfreich vor, weil er ihn an das Leben erinnerte, das er vor dem Herzinfarkt geführt hatte und mit jedem Tag seiner Genesung dringender hinter sich lassen wollte. Hösch erschien ihm wie ein Kurier aus jener Zeit, in der er Sonnenaufgänge nicht beachtet und Essen nicht richtig gekaut hatte. Er schickte ihn schließlich am Ende eines zehnminütigen Gespräches – in dem Hösch nicht einmal gefragt hatte, wie es ihm ging – mit der Nachricht in die Welt, dass Peter Munk sich entschlossen habe, eine kleine Auszeit zu nehmen. Zugegebenermaßen etwas plötzlich, geradezu rücksichtslos, auf jeden Fall krisenhaft, kennt man ja, Männer in dem Alter. Munk trug Hösch auf, dem Büro auszurichten, dass er in spätestens fünf Wochen wieder zur Arbeit komme, man solle ihn bis dahin in Ruhe lassen. Auch Hösch möge sich nicht mehr melden, es habe auch keinen Sinn, weil er alsbald das Krankenhaus verlassen werde, um andernorts die Rekonvaleszenz zu vertiefen. Adresse und Nummer werde er für sich behalten. Sein Mobiltelefon werde er nicht einschalten.

Diese Entscheidungen hatte Munk in dem Moment getroffen, als er sie seinem Freund, der inzwischen für ihn nicht mehr als ein aufdringlicher Bekannter war, dargelegt hatte. Sie waren eher eine spontane Reaktion auf dessen Geplapper, das er früher wohl für geistreich gehalten hatte, nun aber nicht mehr hören konnte und wollte. Es war, als habe er jahrelang irrtümlich das Geräusch einer Autobahn zu Meeresrauschen umgedeutet und sei jetzt erst darauf gekommen, dass es sich in Wahrheit um unerträglichen Lärm handelte.

Nachdem er aufgelegt hatte, spürte Munk den Drang, diesem

Wunsch nach Veränderung, mehr noch: Erneuerung, stattzugeben. Er hielt fest, dass es Gründe gab, derentwegen er im Krankenhaus lag. Dass er sie nicht kannte. Oder nicht kennen wollte. Oder konnte.

Nachdem er erste Schritte auf dem Flur seiner Station gewagt hatte und die Medikamente eingestellt waren, traute Munk sich längere Konversationen zu. Vorher war ihm das Sprechen schwergefallen, er hatte auch keine Lust auf Unterhaltungen und erst recht keine Neugier auf den Fortgang seiner Geschäfte gehabt. Das wunderte ihn sehr, denn vor dem 26. Februar war er richtiggehend süchtig nach beruflichen Updates gewesen. Wenn er, was selten vorkam, über ein verlängertes Wochenende hinaus nicht in der Firma war, peinigte er seine Kollegen und Mitarbeiter mit Anrufen, in denen er sie zu Berichten nötigte oder ihnen seine Überlegungen zu ihrer Arbeit mitteilte. Er ließ sich Ideen und Pläne schicken, versah diese mit Anmerkungen und sendete sie wieder zurück. Er erteilte Aufträge, ließ sich über deren Ausführung informieren und verlangte nach Informationen, auch solchen, die ihn nicht betrafen. Er wollte über alles im Bilde sein. Immer.

Erst der Infarkt und in dessen Folge die allmähliche Sensibilisierung für seine fragile Lebendigkeit und schließlich der Anruf des steindummen Juristen Hösch bewegten Peter Munk tief in seinem Inneren, sodass er seinen Beruf zwar nicht anzweifelte, wohl aber die Art und Weise, wie er ihn ausübte. Jetzt nichts über den Alltag in seiner Firma wissen zu wollen, kam ihm seltsam, vor allem seltsam entspannend vor.

Und noch etwas beschäftigte ihn auf eine Weise, die er nicht kannte, nämlich der Umstand, dass er vollkommen allein auf der Welt war. Er hatte dies zuvor zu einer Tugendhaftigkeit verklärt, weil er sich für unfähig gehalten hatte, Kinder zu erziehen und Verantwortung für einen anderen Menschen zu übernehmen.

Nicht einmal für ein Tier. Als ihm Freunde einmal vor einigen Jahren einen Goldfisch schenkten, gab er ihn sofort an seine Zugehfrau weiter und fragte nie wieder nach Verbleib oder Wohlergehen des Tieres. Sonst hätte er erfahren, dass Frau Zowolski den Fisch direkt nach Erhalt noch in Munks Badezimmer in die Toilette gegossen hatte und in dem runden Glas seitdem Bonbons für ihre zahlreichen Nichten und Neffen aufbewahrte.

Munk hatte nie die Absicht gehabt zu heiraten. Oder doch? Doch! Er hatte die Absicht gehabt, aber es hatte sich nicht ergeben, warum auch immer. Er kam nicht einmal auf den Namen der Frau, mit der er verlobt gewesen war. Das beschäftigte ihn, als er tastend an einem Geländer entlang die Station auf und ab ging. Wenn Nadja noch bei ihm gewesen wäre, hätte sie ihn besucht. Wobei: Wenn Nadja noch bei ihm gewesen wäre, hätte er vielleicht gar keinen Herzinfarkt erlitten. Weiß man's?

Seine seit Jahrzehnten gelebte Erkenntnis, für sich selbst und alle anderen am ehesten ein Wohlgefallen zu sein, wenn er sich ihnen nicht zumutete, möglichst wenig Aufhebens machte und zumindest im Privaten verschwand, sobald Konflikte aufschienen, geriet ins Wanken, weil diese Form der Lebensführung ihn nicht nur von Verantwortung verschonte, sondern auch einsam machte. Wie er nach zwei Wochen feststellte, in denen sich keine Menschenseele bei ihm gemeldet hatte, nicht einmal seine eigene Schwester, die ihm nun fehlte.

Natürlich hatte niemand versucht, zu ihm durchzukommen, weil er alles getan hatte, um das zu verhindern. Da war er noch im alten Munk-Modus gewesen, den er infrage stellte, während er dabei zusah, wie der Inhalt von Infusionsbeuteln allmählich in den Zugang oberhalb seines Handgelenkes sickerte. Während er die Waschungen und Wundinspektionen über sich ergehen ließ. Während er die wenig ersprießliche Krankenhauskost mümmelte und während er mit Erstaunen feststellte, dass es unterschiedliche Nachtzeiten gibt, genau wie verschiedene Tageszeiten existieren. Dann lag er wach und dachte auch darüber nach, ob er träumte oder nicht im Gegenteil von besonderer, nie erlebter Klarheit war. Womöglich war das ganze Leben vorher eine Art Traum gewesen und er hatte sich im Unwirklichen aufgehalten, dort gearbeitet und nie geheiratet. Womöglich war er jetzt erst erwacht und bekam die Chance, diesen Traum hinter sich zu lassen. Oder Teile davon. Manches aus der Zeit vor dem Sturz auf der Rolltreppe erschien ihm richtig, aber das Mutterseelenalleinsein, das er nun spürte, kam ihm falsch, gefährlich, regelrecht bedrohlich vor. Er litt, wie er noch nie gelitten hatte.

Und nachdem er zunächst Erörterungen über seinen Zustand abgelehnt hatte und erst gar nichts über die Operation hatte wissen wollen, näherte er sich in seiner neuen Verletzlichkeit seiner Wunde. Er betrachtete sie, befühlte sie, als das Pflaster gewechselt wurde und die Schwester sagte, dass man sich dieses Wunder nicht vorstellen könne, dieses Meisterwerk von einem Herz, diesen klopfenden Apparat, wie sie es nannte. Auch da begann er, leise zu weinen, denn selbstverständlich hatte er nie über sein Herz nachgedacht. Wer macht das auch schon. Wer denkt jemals an den kleinen Finger seiner linken Hand, bis er wegen einer Ungeschicklichkeit bricht.

Als der Oberarzt mit einem ganzen Bataillon von Ärztinnen und Ärzten zur Visite kam und fragte, wie es ihm gehe, sagte Munk, dass er auf eine seltsame Weise schwach in seiner Seele sei, wie geläutert, obwohl er nichts verbrochen habe. Später kam der Arzt allein zurück und zog sich einen Stuhl heran. Er setzte sich und fragte Munk, ob er nun wissen wolle, was man mit ihm angestellt habe. Auf Munks schwaches Nicken erläuterte der Doktor, dass der Patient einen Herzinfarkt erlitten habe, den der Arzt aus medizinischer Sicht bemerkenswert fand, weil

Munk sehr gut in Form sei. Die Frage, ob er rauche, verneinte Munk, um dann einzuschränken, dass er gelegentlich auf Partys eine Zigarette geraucht, in früheren Zeiten auch hier und da gekifft habe. Doch alles nicht regelmäßig und schon vor langer Zeit ganz eingestellt. Die Frage, ob er viel trinke, verneinte er ebenso wie jene nach Herzerkrankungen in der Familie. Dass er Sport trieb, sah man ihm an, und das Herz, das der Arzt nach einem routinierten Schnitt durchs Brustbein begutachtet hatte, sah nicht krank aus, ein angeborener Herzfehler war nicht zu erkennen.

Der Arzt fragte Munk freundlich, ob er zuletzt einem ungewöhnlichen Stress ausgesetzt gewesen sei, was Munk nicht beantworten konnte. Das lag daran, dass der Kummer über Nadja für ihn nicht ungewöhnlich gewesen war, sondern programmatisch am Ende jeder Beziehung stand. Und beruflich kam er sich nicht unter Druck gesetzt vor. Er selbst war der Druck und die Frage, ob er diesen fühlte, war insofern philosophischer Natur, als man ebenso gut fragen konnte, ob ein Krokodil weiß, dass es ein gefährliches Raubtier ist. Es ist, wie es ist. Munk zuckte mit den Schultern und sah den Arzt ratlos an.

Er fragte den Arzt, was er habe, und dieser antwortete, dass im Leben der Moment komme, in dem sich jeder Mensch klarmachen müsse, dass er nun einmal auf eine bestimmte Art sei, die viel Gutes habe, aber auch ihre Nachtseiten. Dass er dem nachspüren solle. Mit Zeit. Manche Leute verpassten die Chance, die ihnen solch eine Erkrankung biete, sagte der Arzt leise und fügte hinzu, dass Munk noch einmal darüber nachdenken solle, ob es nicht eine besondere Tragik gegeben habe. Ob nicht doch etwas gewesen sei, was er sich sprichwörtlich zu Herzen genommen habe. Etwas, das seine Arterien schon geraume Zeit habe verkalken lassen, sodass ihm nun in einer vierstündigen Operation ein Bypass habe gelegt werden müssen.

Da fing Munk wiederum an zu weinen und sagte, da sei nichts, um dann doch einzuräumen, dass es eine Trennung gegeben habe. Und dass er an diesem Nachmittag geglaubt habe, die Frau zufällig im Globus gesehen zu haben. Der Arzt stand auf und sagte, Munk solle dem Gefühl nachgehen, das er dort hatte. Ob er eines hatte. Was für eines das gewesen sei. Munk nickte – und begab sich auf eine lange Suche.

Die Rückkehr in seine Wohnung kam Munk vor wie ein Besuch in der Vergangenheit. Seine Nachbarin Frau Erbeck hatte die Post für ihn aufbewahrt und Frau Zowolski zunächst abbestellt, um sie einige Tage vor seiner Entlassung zu bitten, die Wohnung in Schuss zu bringen. Er klingelte bei Frau Erbeck, bedankte sich für ihre Mühe und übergab eine Schachtel Konfekt, die er für sie in Zürich gekauft hatte. Er wich ihren Fragen zu seiner Abwesenheit freundlich aus. Dies tat er nicht aus Grobheit, sondern weil er noch nicht wusste, wie man über einen überstandenen Herzinfarkt sprach. Es fehlten ihm das Vokabular und der Abstand dafür. Und er wollte besorgte Rückfragen zu diesem dramatischen Vorfall vermeiden. Frau Erbeck hätte angeboten, ihm behilflich zu sein, und das wollte er bestimmt nicht. Und da er sie auch nicht zurückweisen mochte, vermied er konkrete Auskünfte.

Der Kühlschrank war leer. Es fanden sich weder Staub auf den Möbeln noch jegliche Spur von Leben. Der Abfall war entsorgt, sämtliche Kleidung gebügelt, alle Schuhe waren geputzt, genau wie die Fenster. Sein Heim erschien ihm so aseptisch wie ein Mausoleum oder ein Labor. Munk ging umher, sah aus dem Fenster und fragte sich, ob er wohl einen Kaffee machen dürfe. So fremd war ihm sein Zuhause geworden.

Er hatte Frau Erbeck in der Woche nach der Operation angerufen und sie gebeten, regelmäßig nach dem Rechten zu sehen, weil er einen längeren Auslandsaufenthalt begonnen habe. Leider habe er vergessen, alles rechtzeitig zu organisieren. Sie kannte ihn nicht gut genug, um diese Lüge zu durchschauen. Wären sie befreundet gewesen, hätte sie ihm das nicht geglaubt, weil sie mit seinem rührenden Organisationstalent vertraut gewesen wäre. Möglich, dass sie ihn dann bisweilen damit aufgezogen hätte. So wie Nadja, die ihn oft amüsiert dabei beobachtete, wenn er für Reisen seinen Koffer packte. Sie bezeichnete diesen Vorgang als Klamotten-Tetris, weil Munk wie niemand sonst in der Lage war, den zur Verfügung stehenden Platz kreativ und lückenlos zu nutzen. Diese ihrer Meinung nach höchst unterhaltsame Gabe war eine Art Beifang seines Berufs, in dem es ihm vor allem darum ging, Räume auf Funktionalität hin zu entwerfen. Man hatte ihn vielfach dafür ausgezeichnet, dass seine Wohnkonzepte besonders heimelig, geradezu von altruistischem Instinkt hinsichtlich ihrer Bewohnbarkeit geprägt waren. Er wunderte sich über dieses Lob, weil er diesem Aspekt nicht mehr Aufmerksamkeit widmete als zum Beispiel jenem der statischen Umsetzbarkeit seiner Entwürfe.

Die Schönheit der Häuser, die nach seinen Plänen gebaut wurden, war seiner Auffassung gemäß kein Selbstzweck und erst recht keine Kunst, sondern sie diente dazu, der Existenz eines Hauses einen Sinn zu verleihen. Wenn die Menschen ebenso schuld- wie auch absichtslos ins Leben geworfen wurden, wovon Munk überzeugt war, konnten sie ihr Dasein auf dem Planeten zumindest dafür nutzen, einander ästhetisch ein Wohlgefallen zu sein. Niemanden zu belästigen, pure Freude zu erzeugen, galt demnach auch und vor allem für die Gestaltung ihres Lebensraumes. Munk trug dazu bei, indem er nach Meinung vieler Fachleute und seiner zahllosen Bewunderer die schönsten Häuser der Welt baute. Nicht die größten. Auch nicht die teuersten. Darauf legte er Wert. Teuer bauen konnte jeder Trottel. Für Munk bestand der Wert eines Bauwerks darin, zutiefst nützlich zu sein. Und Schönheit war für ihn ein Element der Nützlichkeit.

Er maß ihr keine besondere Bedeutung zu, sie war eine pragmatisch absolvierte Teilaufgabe. Dass es dazu eines schöpferischen Talentes bedurfte, war ihm überhaupt nicht bewusst. Mit den Jahren hatte er aber immerhin gelernt, die Begeisterung der anderen für seine Arbeiten mit scheuer Freude anzunehmen.

Seine Wohnung roch nach nichts. Er ging herum und nichts rührte ihn. Es war, als sei er nicht von einer langen Reise zurückgekommen, sondern trete diese gerade erst an und mache sich mit einem Hotelzimmer vertraut. Er schaltete das Licht an und wieder aus und versuchte, sich in den Räumen nachzuspüren. Im Bad stellte er fest, dass die Zahnpastatube zerdrückt war. Schwer eingedellt und zur Hälfte verbraucht. Ganz genau wie ich, dachte er. Er nahm sie in die Hand und versuchte, sich daran zu erinnern, ob er in Eile gewesen war, als er an jenem Tag im Februar die kurze Dienstreise nach Zürich angetreten hatte. Er stand lange in seinem Mantel mit der Zahncreme in der Hand vor seinem Badezimmerspiegel, sah sich an, ohne sich zu erkennen. Plötzlich schossen ihm Tränen in die Augen, was er sich nicht erklären konnte. Aber er hatte im Krankenhaus gelernt, es einfach zuzulassen. Es war ein Gruß aus seiner Seele, so fasste er das auf. Er legte die Tube neben das Waschbecken und stürzte zu seinem Schreibtisch, nahm den Papierkorb, der darunterstand, und stellte ihn auf den Kopf, aber der Brief war nicht mehr darin. Die Putzfrau hatte ihn artig entsorgt.

Es war ein hilfloser und trauriger Brief gewesen, den er am Abend vor seiner Abreise verfasst hatte. Ein letzter Versuch, Nadja von sich zu überzeugen. Der Brief entstand unter dem schlechten Einfluss einer guten Flasche Brunello di Montalcino. Weil er wohl eingesehen hatte, dass er mit diesem Schreiben nichts als höchstens Mitleid hervorrufen würde, hatte er den Brief am Ende zerrissen und weggeworfen. Nun war dieses Schreiben verschwunden, genau wie die Flasche und das Glas, aus dem er getrunken hatte. Vielleicht weinte er auch deswegen, weil er spürte, dass er nach dem Infarkt nicht mehr in sein früheres Leben passte, er war heimatlos, auch da ihm seine Wohnung so fremd und unbehaust erschien.

Dennoch wäre er neugierig darauf gewesen, was er Nadja im Suff geschrieben hatte. Er konnte sich daran kaum erinnern. Womöglich hatte er für sich geworben. Vielleicht hatte er sie irgendeines Verhaltens beschuldigt oder ein dämliches Ultimatum gestellt. Alles Dinge, von denen jeder weiß, dass man sie nicht machen sollte. Und dann lässt man sich doch hinreißen. Zum Glück hatte er den Brief nicht eingeworfen.

Munk setzte sich an den Esstisch und sortierte die Post. Dabei wurde ihm bewusst, dass Frau Erbeck ihn wahrscheinlich durchschaut hatte, jedenfalls, wenn sie neugierig genug war, auf die Absender der Briefe zu schauen. Das Herzspital in Zürich schickte eine Rechnung, dazu kamen welche von der notärztlichen Bereitschaft, von Laboren und von der Radiologie sowie ein Schreiben vom Kaufhaus Globus. Darin stand, dass man hoffe, dass seine Genesung Fortschritte mache, und dass man sich freue, ihn schon bald wieder im Haus begrüßen zu dürfen. Darüber hinaus habe man eine kleine Note mit der Bitte um Begleichung beigefügt, die Notbremsung der Rolltreppe betreffend, welche Kosten verursacht habe.

Munk legte den Brief beiseite. Er konnte sich nicht erinnern, auf der Treppe einen Knopf gedrückt zu haben, und fühlte sich nicht zuständig. Die meisten anderen Briefe waren unwichtig. Er beschloss, die Rechnungen (bis auf jene des Kaufhauses) gleich zu bezahlen und alles andere wegzuwerfen. Als er seinen Rechner hochfuhr, fiel ihm ein, dass er seine Mails seit dem Globus nicht mehr gecheckt hatte. Der Posteingang verzeichnete 749 Mails, die es durch den Spamfilter geschafft hatten. Nichts davon dringend, eigentlich enttäuschend.

Lediglich die Bestätigung seines Reha-Platzes war ihm wichtig. Er druckte sie aus. Dann packte er für den nächsten Tag. Die Aussicht, vier Wochen in Gesellschaft von mehr oder weniger kaputten Opfern der Leistungsgesellschaft zu verbringen, um mit ihnen Wasser zu treten oder einen Medizinball von Stuhl zu Stuhl zu reichen, verstimmte ihn gar nicht. Dafür war er viel zu willfährig dem eigenen Schicksal gegenüber. Abends aß er in einem Restaurant, ohne dabei Alkohol zu trinken. Dann klingelte er nochmals bei Frau Erbeck und bat sie, noch weitere vier Wochen seine Post zu hüten.

Munk versuchte dann, alte Gewohnheiten aufleben zu lassen. Er stand lange vor seiner Plattensammlung, bevor er sich schließlich für eine seiner ältesten LPs entschied, *Aladdin Sane* von David Bowie, erschienen im gleichen Jahr wie er selbst, 1973. Er hatte das Wortspiel im Titel immer gemocht und jetzt gerade fühlte er sich auch wie ein kranker Bursche. Der erste Song knisterte durch die Lautsprecher, Mick Ronsons Gitarre schepperte in Munks Wohnzimmer. Munk hoffte auf eine Art Epiphanie, auf ein Wohlgefühl, ausgehend von der Musik. Er hoffte, dass sie ihm verlorene Vertrautheit zurückgab. So ging es ihm sonst: Er hörte Musik und entsann sich einer bestimmten Zeit oder Situation, die ihm behagte. Seine Plattensammlung war immer gut gewesen, um Wärme in ihm zu entfachen. Aber es tat sich nichts. Im Gegenteil. Die Platte machte ihn unruhig, richtiggehend ungnädig gegen sich selbst. Sie hielt ihn auf. Er nahm die Nadel aus der Rille und die Platte vom Teller, ließ sie ins Innencover gleiten und stellte das Album zurück, unschlüssig, was er sonst hören sollte. Er fürchtete, dass es ihm mit jedem anderen Album aus dem Regal ähnlich ergehen könnte.

Also schaltete er die Anlage aus und ging ins Bett. Vorher putzte er sich die Zähne. Ohne in den Spiegel zu schauen.

Nach eingehender Recherche, noch vom Züricher Krankenbett aus, hatte sich Munk für das Mönchhof-Resort entschieden. Dabei handelte es sich um ein Fünfsternehotel mit Beautyfarm, Spa und Wellnessbereich. Darin geschickt integriert befand sich auch eine klinische Abteilung. Auf diese Weise wurde es reichen Gästen mit Herzerkrankung ermöglicht, eine medizinische Reha zu absolvieren, ohne sich dabei krank fühlen zu müssen, oder noch schlimmer: daran erinnert zu werden, dass sie wie völlig normale Menschen einer Behandlung bedurften.

Der Mönchhof warb für sich als die ultimative Hideaway-Oase im Schwarzwald und bot den Gästen an, unter falschem Namen einzuchecken. Es gab Topmanager und Prominente, die darauf Wert legten, und dazu noch einige, die zwar in der Öffentlichkeit vollkommen unbekannt waren, aber ihr soziales Prestige anhoben, indem sie unter dem Aliasnamen »K. Lehmann« abstiegen, um dann vier Wochen ununterbrochen zu verkünden, dass dies nicht ihr richtiger Name sei, welcher aber nichts zur Sache tue, außer für Entführer und Fotografen der Boulevardpresse, welche man als »Lehmann« hoffentlich abgeschüttelt habe.

Vom Mönchhof hieß es ferner, dass dort nicht nur ausgebrannte Topkräfte der deutschen Wirtschaft nach Ruhe suchten, sondern auch osteuropäische Models nach solventen Ehemännern. Besonders in den frühen Monaten des Jahres sei die Bar abends mit Schönheiten bestückt, die nichts anderes im Sinn hätten, als geschwächte Geschäftsführer ins Unheil zu zerren. Hösch hatte ihm das erzählt. Man könne diese Frauen daran erkennen, dass sie am Abend keine Detox-Drinks oder Heilwasser oder Sellerie-Smoothies tränken, sondern Champagner. Dabei spähten sie die männlichen Gäste aus und sobald diese Detox-Drinks, Heilwasser oder Sellerie-Smoothies bestellten, nähmen sie Witterung auf und ließen nicht locker, bis ihre Opfer spätestens am dritten Abend Gin Tonic orderten, was die erste von vielen weiteren Sünden darstelle, an deren Ende eine prunkvolle Hochzeit begangen werde. Oft zum Nachteil verlassener Ehefrauen – und ihrer Gatten, die danach jahrelang gedemütigt und ausgebeutet würden und sich schließlich nicht einmal mehr die Mitgliedschaft im Tuniberg leisten könnten. Mit dem Golfen sei dann Feierabend. Alle Immobilien und auch die Autos seien da längst weg und in Russland zugelassen oder verkauft. Anwalt Hösch erzählte diese Schauergeschichte mit der moralischen Empörung derjenigen, die für solche Frauen aus vielen Gründen nicht infrage kommen.

Als Munk nach seiner Ankunft im Mönchhof einen Tee in der Bar nahm, saßen dann aber keine russischen Models dort, die man laut Hösch daran erkennen konnte, dass sie mit Swarovski-Steinen besetzte Joggingkleidung trugen. Während sein Gepäck aufs Zimmer gebracht wurde, trat er auf die Sonnenterrasse und versuchte, tief Luft zu holen, was sein Brustkorb mit einem eisigen Stich kommentierte. Augenblicklich sank Munk in sich zusammen und entfaltete wie demütig seinen Behandlungsplan, demzufolge er zunächst ärztliche Untersuchungen und ein Gespräch mit dem Chefarzt zu absolvieren hatte. Für die nächsten Tage überflog er die Reha-Maßnahmen und stieß dabei auf die Zeile »PT, Dr. Grenzmann«. Damit konnte er nichts anfangen und fragte den Chefarzt später, was »PT« für eine Anwendung sei. Der Chefarzt erklärte ihm freundlich, dass auch psychotherapeutische Gespräche der Genesung dienten.

Für Munk klang das wie eine Drohung. Er sprach ungern über

sich und noch ungerner über seine Jugend, seine Familie oder frühkindliche Traumata, an die er sich ohnehin nicht erinnern konnte. Er mochte es, für sich und andere ein weißes Blatt Papier zu sein. Es beruhigte ihn, nicht in den Kaninchenbau seiner Seele kriechen zu müssen, wie es einige seiner Freunde taten. Es gab darunter fast niemanden, der nicht schon Meditations-Treatments, Rebirthing-Seminare, Verhaltenstherapien, Familienaufstellungen oder Visionsfasten probiert hatte. Und immer hieß es, das solle er ruhig auch mal machen, es werde ihn sich selbst näherbringen. Munk fürchtete nichts mehr als das.

Er ahnte, dass die Beschäftigung mit der Frage, warum er allein war, warum er keine Familie hatte und warum er plötzlich in einem Kaufhaus zusammenbrach, Antworten zeitigen konnten, die ihm nicht gefielen und weitere Fragen aufwarfen, deren Antworten noch bedrückender ausfielen. Andererseits bot ihm diese Erkrankung die Chance, sein Leben zu ändern.

Der Arzt im Züricher Spital hatte den Herzinfarkt als »gelbe Karte« bezeichnet und selbst Munk als leidenschaftlicher Fußball-Ignorant wusste, was das bedeutete. Er hatte die letzten Wochen grübelnd und zweifelnd und bisweilen voller tiefer Trauer verbracht. Manchmal befühlte er nachts, wenn er nicht schlafen konnte, in der Dunkelheit seine Narbe und es kam ihm dann vor, als streiche er über einen trockenen Pfirsichkern, als berührte er etwas, das nicht zu ihm gehörte. Es war ihm, als sei durch diese Wunde eine unheimliche Macht in ihn eingedrungen und habe dann die Haut an der Eintrittsstelle mit einer schorfigen Rinde verschlossen, die man nicht nur fühlen, sondern auch sehen sollte, um immer daran erinnert zu werden, dass man nun versehrt war, und die nun seine Persönlichkeit spiegelte wie ein Zwillingsbruder, den man jahrzehntelang nicht gesehen hat. Er sah sich selbst und fühlte sich doch fremd.

Munk beschloss, sich diesen Gesprächen zu öffnen, schon

damit dieses Gefühl wegging. Es würde ihm nicht schaden, jedenfalls nicht mehr als dieser Herzinfarkt, den er immer noch zu spüren glaubte. Er lauerte regelrecht auf Unregelmäßigkeiten, so wie man einen Schluckauf bewacht. Manchmal vergaß er das aber auch für Stunden und stellte dann erschrocken fest, dass er offenbar in der Zwischenzeit nicht richtig auf sich aufgepasst hatte. Der Arzt sagte ihm, dass das normal sei. Er werde einige Zeit brauchen, um das zu bewältigen. Immerhin sei so ein Infarkt eine traumatische Angelegenheit. Schon deshalb seien die Sitzungen wichtig. Munk nahm sich aber vor, diese Gespräche mit verschränkten Armen zu führen, um damit eine gewisse Grundskepsis gegenüber dem Verfahren auszudrücken.

Am dritten Tag seines Aufenthaltes fand die erste Stunde bei Doktor Grenzmann statt. Davor hatte sich nichts Überraschendes abgespielt. Munk erhielt Anwendungen, manche davon angenehmer als andere. Er nahm sich täglich viel Zeit, um Zeitungen zu lesen und Tee zu trinken. In der Lounge mit Blick in den unergründlichen Schwarzwald fand er eine Ecke, in der er es lange aushielt. Komischerweise dachte er kaum an die Arbeit. Darüber war er verwundert, weil er in den fünfzehn Jahren davor eigentlich kaum etwas anderes getan hatte. Und nun war es ihm beinahe egal, wie die Geschäfte und Projekte sich in seiner Abwesenheit entwickelten. Er ahnte, dass man ihn nicht brauchte. Sein Büro war phasenweise auf über achtzig Mitarbeiter und Mitarbeiterinnen angewachsen, die nichts anderes im Sinne hatten, als ihm mit ihren Beiträgen zu imponieren. Während der Corona-Pandemie hatten sie Personal abbauen müssen, aber es waren immer noch fünfzig Leute da. Er betrachtete es als Kompliment, wenn eine junge Architektin nach vier oder fünf Jahren die Firma verließ und sich selbstständig machte. Er ermutigte seine Mannschaft sogar dazu, weil er seine Haltung gegenüber der Architektur auf diese Weise in der ganzen Welt verteilte.

Dass es zweimal zu Kundenübernahmen gekommen war, konnte er gut verschmerzen. Es waren genug Klienten da. Er sah auf die Uhr und machte sich um 13:50 Uhr auf den Weg zu Doktor Grenzmanns Behandlungsraum, vor welchem eine kleine Palme stand. Munk setzte sich auf den Barcelona Chair daneben und wartete, bis sich die Tür öffnete. Munk war immer der Ansicht gewesen, dass der Barcelona Chair ergonomisch ein furchtbares Missverständnis darstellte. Er war daher froh, als Grenzmann ihn in sein Zimmer bat.

Doktor Grenzmann schien auf Anhieb kein Mann des Wortes zu sein, jedenfalls schwieg er zunächst fünf Minuten, in denen sich Munk umsah und feststellte, dass die Aussicht aus Grenzmanns Behandlungszimmer noch besser war als jene von der Terrasse. Schließlich hielt er es nicht mehr aus und fragte, ob der Arzt wisse, warum er hier sitze.

Der Therapeut hob eine rosa Mappe hoch und sagte, er habe sie gelesen, es stehe aber nicht viel über den Menschen Peter Munk darin. Dann fragte er, wer der sei. Munk hob die Schultern und sagte seinen Namen, mehr fiel ihm nicht ein. Grenzmann fragte noch einmal, wer da vor ihm sitze, und Munk zählte auf, was ihm einfiel: Architekt, Kollege seiner Kollegen und Kolleginnen, Nachbar, Freund. Partner von irgendwem oder Sohn war er ja nicht mehr. Und Bruder fiel ihm nicht ein. Aber er fand, das war schon sehr viel.

Grenzmann nickte sanft und fragte, wie er denn so sei, in diesen ganzen Zusammenhängen. Munk konnte mit der Frage kaum etwas anfangen und antwortete zögerlich, dass der Arzt dies doch bitte die anderen fragen möge. Er könne dies unmöglich beantworten. Dann fielen ihm doch einige Attribute ein und er zählte sie auf: pünktlich, gewissenhaft, freundlich, jedenfalls nicht besonders unfreundlich. Kein Geizhals. Grenzmann nickte abermals und sagte, das seien alles tugendhafte Eigenschaften, doch träfen sie auf sehr viele Menschen zu. Ob es etwas gebe, das nur ihn charakterisiere. Etwas, was er nur von sich sagen könne. Etwas, das ihn in seinen eigenen Augen definiere. Munk, der die ganze Zeit, wie er es sich vorgenommen hatte, mit verschränkten Armen dagesessen hatte, legte die Hände auf die Lehnen des Sessels, auf dem er saß, und dachte mit ehrlicher Anstrengung nach.

Er hatte vorher gewusst, dass es schwierig werden würde, und war davon ausgegangen, über irgendwelche Schicksalsschläge in seiner Kindheit berichten zu müssen. Aber mit diesen Fragen hier hatte er nicht gerechnet. Sie waren zumindest scheinbar von einer derartigen Banalität, dass er sich darüber ärgerte, sie nicht zackig beantworten zu können. Schließlich senkte er den Blick und fing an zu weinen, vollkommen gegen seinen Willen. Es war reine Trauer darüber, sich selbst nicht genug zu kennen, um auf diese einfachen Fragen Auskunft geben zu können.

Dabei ahnte er, dass es sich um eine Art therapeutischen Taschenspielertrick handelte. So konnte man vermutlich viele Patienten aus der Reserve locken, jedenfalls jene, die sich halb totgearbeitet hatten, damit sie sich nicht mit sich selbst beschäftigen mussten. Natürlich konnten die alle gar nichts von sich mitteilen. Nur von ihrer Funktion. Vermutlich stundenlang. Aber darüber hinaus gähnte Dr. Grenzmann wahrscheinlich in jeder zweiten Gesprächsstunde ein tiefes Nichts an.

Da Munk nichts Brauchbares äußerte, sagte Grenzmann, dass er bei der Aufzählung seiner Funktionen nichts von einer Partnerin oder einem Partner gesagt habe. Weil er keine habe, sagte Munk etwas düster. Die letzte Beziehung sei seit einiger Zeit beendet, es habe sich danach noch nichts Neues ergeben. Die Frage, ob er schon einmal verheiratet gewesen sei und ob er Kinder habe, verneinte Munk und fügte hinzu, auch dies habe sich nicht ergeben. Ob er das bedauere, fragte Grenzmann und

Munk sagte, er sei sich nicht sicher. Aber vielleicht schon. Jetzt. Früher nicht.

Wie er in Beziehungen sei, war die nächste Frage. Munk sah sich im Raum um, als ob da jemand wäre, der ihm bei der Antwort helfen könnte, und sagte, er habe sich immer große Mühe gegeben, ein untadeliger Mensch zu sein. Das sei ihm so mitgegeben worden. Vor allem vom Vater. Grenzmann schien das zu gefallen. Er fragte, was der Vater ihm da so im Einzelnen beigebracht habe, und Munk bemerkte, dass er sich dem Therapeuten zu weit geöffnet hatte. Aber nun war es zu spät und er erzählte von seinem Vater. Eine Stunde lang. Oder länger. Am Ende war ihm, als habe er sich Blutstropfen aus dem kleinen Finger gedrückt. Man sticht hinein und zwingt einen Tropfen nach dem anderen heraus, bis der Finger klopft und man denkt, es sei kein bisschen Blut mehr im Körper. Dabei hat man nicht einmal einen Fingerhut gefüllt.

Am Ende verabschiedete Grenzmann seinen Patienten mit einer Aufgabe. Er solle sich über die Beziehungen seines Lebens Gedanken machen und eine Aufstellung der wichtigsten Personen anfertigen.

Dieser Auftrag ärgerte Munk. Er war diesem fremden Mann viel zu weit entgegengekommen. Er hatte sich zu schnell von den verschränkten Armen verabschiedet, sich auf fahrlässige Art einem Menschen geöffnet, dessen Absichten er nicht durchschaute. Ohne schuldig zu sein, dachte er darüber nach, in welcher Weise man seine Äußerungen später gegen ihn würde verwenden können, auch wenn er nicht wusste, aus welchem Grund das geschehen könnte.

Auch am zweiten Abend an der Bar keine einzige Osteuropäerin, sondern bloß erloschene Leistungsträger mit Gemüsesaft-Schnurrbärten. Munk stellte mit einem gemeinen Behagen fest, dass die meisten weit weniger gut dastanden als er. Lauter bleiche, mehrheitlich kahle und übergewichtige Sitzsäcke, geboren, um in einer Vorstandssitzung zu sterben. Doch dann stellte er fest, dass diese Leute, soweit sie ihre Erkrankungen aufgrund ihres Lebenswandels erworben hatten, ihm eigentlich etwas voraushatten, nämlich ein ausschweifendes oder zumindest ungesundes Leben. Er hingegen bewegte sich regelmäßig, ernährte sich weitgehend zuckerfrei, trank mäßig und hatte das Rauchen schon lange eingestellt – und saß trotzdem mit diesen Bademantelgestalten an der Bar eines Luxushotels, um sich als jüngster unter den Gästen von einem Herzinfarkt zu erholen. Der Distinktionsgewinn, den er gerade noch lächelnd verzeichnet hatte, schrumpfte bei dieser Erkenntnis rapide und verschwand endgültig, als der Mann neben ihm, Besitzer und Leiter eines globalen Marktführers für irgendwas mit Kabeln, ausführte, dass er bereits den dritten Infarkt hinter sich habe, und dies als Beleg für ein korrekt gelebtes Leben bezeichnete.

Danach besuchte Munk die Bar eine Weile nur noch, um sich seinen Abendcocktail aus Gemüse und exotischem Obst abzuholen und diesen dann in seiner Suite zu trinken. Er verbrachte zwei Tage mit einer Liste, auf welche er die wichtigsten Beziehungen seines Lebens notierte. Das fiel ihm schwer, weil er nicht wusste, nach welchen Kriterien er vorgehen sollte. Zählte neben seinen Eltern auch seine Schwester? Musste man dabei Höflichkeitskonventionen einhalten? Was war mit dem Physiklehrer, den er immer gemocht und inspirierend gefunden hatte, der ihm jedoch in der Abiturprüfung nur ein »befriedigend« zugestanden hatte? Was mit seinem in Schulzeiten besten Freund Ralf, zu dem er den Kontakt lange verloren hatte? Die Liste wurde immer länger. Er strich all jene, auf deren Nach- oder Vornamen er sich nicht mehr besinnen konnte, weil er fand, dass sie dann auch nicht wichtig seien. Diese Vorgehensweise erwies sich jedoch als trügerisch, je länger er darüber nachdachte. Dann trennte er sich von allen Lehrern und Lehrerinnen, weil er der Meinung war, dass es ihre Pflicht gewesen sei, eine große Rolle zu spielen. Sie seien berufsmäßig von Einfluss auf junge Menschen, das müsse man rückblickend nicht gesondert erwähnen.

Am schwersten tat er sich mit seinem Vater. Der hatte in vielerlei Hinsicht eine wichtige Funktion für Peter Munk gehabt. Nur wollte er dieses bigotte Schwein nicht mit einem Listenplatz ehren.

Munk hatte sich während seiner ganzen Kindheit und Jugend und weit darüber hinaus an seinem Vater abgearbeitet. Auch in der ersten Stunde mit dem Therapeuten Grenzmann war es weitgehend um Hermann Munk gegangen. Im Grunde wollte Munk immer nur diesen Felsen von einem Vater, dieses Gebirge von Macht und Blödheit, von ausgekochter Niedertracht und gemeingefährlicher Skrupellosigkeit hinter sich lassen. Dabei verdankte er diesem Vater seinen Beruf, in dem er so außerordentlich gut war. Letzteres womöglich gerade wegen seines Hasses auf den Bauunternehmer Hermann Munk.

In den Augen seines Sohnes war Munk senior maßgeblich für in Beton, Stein und Mörtel gegossene Scheißhaufen verantwortlich. Die Bauunternehmung Munk und Partner hatte über einen Zeitraum von dreißig Jahren großkotzige Verwaltungsgebäude und Firmensitze, stilbildend abweisende Ämter und Gerichtsgebäude, mehrere Gefängnisse und weitere Zweckbauten errichtet. Allesamt traumatische Zeugnisse der Großmannssucht von Auftraggebern und der ausführenden Baufirma. Wobei Hermann Munk in Wahrheit keine Partner hatte. Schließlich hätte er niemanden neben sich geduldet. Der Zusatz »und Partner« war von ihm gewählt worden, um seine Unternehmung größer erscheinen zu lassen. Ein symptomatisches Handeln für einen, der es sich zur Aufgabe gemacht hatte, möglichst viel Fläche mit hässlichen Bauten zu versiegeln.

Nachdem Hermann Munk die meisten Konkurrenten in der Umgebung weggebissen hatte, verlegte er sich darauf, Komplettangebote zu machen, in welchen er sich nicht nur für den Bau eines Unternehmenssitzes bewarb sondern auch sämtliche Entwurfsplanungen anbot. Auf diese Weise wuchs Munk und Partner zu einem wahren Baumonstrum heran, weil Kommunen, aber auch Firmen, gerne Geld sparten, indem sie so viele Gewerke wie möglich an einen Anbieter vergaben. Munk war günstig, seine Gebäude gerieten grauenhaft; ein Urteil, welches auch in der späteren Betrachtung von Fachleuten nicht revidiert wurde. Während zum Beispiel der Brutalismus ein Auf und Ab der Wertschätzung erlebte und mal als furchtbar und dann wieder als eklektizistischer Glücksfall der Architekturmoderne angesehen wurde, blieben Vater Munks Gebrauchshäuser immer, was sie von ihrer Fertigstellung an waren: Monumente unerbittlicher Verachtung von Mensch und Natur.

Hermann Munk lehnte es grundsätzlich ab, die Hervorbringungen seiner Baufirma zu diskutieren, zumal sie ihn steinreich machten. Außerdem befand er sich seiner Meinung nach stets auf der richtigen Seite der Moral, nämlich auf jener des Protestantismus, demzufolge das ganze Leben ein einziges Jammertal sei, welchem zu entrinnen nur durch fleißige und nie infrage gestellte Arbeit möglich sei. Seine Familie überzog er mit endlosen paternalistischen Monologen, einem Trommelfeuer erzprotestantischer Sorte, das er als Laienprediger auch der kleinen Gemeinde, der er angehörte, zuteilwerden ließ.

Peter Munk hasste seinen Vater aber nicht dafür, sondern für dessen Heuchelei, die man niemals in Einklang mit welchen Werten auch immer bringen konnte. Zwölfjährig ertappte er seinen Vater mit einer anderen Frau, es war wohl eine Angestellte, aber der Junge erkannte sie nicht, sondern nur den blassen Hintern des Vaters, der hinter der Frau an seinem Schreibtisch stand.

Ein gutes Dreivierteljahr später hatte die Familie ein neues Kind. Ohne dass Mutter Munk sichtbar schwanger gewesen wäre, bekam Peter eine Schwester. Man konnte es für ein Wunder halten. Oder für eine Form von Adoption, die jedoch niemals thematisiert wurde. Dass seine Schwester eine andere Mutter hatte als er selbst, stand völlig außer Zweifel. Diese Frau tauchte nie wieder auf und Hilde Munk zog Annegret als Tochter auf, ohne jemals eine Silbe darüber zu verlieren, dass diese nicht ihr Kind war. Obwohl jeder es wusste.

Für Peter Munk war das verstörend und als er alt genug war, um gegen das Ungeheuer in den Krieg zu ziehen, konfrontierte er es mit seiner Zeugenschaft. Er stand vor dem riesigen Schreibtisch, auf dem sich leicht eine weibliche Person mit dem Kopf nach unten ablegen ließ, und sagte seinem Vater, was er gesehen hatte. Doch Hermann Munk stritt ab, er leugnete, er predigte, und als sein Sohn ihm auf den Kopf zusagte, dass er ihn für einen versauten Lügner hielt, schlug der ihm mit der flachen Hand so hart ins Gesicht, dass Peters Brille quer über jenen Schreibtisch flog. Dann bot der Vater dem Sohn eine Art Waffenstillstand an, indem er ihm in Aussicht stellte, den Laden einmal zu übernehmen, wenn er sich ehrenvoll verhielt. Aber Peter suchte seine Brille, setzte das verbogene Stück auf seine Nase und verließ das Arbeitszimmer seines Vaters, das er erst wieder nach dessen Tod betrat, genauer gesagt, nachdem die Entrümpler es leer geräumt hatten. Der verdammte Schreibtisch lag danach in einem Bauschuttcontainer und am liebsten hätte der junge Munk ihn noch mit Benzin übergossen und angezündet. Die Firma löste er auf, seine zu allem schweigende Mutter hatte dagegen keine Einwände.

Der Umstand, dass ihm im Studium andauernd Menschen begegneten, die in ihm den Erben des ruchlosen Baulöwen Munk sahen und ihn, ohne ihn näher zu kennen, anfeindeten, motivierte ihn nur noch mehr, dem Namen Munk eine neue Bedeutung zu geben und den Spuren der Familie, wenn sie sich schon nicht tilgen ließen, neue hinzuzufügen.

Es war nicht zu bestreiten, dass der Vater einen fruchtbaren Einfluss auf ihn hatte, dennoch strich Munk ihn ebenso von der Liste wie seine Mutter, die nur wenige Jahre nach Hermann Munk gestorben war. Und auch für Annegret war kein Platz.

Stundenlang starrte er auf seine Aufzeichnungen, die er mit Bleistift schrieb, radierte, neu fasste und verwarf. Seine wichtigsten Geschäftskontakte erschienen ihm in einem Gedankengang als wichtig und unverzichtbar, dann wieder als nichtig und geradezu albern, wenn man die höchsten Maßstäbe anlegte.

Denn waren nicht die wichtigsten Beziehungen des Lebens jene, in denen man sich am meisten spürte? Und war dies nicht eigentlich dann der Fall, wenn man jemand anderen liebte? Wenn das stimmte, konnten mit den wichtigsten Beziehungen nur jene zu Frauen gemeint sein. Es hatte einige gegeben und in einer ersten flüchtigen Bestandsaufnahme kam er auf an die zwanzig Menschen, in die er sich im Laufe seines Lebens verliebt hatte. Doch auch da musste er sofort Abstriche machen, denn obwohl er sicher war, sich im Alter von neun Jahren erstmals und unbedingt verliebt zu haben, so war doch das Ziel seiner Bemühungen unerreichbar gewesen. Seine dreißig Jahre ältere Kunstlehrerin Frau Dammert konnte er also nicht mitzählen.

Er suchte nach einem anderen, zweifelsfreien Kriterium, wofür er wiederum einen halben Tag benötigte, bis er glaubte, es gefunden zu haben. Er war zu dem Schluss gelangt, ausschließlich mit Frauen geschlafen zu haben, in die er auch verliebt gewesen war. Zumindest hatte er das immer so gesehen. Wenn also die wichtigsten Beziehungen des Lebens solche waren, in denen man liebte, so konnte man quasi alle Personen ausschließen, mit denen man nicht geschlafen hatte. Und all jene notieren, bei denen das der Fall war.

Es fiel ihm nicht schwer, die Zahl zu benennen. Jeder Mann kann das und wenn einer sagt, er wisse es nicht genau, dann lügt er. Peter Munk kam auf dreizehn. Nur die Namen fielen ihm nicht alle sofort ein.

Nadja, Heike, Harper, Maja, Spanien 91 (Platzhalter für einen Namen, der ihm nicht einfiel), Nicole, Andrea, Karin, Fanny, Penelope, Judith, Claudia und Anja standen nach ausführlicher Recherche in Peter Munks Gehirn auf dem Briefpapier des Hotels. Die Namen hatten keine spezifische Reihenfolge. Zuerst war ihm Nadja eingefallen, weil sie die Letzte war. Danach hatte er sich unsystematisch durch seine Erinnerungen gewühlt und war so zu dieser Liste gekommen.

Dr. Grenzmann schien im nächsten Gespräch davon angetan zu sein. Er lobte Munk dafür, sich intensive Gedanken zu machen. Und er stellte dessen Methodik nicht infrage, der zufolge die wichtigsten Menschen diejenigen waren, mit denen man emotional am stärksten verbunden war. Grenzmann gab zu bedenken, dass Hermann Munk ebenfalls sehr starke Gefühle bei seinem Sohn auslöse und einen langen Schatten in sämtliche Beziehungen des Peter Munk geworfen habe. Aber er nahm diesen Einwurf gleich wieder zurück, indem er beruhigend ergänzte, dass Munk hier sei, um an der Verbindung zu seiner Umwelt zu arbeiten, und da konnte die Beschäftigung mit dem Vater keine großen Beiträge mehr leisten. Munk senior sei nun einmal tot und gemessen an seinen Ansprüchen preiswert bestattet worden, sodass die Aufgabe darin bestehen müsse, Munks Verhältnis zu seinem lebendigen Umfeld zu klären und zu heilen – wenn es was zu heilen gab –, um das Risiko erneuter Herzanfälle zu minimieren und das Leben als solches lebenswert gestalten zu können. Wofür auch Bewegung und gesunde Ernährung nicht schlecht seien. Das Letzte murmelte Grenzmann eher, als dass er es sagte.

Grenzmann schlug die rosa Mappe auf und notierte etwas darin. Munk wurde davon unruhig. Für ihn sah das nach einem Abschluss der Behandlung aus. Auch wenn er diese zunächst innerlich abgelehnt hatte, war er mit einem gewissen Eifer an die Aufgabe herangetreten. Es empörte ihn, wenn dieser Einsatz nun zu nicht mehr führen sollte als einem Eintrag in der Krankenakte. Für diese nahm sich Grenzmann viel Zeit. Dann schloss er den Deckel der Mappe und legte diese vorsichtig neben sich auf den kleinen Tisch, auf dem außerdem eine Sanduhr und eine unberührte Tasse Tee standen.

Munk fragte, was jetzt sei. Grenzmann lächelte und sagte, Munk möge nun herausfinden, wer von den Frauen die wichtigste Person sei. Wer hatte ihm am meisten gegeben, bei welcher hatte er besonders viel gelernt, gelitten, womöglich selbst am meisten investiert? War das alles dieselbe Frau? Wer von ihnen hatte diesen Mann gemacht? Und dann sagte Grenzmann, immer noch beinahe nachsichtig lächelnd, dass alle Menschen und damit auch alle Männer letzten Endes das Ergebnis ihrer Beziehungen seien. Es sei nun daran herauszufinden, wer die wichtigste Lehrmeisterin gewesen sei.

Munk fragte, wozu das gut sein könne, und Grenzmann antwortete lange nicht, weil er darauf wartete, dass sein Gegenüber selbst auf eine Idee kam. Dann sagte er, dass Munk jetzt, bei diesem Aufenthalt, die Lektion begreifen könne, die sie ihm mitgegeben habe. Es werde sich lohnen, die Zeit im Mönchhof für diesen Erkenntnisgewinn zu nutzen. Munk möge sich einverstanden zeigen, auf weitere Termine bei ihm bis zum Abschlussgespräch vor seiner Abreise zu verzichten.

Zurück auf seinem Zimmer, legte Munk die Liste auf den Schreibtisch und sich aufs Bett. Die Idee, seine Liebschaften zu rekapitulieren, erschien ihm erst einmal abwegig. Letzten Endes hatten alle Beziehungen etwas gemeinsam: Sie waren vorbei. Diese Vorstellung fand er schmerzhaft und er fragte sich, wie es seinem schwachen Herzen zuzumuten sei, in diese vergangenen Zeiten zurückzukehren. Die dreizehn Frauen kamen ihm vor wie Blumen in einem verwelkten Strauß.

Doch dann erhob er sich und setzte sich an den Schreibtisch. Vielleicht aus dem Gefühl heraus, mit seiner Zeit nichts Besseres anfangen zu können. Außerdem hatte er bereits auf dem Weg von Dr. Grenzmann in sein Zimmer angefangen, über den Auftrag nachzudenken. Munk kannte sich gut genug, um zu wissen, dass damit ein Projekt unwiderruflich begonnen hatte. Er neigte nicht dazu, einmal angefangene Prozesse abzubrechen. Darin lag für ihn eine tiefe Befriedigung, die er normalerweise nur im Beruf fand. Dass diese nun in der Beschäftigung mit seinen allerprivatesten Themen Einzug hielt, gefiel ihm. Beflügelt von dieser produktiven Laune, brachte er die Frauen in die richtige chronologische Reihenfolge, was eine Weile dauerte, weil längst vergessene Erinnerungen an jede einzelne von ihnen an die Oberfläche seines Bewusstseins drangen. Es war ihm, als röche, fühle, schmecke er sie alle mit einem Mal. Gleichzeitig spürte er einen starken Verlustschmerz; und auch das Unverständnis für manche von ihnen, manchmal auch für sich selbst, kam wieder hoch.

Er nahm sich Zeit für diese Liste, weil er nichts mehr daran radieren wollte. Die Reihenfolge auszubessern, wäre einer Entwertung der radierten Positionen gleichgekommen. Sie alle hatten ein Recht darauf, sofort richtig notiert zu werden. Das war er ihnen schuldig, wenn er sie schon als therapeutisches Mittel benutzte. Er schrieb mit Ruhe und nahm sich Zeit, stellte dabei amüsiert fest, dass er die Namen sogar besonders schön schrieb, gerade so, als habe er vor, Tischkärtchen für ein gesetztes Abendessen anzufertigen. Eine sehr unheimliche, aber reizvolle Idee, die ihn beim Schreiben amüsierte. Alle dreizehn mit ihm an einem langen Tisch. Wie sie einander skeptisch ansehen würden, denkend, dass die anderen gar nicht sein Typ seien, sie selbst hingegen schon. Oder, da wollte er sich nichts vormachen, gelangweilt auf das Dessert wartend, nach welchem man alsbald mit dem Taxi zurück in eine schlecht ausgeleuchtete Vergangenheit fahren konnte.

Peter Munk war einigermaßen zufrieden und auch sicher, niemanden vergessen oder falsch eingeordnet zu haben. Die Liste lautete:

- Judith
- Nicole
- Ana (das war Spanien 91)
- Maja
- Heike
- Andrea
- Claudia
- Anja
- Harper
- Penelope
- Karin
- Fanny
- Nadja

Am Abend gönnte er sich mit aller Vorsicht ein Glas Rotwein zum Essen und einen Whisky Sour an der Bar. Der Drink fuhr ordentlich in ihn. Ein Herr Bröger, Metzger aus dem Münsterland, informierte die umstehenden Gäste darüber, dass er nach der Übernahme des elterlichen Geschäftes 2004 aus strategischen Gründen sämtliche Filialen umbenannt habe. Aus Wurst Bröger wurde auf diese Weise Feinkost Bröger, denn er habe im

Gegensatz zu anderen Marktteilnehmern den Niedergang des Fleischerhandwerks antizipiert und das Angebot rechtzeitig geschickt diversifiziert.

Munk fand, dass Brögers Gesicht aussah wie grob entsehntes Rindfleisch, weswegen er ihm im Stillen den Spitznamen »Plockwurst« gab. Er verabschiedete sich früh und ging ins Bett. Am nächsten Tag unternahm er einen langen Spaziergang, und zwar in geistiger Begleitung der Frau, an die er bisher am meisten gedacht hatte. Nadja.

Bevor ihr Frühlingsröllchen in seinen Weißwein fiel, war sie ihm an diesem Abend in der Galerie nicht aufgefallen. Erst viel später gab sie zu, dass das gar kein Unfall gewesen war, sondern Absicht, pure Berechnung. Sie hätte die Aufmerksamkeit von Peter Munk umstandsloser erringen können. Ein freundliches »Guten Abend« hätte vollkommen ausgereicht, aber Munk freute sich darüber, dass Nadja offenbar länger darüber nachgedacht hatte, wie sie ihn ansprechen sollte. Dass sie auf diese Weise bereits vor dem ersten Wort zwischen ihnen bewiesen hatte, dass sie eine talentierte Strategin mit Sinn fürs Dramatische war, begriff Peter Munk erst Monate danach.

»Ich finde, das sieht ganz appetitlich aus«, sagte er amüsiert und fügte hinzu, dass man Frühlingsrollen immer in Weißwein servieren solle und dass der Wein stärker moussiere, als er es bisher wahrgenommen habe.

Nadja entschuldigte sich und nahm ihm das Glas aus der Hand. »Das ist mir so peinlich«, sagte sie wenig glaubwürdig. »Ich hole Ihnen einen neuen Weißwein.«

»Halt. Da ist mein Abendessen drin.« Er nahm das Glas zurück, fingerte das aufgeweichte Röllchen aus dem Wein und schob es sich in den Mund, was er augenblicklich bedauerte, weil es furchtbar schmeckte. Er ließ sich aber nichts anmerken, lächelte und nahm hernach einen großen Schluck aus seinem Glas. »Sagenhaft, war das lecker. Wenn Sie nicht gewesen wären, hätte ich diese Erfahrung niemals gemacht. Herzlichen Dank.«

»Gern geschehen.«

Dann stellten sie sich einander vor und kamen ins Gespräch, das auch noch andauerte, als die Vernissage mit Bildern eines jungen Freiburger Künstlers längst beendet war. Nachdem sie nachdrücklich gebeten wurden, die Galerie zu verlassen, versuchten sie noch, ein Getränk in Juris Bar zu bestellen, aber dort wurde bereits der Tresen geputzt, sodass sie am Ende in seiner Wohnung landeten, nachdem er Sipsmith Gin mit Zitronenaroma in Aussicht gestellt hatte. Den gab es auch, aber keine Eiswürfel, was daran lag, dass der Kühlschrank gegen Munks ausdrücklichen Wunsch keine hergestellt hatte. Ein Defekt zur Unzeit. Sehr ärgerlich. Also tranken sie Rotwein und als sie davon kleine rote Flecken im Dekolleté bekam, verliebte er sich in sie.

Er übersprang wie so oft zuvor alle Stationen zwischen dem ersten Blick und dem hoffnungsvollen Beginn einer Beziehung. Während die meisten anderen Menschen zunächst einmal zuhörten, die Stimme des Gegenübers erforschten, vielleicht heimlich im Vorbeigehen etwas vom Duft erhaschten, Bewegungen zur Kenntnis nahmen und sich an Humor, Charme, Direktheit oder dem Gegenteil – einer mitunter geheimnisvollen Zurückhaltung – erfreuten, um daraus nach mehreren Treffen eine Zuneigung zu basteln, die sich zu einer Verliebtheit entwickeln konnte, je nachdem ob es passte, richtig war oder wenigstens spannend, geriet Peter Munk bereits über ein paar rote Flecken auf Nadjas Hals und an ihrem Schlüsselbein derart in Begeisterung, dass er sich nach diesem Abend kein Leben mehr ohne sie vorstellen konnte.

Sie schliefen in dieser ersten Nacht nicht miteinander. Munk hatte es nicht forciert, weil sein Bett nicht frisch bezogen war. Auf dem Weg von der Stadt zu seiner Wohnung hatte er resümiert, dass das Bettzeug bereits seit zwei Wochen von ihm beschlafen wurde, weswegen er Nadja das Bett nicht anbieten konnte. Er besaß zwar noch andere Polstermöbel, aber insbesondere seine Couch konnte er sich dafür nicht recht vorstellen.

Das Vitsoe-Sofa war ein Designklassiker, jedoch vorderhand nicht besonders erotisierend. Dieses Möbel eignet sich sehr dafür, auf ihm sitzend Tagebücher von Max Frisch zu lesen oder ein Farbschema für unterschiedliche Honigsorten zu erstellen. Für Sex ist es eher nicht geeignet, es quietscht noch nicht einmal, was dem Ganzen eine Prise Unzulänglichkeit und Humor schenken würde.

Während er Nadja im Taxi dabei zuhörte, wie sie am Telefon eine Nachbarin anwies, sich um ihren bellenden Hund zu kümmern, dachte er, dass er sich lieber den Baseball-Sessel von Poltronova hätte kaufen sollen, dann wäre mehr los in seinem Leben. Und als er dann noch nicht einmal Eiswürfel anbieten konnte, sah er den Abend bereits als verloren an. Bis eben diese kleinen Flecke auftraten, die ihn verwirrten und entzückten.

Dass er sie nicht bat zu bleiben und überhaupt keine Anstalten machte, sie zu irgendwas zu überreden, zu verführen, quasi zur Strecke zu bringen oder umzulegen, wie Hösch es in seiner allumfassenden Dummheit ausgedrückt hätte, lag am Ende also zusammengefasst daran, dass erstens sein Kühlschrank nicht richtig funktionierte, er zweitens das Bett nicht in dem Zustand präsentieren konnte, der ihm angemessen erschien, und drittens er bei der Kaufentscheidung für Polstermöbel der Ikonografie Vorrang gegenüber dem Sitzspaß gewährte.

Als sie sich Tage später voreinander zum Paar erklärten, sagte sie, dass seine Ritterlichkeit beim Kennenlernen den Ausschlag gegeben habe. Dass er sie nicht sofort habe ins Bett bekommen wollen, deutete sie als Galanterie, die sie bisher im Leben zu selten erlebt habe. Munk habe bewiesen, ein durch und durch feiner Kerl zu sein, und damit ihr Herz gewonnen. Es wäre an ihm gewesen, dieses Missverständnis auszuräumen, aber er wusste gar nicht, wie er das hätte machen sollen. Er hätte schlecht erklären können, dass er gerne in jener Nacht Sex mit ihr gehabt hätte, wenn er ein dafür geeignetes Sofa besessen hätte. Und außerdem fiel ihm erst Tage später ein, dass das natürlich auf dem hochflorigen Teppich im Wohnzimmer auch gegangen wäre. Mit ein wenig Fantasie hätte es in seiner Wohnung ungefähr einhundert gute Orte dafür gegeben.

Nachdem Nadja von seiner Zurückhaltung angetan war, teilte er diese Begeisterung einfach und fand sich ebenfalls im besten Sinne männlich und erwachsen, wenn man das Erwachsensein nach Art Sigmund Freuds dahingehend definiert, dass man als Erwachsener dazu in der Lage ist, seine Bedürfnisse zu kontrollieren und hintanzustellen, wenn es die Lage erfordert.

Die Beziehung zwischen ihm und Nadja begann also mit einer kleinen Lüge, eigentlich waren es zwei. Denn Munk sagte Nadja nicht die Wahrheit über die Hintergründe seines nur scheinbar ehrbaren Handelns. Und Nadja verschwieg ihm, dass sie ihn gar nicht zufällig bei dieser Vernissage getroffen hatte und dass die Aktion mit dem Flying Buffet, welches sie in seinem Weißwein zum Absturz gebracht hatte, mit voller Berechnung geschehen war.

Beide wussten zumindest von ihren eigenen kleinen Unaufrichtigkeiten und es machte ihnen nichts aus, auf diese Weise eine Beziehung zu beginnen. Das lag wohl daran, dass beiden vom Leben schon einige Lehren erteilt worden waren. Eine davon lautete, dass der oder die andere nicht alles wissen muss. Warum immer diese naive Ehrlichkeit in jedem Mikrothema? Sollte sie doch denken, er sei von großer moralischer Statur.

Und sollte er doch glauben, sie sei mit ihrer Frühlingsrolle ungeschickt in ihn hineingestolpert. Was soll's? War es nicht ganz egal, dass sie tagelang darüber nachgedacht hatte, wie sie an diesen gut vernetzten Single herankommen konnte? Würde es für ihre Beziehung wirklich von Belang sein, dass sie als PR-Beraterin darauf baute, Synergien zwischen ihrem Privat- und ihrem Berufsleben herzustellen, wie sie das einer Freundin gegenüber erläuterte?

Beide dachten, ihre Unehrlichkeit sei keine Deformation, sondern bloß eine kleine Begleiterscheinung im Dating-Prozess zweier erwachsener Menschen. Aber das war ein Irrtum.

Peter Munk und Nadja Bürklein wurden nie, was man ein Traumpaar nennt. Ihre Beziehung blieb auf eine ungelenke Art geschäftlich, gerade so, als läge ihr ein zeitlich befristeter Vertrag zugrunde, ohne dass jedoch eine der Parteien gewusst hätte, wann die Laufzeit endete. Diese Unsicherheit führte bei Munk dazu, dass er nie die Initiative ergriff, um dieser Verbindung eine Perspektive zu geben, denn er rechnete immer damit, dass ihr Ende ohnehin bevorstand. Er hatte sich angewöhnt, Beziehungen immer vom Ende her zu denken und sich darüber zu freuen, wenn sie hielten. Bis sie es eben nicht mehr taten, was auch damit zu tun hatte, dass er sie aus Furcht vor der Trennung nicht gestaltete, sondern lediglich gewissenhaft absolvierte.

Nadja schien das nicht zu stören, denn sie trug ihrerseits wenig dazu bei, ihre Liebesbeziehung auf ein Niveau zu heben, auf dem man Pläne schmiedet oder sich originelle Kosenamen gibt. Sie nannte ihn »Peter« oder in Momenten größter Zärtlichkeit »Peterchen«, was ihm widerstrebte, weil seine Mutter ihn auch so genannt hatte. Er wollte im Bett nicht das Gefühl haben, neben seiner Mutter zu liegen.

Sie besuchten sich gegenseitig an beinahe jedem Wochenende abwechselnd in Zürich und in Freiburg, sahen sich Ausstellungen an, gingen wandern und ins Theater und beschliefen sich mit der Wonne, zu der sie in der Lage waren, wenn man bedenkt, dass sie sich eigentlich kaum näherkamen, weil sie einander nichts anvertrauten, was von Belang gewesen wäre.

Das ging einige Zeit sogar sehr gut. Er hatte immer das Gefühl, in den Urlaub zu fahren, wenn er zu ihr reiste. Die Abwechslung gefiel ihm, er ließ dann seine Arbeit und die ständig schwelenden Gedanken an Problemlösungen hinter sich und genoss es, die schöne Frau zu begrüßen und ihr kleine Geschenke zu machen. Soweit er das beurteilen konnte, liebte er Nadja und er fühlte sich auch geliebt, denn sie reagierte in seiner Anwesenheit nicht auf Nachrichten, manchmal schaltete sie ihr Telefon sogar aus, wenn sie zusammen waren. Jedenfalls in den ersten Monaten.

So pragmatisch sie miteinander umgingen, so liebevoll waren sie auch miteinander, einfach, weil es sich so gehörte. Munk verhielt sich wie ein Wanderer, der in der Wüste ein Bahngleis entdeckt und diesem tapfer folgt, weil es zumindest irgendwohin führt. In eine Zivilisation, dorthin, wo schon andere sind. Das erschien ihm besser, als ziellos durch die Ödnis seines Alltags zu laufen. Er zweifelte nicht an Nadja, und an seinen Gefühlen erst recht nicht, denn er war froh, welche zu empfinden. Erst später, in den Wochen zwischen der Trennung und jenem schicksalhaften Nachmittag im Globus, stellte er sich öfter die Frage, ob er vielleicht selten dämlich gewesen war, sich in diese Frau zu verlieben. Da puzzelte er sich Stück für Stück ein Bild von Nadja zusammen, das sein Umfeld von Anfang an gesehen hatte. Man hatte ihn bereits nach kurzer Zeit auf ihre kühle und berechnende Art hingewiesen. Seine Assistentin Meike hatte ihn damit konfrontiert, dass sie Nadja für ungut hielt, doch er wiegelte ab, nannte seine Freundin eine große Herausforderung und ermahnte Meike, sich auf ihre Arbeit zu konzentrieren. Das war, nachdem er einen folgenschweren Fehler begangen hatte.

Als sie ein gutes Vierteljahr zusammen waren, kritisierte Nadja die Texte der Internetpräsenz seines Büros. Sie nannte den ganzen Auftritt amateurhaft, wenig ansprechend und nutzlos, wenn er zur Akquise neuer Aufträge dienen sollte. Sie saß mit ihrem Laptop in seinem Bett, scrollte auf der Seite herum und sagte: »Mist. Auch Mist. Hier: alles Mist. Altbacken. Zopfig. Langweilig. Peter, das könnte ich besser.«

Nachdem Nadja Munk davon überzeugt hatte, dass seine Webseite nichts taugte, fuhr sie mit der Abrissbirne gleich noch ins Geschäftspapier und die ganze Außendarstellung der Firma, inklusive ihres Logos und des Klingelschildes an der Fassade. Munk ließ das über sich ergehen, halb belustigt und mäßig interessiert, weil er wusste, dass Nadja keinesfalls so viel von Gestaltung verstand wie er. Aber sie bohrte und piesackte ihn mit ihren Sticheleien, sodass er irgendwann leichtfertig nachgab und zugestand, dass man vermutlich das eine oder andere Detail aktualisieren konnte. Er sagte das ganz lapidar, doch sie fasste das als Auftrag auf, wickelte ihn ein und brachte ihn gegen sein eigenes Büro auf.

Vielleicht war es ihre Vehemenz oder die Unbedingtheit ihrer Kritik, vielleicht war es auch nur eine Art von Schwäche, die ihn davon abhielt, seine Freundin abzuschütteln. Er konnte sich das gar nicht richtig erklären, aber am Ende des gemeinsamen Wochenendes war er dazu bereit, von der Typografie des Briefpapiers bis zum Erscheinungsbild der Website alles infrage zu stellen, was bis dahin in der ganzen Branche als viel beneideter Auftritt gegolten hatte.

Seine Partner waren nicht erfreut, als er damit die Montagsrunde im Büro eröffnete. Die Firma befand sich auf der Höhe ihres Erfolgs, niemand sah einen Grund, irgendetwas zu ändern, im Gegenteil: Sein Partner Klaus nannte das Design der Webseite klassisch und einfach schön und die Geschäftsführerin Yvonne fand gerade die Texte hervorragend, weil sie nicht wie sonst bei Architekten oft üblich in einem verblasenen Kuratorendeutsch abgefasst waren, sondern sich klar und charmant lasen.

Gegen seinen inneren Willen übernahm Munk nun die Argumentation von Nadja, er machte sich eine Position zu eigen, die ihm im Grunde widerstrebte. Er tat dies, weil Nadja ihm vorausschauend und richtigerweise prophezeit hatte, dass seine Partner dagegen sein würden. Sie hatte vorhergesehen, dass sie Vorschläge zum dringenden Änderungsbedarf als persönlichen Angriff werten würden und dass dies gerade ein Beweis dafür sei, dass professionelle Hilfe vonnöten war.

Munk kannte das von Kunden mit größeren Entscheidungsgremien. Die Arbeit eines Architekten griff häufig empfindlich in die Psyche eines Unternehmens ein. Natürlich fühlte sich zum Beispiel nicht jede Führungskraft wohl mit der Vorstellung, statt in einem repräsentativen Einzelzimmer zukünftig in einem Großraumbüro arbeiten zu müssen. Oder im Rahmen einer architektonischen Hierarchie-Abflachung auf einen Parkplatz zu verzichten. Er hatte immer das Gefühl, genau richtigzuliegen, wenn es beleidigten Widerstand gegen seine Vorschläge gab. Und exakt das erlebte er in der Montagsrunde mit seinen eigenen Leuten. Nadja hatte vollkommen recht und sie hatte ihn darauf vorbereitet, dass die größte Gegenwehr von der schwächsten Kollegin kommen würde. Das sei immer so.

Die Aufsicht über die Gestaltung von Präsentationen, Broschüren und der Internetpräsenz des Hauses lag bei Yvonne. Dass sie sich mit Händen und Füßen gegen Neuerungen wehrte, war nicht verwunderlich. Ihre Vehemenz schon, besonders, als er vorschlug, einer PR-Firma aus Zürich den Auftrag zur Überarbeitung der ganzen Außendarstellung zu erteilen.

Munk nahm amüsiert zur Kenntnis, dass Yvonne exakt das sagte, was Nadja ihm am Vorabend bei Käse und Wein prophezeit hatte: dass man nicht ohne Not etwas ändern solle. Dass sie nicht verstehe, woher seine Unzufriedenheit komme. Und dass sie die Firma in der Schweiz nicht kenne, was nicht für sie spreche. Schließlich unterbrach Munk seine Partnerin, mit der er seit der Gründung seines Büros zusammenarbeitete. Er sagte nicht barsch, aber bestimmt, dass Veränderung der Kern ihres Geschäfts sei und er vielleicht mehr Bock darauf habe als Yvonne. Dann sagte er: »Wenn du alles so wahnsinnig gut findest, wie es ist, bist du vielleicht einfach selbst nicht mehr so gut.«

Yvonne sah ihn an, als sei er verrückt geworden, und es kann sein, dass er das auch in diesem Moment war. Er hatte sich von Nadja in diese Rolle manövrieren lassen und jetzt musste er sie auch spielen. Das Ergebnis war desaströs.

Als Peter Munk darum bat, den Konferenzraum zu verdunkeln, damit Nadja Bürklein und Rudi Branz von der Züricher PR- und Werbeagentur Störi, Branz und Legewil (SBL) die Präsentation ihrer Bemühungen vortragen konnten, ahnte er nicht, dass er eine Stunde später in höchste Erklärungsnot geraten würde.

Weder er noch Yvonne oder Klaus hatten Zwischenschritte gesehen. Was man allgemein als Schulterblick bezeichnete, sollte verhindern, dass Gestalter und Texter in die falsche Richtung arbeiteten. Munk hielt das nicht für nötig und Yvonne und Klaus lehnten es ab, weil sie nach wie vor beleidigt waren. Nachdem Branz – weißes Hemd, viele Brusthaare, üppige Gürtelschnalle zur Anzughose und eine phänomenal schreckliche Uhr – den Laptop an den Beamer gekoppelt und ein paar einleitende Worte gesagt hatte, übernahm Nadja, Munk keck anlächelnd.

Was folgte, war ein umfangreicher und gar nicht schlecht strukturierter Vortrag, welcher jedoch inhaltlich auf fehlerhaften Annahmen und falschen Befunden basierte und vor allem zu Vorschlägen führte, die Klaus später als den unfassbarsten Bullshit bezeichnete, den er in seinem ganzen Leben gesehen habe.

Die Agentur, deren größte Kunden ein Hersteller für Babybrei und eine mittelgroße Möbelhauskette im Niedrigpreis-Sektor waren, stellte sich ein Architekturbüro in etwa so vor wie einen Anbieter von günstigen Handytarifen. Jedenfalls sah die neue Webseite von Munk & Partners so aus. Auf der Startseite lief eine fünfköpfige Familie mit Hund über eine Alpenwiese und darüber stand in blauer Schreibschrift: »Glück ist ein gemütlich Heim«. Abgesehen von der eigenwilligen Grammatik dieses Satzes konnte man auf dem Bild kein Heim erkennen. Namenloses Grauen in den Gesichtern von Klaus und Yvonne. Nadja erklärte dann, dass es der Wunsch von vielen Menschen und Firmen sei, möglichst hyggelig zu leben, und daher habe man auf jeder Unterseite ein Kerzlein animiert, um das wohlige Gefühl, welches ein gemütliches Zuhause ausstrahle, in ein Symbol zu verpacken. Darauf war sie sehr stolz. Sie las jede Seite vor, auch jene mit Musterbeispielen für die Arbeit des Büros. Beim Betexten hatte sie mit Adjektiven nicht gespart, man konnte sogar sagen, dass sich ein Füllhorn von Attributen über die sachlichen Entwürfe der Architekten ergoss. Sie begruben die Häuser, Wohnanlagen, Resorts und Firmensitze, die über die Jahre von Munk und seinen Mitarbeiterinnen und Mitarbeitern in der ganzen Welt gebaut worden waren, regelrecht unter Zuschreibungen, die in etwa so klangen, als lebten in Munks Häusern Pfeife rauchende Zwerge mit mausartigen Frauen, die nichts anderes im Sinn hatten, als Zimtgebäck herzustellen und Likör aus kristallenen Karaffen einzuschenken.

Krönung der PR-Aktivitäten auf der Webseite der Architekten war ein Quiz, in dem man als Online-Besucher herausfinden konnte, welcher Wohntyp man war. Das Ergebnis führte zu Bau-Vorschlägen für unterschiedliche Budgets. Neben den günstigeren Modellen war ein sogenannter lachender Geldbeutel abgebildet. An der Stelle mit dem lachenden Geldbeutel fing Klaus an, schallend zu lachen, was Rudi Branz als Zustimmung missverstand und ergänzend sagte: »Eine super Idee. Der lachende Geldbeutel. Einfach super. Die Idee.«

Dann stellte Nadja das neue Geschäftspapier des Büros vor. Wie bereits bei der Webseite und allen Broschüren, hatte man sich von der früheren kühlen und doch eleganten Schrift namens

FF Mark verabschiedet und diese durch eine Art Schreibschrift ersetzt, die dem Auftritt von Munk & Partners die Anmutung der Weinkarte einer gehobenen Imbissbude verlieh.

Als Abschluss und Höhepunkt der Präsentation zeigte Nadja das neue Logo des Architekturbüros. Es handelte sich dabei um eine Art Emoji, welches ein Haus mit einem Gesicht darstellte. Das Dach war die Frisur, darunter befand sich ein geöffnetes und ein geschlossenes Fenster, welches offenbar ein kumpeliges Augenzwinkern zum Ausdruck bringen sollte. Frenetischer, wenn auch ironischer Applaus von Klaus und Yvonne. Nadja sah zu Munk und dieser brauchte ein wenig zu lang, um seinen Mund zu schließen. Schließlich sagte er: »Ich muss das erst mal sacken lassen.«

Nadja klappte den Rechner zu und sagte: »Dann wollen wir euch mal mit euren Überlegungen allein lassen.« Sie teilte ein spiralgebundenes Handout aus und dann verabschiedete sich die Abordnung der Agentur SBL, nicht ohne sich für den hervorragenden Kaffee zu bedanken.

Drei Minuten lang sagte niemand ein Wort. Dann schob Yvonne ein paar Krümel vom Konferenztisch und sagte: »Du vögelst mit der, stimmt's? Diese Frau darf unseren guten Ruf ruinieren, weil du mit der was hast. Ist das richtig? Peter?«

»So kann man das nicht sagen. Aber ja, okay, sie ist meine Freundin.«

Klaus stand auf und brachte sein Exemplar der Präsentation zum Papierkorb, in welchen er es mit ostentativer Grausamkeit fallen ließ. Munk konnte es ihm nicht verdenken. Klaus setzte sich wieder und sagte: »Das kann ja wohl nicht dein Ernst sein. Ich verplempere hier eine Stunde wertvolle Lebenszeit, um mir den Mist anzusehen, den sich deine Süße bei einem Glas Bellini mit Käsecrackern ausgedacht hat?«

»Einen Versuch war's wert«, verteidigte sich Munk schwach.

»Das müssen wir aber nicht auch noch bezahlen, oder? Eigentlich müssten die uns Geld fürs Zuhören geben.«

Als Nadja später auf seinem Handy anrief, nahm er das Gespräch nicht an. Und als Branz es später über die Zentrale versuchte, ließ er sich von Meike verleugnen. Vier Tage lang, dann war Wochenende, an dem er eigentlich mit Nadja zum Wandern wollte. Aber nachdem er sie nicht zurückgerufen hatte, war sie verstimmt und meldete sich ihrerseits auch nicht, was ihn erleichterte.

Er hatte aus Zuneigung gehandelt, jedenfalls dachte er das. Er hatte seiner Freundin einen Dienst erweisen wollen, auch wenn er an dessen Sinn und Nutzen von vornherein nicht recht geglaubt hatte. Er hatte darauf vertraut, dass ihre Einschätzung zumindest rudimentär stimmte, dass eine gewisse Veränderung seinem Büro guttat. Das mochte sogar richtig sein, aber das Ergebnis ihrer Bemühungen war grauenhaft und er hätte diese Schmach verhindern können; er hätte sie nicht beauftragen dürfen.

Auf diese schreckliche Weise wurde ihm bewusst, dass Nadja weder Ahnung von Gestaltung noch Fachwissen hatte und erst recht kein Talent besaß. In der Präsentation wimmelte es von Fehlern, Syntax-Sünden, unkreativen Ideen. Erstmals wurde ihm bewusst, dass Nadja und er in vollkommen verschiedenen Welten lebten, was Ästhetik betraf. Sie besaß kein Gespür, keinen Geschmack und absolut keinen Sinn für Sprache. Das war ihm bisher nicht aufgefallen, was ihn jetzt wunderte.

Kein einziger Vorschlag der Agentur wurde umgesetzt. Es blieb alles so, wie es war. Munk war die Sache derart peinlich, dass er Yvonne sogar um Verzeihung bat, wohl wissend, dass er damit einen Verrat an Nadja beging.

Als sie nach einer Woche telefonierten, weinte Nadja. »Du liebst mich gar nicht«, sagte sie. Und er beteuerte, dass dies doch der Fall sei, dass nur bloß seine Partner nicht einverstanden seien, dass er es bedaure. Er brachte es nicht übers Herz, ihr zu sagen, dass er sie beruflich für unfähig hielt. Da belog er sie lieber ein weiteres Mal.

Schließlich kam eine Rechnung über 87 560 Euro. Er zahlte sie aus eigener Tasche. Das war er seinen Partnern schuldig.

Die Stimmung zwischen Nadja und Munk wurde nicht besser, zumal er ihren Fragen nach einer weiteren Zusammenarbeit auswich und stattdessen vorschlug, nie wieder über berufliche Themen miteinander zu sprechen. Das kränkte sie und es machte sie wütend.

Sie fand seine Zurückhaltung arrogant, seine Arbeit plötzlich uninteressant und sie reagierte gleichgültig, wenn er Treffen absagte oder verschieben wollte, weil er nach China musste, um dort über ein Projekt zu verhandeln. Ihre Bewunderung für die hohe Qualität seiner Entwürfe wich einer spröden und bisweilen spöttischen Ablehnung. Und während sie zu Beginn ihrer Beziehung immer wieder angeboten hatte, ihn als Partnerin – die Mehrdeutigkeit dieses Begriffs klärte sie nie auf – nach Asien zu begleiten, begann sie nun, ihn dafür zu kritisieren, dass er offenbar keine Scheu hatte, mit diktatorischen Regimen Geschäfte zu machen, die dann damit protzten, dass Peter Munks Büro für sie baute.

Dass er ihre Arbeit kommentarlos bezahlt hatte, ohne etwas von ihren Vorschlägen umzusetzen, verletzte sie mehr, als wenn er die Höhe des Honorars kritisiert oder ihre Präsentation in der Luft zerrissen hätte. Es kam ihr so vor, als sei diese es nicht einmal wert, abgelehnt zu werden. Und genau so war es ja auch.

Munk und Bürklein traten gemeinsam den Weg ins Scheitern ihrer Beziehung an, indem sie über die wichtigen Dinge nicht mehr sprachen. Sie besuchten sich und sie fuhren im Sommer für eine Woche nach Capri, wo sie genau zwei Mal miteinander schliefen, was Nadja mit Grimm vermerkte, weil sie da erst acht Monate zusammen waren und ein Artikel in einer Frauenzeitschrift sie dringend darauf hinwies, dass sie innerhalb von einer Woche mindestens drei Mal Sex haben mussten, um nicht als libidinöses Krisenpaar zu gelten.

Natürlich wäre es klug gewesen, die Dinge zu benennen. Doch darin war Munk nicht gut. Aus Erfahrung wusste er, dass dann das Risiko des Zerspringens wuchs. Wie leicht konnte es passieren, dass dann ein Wort das andere gab, man gemeinsam zum Schluss gekommen wäre, dass es eben nicht sein sollte, und man sich schließlich trennte. Und das wollte er nicht. Bloß, weil sie so eine beschissene Werberin war. Dass sie keinen Geschmack und kein Gespür, überhaupt kein Talent und nicht einen Funken Charme besaß, war lange kein Grund, Schluss zu machen. Immerhin war Nadja eine schöne Frau, sie konnte hervorragend Witze erzählen und sich auf magische Weise einen Dessertlöffel an die Nasenspitze kleben.

Munk war überzeugt davon, dass es ihm gelingen konnte, darüber hinwegzusehen, dass sie ihn von Anfang an in eine berufliche Zusammenarbeit hatte drängen wollen, die allein ihr nutzte und ihm richtiggehend schadete. Und dass sie nicht einmal versucht hatte, mit ihm über diese Rechnung zu sprechen, legte er ihr in guten Momenten als Professionalität aus, auch wenn er den Betrag für die unbeschreiblich schlechte Leistung der Agentur im Grunde total dreist fand.

Als er schließlich doch eines Abends auf Capri darüber sprechen wollte, fand er jedoch nicht die richtigen Worte. Er faselte herum, dass es Themen gebe, in denen sie nicht richtig gut seien, und dass er finde, dass sie keine Streitkultur entwickelten. Was jedoch für Beziehungen wichtig sei, weil eine gewisse Ehrlichkeit die Partner letztlich einander näherbringe. Was er mit diesen umständlichen Allgemeinplätzen eigentlich meinte, aber nicht sagte, war: Verdammt noch mal, ich habe fast neunzigtausend Euro für deine Scheißarbeit bezahlt und irgendwie habe ich das Gefühl, dabei abgezockt worden zu sein, und du sitzt mir hier gegenüber und meckerst darüber, dass der Wein nicht kalt genug ist. Anstatt mir wenigstens anzubieten, den Urlaub zu bezahlen. Aber das kann ich nicht von dir verlangen, weil ich ihn gebucht habe, wofür du dich bisher nicht einmal bedankt hast.

Und nachdem er das alles nicht geäußert hatte, sagte er ersatzhalber: »Hast du wenigstens das eine schöne Sommerkleid dabei?«

»Welches?«

»Das helle von Balmain.«

»Ja. Aber was heißt hier wenigstens?«

»Ich meine nur, damit ich auch was von diesem Urlaub habe.« Das war geistlos, aber es besaß zumindest für ihn einen klaren Zusammenhang zu den Gedanken, die er sich zuvor gemacht hatte.

»Du willst mich einfach nur als Trophäe«, antwortete sie. »Weil ich gut aussehe und weiß, wie man ein Weißweinglas hält.« Während sie das sagte, fiel ihm auf, dass sie das keineswegs wusste und mit ihrer rechten Hand nicht nur den Bauch des Glases umfasste, sondern auch noch ihren Zeigefinger hineinhängte. Er musste lachen.

»Warum lachst du so blöd?«

»Ich lache nicht.«

»Sag mir, was so lustig ist.«

»Nichts.«

»Du bist manchmal ein richtiger Idiot.«

»Darauf trinke ich.« Er hob sein Glas am Stiel, lächelte und legte den Kopf schief. Eine böse Geste, die sie spürte, ohne zu verstehen, auf welche Weise sie sich gerade vor ihm lächerlich machte. Er betrachtete sie gerade nicht als Trophäe, was ihr gefallen hätte, sondern als Idiotin.

Und dennoch begehrte er sie. Und er wollte, dass es funktionierte, weil nun einmal nie etwas funktioniert hatte und Munk glaubte, dass nach einem höheren Prinzip von Wahrscheinlichkeit und Gerechtigkeit diese Beziehung nicht scheitern konnte, nicht durfte, nicht auseinanderbrechen würde. Er berechnete die Chancen dafür ähnlich wie ein Roulette-Spieler, der glaubt, dass nach fünf schwarzen Feldern ein rotes folgt, weil eine Serie einfach irgendwann einmal endet. Und so nahm er an, dass Nadja in der Reihe seiner unglücklichen Liebschaften (schwarz) endlich so etwas wie eine rote Zahl sein musste. Dabei beging er einen Denkfehler, den auch unerfahrene Spieler im Casino machen. Die Annahme, dass das Ende einer Serie von schwarzen Zahlen unmittelbar bevorsteht und die Wahrscheinlichkeit dafür bei jedem Wurf der Kugel in den Kessel steigt, ist falsch. Die Kugel hat kein Gedächtnis. Sie weiß nicht, wo sie zuvor gelandet ist.

Und er fand, dass sie rein optisch ein gutes Paar waren. Das war zwar ein schwaches Kriterium, dann aber auch wieder sehr einleuchtend, denn Munk gehörte zu jenen Menschen, die sich mit der Auswahl einer Schreibtischleuchte wochenlang herumquälen konnten, bis er eine fand, mit der er eine Symbiose am Arbeitsplatz eingehen konnte. Warum sollte so einer nicht auch einen gewissen ästhetischen Anspruch an eine Begleiterin stellen. Und den erfüllte Nadja absolut. Also entschied er, sie nicht weiter zu ärgern, und bestellte eine zweite Flasche Weißwein. Aber der Abend kam nicht mehr in Schwung. Sie schob den Stuhl zurück und stand auf. »Ich gehe ins Bett«, sagte sie und ließ ihn auf der Terrasse sitzen.

Als er später ins Zimmer kam, lag das Balmain-Kleid auf dem Boden. Nadja hatte es mit der Nagelschere in mehrere Dutzend Teile zerschnitten.

Und so kam die Bosheit in die Beziehung zwischen Munk und Nadja. Sie wurde ganz klamm und kalt wie ein über Nacht vergessenes Badehandtuch. Einmal trafen sie auf einem Spaziergang auf alte Freunde von Munk. Und der stellte Nadja nicht wie sonst als seine Freundin vor, sondern unterhielt sich minutenlang mit Georg, den er noch aus Schulzeiten kannte und nie besonders geschätzt hatte. Nun diente er dazu, Nadja wie eine Eselin herumstehen zu lassen. Als diese etwas in die Unterhaltung warf, irgendwas Unwichtiges, womit sie bloß auf sich aufmerksam machen wollte, stellte Munk sie als Frau Bürklein aus Zürich vor.

Später fragte sie ihn, ob sie ihm vielleicht peinlich vor seinen Bekannten sei, aber er sagte nur, dass die Begegnung zu unwichtig gewesen sei, um gleich so ein Fass aufzumachen. Dafür verleugnete sie ihn, als sie an einem Samstagnachmittag von jemandem, wohl einem Mann, angerufen wurde. Dieser fragte offensichtlich, ob sie gerade allein sei, und sie antwortete: »Ja, klar, ich bin allein.« Dabei saß Munk keinen Meter von ihr entfernt. Sie plauderte dann ganz angeregt mit dem Fremden und verabschiedete sich mit der Aussicht, ihn bald mal zu treffen. Munk schenkte ihr dann nicht mehr nach, wenn sie beim Essen saßen. Und er half ihr auch nicht mehr aus oder in den Mantel, was sie immer ganz besonders an ihm gemocht hatte. Und schließlich beendete sie eines Nachts mittendrin den Sex, stand einfach auf und verschwand für eine Viertelstunde im Bad. Als sie ins Schlafzimmer zurückkehrte, hatte Munk das Licht gelöscht und stellte sich schlafend.

Eine Woche später betrog sie ihn mit dem Sohn des Möbelhändlers Persunke (siebzehn Filialen, niedrigpreisiges Sortiment, aber ein sehr schönes Ferienhaus in der Nähe von Antibes). Und auf dessen Sommerfest lernte sie schließlich den Musiker Jacques Drekker kennen. Ein Paganini der Bongo-Trommel.

Es regnete, als Munk ins Hotel zurückkam. Er steuerte sogleich auf die Bar zu und bestellte einen grünen Tee, den er an seinem Lieblingsplatz trank und dabei in den dampfenden Wald sah.

Was hatte Nadja ihm gegeben, worin bestand ihre Lektion, wieso hatte es ihn so durchgeschüttelt, sie im Globus zu sehen? Wenn sie es überhaupt war. Er war nicht sicher, aber es war auch nicht wichtig. Entscheidend war für ihn, dass bereits ihre vermutliche Anwesenheit sein Inneres so durcheinandergebracht hatte, dass er kurz danach auf der Rolltreppe zusammengebrochen war.

Und nun kam er darauf, dass es nicht sie war, die ihn so berührt hatte, sondern seine Enttäuschung darüber, dass sie keineswegs eine rote Zahl war, sondern die nächste schwarze. Er war zuvor nicht Nadja aus dem Weg gegangen, sondern seinem Schmerz über das Scheitern ihrer Beziehung. Hinzu kam, dass sie ihn gegen jemanden eingetauscht hatte, der außer einem unbestreitbaren Rhythmusgefühl nichts vorweisen konnte, was Munk auszeichnete. Jedenfalls bildete er sich das ein und fühlte sich dadurch entwertet. Und auch das tat stärker weh, als er in den Wochen vor dem Infarkt zugegeben hätte.

Jede einzelne Beziehung nur Schmerz, dachte er, musste aber dann über diesen ungewohnt weinerlichen Gedanken den Kopf schütteln, denn das stimmte gar nicht. Es waren nicht nur Leid und Verdruss und Enttäuschung, was ihn mit den Frauen verband. Im Gegenteil. Er war an ihnen gewachsen, er hatte viel Freude erlebt und natürlich begegnete er ihnen in der Rückschau mit Liebe und Wohlwollen. Jeder einzelnen. Auch Nadja. Zwar war ihm nicht bewusst, wie sehr bei diesem milden Urteil sein schwaches Herz richtete, aber er mochte die Vorstellung, dass die Frauen ihm gutgetan hatten. Jedenfalls hatten sie ihm mehr gegeben als er ihnen. Den meisten von ihnen. Auch das wurde ihm bewusst. Zwar hatte er sich immer bemüht, aber sicher nicht umfassend erfolgreich. Er lächelte, weil er daran dachte, dass die eine oder andere ihm diese Formulierung ins Zeugnis schreiben würde: »Herr Munk war stets bemüht, den Anforderungen gerecht zu werden.« Als langjähriger Chef wusste Munk, was dieser Code bedeutete: Flasche. Null. Totaler Versager. So schlimm fand er sich selbst aber nicht. Jedenfalls nicht in jeder Beziehung. Er sah auf die Liste und versuchte, sich jede Person, die darauf stand, genau vorzustellen, was aber zunächst nur teilweise gelang.

Dann beschloss Munk, seine Erinnerungen an die Frauen seines Lebens chronologisch abzuarbeiten. Das erschien ihm einfacher, auch wegen seiner Art, Aufgaben anzugehen. Er fertigte gerne mit großer Ernsthaftigkeit To-do-Listen an und arbeitete die Posten streng von oben nach unten ab. Jetzt machte er ausnahmsweise an der untersten Position bei Nadja einen Haken. Und dachte an die erste Zeile. An Judith.

Ihre Eltern hatten einen Partykeller. Mit einer Theke, einem Flaschenregal, einer Lichtorgel und einer Getränkekühlung. Zwar wäre die Decke zu niedrig gewesen, um der Brandschutzverordnung in einem echten gastronomischen Betrieb zu entsprechen, aber man konnte so tun, als sei man in einer Bar mit Tanzfläche.

Viele Leute haben sich so etwas in den siebziger und achtziger Jahren gebastelt. Der Partykeller galt einmal als glamourös oder zeugte im Kleinbürgerdasein von einer liebevoll ausgemalten Zügellosigkeit, die den Besitzern dann aber meistens doch abging. Jedenfalls wurden diese Kellerbars nach anfänglicher Euphorie fast überall nach und nach mit Krempel vollgestellt oder als Fahrradkeller genutzt. Die Lichtorgel wurde nach den Feierlichkeiten zum Vierzigsten des Hausherrn nie wieder eingeschaltet, stattdessen ewiges Putzlicht, totale Entzauberung. Aber in den achtziger Jahren besaß der Mikrokosmos Partykeller noch einen anarchistischen Charme, zumindest für die Kinder der Barbesitzer, weil man dort fabelhaft sechzehnte, siebzehnte und achtzehnte Geburtstage feiern und so tun konnte, als ginge man aus.

Marlene Kleiber lud die ganze Klasse zu ihrem sechzehnten Geburtstag ein, auch Peter Munk, der darauf aber keine Lust hatte, weil er fürchtete, wegen Marlenes Musikgeschmack innerhalb von einer Dreiviertelstunde zu verschrumpeln wie die Trockenblumensträuße, die bei Familie Kleiber im Treppenhaus hingen. Horror.

»Ich will da nicht hin«, sagte er zu Ralf, der ihn an diesem

Nachmittag zum vierten Mal anrief. Jedes Mal musste Munk dann in den Flur, das Telefon greifen, es am Kabel in sein Zimmer zerren und die Tür schließen, nicht ohne die Stuhlkante unter den Griff zu schieben, damit Annegret nicht reinkam und ihn störte. Oder seine Mutter, weil sie fand, dass das Telefon (Fernsprechtischapparat FeTap75, Farngrün) in den Flur gehörte.

»Was soll das? Natürlich kommst du mit«, sagte Ralf.

»Die Musik wird scheußlich sein. Das Essen auch.«

»Na und, du gehst doch nicht zum Essen auf eine Party.«

»Lass mich damit in Ruhe. Ich kann nicht. Ich muss das Münster zu Ende zeichnen.«

»Hast du sie noch alle? Was für 'n Münster?«

»Das Freiburger. Ich sitze seit einer Woche daran, heute wird es fertig.«

Das war gelogen. Vor ihm auf dem Schreibtisch lag die vollendete Bleistiftzeichnung des Freiburger Münsters, welches Munk nicht nur gezeichnet, sondern auch sinnvoll modifiziert hatte, weil es ihm nicht gotisch genug war. Er befand sich im Herbst 1989 gerade in der Gotikphase, was auch seinen Musikgeschmack betraf. Die Vorstellung, im hässlichen Partykeller von Marlene Kleiber verschwitzten Mädchen dabei zuzusehen, wie sie Lambada tanzten, löste in ihm Beklemmungen aus. Er schätzte die Chance, den Plattenspieler zu kapern, um Bauhaus, Sisters of Mercy, Fields of the Nephilim oder wenigstens The Cure aufzulegen, als verschwindend gering ein. Wahrscheinlich würde den ganzen Abend Albtraummusik von Milli Vanilli und Gloria Estefan laufen. Spätestens um 22 Uhr würde der erste bezechte Gast Frikadellen und Kartoffelsalat auswerfen und gegen halb eins würde Mutter Kleiber darum bitten, die Musik auszumachen; für Peter Munk der Höhepunkt der Party.

»Mir egal, was du da zeichnest, das kannst du auch morgen machen«, sagte Ralf, der langsam die Geduld mit seinem Freund verlor. »Zieh was Nettes an und hol mich um zwanzig Uhr ab. Oder wir glühen noch ein bisschen bei mir vor.«

»Ich habe nicht mal ein Geschenk.«

»Dann hole ich eine Dose Erbsen aus unserem Vorratsraum und wir verpacken die schön. Du bist um acht bei mir.« Damit legte Ralf auf.

Ralf war Munks bester Freund, was nicht nur, aber auch an dessen Tickstörung lag. Munk fand Ralfs Geblinzel auf eine seltsame Weise nicht beunruhigend, sondern es entspannte ihn. Er fand diese knisternde Daueraufregung viel natürlicher als seine eigene Ruhe. Außerdem besaß Ralf die für Munk sympathische Angewohnheit, niemals in Andeutungen, chiffriert oder umständlich, sondern immer vollkommen konkret zu sprechen. Ralf war schnell und schlagfertig und formulierte seine Sätze überkorrekt, was sich in einer Marotte ausdrückte, die Munk sehr lustig fand: Ralf nannte Filme immer mit ihrem kompletten deutschen Verleihtitel. Wenn von *Highlander* die Rede war, sagte Ralf *Highlander, es kann nur einen geben*. Und *ET* hieß bei ihm *ET der Außerirdische*. Als er Munk einmal zu einem Videoabend bei sich zu Hause einlud, sagte er also nicht: »Wollen wir heute Abend bei mir *Top Gun* auf Video ansehen?« Er nahm sich wirklich die Zeit und sagte: »Wollen wir heute Abend bei mir *Top Gun, sie fürchten weder Tod noch Teufel*, auf Video ansehen?« Als würde irgendeine Verwechslungsgefahr bestehen, wenn er nur *Top Gun* sagte.

Munk traute sich nicht, gegen den Marschbefehl seines Freundes aufzubegehren. Er brachte das Telefon zurück in den Flur und quälte sich eine Stunde lang mit seiner Garderobe herum. Er konnte eine schwarze Hose mit einem schwarzen Pulli oder einem schwarzen Hemd, wahlweise mit einem schwarzen T-Shirt und einem schwarzen Jackett kombinieren. Und einem schwarzen Gürtel und schwarzen Schuhen über schwarzen Socken.

Viel farbenfroher wurde es nicht, also pikste er noch einen hellblauen New-Order-Button (FACT.50 1981 Movement) durch das Revers seiner Jacke und fand, dass man auf diese Weise dem bonbonfarbenen Kylie-Minogue-Grauen der nächsten Stunden würdig entgegentreten konnte. New Order waren damals für ihn die Verheißung alles Guten in der Musik. Er hörte praktisch ununterbrochen *Power, Corruption & Lies* und bewunderte das Cover der Platte, das ein Stillleben aus dem neunzehnten Jahrhundert zeigte und überhaupt nicht zur Musik auf dem Album passte. Er kannte niemanden, der diese Musik so sehr schätzte wie er selbst.

Munk betrachtete nicht sich als Außenseiter, sondern eher die anderen, die mit dem Unglück leben mussten, nicht seinen Blick auf die Schönheit der Kunst, der Architektur und der Musik zu besitzen. Er hatte sich als Junge radikal auf die Seite der Ästhetik geschlagen, weil er nicht auf der seines Vaters stehen wollte. Er hatte schnell eine geschmackliche Sicherheit entwickelt, indem er ganz einfach alles, was sein Vater machte und mochte, als widerlich und hässlich erkannte und in der Gegenposition dazu epiphanische Begeisterung erlebte, wenn er etwa den von seinem Vater verachteten Mark Rothko für sich entdeckte und das Bauhaus, welches der Senior als »Scheißhaus« bezeichnet hatte. Die Zinnteller-Sammlung des Seniors ließ Munk mitleidlos Jahre später nach dem Tod des Alten einschmelzen.

Auch wenn er in der Schule mit seinem herausgehobenen Geschmack eine gewisse Sonderstellung einnahm, war er nicht unbeliebt, weil er durchaus kicken konnte, auch wenn er Fußball nicht mochte. Er gehörte immer zu den ersten vier, die in eine Mannschaft gewählt wurden. Seine Unsicherheit wurde selten herausgefordert, man ließ ihn in Ruhe.

Wie von Munk vermutet, war die Cola warm, weil niemand daran gedacht hatte, die eine Eiswürfelform der Kleibers zu befüllen. Dann hätte man vierzehn Würfel für zweiunddreißig Gäste gehabt. Immerhin. Ralf und Martin schmuggelten eine Flasche Bacardi in den Keller, wo bereits vier Flaschen Cinzano und einige bunte Liköre auf der Theke standen. In Verbindung mit Orangensaft, Cola und Fanta entstanden daraus klebrige Drinks, die grauenhafte persönlichkeitsverändernde Wirkung zeitigten. Munk ergatterte ein Bier aus dem Kasten, den Marlenes Vater spendiert und sogar gekühlt hatte. Mit der Flasche lehnte er sich an die Wand des Partyraums und versuchte, dem Funkeln der Lichtorgel etwas abzugewinnen. Er stellte sich einen Drogentrip vor und bemühte sich, die Farben intensiver und zahlreicher wahrzunehmen, was ihn von der Musik ablenkte.

Tatsächlich war die übel, aber dafür schmeckte der Nudelsalat (Erbsen, Schinken, Mayo) und Munk dachte, dass er es an dieser Wand gut und gerne bis kurz nach dreiundzwanzig Uhr würde aushalten können. Wenigstens wurde er nicht zum Tanzen aufgefordert. Gerade als Munk damit begann, zaghaft zur Musik zu nicken (»I need you«, BVSMP), stellte sich jemand neben ihn.

»Und du so?«, fragte das Mädchen in sein rechtes Ohr, das davon etwas feucht wurde.

»Ich bin der Peter«, sagte Munk.

»Ich bin Judith. Schöner Kindergeburtstag, was?«

»Ja, voll«, rief Peter, der seinerseits in ihr Ohr belferte. Das Ohr gefiel ihm auf Anhieb. Sehr schöner Ohrring.

»Ich bin Marlenes Schwester und soll auf euch aufpassen.« Sie lächelte ihn an und stieß ihre Bierflasche an seine. Der Verlust seiner Jungfräulichkeit war damit besiegelt. Zumindest für Judith.

Judith roch nach Patschuli und hatte rotblondes langes Haar, was Peter mochte, besonders im Schein der Lichtorgel, die um Millisekunden versetzt den Rhythmus der Musik in Farben übersetzte. Munk traute sich nicht, sie nach ihrem Alter zu fragen. Aber wenn sie die Aufsicht bei dieser Party hatte, war sie auf jeden Fall älter als die Gastgeberin. Marlene wurde sechzehn, also war Judith wahrscheinlich achtzehn. Möglicherweise sogar noch älter, was sie in unerreichbare Sphären hob.

Keine Neunzehnjährige unterhielt sich freiwillig mit einem Sechzehnjährigen. Undenkbar. Es sei denn, sie schätzte ihn älter ein, was aber nicht sein konnte, weil sie Munk gleich als Erstes gefragt hatte, ob er in eine Klasse mit Marlene gehe. Er hatte dazu genickt und einen Schluck aus seiner Bierflasche genommen. Damit war für sie die Rechnerei beendet, denn sie nahm sicher nicht an, dass er ein Erwachsener war, der fünfmal sitzen geblieben war.

Alte Frauen wie Judith sind immer sehr erfahren, dachte Munk und nippte abermals an seinem Bier, das langsam zur Neige ging. Leider hatte er nicht vorsorglich eine zweite Flasche aus dem Kasten genommen und irgendwo gebunkert. Die offiziell zur Verfügung gestellte Kiste war längst leer und für Munk bedeutete dies, dass er sehr bald auf handwarmen Orangensaft mit Korn würde umsteigen müssen, wenn er sich die Party noch nett trinken wollte.

Er wünschte sich, dass Judith endlich abhaute. Sie machte ihn nervös, obwohl sie eigentlich nichts dazu beitrug. Sie stand nur da und lächelte spöttisch, weil die Freundinnen ihrer kleinen Schwester sehr ernsthaft versuchten, sexy zu »The Look« von Roxette zu tanzen, was in Wahrheit nicht einmal der Sängerin glückte.

»Ich wünschte, ich wäre noch mal sechzehn«, sagte Judith. »Dann würde ich mich vielleicht auch so unschuldig und blamabel amüsieren.«

»Tjajaja.«

»Ich meine, das ist doch würdelos.«

»Total, ja.«

»Bei mir oben läuft eindeutig die bessere Musik.«

»Glaube ich sofort«, sagte Munk und meinte es so. War ja keine große Kunst.

»Wenn du willst, zeige ich dir meine Plattensammlung.«

Er drehte den Kopf zu ihr und sie blickte ihm mitten in die Augen, was ihn blitzartig verunsicherte. Er kam mit sich überein, dass es besser wäre, wieder auf die Tanzfläche zu sehen, was er für fünf Sekunden durchhielt, um dann wieder den Kopf zu drehen und ihre Augen in seine zu bekommen. Alles überaus irritierend, zumal Judith auch noch lächelte. Es war aber nicht das abschätzige Lächeln einer erwachsenen Frau gegenüber einem Jüngelchen, sondern es hatte etwas durchaus Freundliches, wenn auch Herausforderndes an sich.

»Bier ist auch alle«, sagte er, um im Gespräch zu bleiben.

»Ich hätte Rotwein.«

»Ah. Rotwein«, sagte er. »Du Glückliche.« Sollte nach gehobenem Lifestyle klingen, hörte sich aber eher an wie ein sechzehnjähriger Schnösel, der einen vierzigjährigen Schnösel nachmacht.

»Wenn du sehr brav bist, bekommst du vielleicht was ab«, sagte Judith und sah dabei glücklicherweise zur Bar rüber, wohl um zu überprüfen, ob die dort herumalbernen Jungs bereits vom Hocker rutschten und nach Hause mussten, was aber nicht der Fall war. Es war erst 21:38 Uhr.

»Wenn's guter Rotwein ist«, sagte Munk lässig und blieb damit seiner Rolle treu, auch wenn er innerlich schäumte wie Pils beim Dosenschießen.

»Gut genug, würde ich sagen«, sagte Judith und sah wieder zu ihm. Und Munk, der von diesem Blick überwältigt und überhaupt überfordert und bereits nicht mehr ganz klar im Kopf war, antwortete darauf: »Ich finde, man kann total gut mit dir reden.« Judith verfiel darauf in ein langes Schweigen, zog sich aber dann selbst aus dem Tal, in welches Munk die Konversation gestürzt hatte, und sagte: »Das können wir ja oben etwas vertiefen.« Es war ihr zweiter Versuch, Munk darauf aufmerksam zu machen, dass es im Dachgeschoss des Einfamilienhauses von Familie Kleiber interessanter war als im Keller. Munk musste nun darauf reagieren, wieder in seine Rolle zurückfinden und gleichzeitig nicht aufgeregt, aber auch nicht desinteressiert wirken.

»Klar. Let's go. Hier ist sowieso die Luft raus«, sagte er. Let's go. Allen Ernstes. Wenn sie ihn daraufhin nicht zu den anderen Kindern schickte, musste sie es wirklich nötig haben.

»Let's go«, sagte sie und stellte ihr leeres Glas ab. Er behielt seine leere Bierflasche in der Hand, obwohl er das Etikett bereits weitgehend abgeknibbelt und die Flaschenhalsfolie zu einem Aluminiumbällchen geknetet hatte. Judith ging voran, wobei sie kurz vor der Wendeltreppe drei Blödmänner zusammenschiss, die zum Spaß mit Biergläsern runde Stücke aus dem Tortenbrie auf dem Büfett stachen. »Ihr habt sie wohl nicht alle. Wer soll denn das noch essen? Trottel.« Die drei Jungen sahen zu Boden und Munk warf ihnen einen abschätzigen Blick zu, als er hinter ihr die Treppe nahm. Kinder! Brie! Auf zum Rotwein!

Judith öffnete die Tür zu ihrem Zimmer, welches eine gewisse Behaglichkeit ausstrahlte, was besonders am Flokati lag, der sich bei näherer Betrachtung als recht verfilzt und fleckig erwies. Judith setzte sich darauf und drehte sich eine Zigarette, Javaanse Jongens, wobei der Tabak im Teppich krümelweise mit Wachsresten und Erdnussflips amalgamierte.

Munk setzte sich daneben und schaute ihr zu.

»Rauchst du?«, fragte sie, während sie aus dem Deckel der Blättchenpackung einen Filter baute.

»Nein. Selten. Muss dafür in Stimmung sein.«

Die Unterhaltung versandete, bevor sie richtig begonnen hatte. Was war eigentlich mit dem Rotwein? Judith erhob sich und holte die Flasche unter ihrem Schreibtisch hervor, wo sie offenbar schon länger gestanden hatte. Sie war halb voll und nachlässig verkorkt. Trollinger aus Kleibers Heizungskeller.

»Wohlsein«, sagte Judith und trank einen Schluck. »Glas gibt's nicht«, sagte sie und reichte Munk die Flasche. Der nahm sie und versuchte sich an einem kennermäßigen Probierschluck. Dann gab er seine Einschätzung ab: »Nicht übel, gar nicht übel.«

Judith legte eine Hand auf sein Bein. Und ließ sie dort. Ohne sie zu bewegen. Als sei er eine Sofalehne. Er fragte sich, ob das Absicht war, und kam zu dem Schluss, dass dies der Fall sein musste. Wenn das so weiterging, würde er küssen müssen. Darauf war er nicht vorbereitet. Nicht, dass er was dagegen gehabt hätte. Er hatte bereits mehrfach geknutscht, wenn auch nie lange, und es hatte sich nichts daraus ergeben. Keine Weiterungen sozusagen. Wenn es nun dazu kommen sollte, würde er natürlich mitmachen, das ja. Aber er wollte das Mädchen nicht verletzen, also in dem Sinne, dass sie sich unter Umständen etwas daraus erhoffte, was er vielleicht nicht zu geben bereit war. Emotional und so. Man konnte ja mal abwarten, wie die Sache sich entwickelte. Wenn die Hand noch länger da rumliegen würde, ohne sich zu bewegen, konnte er ja seine Hand obendrauf legen und dann mal gucken.

Mitten in diese ins mentale Nirvana mäandernden Überlegungen hatte Munk plötzlich Judiths Gesicht vor der Nase, dann ihre Lippen auf seinem Mund und ihre Hand in seinem Nacken. Dadurch wurde ihm die Entscheidung abgenommen, er hatte nicht einmal Zeit, seinen Atem zu überprüfen. War aber wohl auch nicht so wichtig.

Nachdem sie nebeneinandersitzend für lange zwei Minuten und vierzehn Sekunden geküsst hatten, wurde die Position etwas ungemütlich, zumal Judith immer noch seinen Kopf festhielt. Chiropraktisch hochwirksam, unter erotischen Gesichtspunkten hingegen etwas anstrengend.

Judith bewegte ihre Hand auf Munks Bein, der dadurch in Stress geriet, weil er sich gleichzeitig um die Zunge in seinem Mund, die Hand an seinem Hinterkopf und sein Bein mit der Hand darauf kümmern musste. Zum Glück ließ Judith für einen Moment von ihm ab, wohl um Luft zu holen. Das nutzte Munk, um ruckartig aufzustehen.

»Du wolltest mir doch deine Musik zeigen«, sagte er und ging zu ihrer Plattensammlung rüber, die an einem alten Koffer lehnte, auf welchem sich die Stereoanlage des Mädchens befand. Verstärker und Tapedeck von Grundig und ein Dual CS 505-Plattenspieler. Den hatte irgendwie jeder. Munk ging in die Hocke und blätterte die Platten durch. Von einer Sammlung konnte dabei nicht die Rede sein. Judith besaß ungefähr dreiundzwanzig Platten, die ihn nicht sehr überraschten. Sie hörte, was Mädchen so hörten.

Cat Stevens. Supertramp. Barclay James Harvest. *Fame*-Soundtrack. *Flashdance*-Soundtrack. *Dirty-Dancing*-Soundtrack. *Footlose*-Soundtrack. *Top-Gun,-sie-fürchten-weder-Tod-noch-Teufel*-Soundtrack. Al Jarreau. Paul Simon. Merkwürdigerweise Hüsker Dü. Er hob die Platte hoch. »Die ist von meinem Ex«, sagte sie etwas ungeduldig. Es wäre die einzige gewesen, die Munk gerne gehört hätte, aber sie passte nicht zum Moment, auch wegen des Ex-Freundes. Munk zog die Musikauswahl unnötig in die Länge, weil er ahnte, dass er anschließend wieder zum Flokati musste. Er hatte prinzipiell nichts dagegen, konnte aber mangels Erfahrung nicht die Führung übernehmen. Oder doch, aber nicht versiert. Und das machte ihn nervös, zumal Judith offenbar bereits einen festen Freund gehabt hatte, der zudem auch noch Hüsker Dü hörte.

Schließlich zog er das seiner Meinung nach geringste Übel aus der Sammlung. Al Jarreau. Er legte die Platte bedächtig auf den Teller, setzte die Nadel auf und wartete ab, ob die Musik die richtige Lautstärke hatte.

Mornin' mister radio
Mornin' little cheerios
Mornin' sister oriole
Did I tell you everything is fine in my mind?

Schubidu, schubida. Grässlich, fand Munk, aber der Zweck heiligte die Mittel. Wobei? Welcher Zweck? Egal. Er setzte sich wieder, aber diesmal nicht neben sie, weil er ihren Nackengriff fürchtete. Dieser blieb aus, dafür zog sie ihn fest an sich und sie kippten nach hinten. Auf ihr liegend, übernahm er nun die Initiative und küsste sie, während sie damit begann, sich unter ihm schlangenartig zu bewegen, was ihn ziemlich begeisterte, auch wenn er keine richtige Antwort darauf fand.

Während der ersten drei Lieder der Platte gelang es Munk unter Aufbietung seiner ganzen Fantasie, Judiths Atmung durch Einsatz aller Finger seiner rechten Hand an ihrer Brust so weit zu verändern, dass sie sich anhörte wie seine Mutter auf dem Ergometer. Den Fitnesswert dieser Übung hatte Munk immer infrage gestellt, weil seine Mutter beim Radeln gerne rauchte.

Mit dem Beginn des vierten Liedes zog Judith Munks Hemd aus der Hose, worauf er dasselbe bei ihr tat. Dann ging alles sehr schnell. Den magischen Moment des nicht mehr Zurückkönnens erlebte Munk rauschhaft und dennoch mit Sorge, weil gleich seine Inkompetenz im Vollzug des Geschlechtsaktes zum Vorschein kommen würde. Theoretisch war er zwar mit den Abläufen vertraut, aber praktisch musste man seine Hose ausziehen, dabei nicht blöd gucken und dann irgendwie zu einem Bewegungsmuster finden, das den Ansprüchen gerecht wurde.

Ob man es für ein Glück halten kann, wusste Munk auch Jahrzehnte später nicht zu beurteilen, jedenfalls fanden seine Bemühungen ein derart jähes Ende, dass er hinterher nicht einmal mit Sicherheit sagen konnte, ob er zuvor überhaupt in ihr gewesen war. Die Aufregung. Diese Spannung. Er hatte sich auf sie gelegt und zumindest die Richtung stimmte, aber nach wenigen Augenblicken war es bereits vorbei. Er versuchte noch, es irgendwie aufzuhalten und zu verbergen, bewegte sich weiter, aber das an und für sich gute Gefühl verging so schnell, wie es gekommen war, und wurde ersetzt von einer Mischung aus Scham und Enttäuschung.

Munk ließ sich zur Seite kippen, kam neben Judith zu liegen und zog sich sofort die Hose hoch. Dann griff er nach seinem Hemd. Judith zupfte ihr Oberteil zurecht und suchte ihren Tabak. Munk nahm die Flasche und trank einen Schluck.

Al Jarreau dudelte weiter vor sich hin und niemand sagte etwas. Munk hätte auch nicht gewusst, worüber er mit Judith jetzt hätte sprechen können. Er wusste nicht einmal, was gerade geschehen war. Möglicherweise war das ja normal. Oder zumindest nichts Besonderes. Hier versagten seine theoretischen Kenntnisse der Materie. Er wagte einen Blick zu Judith und sah sie von der Seite an. Sie fummelte Tabakkrümel von ihrer Unterlippe und blies Rauch aus. Dann drehte sie sich zu ihm und sagte: »Flasche.«

Er reichte ihr den Rotwein und sie trank etwas von dem schauderhaften Trollinger. Munk hätte in diesem Moment nicht sagen können, ob sie traurig, gleichgültig oder angetan war. Sie war irgendwie gar nichts. Die Nadel des Plattenspielers fuhr in die Auslaufrille und machte dort ein kratzendes Geräusch, das sich endlos zu wiederholen schien, bis Judith endlich aufstand und den Tonarm aus der Platte hob.

»Wollen wir wieder runtergehen?«, fragte sie.

»Klar. Können wir machen«, sagte Munk mit einer beflissenen Tapferkeit. Dass sie nicht darüber reden wollte, beruhigte ihn sehr. Andererseits waren postkoitale Momente dafür da, Liebesschwüre oder wenigstens Absichtserklärungen abzugeben. Vielleicht Pläne zu schmieden. Aneinandergedrückt noch lange liegen zu bleiben. Das alles blieb bei Munks erstem Mal aus. Sie gingen einfach wieder in den Keller, wo inzwischen langsame Lieder gespielt wurden. Die Lichtorgel war ausgeschaltet worden, sodass nur das Licht aus dem Treppenhaus in den Partykeller fiel und diesen schwach beleuchtete, während sechs Paare sich langsam zu Phil Collins (Horror) bewegten.

Da wurde Munk schlagartig bewusst, dass er soeben gegenüber den anderen Jungen einen erheblichen biografischen Erfahrungsvorsprung herausgearbeitet hatte. Schade war bloß, dass dies geheim bleiben würde, denn natürlich würde er damit nicht prahlen und niemandem erzählen, dass er soeben Marlenes große Schwester flachgelegt hatte. Das verstand sich von selbst. Schließlich war er ein Gentleman.

Als solcher suchte er mit übergroßer Gelassenheit nach einem Getränk und musste sich mit Blue Curaçao und Fanta begnügen, was ihm angesichts der großen Wirkungsmacht seines Abenteuers nichts ausmachte. Er sah es eher als Pointe an, dass er, soeben Mann geworden, ein Kindergetränk in einem Nutella-Sammelglas schwenkte.

Er sah zu Judith, die sich mit Mädchen aus Marlenes und Munks Klasse unterhielt und offenbar einen guten Witz machte. Dann sahen alle zu ihm rüber und lachten. Er hob sein Glas und machte eine Prosit-Geste, die aber nicht erwidert wurde. Später ging er noch einmal zu Judith und legte seinen Arm um ihre

Hüfte, was sie mit dem tödlichen Blick quittierte, worauf er die Hand zurückzog und in seine Hosentasche steckte.

Als Mutter Kleiber zum Aufbruch mahnte, hatte sich der Keller bereits um jene Gäste gelichtet, die um Mitternacht zu Hause sein mussten. Es waren nur noch acht übrig, die sich artig von Mutter und Marlene verabschiedeten. Judith stand am Büfett und kratzte Reste zusammen.

»Ich gehe dann jetzt mal langsam«, sagte Munk, als habe er das selbst entschieden. Judith nickte.

»Wir können ja mal telefonieren«, sagte Munk. Sie biss von einem Mehrkornbrötchen ab und sagte: »Ich glaube, das lassen wir vielleicht einfach. Ich muss sowieso morgen wieder nach Marburg.«

»Was machst du denn in Marburg?«

»Studieren!?«

Das war's. Viele Jahre später traf Munk die große Schwester von Marlene Kleiber noch einmal zufällig auf einer Party in München. Er nickte ihr zu, aber sie erkannte ihn nicht. Nicht schlimm, dachte er, denn ihm fiel ihr Name nicht ein.

Während des Frühstücks versuchte Munk, sich daran zu erinnern, was er damals gefühlt hatte. Für ein paar Tage dachte er, in Judith verliebt zu sein. Er versuchte, sie aus dem Kopf zu zeichnen, und dachte darüber nach, bei ihr in Marburg aufzutauchen, vielleicht mit Blumen. Oder mit Pralinen. Er stellte sich vor, wie es wäre, wenn sie nun ein Paar würden. Man würde sich kennenlernen, richtig zusammen sein. Natürlich räumlich getrennt, in einer Fernbeziehung. Auch wenn nichts in ihrem Verhalten am Ende des Abends darauf hingedeutet hatte, musste es doch Gefühle geben. Weil es so üblich war. Munk zwang sich geradezu, romantische Gedanken zu haben.

Munk rief sich in Erinnerung, wie er bei Marlene um die

Telefonnummer von Judith gebeten hatte. Tags darauf erklärte Marlene, dass Judith nicht wolle, dass er sie anrief, und da ließ er abreißen, fügte sich schnell in die Endgültigkeit der Trennung, die keine war, weil sie kein Paar geworden waren und auch nicht werden würden. Und sehr schnell vergaß oder verdrängte er das Erlebnis im Dachgeschoss des Einfamilienhauses Kleiber.

Als er wieder in seinem Zimmer war, setzte er sich an den Schreibtisch und überlegte, wie er mit den durchlebten Erinnerungen an Judith umgehen sollte. Namen durchstreichen oder Namen abhaken. Er entschied sich für den Haken und betrachtete die Liste. Dann zog er seine Wanderschuhe an und begab sich auf einen langen Spaziergang im Nieselregen.

Nicole. Diesen Namen hätte er niemals vergessen, denn Nicole war seine erste wirkliche Liebe. Erste wirkliche große Liebe? Oder ohne »große«. Auf jeden Fall Liebe. Konnte ja nicht anders sein, denn am Ende verspürte er starken Liebeskummer und das geht nicht ohne Liebe. Komischerweise waren Munks Erinnerungen an den Beginn ihrer dreimonatigen Beziehung diffuser als jene an die einmalige Begegnung mit Judith.

Sicher wusste er, dass er Nicole an einem Abend im November 1990 in der Eissporthalle beim Schlittschuhlaufen zum ersten Mal gesehen und gesprochen hatte. An einem Sonntag. Da gab es Schlittschuhdisco mit den größten Hits der Achtziger und Munk hatte sich überreden lassen, an einem Ausflug des Physik-Leistungskurses in diese kalte Hölle der Mittelmäßigkeit teilzunehmen. Um die dramatische Mädchenknappheit dieser Gruppe einigermaßen auszugleichen, kam der Französisch-LK auch mit. Bereits der Umstand, dass man sich Schlittschuhe leihen musste und sich seine Füße in etwas befanden, wo bereits Hunderte andere Füße, Quanten, Käsemauken dringesteckt hatten, bereitete ihm Sorgen. Andererseits fand er das Eis faszinierend und zu seiner größten Überraschung stellte er sich nicht so blöd an, wie er und vor allem Ralf vorher angenommen hatten. Im Gegenteil.

Während der halbe Kurs, sich an den Händen haltend, übers Feld eierte, gelang es Munk sofort und ohne einmal zu fallen, in einen angenehmen Schreitschritt zu gelangen, der es ihm sogar ermöglichte, den Oberkörper zur Musik zu bewegen. Er war darüber sehr verwundert. Gleich nachdem er das Eis zögerlich, aber neugierig betreten hatte, ließ er das Geländer los und stellte fest, dass er sich sicher fühlte, auf jeden Fall sicherer als sonst in Anwesenheit des überwiegend weiblichen Französisch-LKs. Er machte einen mutigen Schritt, dann noch einen und fuhr ganz mühelos in die Mitte des Eishockey-Feldes. Der DJ spielte Italo-Disco, jene unterschätzte Musikrichtung, die dafür geschaffen schien, in Eissporthallen zu laufen. Nacheinander »Pulstar«, »Flashlight on a Discolight« und »Hypnotic Tango«. Der ohnehin schon maschinelle Klappersound dieser Lieder hämmerte zwischen Eis und Hallendecke metallen klirrend hin und her und Munk geriet in Schwung, in eine fließende Bewegung und schließlich in eine Art Trance, die von der Lautstärke der Musik und von der Leichtigkeit begünstigt wurde, mit der er sich auf dem Eis bewegte.

Noch nie hatte er etwas Derartiges erlebt. Er hatte seinen Körper immer eher als störendes Beiwerk zu seinem Geist erlebt, als etwas, das man mit sich herumtrug und möglichst gut anzog. Nun jedoch hatte dieser Ballast scheinbar kein Gewicht mehr. Schwerelos glitt Munk unter den bewundernden Blicken zweier Leistungskurse über die Eisfläche, bald auch mit mutigeren Schritten und vor allem immer schneller. Das Eis war Munks Freund, ganz anders als das Wasser oder die Luft. Er war kein begeisterter Schwimmer und betrachtete sich als nicht schwindelfrei, was er indes nicht beurteilen konnte, weil er sich niemals hatte dazu durchringen können, einen Turm oder einen Berg zu besteigen, geschweige denn ein Fünfmeterbrett.

Aber die Kombination aus gefrorenem Wasser und kalter Luft in dieser Halle beflügelte ihn regelrecht und als er nach zwanzig Minuten erstmals pausierte und an die Bande fuhr, war Munk schweißüberströmt und überglücklich. Er atmete schnell ein und aus, senkte dabei den Kopf und als er ihn wieder hob, hielt ihm jemand eine Lila Pause vors Gesicht.

»In welchem Verein bist du?«, fragte das Mädchen, das ihm den Schokoriegel anbot. Und er, schnaufend, empfand die Frage als Kompliment und sagte: »Findest du, ich laufe wie jemand, der in einem Verein ist?«

»Absolut. Bist du nicht?«

»Ich fahre heute zum ersten Mal.«

»Klaro«, sagte das Mädchen und lachte ihn an. Und genau das war der Moment, als Peter Munk sich in Nicole Gehlen verliebte.

Sie war wenige Minuten zuvor in die Halle gekommen und hatte sich in die zweite Reihe der Tribüne gesetzt, um ihre Schuhe anzuziehen. Dabei hatte sie übers Eis geschaut, um erstens nachzusehen, ob ihr soeben von ihr getrennter Freund Massimo da war. Dann wäre sie nämlich sofort wieder gegangen. Zweitens taxierte sie anhand der Bevölkerungsdichte auf dem Eis ihre Chancen, schnell zu fahren. Und drittens fiel ihr dabei der schmale Junge auf, der in weiten schwarzen Hosen, einem schwarzen Pullover und einem dunkelgrauen Mantel aussah wie ein Rabe, der sich an den Nordpol verirrt hat. Ein hübscher Junge, wie sie fand, mit einem stilistisch unorthodoxen, aber irgendwie erfolgreichen Laufstil. Sehr schnell, aber mit einer unbeschreiblichen Eckigkeit in den Bewegungen. Ihr Trainer hatte ihr von Holländern erzählt, die in einer speziellen Technik unterwegs waren.

»Bist du Holländer?«, fragte sie. Darüber musste Munk lachen, der die Schokolade seiner klammen Finger wegen sehr umständlich auspackte. »So ähnlich. Ich bin Däne«, sagte er ohne Verstand aus Albernheit und biss ein Stück ab. »Dänen sind Holländer ohne Windmühlen«, fügte er mit Kennermiene hinzu und das war wiederum der Augenblick, in dem sich Nicole in ihn verliebte. Dann sagte er: »Ich bin wirklich heute das erste Mal hier. Ehrenwort.«

»Du wärst mir sonst ganz sicher aufgefallen.«

»Wieso das denn?«

»Ich habe noch nie jemanden gesehen, der gleichzeitig so beschissen und so genial Schlittschuh fährt wie du«, sagte sie und machte Anstalten, die Eisfläche zu betreten.

»Und du bist so ’ne Art Profi, oder was?«, fragte er.

Darauf lächelte sie und schob ihn beiseite, um in einem Schwung auf die Fläche zu gleiten. Er fand, dass es aussah, wie wenn ein Fisch in ein Aquarium fällt. Einmal kurz elegant die Flossen gewedelt, und schon ist er in seinem Element. Nicole schob ein wenig an und lief durch das Discovolk, das schafsgleich brave Runden drehte.

Später am Abend standen sie vor der Halle, sie mit Sporttasche, er mit einer roten Nase. Sie küssten sich und es war völlig klar, dass sie für immer zusammenbleiben würden.

Es gab nichts, was Peter Munk an Nicole störte. Man kann sagen, dass er der glücklichste Siebzehnjährige war, den er kannte. Nach dem ersten Kuss war auch die erste Nacht eine Woche später für ihn ausgesprochen erfolgreich verlaufen. Sie hatte von ihm mitgezählte siebzehn Sekunden gedauert und in der Folge gelang es ihm, hier von Rekord zu Rekord zu schreiten. Innerhalb von nur drei Wochen war er bei über zwei Minuten angelangt, was nicht nur ihn freute. Nicole war darüber ebenfalls entzückt, was vielleicht auch damit zu tun hatte, dass sie keine Vergleichsmöglichkeiten besaß.

Was Munk noch viel besser gefiel, war, dass sich Nicole für ihn interessierte. Für seine Zeichnungen, für seine Vorstellungen von einer funktional nach den Bedürfnissen der Bewohner ausgerichteten Architektur, die eine exklusive Ästhetik beinhaltete, weil Schönheit glücklich machte, wie Munk ein ums andere Mal schwärmte. Er erläuterte ihr die Herkunft dieser These, indem er Nicole Gebäude zeigte, die unter der Leitung seines Vaters entstanden waren.

Darüber sprachen sie viel und auch über die sehr reife Annahme, dass seine architektonischen Ziele viel damit zu tun hatten, die Schrecken seiner Kindheit zu überwinden. Nicole war von der Tiefe seiner Ausführungen sehr beeindruckt. In ihrem Leben hatte es bis dahin nur Eislaufen gegeben und neun Monate lang jenen Massimo, Sohn italienischer Gastronomen, der einen roten Golf fuhr und sie ein Dreivierteljahr bedrängt hatte, endlich mit ihm zu schlafen. Zunächst war dieses Werben für sie ein Abenteuer gewesen, zumal Massimo wirklich sehr gut aussah und andauernd davon sprach, mit ihr eine Familie gründen zu wollen. Das fand sie süß, genau wie seine Vorstellung, ein Hotel auf Sardinien zu führen. Er meinte das allerdings völlig ernst und als sie das bemerkte und er von Heirat sprach und davon, wie aufgeregt seine Familie schon sei und dass sein Vater vorhabe, einen großen Kredit in die Zukunft des Paares zu investieren, fühlte sie sich missverstanden, denn sie hatte zwar durchaus irgendwann mal gesagt, dass sie Massimos Pläne »schön« fand, aber nicht, dass sie dabei als Gattin teilnehmen würde, zumal sie gerade erst sechzehn war und von einer badischen Bodenständigkeit, gegen die selbst der Zauber eines braunäugigen Sarden mit Sixpack und Golf GTI machtlos war. Was dieser nicht verstehen konnte.

Nachdem sie die Beziehung beendet hatte, verfolgte Massimo sie noch eine Weile, aber als er sie Händchen haltend mit Munk in der Stadt sah, wendete er sich einer gewissen Claudia zu, was erfolgreicher verlief, jedenfalls war die kurze Zeit später schwanger.

Mit den Wochen landeten Peter Munk und Nicole in der flachen Erlebnis-Ebene, die eine Beziehung ganz oft gegen einen unendlich entfernt scheinenden Horizont führt. Das ist eine verlässliche, aber wenig spannungsreiche Aussicht. Und selbst bei einem jungen Paar tritt eine gewisse Gewöhnung, noch keine Langeweile, aber doch so etwas wie gelassene Gegenwartsverwaltung ein. Das merkten beide, aber sie unternahmen nichts dagegen, weil es bedeutet hätte, das Verhältnis einer riskanten Spannung auszusetzen.

Beide hatten sich gegenseitig noch nicht im Elternhaus des anderen vorgestellt. Peter Munk hatte dazu keine Lust, denn er fand, dass seine Freundin ein Schatz war, den er lange, am besten für immer, vor dem monströsen Munk senior schützen sollte.

Und Nicole befürchtete Sanktionen in ihrem katholischen Elternhaus. Sie hatte erlebt, wie ihr älterer Bruder um jede noch so kleine Aufweichung elterlicher Prinzipien hatte kämpfen müssen. Er war schon über zwanzig und wenn seine Freundin überhaupt bei ihm übernachten wollte, ging das nur in getrennten Zimmern. Außerdem wusste sie nicht, wie sie Munk einführen sollte. Bei welcher Gelegenheit, mit welchen Worten und was dann geschehen würde. Gleichzeitig empfand sie eine Art von Schuldgefühl, weil sie ihn zu Hause verheimlichte. Über Wochen hatte sie gelogen und sich angeblich mit einer Freundin verabredet, dabei traf sie ihn. Sie fuhren gemeinsam über das Eis oder er schaute ihr beim Training zu. Wenn sie allein sein wollten, verzogen sie sich in das Gartenhaus der Munks. Dort hatte Peter, verborgen hinter dem gewaltigen Grill seines Vaters, dem Aufsitzmäher und einer ausrangierten Hollywoodschaukel, ein recht anheimelndes Ambiente geschaffen, welches in den Wintermonaten niemals gestört wurde.

Nicoles Lüge flog auf, nachdem Nicoles Mutter einmal bei den Eltern der Freundin angerufen hatte, um nachzufragen, ob ihre Tochter bereits auf dem Heimweg war. Als Nicole erst nach einundzwanzig Uhr das Haus betrat, fragte die Mutter, wo sie herkam. Sie log. Die Mutter fragte noch einmal, sie log noch einmal. Dann sagte die Mutter, sie habe dort angerufen, worauf Nicole antwortete, alles sei ein Missverständnis; um dann zu behaupten, sie sei beim Training gewesen, wonach die Mutter auf die Sporttasche zeigte, die in der Garderobe stand. Schließlich räumte sie ein, dass es einen Jungen gebe, von einer anderen Schule, und dass sie viel Zeit mit ihm verbringe.

Zu ihrer Überraschung reagierten ihre Eltern verständnisvoller und freundlicher als gedacht. Um den jungen Mann zu begutachten, schlugen sie vor, ihn am Sonntag zum Essen einzuladen. Und so klingelte Peter Munk am Sonntag um 12:30 Uhr an der üppig mit Butzenscheiben ausgestatteten Haustür der Gehlens.

Das Essen verlief zunächst ohne Zwischenfälle, wenn man davon absieht, dass Munk zweimal die geschmorten Zwiebelringe des Rostbratens von der Gabel glitten und in das Püree plumpsten, was aber außer Nicole niemand bemerkte. Ihre Eltern unterzogen ihn einem ausführlichen Verhör, in dessen Verlauf sowohl die Konfession als auch Lieblingsfächer, etwaige Haustiere und Sportvorlieben sowie berufliche Pläne abgefragt wurden, wobei er sich nicht schlecht schlug.

Schließlich fragte Vater Gehlen nach Peter Munks Nachnamen und als er ihn nannte, sagte Gehlen: »Bauunternehmer Munk? Ist das dein Vater?« Munk nickte und fragte, ob Gehlen ihn kenne, und der sagte leise: »O ja. Den kenne ich.«

Frau Gehlen legte ihre Hand auf den linken Oberarm ihres Mannes, beschwichtigend, tröstend, vielleicht auch, um ihn von etwas abzuhalten. Er bewegte seinen Oberkörper, beinahe widerwillig ließ er die Berührung zu. Er schob einen Rest Kartoffelpüree über den Teller, dann legte er das Besteck ab.

»Der hat mir das Geschäft kaputt gemacht. So lange unterboten, bis ich überall raus war.« Gehlen sprach ganz langsam, sah den Sohn seines übermächtigen Konkurrenten dabei an, als wolle er ihm die Halsschlagader durchbeißen. Dann gab es Milchreis mit Schattenmorellen.

In den Tagen danach meldete sich Nicole nicht bei Munk. Der saß in seinem Zimmer und bastelte das Modell eines Hauses für sie. Sie hatten davon gesprochen, was sie sich wünschte, wenn sie Bauherrin wäre, und das setzte er um. Ihr Heim erhielt einen großen Kamin, eine Sauna und ein Zimmer, in dem sie mit Freundinnen die Bill-Cosby-Show ansehen konnte. Das filigran gearbeitete Modell bestand aus Pappe und stand auf einem Sperrholzbrett, welches er zusätzlich mit einem üppigen Garten beklebte, mit einer Doppelgarage und einem Swimmingpool.

Als er nichts von Nicole hörte, fuhr er mit dem Fahrrad durch die ganze Stadt, um das Modell vor ihrer Haustür abzulegen. Als er tags darauf nachsah, ob sie es reingeholt hatte, lag es im Vorgarten der Gehlens. Jemand hatte es zerstört. Sozusagen abgerissen.

Munk hatte in den vielen Jahren nach diesem Vorfall nie gewagt, sich zurück in den Schmerz zu begeben, den es ihm bereitet hatte, das zerstörte Modell aufzuheben und nach Hause zu bringen, wo er versuchte, es zu reparieren.

Er setzte sich auf eine Bank an seinem Wanderweg und dachte an das kaputte Häuschen. Und erst jetzt, knapp dreißig Jahre später, gelang ihm eine vollständige Erinnerung an den Moment, den er sich vor sich selbst bis hierhin anders und auch nur bruchstückhaft dargestellt hatte.

Und erst auf dieser Bank im duftenden Nieselregen konnte er um Nicole trauern. Bis dahin war das Ende ihrer Liebe für ihn immer diffus geblieben. Zwar war er damals verletzt und wütend gewesen. Bloß nicht auf Nicole oder Herrn Gehlen, sondern auf seinen eigenen Vater.

Nachdem er damals das Modell einigermaßen repariert hatte – manches war nicht zu retten –, suchte er nach einer Gelegenheit, es Nicole doch noch zu überreichen. Es konnte sein, dass es bloß durch ein Versehen zu Schaden gekommen war. Womöglich ein Unfall. Vielleicht. Also passte er sie beim Training ab.

Als sie aus der Halle kam, wartete er an ihrem Fahrrad. Er hatte das Haus dabei, in einer Tüte. Munk lächelte sie an, aber es kam nichts zurück. Er fragte, ob zwischen ihnen etwas vorgefallen sei, und sie bat ihn wegzugehen, damit sie das Schloss öffnen könne. Aber er trat nicht beiseite und versuchte, sie zu umarmen. Nicole schob ihn von sich, schloss das Fahrrad auf und klemmte die Sporttasche auf den Gepäckträger. Da hielt er den Lenker fest und fragte noch einmal, was denn sei, er wisse gar nicht, was sie habe. Und sie antwortete in aller Kühle, er könne ja mal seinen Vater nach Herrn Gehlen fragen.

»Was haben wir beide denn mit meinem Vater zu tun?«, fragte er unsicher.

»Wir gar nichts. Aber du.«

»Ich kapiere nicht, was los ist.«

Quälende Minuten, zähes Schweigen. Er mit der Hand an ihrem Fahrradlenker, sie nach unten schauend. Er verunsichert, mit der Tüte in der Hand, sie voller Gewissheit, weder das Modell noch ihn haben zu wollen. Zwischendurch kam ihr Trainer vorbei und fragte, ob alles okay sei. Sie sagte: »Ich komme schon klar«, was Munk noch mehr irritierte, denn er selbst kam überhaupt nicht klar und er ahnte, dass ihre Klarheit zu nichts Gutem führen konnte.

»Was ist denn jetzt überhaupt mit uns?«, fragte er. »Du meldest dich nicht, du reagierst nicht und ich habe dir doch ein Haus gebaut.« Das klang schwach, unwirksam und verletzt, aber immerhin rang sie sich ein Lächeln ab.

»Es ist besser, wenn du mich jetzt fahren lässt. Ich kann kein Haus von dir annehmen.«

»Aber warum denn nicht?«

»Kein Haus von einem Munk.«

»Ich kann dir was anderes bauen.«

»Lass es gut sein, Peter. Es passt einfach nicht. Es geht nicht. Ich kann das nicht. Ich mag dich gut leiden, aber das mit uns hat keinen Sinn.«

Munk hatte schon erlebt, dass Mädchen am Ende sagten, man könne doch einfach so Freunde bleiben, was ihn jedes Mal wahnsinnig gemacht hatte, denn genau das wollte man als Junge natürlich nicht: einfach so Freunde bleiben. Aber Nicole sagte nicht einmal das. Er würde nicht einmal im Randbereich dessen landen, was man Beziehung nannte. Sondern im Weltraum. Um sich dessen zu versichern, fragte er: »Du willst, dass wir uns nie wieder sehen?«

Nicole nickte. Und dann standen sie wieder endlos herum. Zu Hause wurde das Essen kalt. Es ist ja seltsam, woran man in diesen Momenten auch denkt: Der Heizlüfter unter dem Schreibtisch läuft, das ist eigentlich gefährlich. Ich müsste noch für Mathe lernen. Wenn es jetzt aus ist, muss ich den Schuppen im Garten aufräumen.

Schließlich nahm sie seine Hand und schob sie von ihrem Fahrradlenker. »Ich muss dann los«, sagte sie und versuchte eine lockere Umarmung, weil sie nicht wusste, wie sie sich verabschieden sollte. Er drückte sie fest, versuchte auch noch einen Kuss, landete dabei irgendwo in ihren Haaren, dann sagte sie leise »Tschüss« und fuhr los. Erst nach zwanzig Metern machte sie das Licht an.

Die darauffolgenden Monate erlebte Munk wie eine Nacht, von der man nicht sagen kann, ob man überhaupt geschlafen hat. Er ging nie wieder Eislaufen. Die Schlittschuhe, die er zu Weihnachten von seinen Eltern bekommen hatte, würde er Jahre später bei einem Umzug in einer Studentenwohnung in Holland zurücklassen. Munk durchlitt einen unendlich scheinenden Kummer. Und weil er nicht wusste, wohin er seine Gefühle lenken sollte, wuchs sein Hass auf seinen Vater. Dass dieser gar nicht ahnen konnte, welchen gewaltigen Einfluss er auf die erste Liebesbeziehung seines Sohnes gehabt hatte, machte es für den nur noch schlimmer: Der Alte musste nicht einmal bewusst agieren, um ihm das Leben zu versauen. Eine größere Macht war für Munk nicht vorstellbar. Es war nichts Gutes an ihr. Alles an diesem Monstrum war für Munk schlecht, zerstörerisch und hässlich.

Erst Jahre später, nachdem der Senior tot war, wurde Munk klar, was Herr Gehlen empfunden haben musste, als er vor seiner Tür das Modell eines Hauses vorfand, das ein Munk gebaut hatte. Ausgerechnet ein Haus. Vater Gehlen hatte dies als erneute Demütigung verstehen müssen. Munk konnte sich richtig vorstellen, wie Gehlen das Häuschen vor den Augen seiner Tochter zerstörte, um ihr dann für alle Zeiten unter Beschwörung der familiären Solidarität den Umgang mit dem Burschen zu verbieten. Er hatte Verständnis dafür, seit er bei der Entrümpelung des väterlichen Büros auf eine Akte gestoßen war, auf dessen Etikett »Gehlen« stand.

Munk nahm den Ordner und blätterte hinein. Bei den meisten der abgehefteten Papiere handelte es sich um Rechnungen und Mahnbescheide. Gehlen hatte etwas von Munk senior gekauft und offensichtlich nicht bezahlen können. Baustoffe, allerhand Material. In den angehängten Briefen bat Gehlen um Stundung, alles im vertrauensvollen Du. Von Munk knappe Antworten, neue Rechnungen, Mahngebühren, Drohungen. Und schließlich ein Brief vom September 1984, in dem Munk vorschlug, die ausstehenden Beträge mit einer Art Knechtschaft Gehlens zu verrechnen.

Munk schlug Gehlen vor, bei Ausschreibungen für neue Bauprojekte von nun an immer recht deutlich oberhalb dessen zu bieten, was Munk in seine Angebote schrieb. Er werde ihn darüber informieren, damit man sich künftig abstimmen könne. Sobald auf diese Weise reichlich Aufträge bei Munk landeten, um die Warenlieferungen auszugleichen, sei man quitt.

Gehlen schickte nur Tage später einen knappen Brief, in dem stand, dass er sich nicht kaputt machen lasse. Für Munk habe dieses Geschäft gleich zwei Vorteile: Er bekomme noch mehr Aufträge und er dränge seinen kleinen Mitbewerber für immer aus dem Geschäft. Vater Munk antwortete mit einer weiteren Mahnung und der Ankündigung von Pfändungen. Das war der letzte Brief in der Akte. Sein Sohn klappte den Ordner zu und warf ihn ins Altpapier.

Munk junior hatte die Geschichte in den Jahren danach als weiteres Beispiel für die Boshaftigkeit seines Vaters in seiner Seele archiviert. Nicole verlor damit ihre romantische Bedeutung als erste Freundin, sie war übermalt mit dem glänzenden Lack des Hasses, den Munk für seinen Vater empfand. Jetzt nahm er sich endlich die Zeit, das Ende seiner ersten großen Liebe zu bedauern.

Er wickelte ein fabelhaftes Käsebrot aus dem Lunchpaket aus, das man ihm im Hotel mitgegeben hatte, und versuchte, sich auf Nicole zu konzentrieren. Wie war sie gewesen? Was hatte sie ausgemacht? Welche Rolle spielte sie? Würde er sie erkennen, wenn er sie irgendwo sah? Vielleicht war das ja schon geschehen, falls sie in Freiburg geblieben war. Er widerstand der Versuchung, sie zu googeln, was ihm leichtfiel, weil er auf seinen Wanderungen ohnehin meistens kein Netz hatte. Außerdem hatte er es sich zum Ziel gesetzt, ungestützt über die Frauen nachzudenken. Er wollte seine Erinnerungen nicht durch Recherche manipulieren.

War sie also schön gewesen? Natürlich, dachte er und stieg ins Bildarchiv seines Gehirns, wo er sie in der Gartenlaube vorfand, zur Hälfte entkleidet. Sie hatte eine starke Beinmuskulatur. Er liebte es, die festen Oberschenkel zu drücken. Wenn sie diese anspannte, konnte er noch so viel Kraft aufwenden, sie zuckte nicht das kleinste bisschen.

Was war sie noch gewesen? Desinteressiert an Musik, das fiel ihm als Zweites ein. Sie beurteilte Lieder nur danach, ob man dazu tanzen konnte oder nicht. Dafür hörte sie ihm zu, wenn er von seiner Begeisterung für die Songtexte von Matt Johnson sprach oder über die futuristischen Visionen des Santiago Calatrava. Jedenfalls hatte es sich für ihn so angefühlt, als hörte sie ihm zu. Er lag dann mit dem Kopf auf ihrem Schoß, schaute an die Decke und sie streichelte seine Haare. Ob es lange gegangen wäre? Er spürte der Frage nach. Vielleicht nicht. Man nennt diese ersten Partnerschaften Lernbeziehungen. Man wächst an ihnen und auch am Scheitern. Möglich, dass man sich ohnehin bald getrennt hätte, spätestens dann, wenn er zum Studieren fortgegangen wäre. Millionenfach durchlittenes Schicksal erster Lieben. Möglich, dass sie am Ende doch jemanden vorgezogen hätte, dessen Bewegungen beim Eislaufen weniger exotisch aussahen als seine. Dann hätte es eben doch nicht gepasst. Nur: Munk hatte nicht die Chance erhalten, mit und an Nicole zu scheitern. Sein Scheißvater hatte ihm diese Möglichkeit genommen.

Munk knüllte das Butterbrotpapier zusammen und formte eine Kugel daraus. Am Ende wäre Nicole wohl für ihn auch ohne das Zutun seines Vaters nicht die Frau seines Lebens geworden. Er steckte die Papierkugel ein und machte in Gedanken einen Haken hinter Nicole. Dann ging er langsam zurück.

Es war eine schwere Zeit für ihn gewesen, damals um seinen achtzehnten Geburtstag herum. Er hatte ihn nicht feiern wollen, aber dann wurde er von Ralf und ein paar anderen Freunden überrascht, was ihn im Nachhinein sehr freute. Er sei noch in Trauer, hatte er zuvor mitgeteilt, aber Ralf hatte das zum Glück nicht ernst genommen.

Es war ein Freitagabend im Februar 1991 und Munk war der Letzte ohne Führerschein. Er wurde auf die Rückbank des rostroten Fiat Ritmo gestopft – Ralfs Ritmo – und dann fuhren sie los. Seine Fragen, wohin es ging, beantworteten die anderen eine gute

Stunde lang andauernd mit launigen Reisezielen wie »Moskau«, »Oberursel« und »DDR«, dann war klar, dass sie nach Frankfurt fuhren. Dort schleppten sie Munk zu einem Parkhaus in der Innenstadt. Vor der Tür des Clubs stand eine riesige blonde Frau, Munk hatte noch nie eine größere gesehen, eine richtige Sammelbildchenfrau war das.

Der Laden selbst machte auf Munk einen rudimentären Eindruck. Er sah aus wie ein Rohbau und man hatte bei der Einrichtung vor allem auf sehr laute Boxen Wert gelegt. Munk war bereits in Freiburg ausgegangen. Er wusste, was DJs machten. Die meisten von ihnen legten einfach abwechselnd auf dem einen und dem anderen Plattenspieler Musik auf und zogen einen Fader von links nach rechts und alsbald wieder zurück.

Der hier war anders. Es schien Munk, als seien an diesem Ort nicht die Interpreten auf den Platten die Stars, sondern der ziegenbärtige Mann mit dem freien Oberkörper, der die Platten auflegte. Etwas daran schien logisch, denn die Musiker hatten keinen Einfluss mehr auf die Stimmung in diesem Club. Sie hatten ihre Arbeit getan und eine Maxisingle pressen lassen. Ob sie gespielt wurde und wann im Verlauf des Abends das geschah und für wie lange, das hatten sie nicht mehr zu bestimmen. Das entschied der DJ mit seinem Gespür für Dramaturgie.

Ralf und die anderen begaben sich sofort auf die Tanzfläche, während Munk fasziniert dem Mann zusah, der mit großer Schnelligkeit und dennoch behutsam die Schallplatten aus ihren Hüllen in seine Finger gleiten ließ, die Nadel hineinsetzte, nach der richtigen Stelle suchte und dann unmerklich für die meisten im Publikum die Lieder miteinander verwob. Die Selbstverständlichkeit erinnerte Munk an seine Oma und der Gedanke erschien ihm selbst so abwegig, dass er lächeln musste. Aber tatsächlich kam ihm der Prozess des DJings vor, als strickte der Mann mit dem Bärtchen einen endlosen Schal. Einen Schal aus Musik.

So eine hatte er noch nie gehört. Sie erinnerte von ferne an die Italo-Discosounds in der Eishalle, was ihn für einen kurzen Moment traurig umfing, aber hier gab es noch mal entschieden mehr peng und dafür weniger Melodie. Munk holte sich ein Bier und stellte sich an eine Wand, um alles zu betrachten, zu riechen und zu hören, was die Nacht hergab.

Nachdem er ungefähr eine halbe Stunde rumgestanden hatte, kam Ralf zu ihm und forderte ihn auf mitzukommen. Sie gingen in Richtung der Toiletten und im Gang pfriemelte Ralf etwas aus seiner Hosentasche und hielt es Munk vors Gesicht. Es handelte sich um eine hellblaue Pille. Munk nahm sie und sah sie genauer an. In der Tablette eingestanzt erkannte er ein Einhorn.

»Was ist das?«

»Das ist mein Geburtstagsgeschenk«, brüllte Ralf ihm ins Ohr.

»Ja. Und was ist das?«

»Eine Tanz-Tablette. So würde ich das mal nennen.«

»Ich will nicht tanzen.«

»Wenn du die genommen hast, schon. Darum geht's hier.«

»Was ist da drin?« Munk war ein rigoroser Gegner von Kontrollverlust.

»Scheißegal«, rief Ralf.

»Mir nicht.«

»Magst du gern Leberwurst?«, brüllte Ralf etwas feucht.

»Was hat das denn jetzt damit zu tun?«

»Ja oder nein?«

»Ja!?« Munk hatte keine Ahnung, was diese absurde Frage sollte.

»Siehste. Da weiß auch keine Sau, was drin ist. Mund auf.«

Vielleicht war es Ralfs Fröhlichkeit, vielleicht war es die Superkraft des Achtzehngewordenseins. Vielleicht war es auch einfach nur ein Reflex, aber Munk öffnete den Mund und Ralf schob ihm die Ecstasy hinein. Sie stießen an und Ralf sagte: »Herzlichen Glückwunsch.«

Gegen acht Uhr morgens fuhren sie zurück nach Freiburg, immer noch aufgekratzt und mit der Gewissheit, unsterblich zu sein. Das wiederholte sich dann jedes Wochenende. Im Rückblick war es für Munk ein Wunder, dass er unter diesen Umständen das Abitur schaffte. Und dann noch mit 1,6. Völlig mysteriös.

Die Abende im Mönchhof-Resort verliefen weitgehend ritualisiert, was Munk gut gefiel. Die Gäste bildeten eine Schicksalsgemeinschaft ähnlich wie Gefängnisinsassen oder Soldaten, wenn auch unter deutlich angenehmeren Lebensbedingungen. Immerhin war niemand dazu verurteilt oder verpflichtet, hier zu sein. Dennoch gab es Menschen, die ihren Aufenthalt in so einem Fünfsternehotel mit einer latenten Trotzhaltung abhielten, weil sie aus ihrer Sicht dazu gezwungen wurden, gedünsteten Sellerie und Blattsalate mit Zitronensaft zu sich zu nehmen, was hier und da zu kleineren Aufständen führte. Besonders Metzger Bröger stellte sich dabei als Trottel heraus.

Vielleicht lag es auch an diesem Nachmittag im Nieselregen, den Munk in Gedanken an den unglücklichen Gehlen verbracht hatte. Die Vorstellung, dass dieser vermutlich anständige Mann von seinem widerwärtigen Vater gedemütigt und letztlich ruiniert worden war, machte Munk ungnädig gegenüber vermögenden Menschen aus dem Mittelstand. Das war ungerecht und verallgemeinernd, aber als er abends Plockwurst Bröger an der Bar sah, betrachtete er diesen mit rückhaltlosem Ekel. Bröger feierte seinen Abschied und lud daher sämtliche Leidensgenossen – wie er die anderen Gäste mit Herzbeschwerden nannte – zu einem Aperitif ein, den er selbst kreiert hatte. Er nannte das Getränk »Gekröse mit Getöse« und behauptete, die rote Farbe darin ähnele vom Ton her jener von Rinderblut. Es sei aber keines drin, das könne man den veganen Weicheiern von heute nicht zumuten.

Der Barmann, ein duldsamer und nicht übertrieben reaktionsschneller Slowene mit Namen Marjan, mischte achtmal »Gekröse mit Getöse«, welches anschließend vom begeisterten Plockwurst verteilt wurde. Munk lehnte ab. Dann setzte der Metzger zu einem Impulsreferat über die Anzahl und Güte seiner Oldtimer an. Er nehme regelmäßig an Rallyes teil und trage dabei eine Lederkappe sowie Handschuhe, die ihm niemand anders als Stirling Moss persönlich überreicht habe, nachdem der berühmte Rennfahrer einmal im Münsterland zu Besuch gewesen sei und Brögers Bratensülze probiert habe. Blablabla. Munk trank einen Algen-Brokkoli-Smoothie, der scheußlich schmeckte. Aber er hätte das niemals zugegeben, weil er dann »Gekröse mit Getöse« hätte probieren müssen.

Bröger brachte dann das Thema auf seine Heimreise und erläuterte den umstehenden Herren, dass man von seinem McLaren Rückenschmerzen bekomme. Es sei einfach zu viel Gewalt, die von dem 750S ausgehe. Gemein sei der, wirklich hundsgemein. Ein bitterböses Ding. Noch eine Runde »Gekröse mit Getöse«. Natürlich für alle.

Einer der von der Einladung betroffenen Männer – ein glatzköpfiger Leptosom, Neuankömmling mit Kammerflimmern, Strickwaren, dritte Generation, Heidenheim an der Brenz –, der tapfer an Brögers Gekröse nuckelte, sagte, dass der Metzger doch gar nichts von seinem schnellen Auto habe, weil er damit auf dem Heimweg in den Norden ohnehin nur im Stau stehen werde. Darauf erwiderte Bröger: »Natürlich. Auch so eine Sache. Diese Regierung wird schon sehen, was sie davon hat, wenn sie auf diese Weise die Leistungsträger unserer Gesellschaft vergrämt. Irgendwann sind wir nämlich weg.«

Munk nippte an seinem Gemüsesaft und von der einen auf die andere Sekunde ergriff ihn ein tiefer Hass auf Plockwurst. Jemand, der sich selbst als Teil einer Elite begriff und für sich das Recht in Anspruch nahm, auf einer eigenen Spur über die Autobahn zu fahren. Und dafür nichts, wirklich gar nichts nennenswert gesellschaftlich Relevantes tat. Genau wie die Dummköpfe, die an seinen Lippen und seinem Gekröse hingen. Alles Schmarotzer und Angeber, manche bereits in der dritten oder vierten Generation. Armleuchter, die nichts weiter zustande brachten, als mit dem Geld ihrer Vorfahren und der Arbeitskraft ihrer Angestellten ein Vermögen zu verdienen, welches sich durch geschickte Vermeidung von Steuerzahlungen quasi von selbst vermehrte und es ihnen ermöglichte, betrunken von ihrem Riva-Boot zu kippen, und die dann auf diese Weise nicht nur besser gelebt hatten, sondern am Ende auch noch entschieden glamouröser starben als ein einfacher Angestellter. Deren Tod sogar noch interessanter war als das Leben der anderen.

Bis zu diesem Moment war Munk die Kälte, mit der diese Menschen ihre Umwelt behandelten, immer weitgehend egal gewesen, denn nicht wenige von diesen Leuten bildeten sein Klientel. Er hatte sich gesagt, dass sie zumindest mit der Beauftragung seines Büros ein gutes Werk getan hatten und ihr Geld wenigstens auf diese Weise nicht verplemperten.

Aber nun dachte er an Gehlen, an dessen stolze Tochter und an den Akt der Vernichtung seines Hausmodells und begriff die ganze Tragweite dieses Moments, der keiner der Vernichtung war, sondern reine Notwehr gegen die Übermacht, mit der erst der Vater und dann der Sohn in die kleine Welt der Gehlens eingedrungen waren. Plötzlich wurde Munk bewusst, dass die Munk Seniors und die Brögers und alle, die doof daneben standen, sich an der Welt vergingen. Und er hatte dazu noch nie Stellung bezogen. Munk hatte noch nie etwas dazu gesagt. Warum eigentlich nicht. Es war ihm doch nicht egal.

Wenn es etwas gab, was er von Nicole hätte lernen können, dann wäre es gewesen, sich klar und deutlich zu positionieren.

So, wie sie es getan hatte, indem sie ihn abserviert hatte. Munk trank sein Glas aus und fand, dass es nicht zu spät sei, die richtige Lehre aus dem Scheitern seiner ersten richtigen Liebe zu ziehen.

»Du findest, dass du ein Leistungsträger bist?«, fragte er lächelnd.

»Was denn sonst?«, fragte Bröger zurück.

»Was tust du denn für die Gesellschaft? Worin besteht denn deine Leistung?«, fragte Munk ruhig.

»Was soll das denn jetzt? Was willst du überhaupt? Ich kenne niemanden, der so dringend ›Gekröse mit Getöse‹ braucht. Los, hier, mach dem mal einen. Groß!«, rief Bröger dem Barmann zu, der absolut keine Lust dazu hatte. Und keine Wahl.

Munk machte eine abwehrende Geste und Marjan freute sich darüber, dass er nicht noch einen Scheißdrink nach dem Rezept des Wurstkönigs zubereiten musste.

»Ich meine, was machst du denn schon? Worin besteht denn deine Leistung? Du bringst massenhaft Tiere um, bezahlst deinen Mitarbeitern einen Hungerlohn und verstopfst die Arterien der Menschen mit deiner Kackwurst.«

Wenn Musik gespielt hätte, wäre sie in diesem Moment ausgegangen. Alle sahen Munk an, der sich einen Rest Alge aus dem Mundwinkel leckte. Bröger stellte sein Glas ab.

»Wo bist du denn bitte schön Leistungsträger? Ein Stationsarzt, der Doppelschichten fährt, ist ein Leistungsträger. Eine Lehrerin in einer Brennpunktschule ist eine Leistungsträgerin. Der Typ, der den Asphalt für deine Autobahn legt und giftige Dämpfe einatmet, bis er tot umfällt, der ist ein Leistungsträger. Aber doch nicht du Witzfigur.«

Bröger stellte sich dicht vor Munk. Erst jetzt fiel dem auf, dass der Fleischermeister sehr viel größer war als er.

»Jetzt hält er uns sozialkritische Vorträge. Das ist ja süß«, sagte Bröger laut, der in seinem Leben oft angefeindet worden war, allerdings noch nie in der Bar eines Hotels, in dem er normalerweise nur seinesgleichen traf. »Was bin ich denn sonst, deiner Meinung nach?«

»Du bist komplett asoziale drei Zentner Schweinehack mit einem McLaren.« Munk konnte sich beim besten Willen später nicht daran erinnern, ob Bröger darauf noch etwas geantwortet hatte. Ironischerweise wurde sein blaues Auge mit einem rohen Schnitzel gekühlt.

Munk fühlte sich am nächsten Tag gut. Er lag auf seinem Bett und betrachtete seine Liste. Er war zufrieden, auch wenn sein linkes Auge schmerzte. Immerhin hatte man Bröger gleich nach dem Vorfall freundlich darum gebeten, seine Abreise vorzuziehen.

Nun kühlte er sein Gesicht und tippte mit dem Bleistift auf seinen Notizen herum. Ana. Oder Anna? Das war weniger wichtig als ihr Aussehen, aber auch das bekam Munk in seiner Erinnerung nicht mehr zweifelsfrei rekonstruiert. Was er noch wusste, war, dass sie Spanierin gewesen war. Ana.

Nachdem Munk das Abitur bestanden hatte, klaffte eine zeitliche Lücke, welche erst im September mit dem Antritt des Zivildienstes geschlossen werden würde. Er hatte keine Lust, diese Zeit, immerhin drei Monate, bei seinen Eltern zu verbringen oder sogar, absolute Horrorvorstellung, mit Vater, Mutter und Schwester nach Berchtesgaden zu fahren. Dort besaßen die Munks ein Haus, welches noch aus dem Besitz des Großvaters stammte. Einmal hatte Munk den großen Teppich in der Wohnhalle zusammengerollt, um dort besser Bowling spielen zu können. Dabei entdeckte er im Parkett ein aus handwerklicher Sicht anspruchsvolles Hakenkreuzmuster. Als er seinen Vater darauf ansprach und forderte, den Boden herauszureißen, antwortete Munk senior, es handele sich um eine wertvolle Arbeit, an welcher der

Großvater sehr gehangen habe, und der Teppich müsse genügen, diese zu verdecken.

Peter Munk fand, diese Haltung stünde geradezu symbolisch für die Art und Weise der Deutschen, mit ihrem Nazi-Erbe umzugehen. Später entdeckte er noch andere Details in Haus und Garten, die auf einen spielerischen, ja geradezu heiteren Umgang des Großvaters mit seiner Vorliebe für Nazi-Symbole schließen ließ. Leuchten, die Hakenkreuzschatten warfen, ein in Stein eingefasstes Blumenbeet, welches die Worte »Heil Hitler« bildete, und ein Kneippbad im Keller, an dessen Wände Bilder von arischen Menschen beim Frühsport gemalt worden waren. Insgesamt eine zutiefst verstörende Behausung, in der sich Munk nicht aufhalten wollte, erst recht nicht mit seinem Vater. Nach dessen Tod verkaufte er das Anwesen und spendete den Erlös.

Im Juni 1991 entschied sich Munk, den Sommer auf Ibiza zu verbringen. Er plante, so lange Pillen, Bier und Techno zu genießen, bis sein Geld restlos ausgegeben war. Nach seiner Berechnung konnte das gut und gerne acht oder sogar zehn Wochen dauern, tatsächlich war er bereits nach dreieinhalb Wochen pleite, was unmittelbar mit Ana zu tun hatte.

Ralf und er teilten sich ein Doppelzimmer in einem grauenhaften, aber praktischen Hotel, welches weitgehend von Engländern bevölkert wurde. Das Büfett, an dem sie wahlweise zu Mittag oder zu Abend aßen, bestand im Wesentlichen aus Pommes, Rührei, Tomatenmatsch sowie rosa Würstchen. Ralf überschlug nach einer Woche, dass er in diesem Urlaub bis dahin vierzig Kilo Pommes sowie zwölf Wassermelonen am Strand verzehrt hatte. Sonst nichts.

Meistens kamen Munk und Ralf am Vormittag ins Hotel, schliefen dann bis nachmittags, gingen an den Strand und aßen nach Sonnenuntergang inmitten von knallroten englischen

Familien, um sich dann umzuziehen und auszugehen. Munk hatte sein Geld streng rationiert. Für jeden Tag standen ihm achtunddreißig Mark zur Verfügung. Wenn man den Sonnenschirm und eine halbe Wassermelone abzog, blieben für den Abend ziemlich genau dreißig Mark übrig, was zum hemmungslosen Verzehr der im Hotelpreis inkludierten Pommes führte. Die meisten großen Diskotheken erforderten einen Mindestverzehr im Gegenwert von fünfzehn Mark, sodass nicht mehr viel für eine Pille oder weitere Getränke übrig blieb. Munk und sein Freund legten daher Feierpausen ein, um das Budget zu entlasten und an anderen Tagen umso wüster zu feiern.

Er trug wenig Geld bei sich, und wenn es weg war, gingen sie zurück ins Hotel oder schliefen am Strand, wo es manchmal private Partys gab, die man mit seiner Anwesenheit bereichern konnte. Wichtig waren dabei maximale Fröhlichkeit und Charme, dann kam man noch zu einem San Miguel aus der Dose.

Bei so einer Feier begegnete er Ana. Wenn er jetzt daran zurückdachte, bekam er kein klares Bild mehr von ihr. Seine Erinnerung war wie schlechter Fernsehempfang, verrauscht, unscharf und von prekärer Stabilität. Es war dunkel gewesen, sie saß mit Freunden am Strand, man unterhielt sich, es gab Musik und Joints. Er erinnerte sich, dass sie an der Wade tätowiert war, was zu jener Zeit noch etwas Besonderes war. Worüber sprachen sie? War sie jünger als er oder älter, wie viele Leute waren dabei? War es eine gefährliche Situation oder eine vollkommen harmlose Zusammenkunft von jungen Menschen? Irgendwann küssten sie sich, vielleicht nach zwei Stunden. Ralf spielte auf einer Gitarre, die Spanier lachten, Ana schmeckte nach Vanille.

Und schließlich ging Munk zu seinem Freund, beugte sich zu ihm herunter und bat ihn, nicht im Hotel zu schlafen. Der nickte und hob den Daumen, um dann weiter das Intro von »Hotel California« zu spielen. Er kam immer nur bis zum siebten Takt, verspielte sich dann und fing wieder von vorne an, hielt sich jedoch für ein Genie. Was man eben so denkt, wenn niemand widerspricht, weil alle zu bekifft sind.

Wie er mit Ana ins Hotel gekommen war und was danach geschehen war, konnte Munk später nicht mehr rekonstruieren. Er konnte sich zwar vage an den Sex erinnern, nicht aber an Anas Gesicht. Und auch nicht daran, wie sie zusammen einschliefen.

Was er hingegen auch über dreißig Jahre später genau vor Augen hatte, war, wie Ralf ihn am nächsten Tag weckte. »Wo ist das Geld?«, fragte der und rüttelte an Munks Schulter. »Wo ist das ganze Geld?«

Ana hatte in der Nacht sämtliche Schubladen geöffnet, durchsucht und das Bargeld der Jungen einkassiert. Auf Munks Zeichenblock stand »Lo siento. Ana.«. Munk blieben drei Reiseschecks à hundert Mark, die er in seinem Kulturbeutel versteckt hatte. Damit war der Urlaub vorbei. Ralf nannte Munk einen Vollidioten, Munk hatte dem wenig entgegenzusetzen. Sie einigten sich darauf, ihre Reisegemeinschaft aufzulösen, Munk gab seinem Freund einen der Schecks. Ralf wollte noch weiter auf der Insel bleiben und womöglich irgendwo arbeiten, um sich den Aufenthalt zu finanzieren. Sie umarmten sich, als wüssten sie, dass sie sich nie wiedersehen würden. Dann verließ Ralf das gemeinsame Zimmer, um im Hotel mit den Engländern zu frühstücken. Er hatte keine Lust mehr auf Munk.

Der nahm die Fähre nach Dénia und brauchte von dort fünf Tage nach Hause. Die ganze Zeit dachte er an das Mädchen, das ihn verzaubert und beklaut hatte. Immerhin mit Bedauern.

Und nun saß er auf dem Balkon seines Hotels im Schwarzwald und hatte einen Gedanken, der ihn noch nie so richtig beschäftigt hatte. Er erinnerte sich jetzt daran, dass er sie gefragt hatte, ob sie verhüte. In ihrem und seinem Schüler-Englisch war das eine ganz kurze Sequenz gewesen. Sie hatte geantwortet, dass sie schon aufpassen werde, was ihn damals nicht davon abgehalten hatte, mit ihr zu schlafen. Und nun dachte er: Vielleicht hatte er ja ein Kind. Irgendwo in Spanien.

Es wäre jetzt über dreißig. Wie das wohl wäre, wenn es plötzlich an der Tür klopfte und eine zweiunddreißig Jahre alte Kopie von ihm stünde da. Männlich oder weiblich. Egal. Das konnte doch sein. Das war doch nicht ausgeschlossen. Aber dann hätte Ana sich bestimmt bei ihm gemeldet. Sie hätte seine Adresse über das Hotel herausfinden können. Dass sie es nicht getan hatte, musste bedeuten, dass diese Nacht zu nichts geführt hatte. Andererseits: Sie hatte ihn bestohlen. Sich dann bei ihm zu melden, wäre schon seltsam gewesen.

Munk lag lange wach und sann darüber nach, wie ein Kind von ihm und Ana wohl aussehen würde. Und wie sein Leben verlaufen wäre, wenn er das sofort erfahren hätte. Wie er wohl mit Ana gelebt hätte. Und das, wo er sich nicht einmal richtig an ihr Gesicht erinnern konnte.

Am nächsten Morgen schüttelte Munk das Thema ab. Ana hatte ihn beklaut, vermutlich war das von vornherein geplant gewesen. Klassischer Fall von Beischlafdiebstahl. Es blieb nicht mehr als diese Erinnerung zurück, sie hatte ihm nichts gegeben. Höchstens die verschattete Erinnerung daran, dass sie nicht verhütet hatten, machte diese Begegnung im Rückblick bedenkenswert, aber auch nicht genug, um sich ihr länger zu widmen.

Beim Frühstück setzte sich eine alte Dame zu ihm und bedauerte ihn für sein Veilchen, dessen Farbe inzwischen ins Auberginenhafte changierte. Sie sagte, sie habe sich darüber gewundert, dass er nach dem Schlag nicht nach hinten umgefallen sei, wie man das in Filmen immer sehe. Sie habe es sehr männlich gefunden, wie er den Hieb eingesteckt habe. Dann sah sie ihn lange an und lächelte irgendwie aufgegeilt, wie Munk fand. Er erwiderte ein maximal ungeiles Lächeln und sagte, dass er keine Erinnerung daran habe.

Munk war nicht auf Bekanntschaften aus, er hatte eine Agenda, die er abarbeiten musste. Einerseits. Auf der anderen Seite hatte er seit seiner Anreise mit niemandem ein längeres Gespräch geführt. Und da er sich am Vorabend durch defätistische, geradezu klassenkämpferische Aussagen an der Bar zumindest bei den männlichen Gästen des Hotels ins soziale Abseits deklamiert hatte, blieb ihm wahrscheinlich nur diese alte Dame für eine halbwegs inspirierende Konversation. Oder die inzwischen eingetroffenen, von einigen Leistungsträgern des deutschen Mittelstands sehnlichst erwarteten osteuropäischen Models. Sie sahen alle drei sehr gut aus und irgendjemand hatte Geld in Sprachkurse investiert, damit sie sich ins Gespräch bringen konnten. Das Mönchhof-Resort war wirklich ein Paradies für gestresste Geschäftsführer, Direktoren, Berater und Beratene, die wächsern und versehrt eincheckten, um Wochen später fröhlich dem nächsten Herzinfarkt entgegenzuwackeln. Die Lernkurve bei solchen Menschen verlief im Studium und den ersten Jahren der Karriere immer recht steil, verflachte dann ab einer gewissen Hierarchiestufe und ging in einen Sinkflug sowie ab der Berufung in den ersten Aufsichtsrat in einen veritablen Sturzflug über, der jedoch durch längere Aufenthalte in Sanatorien sanft abgepuffert wurde. Die Kulturtechnik, Lehren des Lebens aufmerksam in den Alltag zu integrieren, um Erfolg und Lebensstil zu verstetigen, empfanden die meisten dieser Menschen als geradezu unbotmäßige Zumutung.

Munk machte eine einladende Bewegung, worauf sie sich an seinen Tisch setzte und raunte: »Ich bin übrigens die Sigrid.«

»Peter.«

»Ach, wie mein zweiter und mein sechster Mann, das ist ja

lustig«, sagte sie und winkte einem Kellner, um sich Tiramisu und einen Kaffee zu bestellen. Munk schätzte sie auf etwa siebzig Jahre. Als habe sie seine Gedanken gelesen, sagte sie: »In vierundachtzig Jahren kommt allerhand zusammen.« Noch bevor das Tiramisu auf dem Tisch stand, war er bereits darüber informiert, dass der erste Peter ein lausiger Liebhaber und der zweite ein noch viel lausigerer Geschäftsmann gewesen war. Beides in hoher Qualität habe sie bedauerlicherweise nur einmal, nämlich bei einem saudischen Prinzen erlebt, mit dem sie leider nicht verheiratet gewesen sei. Und der habe nicht Peter geheißen. Aber Nasser. Das bedeute »Sieger«. Nachdem sie den ersten Löffel gegessen hatte, fragte sie: »Und was ist mit Ihnen? Frisch geschieden?«

»Ich war nie verheiratet.«

Das hatte sie nicht erwartet. Sigrid hatte den Grad seiner Schlaffheit und die Notwendigkeit seines Aufenthaltes einer vermutlich grauenhaften Scheidung zugeschrieben. Und das sagte sie auch. Sie war regelrecht enttäuscht über Munks Ledigkeit, weil Scheidungen offenbar ein thematisches Steckenpferd für sie darstellten. Sie selbst war gerade dabei, Gatte Nummer sieben, einen fränkischen Ventilkappen-Hersteller, in die Wüste zu schicken. Bernhard. Dieser hatte sich ernsthaft bei ihr mit den Worten vorgestellt: »Ich mache in Ventilkappen. Aber das ist jetzt nicht so interessant, wie es sich anhört.« Da musste sie ihn einfach heiraten.

Inzwischen war der Glanz der Hochzeit aber verblasst, zumal es am Firmen- und Privatsitz in Redwitz an der Rodach quasi keinen nennenswerten Glamour gab, dafür aber ein bedeutendes Umspannwerk und immerhin einen Golfplatz. Im Nachhinein ärgerte sie sich, dass sie nicht direkt nach der ersten Begegnung mit Bernhard nachgesehen hatte, wie weit es von Redwitz an der Rodach in eine Zivilisation war, in der man rasch an ein Glas Ruinart Rosé kam. Dann hätte sie Bernhard nämlich sicher nicht geheiratet.

Angeregt von ihrer Erzählung winkte sie dem Kellner und bestellte sich so ein Glas Rosé-Champagner, welches sie erstaunlich flink leerte, um dann ein weiteres zu bestellen. Munk lauschte der Dame mit Interesse, die ihrerseits keines für ihren Gesprächspartner aufbrachte, weil der ja ungeschieden und damit für sie langweilig war. Immerhin fragte sie nach seinem Beruf und er antwortete, dass er Architekt sei. Das sei kein schöner Beruf, mäkelte Sigrid und bestellte sich ein Gurken-Sandwich, weil ihr nach etwas Herzhaftem war. Und dazu einen Negroni.

Architekten seien so furchtbar ernst, fand sie. Jedenfalls habe sie diese Leute immer so erlebt, wenn sie gebaut habe. Das sei ihre Leidenschaft bei Ehe Nummer zwei und fünf gewesen. Ihre damaligen Partner hatten ihr freie Hand gelassen und sie fand es damals lustig, die Architekten mit Sonderwünschen in den Wahnsinn zu treiben. Aber am Ende bekam sie sowohl das Reetdach-Haus auf Mallorca als auch den griechischen Bungalow in Pirmasens. Auch eine ganz grässliche Stadt, wie sie hinzufügte.

Munk konnte sich vorstellen, dass diese Frau mindestens so anstrengend wie unterhaltsam war. Er trank von seinem Wasser und sagte: »Darf ich Sie etwas Persönliches fragen?«

»Huch. Sie sind aber wirklich von der schnellen Truppe«, erwiderte sie. »Schießen Sie los.«

»Bei diesen sieben Männern, war da jemand dabei, den Sie gerne wiedersehen würden? Jemand, von dem Sie denken, dass er eigentlich der Richtige war?«

Sigrid nahm einen Schluck und dachte nach. »Eigentlich«, sagte sie, »waren die alle die Richtigen. Bloß ich war die Falsche.« Sie lachte. »Nichts an denen war verkehrt, sie hätten sich bloß nicht für mich entscheiden dürfen.« Munk spürte, dass darin kein Zynismus lag, sondern eine realistische Einschätzung ihrer selbst. »Und ob ich sie wiedersehen will? Nein, natürlich nicht. Auf keinen Fall.«

Sie sah auf ihre Uhr. »Jetzt muss ich aber los. Der Wagen wartet schon.«

»Wo geht es denn hin?«

»Nach Stuttgart zu meinem Anwalt. Wissen Sie was? Lustig: Der hat mich schon dreimal geschieden. Und jetzt ist er auf den Geschmack gekommen und möchte mich gerne in sein Haus in Südtirol einladen. Was für eine absurde Idee. Aber wenn er unbedingt will.«

Damit erhob sie sich und reichte Munk die Hand. »Ich wünsche Ihnen alles Gute, Sie armer einsamer Mann.«

Sie setzte ihre Sonnenbrille auf, lächelte ihn an und er lächelte zurück. Was hätte er auch sonst machen sollen. Munk saß noch eine Viertelstunde da und dachte darüber nach, ob er für jemanden in seinem Leben der Richtige gewesen war oder die anderen falsch für ihn. Aber er kam zu keinem befriedigenden Ergebnis. Dann bestellte er beim Kellner die Rechnung.

Aber die Frage ließ ihn nicht los: War er falsch, irgendwie irrtümlich in eine Umgebung platziert worden, in die er nicht passte? War das der Grund dafür, dass es ihm am Ende nicht gelungen war, eine Familie zu gründen oder wenigstens einen Menschen zu haben, mit dem er alt werden konnte? Er musste diesen Gedanken zumindest einmal durchspielen, auch wenn er ihm absurd erschien. Natürlich musste es einen Menschen geben, der zu ihm passte. Es konnte sein, dass er nur nicht richtig danach suchte. Vielleicht hatte er auch die falsche Auffassung davon, was richtig passte. Seine Ansprüche waren gewiss nicht gering, aber auch nicht von moralischer Pedanterie angeregt.

Er dachte wieder an seinen Vater, diesen unheimlichen Berg aus Moral und deren gleichzeitiger Missachtung. In diesem andauernden Widerspruch war Munk aufgewachsen. So erklärte ihm der Vater einmal, man habe als Mann stets dafür zu sorgen, dass es der Frau an nichts mangele. Ihre Zufriedenheit stelle das höchste Gut einer Partnerschaft dar. Und dann betrog und demütigte er die eine und verleugnete die andere, der er auch noch das Kind wegnahm.

So ging es häufig. Der Vater empfahl Bodenständigkeit und Anstand als größte Tugenden, zu denen man sich verpflichten konnte, was ihn jedoch nicht davon abhielt, Konkurrenten zu zerstören, Beamte zu schmieren und seine Mitarbeiter zu drangsalieren. Munk senior beschwor die Gleichheit der Menschen und deren universelles Recht auf Teilhabe, welches er ihnen aber verwehrte, sobald sie sich als muslimisch erwiesen.

Mit »Muselmanen«, wie er sie nannte, wolle er nichts zu tun haben, denn man wisse, dass die faul, gierig und durchtrieben seien. Bis auf die Faulheit traf das auch auf die aus einer arabischen Nachbarregion stammenden Juden zu, vor denen man sich in Acht zu nehmen habe. Dieses Verdikt setzte er kurzfristig aus, wenn er sich für den Bau einer Synagoge oder eines Geschäftssitzes eines jüdischen Unternehmens bewarb. Dann trug er bei Terminen eine Kippa und sprach beflissen von der besonderen Pflicht des deutschen Mittelstands zur Sühne gegenüber den jüdischen Mitbürgern und machte Dumping-Angebote – als Wiedergutmachung sozusagen.

Je älter sein Sohn wurde, desto größer wurde für ihn das Dilemma, das sich aus der Zwiespältigkeit des Bauunternehmers Munk ergab: So widerwärtig er das Verhalten seines Vaters fand, so richtig kamen ihm seine Werte vor. Doch wenn er diese teilte, kam er nicht umhin, ihre Güte dem verhassten Senior zuzurechnen. Wenn er sie ablehnte, brauchte er andere, die er sich nicht vorstellen konnte. Die moralischen Grundsätze seines Vaters anzunehmen und sich aber im Gegensatz zu ihm danach zu richten, erschien ihm als plausibelste Lösung, auch wenn sie von ihm verlangte, auf Gedeih und Verderb gut zu sein, schon um dem Alten keine Genugtuung zu verschaffen, wenn er dabei scheiterte.

Erst jetzt im Mönchhof-Resort kam Munk die Idee, dass sein Vater sein doppeltes Spiel veranstaltet haben könnte, um ihn dazu zu bringen, ein besserer Mensch zu sein. Was eine lobenswerte Absicht gewesen wäre, welche Munk seinem Erzeuger jedoch nicht zubilligen wollte. Er blieb dabei, dass sein Vater ein verrohter und verblödeter Heuchler gewesen war, bar jeder Empathie für den Sohn oder sonst wen auf der Welt.

Und dass er ihm wohl eher versehentlich ethische Prinzipien eingepflanzt hatte, die es ihm schon aus Gründen der Abgrenzung zum Vater unmöglich machten, ein Schwein zu sein oder zu werden. Auch wenn er sich das hier und da wünschte. Aber es ging nicht. Das schlechte Vorbild schreckte ihn zu sehr ab oder er war dafür nicht Manns genug, wie sein Vater wohl gesagt hätte. Der gebrauchte diese Wendung oft und trug sie mit großem Spott vor, als Peter Munk nicht in der Lage war, einem Hasen das Fell abzuziehen, als er nicht vom Fünfmeterbrett sprang und auch, als er nach erbitterten Kämpfen den Wehrdienst verweigerte und als Zivildienstleistender in einem Altenheim anfing. In einem, das der Vater gottlob nicht gebaut hatte.

Hatte ihn seine Erziehung selbst zu einem Heuchler gemacht, weil er nicht aus reinen Motiven an seinem Wertekompass festhielt, sondern um anders zu handeln als sein Vater? Oder war gut einfach gut, egal warum? Oder war es gar nicht gut? Munk zergrübelte sich den Kopf darüber, bis er entschied, diese Frage mit sich selbst anhand seiner nächsten Frau zu diskutieren.

Maja.

Er begegnete Maja im Herbst 1994, als er sich gerade in seiner japanischen Phase befand und ausschließlich Musik von Pizzicato 5 und Ryuichi Sakamoto hörte. Er bemühte sich sogar, an einen gelben flauschigen Pullover zu kommen, wie Sakamoto ihn auf dem Cover von Sweet Revenge trug, aber das war ebenso ausgeschlossen wie Klamotten von Comme des Garçons deren Designerin Rei Kawakubo Munk verehrte wie nur wahre Gläubige verehren können. Comme des Garçons war erstens in Freiburg nicht erhältlich und zweitens in Frankfurt viel zu teuer für ihn. Was er sich indes leisten konnte, war eine Fahrt nach Weil am Rhein, wo kurz zuvor auf dem Vitra-Campus ein Gebäude von Tadao Andō eröffnet worden war. Dessen Minimalismus und Eleganz waren für Munk Inspiration und Auftrag zugleich. So werden, das machen, in nämlicher Kleidung und mit jener Musik. Munk befand sich in einer Art von Verzauberung, die ihn aus dem Heer von Erstsemestern hervorhob, die mit ihm das Architekturstudium begonnen hatten.

Und dann stand er vor dem Konferenzgebäude, dass der japanische Architekturgigant in die deutsche Provinz gebuddelt hatte. Er trug Kopfhörer und in seinem Discman spielte Sakamoto. Und nein, er kam sich dabei nicht albern vor, auch nicht, als er damit begann, die Außenwand zu streicheln.

»Das machst du jetzt gerade nicht wirklich«, sagte eine weibliche Stimme hinter ihm, aber er hörte nichts. Also tippte die Frau mit der Stimme ihn auf die Schulter, worauf er herumfuhr und sie erschreckt ansah. Er nahm die Kopfhörer ab und sagte: »Was?«

»Das machst du jetzt gerade nicht wirklich«, sagte die junge Frau noch einmal und lächelte dabei kein bisschen.

»Was mache ich nicht wirklich?«

»Den Beton streicheln. Du streichelst Beton?«

»Ich wollte nur mal wissen, wie er sich anfühlt.«

»Und wie fühlt er sich an?«

»Ich weiß nicht. Glatt. Fein. Anders als normaler Sichtbeton.«

»Du machst dir Gedanken, wie sich Sichtbeton anfühlt? Was bist du denn für ein Vogel?«

Darauf wusste Munk nichts zu sagen. Er starrte Maja einfach an, weil sie auf eine so irritierende Weise schön war, dass er plötzlich lieber ihre Wange berührt hätte und nicht den Beton des großen Meisters.

Maja hatte Sommersprossen, blaue Augen, orange Zöpfe und trug ein winziges Vorhängeschloss um den Hals. Sie war deutlich kleiner als er und offensichtlich auf Krawall gebürstet, was ihm auf Anhieb gut gefiel.

»Das ist von Tadao Andō«, stammelte er.

»Das ist totale Scheiße«, antwortete sie herausfordernd und erzielte bei Peter Munk den gewünschten Effekt ehrlicher Entrüstung. »Das ist Weltklasse, in jeder Hinsicht«, versuchte er es diplomatisch. »Alles daran ist wunderbar, man kann nichts daran verbessern«, fügte er hinzu und erlangte die Kontrolle über seine von Maja in Sekunden zermürbte Seele zurück.

»Oh, man könnte daran allerhand verbessern«, sagte Maja spitz. »Gib mir ein paar Farbdosen und zwanzig Minuten, dann wird daraus ein Kunstwerk.«

»Das wäre ein Sakrileg«, sagte Munk aufgebrachter, als ihm lieb war. Sie lachte und sah ihn lange an. Dann sagte sie: »Du bist schon auch sehr süß, weißt du das?«

Nachdem Munk und Maja entdeckt hatten, dass sie beide in Basel studierten – er Architektur, sie Kunst – und nicht einmal einen Kilometer weit voneinander wohnten, verabredeten sie sich zunächst ein paarmal und Munk erzählte das seinen Mitbewohnern derart aufgeregt, dass sie davon ausgingen, dass sehr bald noch jemand einziehen oder aber Munk ausziehen werde. Wohngemeinschaften sind Zweckbündnisse, die Möglichkeit von Veränderung ist ihnen ebenso eigen wie die blattlose Birkenfeige und die fehlenden Mülltüten. Insofern war Munk nicht beleidigt, dass das Interesse an seinem Zimmer größer ausfiel als jenes an seinem Liebesleben.

Er erklärte seinen Wohnungsgenossen ein ums andere Mal, dass Maja zwar möglicherweise die Frau seines Lebens sei, aber ganz sicher keine, mit der man zusammenleben könne. Was eine Familiengründung, wenn man so weit dachte, ziemlich kompliziert machte.

Munk freute sich zwar auf jede Sekunde des Zusammenseins mit Maja, war aber auch jedes Mal erleichtert, wenn er von ihr nach Hause kam, weil es dann ganz still und ruhig um ihn wurde. Und das brauchte er zwischendurch, denn eine Beziehung mit Maja verbrauchte Mengen von Energie, die sie ihm entzog wie ein kleines Insekt, das auf dem Unterarm Platz nimmt und seinen Rüssel durch die Haut bohrt, um unendlich viel Blut zu trinken.

Mit Maja war alles doppelt, dreifach, zehnmal so intensiv wie im echten Leben. Das Tanzen, das Trinken, das Diskutieren und die Liebe natürlich auch, von der sie nicht genug haben konnte. Anschließend lag er neben ihr, sie setzte sich auf, trank einen Schluck Wein und klopfte auf sein Bein wie an eine Tür. »Jemand zu Hause?«

»Im Moment nicht.«

»Dann komme ich in fünf Minuten wieder.« Sie spuckte ihm etwas von dem Wein auf die Brust, legte sich auf ihn, küsste ihn und kam bereits drei Minuten später wieder.

Wenn sie feierten, fand sie kein Ende, wenn sie in ein Restaurant gingen, nahm sie die Hälfte von seiner Pizza, aß nur ein kleines Stück von ihrer und bestellte eine dritte, die sie dann aber nicht mehr essen mochte und mitnahm, um sie einer Nachbarin zu schenken. Die Wenigsten hätten ausgehalten, dass Maja um vier Uhr früh Zitroneneis brauchte und nicht lockerließ, bis sie es bekam. Die meisten hätten ihr einen Vogel gezeigt, doch Munk schwang sich dann aufs Fahrrad und klapperte Tankstellen ab, emsig darum besorgt, dass das Eis noch als solches genießbar war, wenn er damit zurückkam. Dann dankte sie überschwänglich und gab ihm das Gefühl, unverzichtbar für sie zu sein. Diesen Zug mochte er sehr an ihr und deshalb sagte er auch nicht Nein, wenn sie Gras brauchte, und besorgte es ebenso wie Speed oder Pilze, von denen sie sagte, dass sie beim Malen helfen würden.

Munk liebte ihr Lachen, ihren Körper und ihre Unbedingtheit, ihre radikale Haltung, die immer, besonders aber in Diskussionen, zum Ausdruck kam. Mit ihr zu sein, war, wie immerzu in einem Wasserfall zu duschen: maximal erfrischend, aber durchaus auch ungemütlich. Diese Erfahrung machte er regelmäßig, wenn Maja sich aufregte, was in Diskussionen die Regel war.

Sie war zum Beispiel der unumstößlichen Meinung, dass praktisch alles abgerissen, zerstört, im besten Falle in die Luft gesprengt werden musste, also Gebäude sowieso, besonders Kirchen und aber auch Ansichten und Gewissheiten. Sie bediente sich für ihre Argumentation meistens bei Walter Benjamins kurzem Text über den destruktiven Charakter, den sie auswendig kannte und mit dessen Pointen sie nach Belieben ihre aufgeregten Redebeiträge würzte.

Sie empfand die Destruktivität geradezu als Auftrag der Jugend und besonders der Kunst und zitierte: »Der destruktive Charakter ist jung und heiter. Denn Zerstören verjüngt, weil es die Spuren unseres eigenen Alters aus dem Weg räumt.«

Dagegen fand Munk nicht viel einzuwenden, es hatte auch gar keinen Sinn, das zu versuchen. Einmal nur wies er darauf hin, dass Erich Fromm ganz anders über Destruktivität schrieb als Walter Benjamin und diese als bösartige Aggression bezeichnet hatte. »Erich Fromm kann mich mal am Arsch lecken«, sagte Maja und Munk fand das hinreißend.

Manchmal postulierte sie ihre Ansichten als universelle Regeln für jedermann, indem sie etwa leichthin behauptete, Kunst sei bloß ein anderes Wort für Faschismus, denn die Werke einer wahren Künstlerin seien niemals dafür gedacht, von jedem gemocht oder verwendet werden zu können. Exklusion müsse das Motto sein, immer ausschließen, nie reinholen. Als Munk das nicht verstehen wollte, setzte es einen Walter-Benjamin-Hieb: »Der destruktive Charakter ist gar nicht daran interessiert, verstanden zu werden. Bemühungen in dieser Richtung betrachtet er als oberflächlich.« Munk wollte nicht oberflächlich sein. Ihm war nur daran gelegen, seine geliebte Maja auf die beste Weise zu unterstützen, immerhin hielt er sie für ein großes malerisches Talent. Und um für sie eintreten zu können, war es schon erforderlich, sie und ihr Werk einigermaßen zu durchdringen. Aber sie mochte es nicht, wenn er über ihre Bilder sprach.

Und er scheute sich bald, ihr Komplimente zu machen, weil sie das beleidigend fand. Wohlbehagen mit ihrer Arbeit auszulösen, war ihr zuwider und wenn er ihr sagte, dass ihm ein Bild von ihr gefiel, warf sie ihm vor, nicht ausreichend kritisch zu sein, und bezeichnete ihn als »Etui-Menschen«, denn: »Der destruktive Charakter ist der Feind des Etui-Menschen. Der Etui-Mensch sucht seine Bequemlichkeit und das Gehäuse ist ihr Inbegriff.«

Es gab beinahe nichts, worauf sie sich einigen konnten, außer auf ihre gemeinsame Abneigung gegen Fußball. Ansonsten war sie beinahe reflexhaft anderer Meinung als Munk. Während Munk sich für Fahnen auf der Ebene ihrer Gestaltung interessierte, kanzelte sie das Prinzip der Flagge als Ausdruck von nationalem Chauvinismus und als obendrein hässlich ab.

Munk entgegnete, dass es kaum etwas Reduzierteres und Eleganteres gebe als die japanische Flagge, vielleicht noch die schweizerische. Aber das ließ sie nicht gelten. Alles verbrennen, auslöschen und dann von vorne anfangen. Ohne Grenzen. Alles solle allen gehören, fand Maja, Besitz sei Diebstahl und der Unterschied von Mein und Dein kleinbürgerlich. Munk war dann aber sehr überrascht, als er einmal einen Tobsuchtsanfall seiner Freundin miterlebte, weil jemand sich an ihrem Caotina vergriffen hatte. Sie forderte deswegen eine Aussprache innerhalb ihrer WG, welche wenig ersprießlich für sie verlief, weil sie dabei einräumen musste, bis auf Caotina im vergangenen Jahr praktisch keine eigenen Lebensmittel verbraucht zu haben.

Munk liebte Maja ohne Bedingungen, aber auch besorgt. Nach ein paar Monaten stellte er fest, dass sie nicht nur mit ihrer

Umwelt auf eine manchmal fürchterliche Weise rigoros umging, sondern auch mit sich selbst.

Zwar war sie meist fröhlich, voller Energie und ohne Bremsen, aber gleichzeitig konnte ihr das Beenden eines Bildes keine Ruhe verschaffen – weil sie kaum ein Bild jemals fertig malte.

Das aus Gefühlsatomen unvollständig zusammengesetzte und andauernd in Gefahr befindliche Panorama ihrer Seele übertrug sie auf riesige Leinwände, auf denen sie pastös Schicht um Schicht aufbrachte, ohne jemals zu einem Ergebnis zu kommen, welches sie als endgültig für ein Bild hätte ansehen können. Munk fand das faszinierend. Und merkte nicht, wie katastrophal sich diese Arbeitsweise auswirkte. Auf sie beide.

Wie in jeder intensiven Beziehung bewegten sich Munk und Maja aufeinander zu, was ihre Vorlieben, Haltungen und die ganz wichtigen Fragen des guten Geschmacks betraf. Jedenfalls bildete sich Munk das ein, weil Maja ihn einmal zum Wandern begleitete, worüber sie ausgiebig auf der ganzen Strecke schimpfte. Und sie sah sich die Entwürfe an, die er für sein Studium anfertigte. Zwar fand sie das meiste bürgerlich und feige, aber immerhin lobte sie seine Zeichenkunst und das freute ihn sehr.

Er fand Maja eine inspirierende Kraft und nach einigen Monaten hatte sie ihn von seinen festesten Ansichten losgebunden wie ein kleines Ruderboot. Er trieb durch sein Studium, in dem er auf einmal keinen Halt mehr bei Tadao Andō fand. Seinem großen Meister. Denn: War nicht Beton ein Ausdruck des Beharrens, das Gegenteil von modern, geradezu störrisch, unerbittlich, dem Leben abgewandt? Wer daran etwas ändern wollte, brauchte Gewalt, am besten Dynamit, mindestens Presslufthammer. Und konnte man nicht sagen, dass etwas, was nur mit Gewalt veränderbar ist, gleichsam Gewalt ausübt?

Ähnliche Zweifel kamen ihm bei Sakamoto. Die Eleganz seiner Kompositionen erschien ihm elitär und aseptisch. Und entwarf nicht Rei Kawakubo ihre Mode für ein sattes, reiches und irgendwie langweiliges Publikum? Alle Glanzlichter im ästhetischen Bewusstsein schienen ihm im aufkommenden Jahr 1995 nur noch matt zu funzeln. Faszinierend hingegen der Eklektizismus von Helmut Lang, einem Österreicher, der gerade dabei war, die Modeszene in die Luft zu sprengen. Wild und gemein und ähnlich wie Portishead, deren Musik Munk nun den ganzen Tag hörte, während er an seiner ersten großen Semesterarbeit tüftelte. Schließlich zeigte er das Modell seines »Bang-Hauses« im Rahmen einer großen Präsentation.

Kernbotschaft des Gebäudes war eine Drohung, nämlich die, innerhalb von Tagen zu explodieren, wenn die Bewohner nicht täglich etwas daran veränderten. Sämtliche Räume waren mit Schiebewänden versehen, die man bewegen konnte und musste. Die Bewohner eines »Bang-Hauses« waren andauernd mit dem Wohnen beschäftigt, weil sie ständig die Räume neu zu arrangieren hatten. Für Munk war das ein Ausdruck dessen, was Maja Destruktivität nannte: Was gestern noch galt, wurde in diesem Gebäude bereits am nächsten Tag infrage gestellt und wer dann nicht rasch handelte, wurde obdachlos, weil die Wände im Haus nach und nach umfielen, bis das ganze Konstrukt zusammenbrach. Peter beendete seine Präsentation mit einer kleinen Explosion, die das Modell mit einem lauten Knall vernichtete, was er später sehr bedauerte.

Er rechnete damit, bei Professoren und Kommilitonen auf Begeisterung zu stoßen, insgeheim hatte er daran gedacht, womöglich auf Händen durch die Aula getragen zu werden. Aber dann fiel die Begeisterung recht karg aus. Bis auf drei oder vier ausgerechnet japanische Studenten, die sich wohl an der Explosion erfreut hatten, klatschte niemand, und sein Professor sprach hinterher von Event-Architektur, die niemandem nutze, und von Zeitverschwendung, was Munks wochenlange Arbeit an dem

Projekt betraf. Was man ihm immerhin zugutehielt, war, dass er vollkommen andere Wege bei der Planung eines Einfamilienhauses gehe als jeder vor ihm. Und dass auf diese Weise auf demselben Grund bald erneut gebaut werden könne.

Am Abend dieser Schmach war Munk nach Trost und er fuhr mit seinem Fahrrad zu Maja, die ihn in solch trüben Momenten meistens damit aufheiterte, ihn zu verführen. Auch sie stand vor der Präsentation ihrer Semesterarbeit und er wusste, dass sie seit zwei Wochen ohne Unterbrechung daran gearbeitet hatte. Sie hatte ihm verboten, ihre Bilder vor der Fertigstellung anzusehen. Ihr kam das vor, als betrachtete er dann klaffende Wunden. Sie zu schließen, war ihr Projekt.

Als Munk das Atelier betrat, lag Maja seitlich auf dem Boden. Erst dachte er, sie würde schlafen, aber ihre Augen waren geöffnet und sie starrte auf eines der unfertigen Bilder, die in großen Keilrahmen an die Wand gelehnt standen. »Ich kann es nicht«, flüsterte sie.

»Natürlich kannst du es«, sagte er sanft. »Du kannst alles.«

»Ich mache alles kaputt«, flüsterte Maja und fing an zu weinen. »Und uns mache ich auch kaputt«, fügte sie hinzu, untröstlich über ihr Unvermögen, auch nur ein Bild für diese Ausstellung fertigstellen zu können.

Munk setzte sich zu ihr und streichelte sie. »Vielleicht sind die alle in Wahrheit schon fertig. Die Arbeit ist getan«, versuchte er es mit dem Pragmatismus eines technischen Zeichners, eines Ingenieurs, eines Menschen, der To-do-Listen abarbeitete.

Maja starrte weiter auf die Leinwände. Tatsächlich hatte sie in drei Semestern kein einziges Bild je fertig gemalt, sie war ein Irrlicht mit Talent. Sie besaß einen Sinn für Proportionen, für Farben, ihr Farbauftrag explodierte förmlich auf der Leinwand. Und trotz der andauernd positiven Raserei, mit der sie durch den Tag donnerte, war am Abend meist nichts übrig außer einem erschöpften Leib, der nichts zuwege gebracht hatte. Jedenfalls in eigener Anschauung. Und nun saß ihr liebender Freund vor ihr, ganz verzweifelt von diesem Unglück, und versuchte, ihr einzureden, dass das, was sie da die ganze Zeit über gemacht hatte, sinnlos gewesen, dass ihre Suche nach dem Abschluss gar nicht erforderlich sei. Das vergrößerte nur ihr Gefühl von Unzulänglichkeit und es machte sie wütend, weil er nicht kapierte, wie schmerzhaft die Vergeblichkeit war, mit der sie wochenlang an jedem einzelnen der riesigen Bilder gemalt hatte. Sie verstand damals nicht, dass das Unfertige ein Spiegel ihrer Seele war und es einfach unabdingbar war, genau das auszustellen. Für sie war es, als ginge ihr Leben gerade zu Ende.

»Vielleicht muss ich mich umbringen«, sagte sie leise.

»Das darfst du nicht«, sagte der erschrockene Munk. Und dann fügte er fatalerweise ein Zitat von Walter Benjamin hinzu, einfach weil es ihm einfiel und weil es passte. Immerhin hielt sich Maja sonst auch an dessen Text. Munk sagte: »Der destruktive Charakter lebt nicht aus dem Gefühl, dass das Leben lebenswert sei, sondern dass der Selbstmord die Mühe nicht lohnt.«

Darauf rappelte sich Maja hoch und ging ziellos durch den Raum, griff plötzlich nach Pinselreiniger und warf ihn nach Munk. Sie begann zu schreien, warf mit allem, was sie finden konnte, trat nach ihm, kratzte ihn und als der letzte Rest von Kraft aus ihr gewichen war, fiel sie zu Boden. Sie hatte seit vier Tagen nicht geschlafen. Munk eilte zu einer Notapotheke und versuchte, das Medikament zu bekommen, das sie nahm, wenn das Leben zu scheußlich wurde, aber der Apotheker gab es ohne Rezept nicht heraus.

Als er zurückkam, hatte Maja sämtliche Bilder zerstört, als hätte sie sich selbst gerichtet, und saß stumm auf einem Stuhl. Sie präsentierte dann gar nichts und kam für acht Wochen in eine

Klinik. Munk besuchte sie dort einmal, aber sie wollte ihn nicht sehen und bat ihn eindringlich, für immer zu verschwinden, was er nicht verstand, aber tat. Munk wechselte mit dem nächsten Semester nach Holland und studierte in Delft weiter.

Vierzehn Jahre später hatte Maja eine Einzelausstellung im New Yorker Museum of Modern Art. Unter den sechzehn großformatigen Arbeiten, die dort gezeigt wurden, war eines, das einen blassen Mann zeigte, der von Pfeilen durchbohrt auf einem Fahrrad saß und durch eine rote Wüste fuhr. Der Titel des Bildes lautete »Peter the Monk« und auf die Frage, wen oder was es darstelle, antwortete Maja in einem Interview mit der *New York Times*: »Just a regular guy from former times.«

Sie wiedersehen? Munk fand die Vorstellung zunächst aufregend, dann aber schnell zu aufregend und verwarf sie. Auch wenn er Maja vermutlich erreichen würde. Er kannte ihre Galeristin, die konnte er anrufen und um einen Kontakt bitten. Aber was hatte er zu erwarten, wie würde ein Gespräch laufen? Natürlich wollte er wissen, wie sie nach dreißig Jahren über ihn dachte, über ihre Liebe. Und hatte sie ihm nicht sogar ein Bild gewidmet? Vor Jahren hatte er es in einem Katalog gesehen und sich sofort erkannt. Er hatte Spuren in ihrem Leben hinterlassen, sonst gäbe es das Bild nicht.

Und sie hatte seinen Weg verändert, er hatte sich weiterentwickelt in den Monaten ihrer Liebe. Er hatte damals Entscheidungen getroffen, die ihn prägten, und der Tornado ihrer Unbedingtheit und Leidenschaft wirkte noch lange in ihm nach. Es dauerte über ein Jahr, bis sich der Drehwurm in seiner Seele allmählich wieder beruhigte.

Zu einer Wiederholung dieses Gefühls völliger Abhängigkeit bei gleichzeitiger Sorge war er aber nicht bereit, mehr noch, die Vorstellung ängstigte ihn, wiewohl ihn die Faszination dieser gefährlichen Mischung wieder umfing, als er an Maja dachte.

Er hatte sich nachmittags ein Fahrrad geliehen, was er bald bereute, weil er dessen Betrieb anstrengend fand und nicht die richtige Kleidung trug, um vom Schwarzwald als Radfahrer ernst genommen zu werden. Er hatte den Eindruck, nicht nur von ambitionierteren Radlern verachtet, sondern auch von den

Waldkäuzchen und sogar Tannenzapfen verspottet zu werden. Nach sechs Kilometern hielt er völlig erschöpft an und spürte seinem Herzklopfen nach.

Er setzte sich auf einen Baumstamm, der mit vielen weiteren entasteten Kollegen darauf wartete, zu einer Sauna oder aber im Messebau oder als Heizmaterial weiterverarbeitet zu werden, und sah über den Wald. Sein Herz schmerzte nicht mehr, es funktionierte einwandfrei, soweit er das beurteilen konnte. In den letzten Tagen war die Traurigkeit gegangen, er fühlte sich zuletzt weniger schwer an, was er dem Klima und aber auch seiner Beschäftigung mit sich selbst zuschrieb.

Schließlich schob er Maja wie eine Kulisse von der Bühne und zog für sich das Fazit, dass sie wohl sehr wichtig gewesen war und nun glücklicherweise weit weg.

Er hatte bis jetzt der Versuchung widerstanden, im Büro anzurufen, Mails zu lesen oder in sozialen Netzwerken nach seinem Leben zu suchen. Das wunderte ihn zwar, aber es gefiel ihm auch. Für kurze Momente war er manchmal ein wenig beleidigt, dass sich niemand um ihn bemühte. Das konnte bedeuten, dass ihn auch niemand vermisste. Oder, dass man seine Rekonvaleszenz ernst nahm und ihn schonen wollte. Oder, dass seine Firma inzwischen liquidiert und aus dem Gedächtnis der Welt gestrichen worden war.

Es ging inzwischen auf Ostern zu und Munk wusste nicht mehr, welche Projekte bis dahin oder bald oder erst im Juni dringend wurden. Eigentlich war ihm gar nichts davon mehr wichtig. Zum ersten Mal seit seinem Studium hatte er keinen Plan. Er brauchte auch keinen. Viele Menschen, die wie er dem Tode entronnen waren, stellten Beruf und Lebensumstände anschließend auf den Prüfstand, und nicht wenige trafen danach ebenso kreative wie falsche Entscheidungen. Kauften sich ein

Flugzeug. Lernten Oboe, verließen ihre Familien. In den seltensten Fällen änderte sich das Leben dadurch wirklich, denn die Leute vergaßen, dass sie ja immer noch darin mitwirkten und nicht sich, sondern bloß die äußeren Umstände verändert hatten. Im schlechtesten Fall lebten diese hoch motivierten Rekonvaleszenten danach überaus gesund aber unkomfortabel in Zusammenhängen, auf die sie vor ihrer Erkrankung zu Recht nie gekommen wären. Munk wusste, dass er schon bald wieder Architekt sein würde. Man konnte die Organisation etwas optimieren, aber seine Lebensumstände musste er nicht hinterfragen. Sie standen in keinem Zusammenhang mit seiner Unfähigkeit, gleichzeitig zu lieben und auf dieselbe Weise geliebt zu werden. In der Rückschau hatte er den Eindruck, entweder zu viel zu geben wie bei Maja. Oder zu wenig. Wie bei Heike.

Munk schloss sein Studium in Delft ab, einer kleinen Stadt, die wie eine Bandscheibe zwischen Rotterdam und Den Haag liegt und eine fabelhafte Ausbildung in Bouwkunst anbietet. Für Munk war Delft in mehrfacher Hinsicht der genau richtige Ort, um sich von Maja zu erholen. Es war nicht weit bis zum Meer, wo die salzige Luft bereits einiges unternimmt, um die Seele zu reinigen. Und es war weit weg von zu Hause, wo sein Vater in seinem Butzenscheibenpalast brütete und die ersten Ausschreibungen gegen junge Marktteilnehmer verlor, die mit dem Horrorwort »Nachhaltigkeit« in Wettbewerben punkteten. Munk senior, der sich nie darüber Gedanken gemacht hatte, was mit seinen Hervorbringungen nach seinem Ableben geschehen würde, war überrascht, wie sehr es ihn traf, als erste Gebäude von ihm abgerissen wurden, teils wegen der von ihnen ausgehenden Asbestgefahr, teils weil sie als Schandflecken und Irrtümer etikettiert wurden. Es ist für einen Architekten nicht schön, wenn er seine Häuser überlebt.

Zu Beginn von Munks Studium hatte der Vater den Sohn noch als legitimen Nachfolger für sein Geschäft betrachtet, aber je länger die Ausbildung dauerte, desto klarer wurde ihm, dass Peter niemals in seine Fußstapfen treten würde. Schlimmer noch: dass dieser alles tun würde, um seine Spuren in der Öffentlichkeit zu beseitigen.

Der junge Munk experimentierte mit Papier und Pflanzen als Baustoff und entwarf im Studium temporäre Flughäfen und Sportstätten, die man zu kulturellen Orten umwidmen konnte. Der faselte von einem neuen Heimatgefühl und dass die Stadtplanung ein Organ des Allgemeinwohls sei. Sein Sohn war ihm immer fremd gewesen, nun entwickelte er sich zu einem fremden Feind.

Und der legte es nicht darauf an, dem Vater zu begegnen. In den letzten zwei Semestern kam er nur noch einmal zum sechzigsten Geburtstag seiner Mutter in sein Elternhaus zurück, schlief in seinem alten Bett und freute sich darüber, diesem düsteren Eichenfurnier-Wahnsinn seelisch einigermaßen stabil entronnen zu sein.

In Delft teilte er sich eine Wohnung mit einem dänischen Bauingenieur namens Ansgar, der wesentliche Teile seines Studiums mit der Aufzucht und Hege weiblicher Cannabis-Pflanzen verbrachte. Viel später stürzte eine von ihm in Ägypten verantwortete Brücke ein, was Munk nicht sehr wunderte, weil Ansgar Proportionen und Statik als kleinbürgerliche Zwänge weitgehend ablehnte.

Seine Prüfungen fielen ihm leicht, auch weil er sich nicht vom Studium ablenkte. Seine Freunde machten sich manchmal über seine vermeintliche Asexualität lustig, wenn es übers Wochenende nach Renesse oder Domburg ging, wo ausgiebig gefeiert wurde. Munk interessierte sich zwar für Frauen, aber er unternahm nichts, um eine kennenzulernen. Er kam sich selbst vor wie der starke Wanja aus dem Kinderbuch, der über Jahre auf dem Ofen liegt, Sonnenblumenkerne verzehrt und davon immer stärker wird, bis er plötzlich aufsteht, um Zar zu werden. Als Munk sich nach über vier Jahren von seinem Schreibtisch erhob, war er bereit, ein guter Architekt zu sein.

Er verließ Delft und fuhr mit seinem Polo nach Düsseldorf, wo er ein Praktikum bei Ingenhoven Overdiek Kahlen und Partner begann. An seinem ersten Tag wusste er nicht einmal, wo er übernachten sollte. Aber das klärte sich innerhalb von wenigen Stunden. Abends schlief er bei und mit Heike.

Als er sie zum ersten Mal sah, tanzte Heike auf einem Barhocker und hielt dabei ihren Drink und ihre Handtasche fest, was aussah, als versuchte sie, auf High Heels einen zugefrorenen See zu überqueren. Munk beobachtete sie dabei und bereitete sich darauf vor, Erste Hilfe zu leisten. Nach seinem ersten Tag als Praktikant wusste er noch nicht, wo er schlafen sollte. Seine Sachen lagerten im Kofferraum seines Autos, er hatte bloß eine kleine Sporttasche dabeigehabt, als er nach der Arbeit in die Düsseldorfer Altstadt marschiert war. Er vermutete, dass man irgendwo eine Pension oder eine Jugendherberge würde auftreiben können. Die mutige Ziellosigkeit, mit welcher er sich da treiben ließ, entsprach weniger seinem Charakter als dem Umstand, dass er sich nicht rechtzeitig um eine Unterkunft gekümmert hatte. Er war selbst davon überrascht, wie egal ihm das war.

Nachdem er eine furchtbare Pizza (man bereitete sie hier unter Verwendung von geriebenem Gouda zu, was er bisher nicht einmal in Holland erlebt hatte) gegessen hatte und eine Weile auf der Düsseldorfer Feiermeile umhergewandert war, entschied er sich, in einer Kneipe ein regionales Bier zu trinken, und landete in einer Partyhölle namens Poco Loco. Was ihn hineinzog, war womöglich die ungeheuerliche Diskrepanz zwischen dem prägnant geschmackssicheren Ambiente des Architekturbüros im Hafen und der unsäglichen Scheppermusik in dem knallbunten Laden, in dem er immerhin zu seinem Bier kam. Und zu Heike, die mit ihren Freundinnen bunte Getränke mit Palmendekoration genoss.

Man kam leicht in Kontakt, vielleicht weil Munk hier wie ein soeben gelandeter Außerirdischer wirkte, der, mit den Bräuchen der Erdlinge wenig vertraut, nach Anschluss suchte. Das machte Heike neugierig, die ihn anbrüllte, wo er denn weg sei. Er brüllte zurück, dass er soeben neu in der Stadt sei, was sie dazu veranlasste, ihm augenblicklich einen Willkommenskuss zu verabreichen. Das Gespräch verlief wenig tiefsinnig und erschöpfte sich im Austausch von Basisinformationen über Herkunft und nahe Ziele im Leben, die sich bei Heike darin erschöpften, mit ihren Freundinnen sehr bald mal wieder richtig auf die Kacke hauen zu wollen.

Munk gefiel das. Nach Jahren des disziplinierten Studierens kam ihm die Leichtigkeit der schönen Frau vor wie eine gute Alternative, wie ein Abenteuer, auf das er sich augenblicklich einlassen wollte. Nach einer guten Dreiviertelstunde begannen sie zu knutschen, worauf sich Heike beschwerte, weil währenddessen die Eiswürfel in ihrem Drink schmolzen und ihn verwässerten. Also wurde nachgeordert und noch mal nachgeordert (gekicherte Feststellung, dass abermals die Eiswürfel geschmolzen waren) und schließlich begleitete er sie in ihre Wohnung, wo sie zwei Stunden lang eine Mischung aus Sex und Kissenschlacht praktizierten, bevor sie aufeinanderliegend einschliefen. Auf diese Weise zog Munk bei Heike Vollmer ein.

Sie sprachen nie darüber. Er war einfach da und blieb und ging morgens aus dem Haus und kam abends wieder zurück. Heike arbeitete im Kaufhof an der Königsallee in der Reklamationsabteilung und sie liebte ihren Job sehr. Nach der Arbeit erzählte sie davon und es erschien Munk so, als verstünde sie ihre Aufgabe sehr gut. Sie konnte wütende Kunden beschwichtigen und enttäuschte Kundinnen davon überzeugen, dass sie für Gram keinen Anlass hatten. Sie war pragmatisch und freundlich, sprach den Dialekt ihrer Heimatstadt und manchmal sah sie Munk an und sagte: »Zehn Pfennig für was in dem Kopp da rumgeht.«

Das wusste Munk auch nicht so genau, wenn es um Heike ging. Alles mit ihr war unglaublich simpel. Wenn er etwas vorschlug, riss sie die Augen auf und rief: »Das machen wir!« Gleichzeitig brachte sie jedoch nicht das geringste Interesse für seine Arbeit auf. Architektur sei etwas für »die gebildeten Stände«, fand sie und meinte es als Beleidigung. Als er sie einmal bei der Arbeit besuchte und von der fantastischen Fassade des Kaufhofs, einem Meisterwerk des Secessions-Architekten Joseph Maria Olbrich, schwärmte, sagte sie: »In der Haushaltsabteilung haben wir gerade Eierschneider von Rösle im Angebot.«

Er hatte den Eindruck, Heike und er wohnten auf unterschiedlichen Planeten. Das war ihm sofort oder mit einer Verspätung von fünf Stunden aufgefallen, nachdem er zum ersten Mal ihre Wohnung betreten hatte. Da war es dunkel gewesen und für eine Besichtigung war keine Zeit geblieben. Aber als er aufwachte, stellte er fest, dass Heike zwei Vorlieben besaß, die ihm vollkommen fremd waren. Zum einen hatte sie sich weitgehend mit Rattanmöbeln eingerichtet und zum Zweiten war sie offenbar Schlagerfan. Das ganze Wohnzimmer diente ihr als Schrein der Verehrung für Wolfgang Petry. Petry überall, im Regal sogar ein Foto, welches sie mit dem Sänger zeigte. Tiefste Verbundenheit, die sich auch darin ausdrückte, dass Heike als Vorsitzende im nordrhein-westfälischen Sprengel des offiziellen Wolle-Fanclubs wirkte und Reisen zu seinen Auftritten organisierte.

Auf ihre Schlagervorliebe angesprochen, sagte Heike sehr

ernst, dass sie nicht nur Schlager höre, sondern AUCH Pur. Darauf fiel Munk keine Antwort ein und er küsste sie stattdessen.

Es fiel ihm erst nicht schwer, Heikes Alltag mitzuleben, weil sie ihm alles so leicht machte. Sie war verliebt in diesen seltsamen Außerirdischen, warum, konnte sie ihren Freundinnen nicht erklären, aber es war wie bei »Immer und ewig«:

Für immer und ewig, ich glaub ich mach mit
Immer und ewig, warum eigentlich nicht
Uns kann nichts passieren
Wenn wir's nur ausprobieren
Für immer und ewig, dein Angebot steht
Immer und ewig, gute Idee

Munk war das unheimlich, besonders als Heike nach zwei Monaten einen Katalog für Brautmode auf den Tisch legte und erklärte, er könne sich was aussuchen, sie würde ihn in jedem Kleid heiraten. »Reklamation ausgeschlossen«, flötete sie.

»Aber du kennst mich doch kaum«, sagte er etwas hilflos. Daraufhin verführte sie ihn, weil sie das für den besten Weg hielt, ihn von sich zu überzeugen.

Während Munk es nicht unbedingt darauf anlegte, Heike in seine Familie einzuführen, schon weil er selbst größten Abstand zu seinem Elternhaus suchte, war Heike sehr bemüht, Munk überall vorzustellen, und nahm ihn auch zum fünfzigsten Geburtstag ihrer Mutter mit, der in einer Kleingartenkolonie im Stadtteil Unterrath begangen wurde und bereits aus weiterer Entfernung sichtbar war, weil Heikes Vater den selbst geschmiedeten Schwenkgrill mit Altöl anfachte, was für eine enorme Rauchsäule und pechschwarze Würstchen sorgte.

Die einnehmende Herzlichkeit dieser Leute machte es Munk

leicht, den ganzen Samstag über in einem Stapelstuhl zu sitzen und Altbier zu trinken. Heikes Eltern waren nicht nur freundlich, sondern interessiert an ihm, auch wenn ihm das so vorkam, als studierten sie ein zwischen Kohlrabi und Möhren entdecktes Insekt. Heikes Brüder – einer arbeitete bei der Post, der andere war Fliesenleger – unterhielten sich mit ihm, um herauszufiltern, welchen Fußballverein er vertrat (keinen), ob er eventuell Vegetarier sei (nein) und ob alle Architekten schwul seien (auch nicht. Manche. Vielleicht. Eher nein.).

Am Ende des Abends hielt der Vater hochgradig bezecht eine Rede auf seine Gattin, die er offenbar einst beim Schützenfest kennengelernt hatte und wohl daher als fettesten Vogel seines Lebens bezeichnete, was sie mit Tränen in den Augen zur Kenntnis nahm. Zum Ende seiner Eloge zeigte er auf Munk und rief, dass seine Tochter nun endlich auch was abgeschossen habe und es sehr gut möglich sei, dass man in einem Jahr um diese Zeit wieder hier sei, auf diesem herrlichen Grund, wo alle Feste der Familie gefeiert würden, um dann, wer weiß, eine Hochzeit und, oder, mal sehen, auch einen dicken Bauch zu feiern. In das erschreckte Gesicht des Munk rief er: »Wenn der junge Mann hier alles richtig macht!« Darauf brüllten alle Prosit, die Musik wurde lauter gedreht, Wolfgang Petry sang »Hölle, Hölle, Hölle« und Munk war so betrunken, dass man ihn in einer Schubkarre zum Auto brachte.

Nachdem er den ganzen Sonntag gebraucht hatte, um sich zu sammeln, suchte Munk das Gespräch mit seiner Freundin. Die beschwichtigte ihn und erklärte, dass das im Rheinland so sei. Schwüre an einem Samstag nach Mitternacht seien zwar grundsätzlich todernst gemeint, allerdings auch nur im Moment. Er müsse sich keine Sorgen machen. Andererseits gebe es auch keinen Anlass, die Familienplanung weiter aufzuschieben. Außerdem lege sie großen Wert auf einen romantischen Antrag.

Flugzeug mit Schriftband. Ring im Pudding. Stadionansage bei Fortuna. So etwas in der Art.

Danach wurde es anstrengend. Natürlich mochte er Heike. Sehr sogar. Aber es passte nichts zusammen. Er quälte sich damit, dass er sich selbst oberflächlich fand, weil sie nun einmal sehr unterschiedliche ästhetische Vorstellungen von praktisch allem hatten. Und er fand, dass es eine Rolle spielte, dass sie zwar den Stammbaum des monegassischen Fürstenhauses aufsagen konnte, aber Rheinland-Pfalz an der Ostsee verortete. Seine Themen und Vorlieben nannte sie eierköpfig und schenkte ihm ein kurzärmeliges Oberhemd mit orangen und blauen Karos aus dem Herrensortiment in der dritten Etage. Er trug es mit Fassung, aber seine Zweifel wuchsen. Er begann, Fluchtpläne zu schmieden. Gleichzeitig schämte er sich dafür, die Liebe dieser Frau nicht mit derselben Euphorie zurückzugeben.

Munk spürte, dass es vorbei war, als sie eines Tages beim Frühstück saßen und sie ihn unvermittelt ansah und fragte: »Sag mal, wie heißt jetzt das eine Land da richtig: Iran oder Irak?«

Es war, als würde der letzte Rest Energie mit dieser Frage aus der Beziehung gesaugt. Zwei Tage später machte er Schluss. Die letzte Woche seines Praktikums übernachtete er bei einem Kollegen, der ihn bei sich im Gästezimmer einquartierte und fünfhundert Mark dafür haben wollte.

Ein knappes Jahr später beendete Wolfgang Petry seine Karriere, wodurch für Heike eine Welt zusammenbrach. Sie wendete sich dann Hartmut Engler zu, aber das war nicht dasselbe.

Munk hörte nie mehr von ihr, träumte jedoch jahrelang davon, ein Kaufhaus zu bauen. Aber es ergab sich nie.

Munk fand erstaunlich, wie unterschiedlich sich seine Mitgäste im Mönchhof-Resort über die Zeit entwickelten. Manche der Rekonvaleszenten machten erstaunliche Mutationen durch. Sie eierten als Wracks nach der Ankunft in den Speiseraum und einige von ihnen blieben das auch. Aber es gab auch jene, die bereits nach wenigen Tagen mit rosiger Gesichtsfarbe Schwänke aus ihrem Liebesleben darboten oder mit gewaltigen Leistungen im Kraftraum angaben. Am angenehmsten waren Munk jedoch diejenigen, die allmählich aufblühten und wie er eher zurückgezogen ihren Dienst an Geist und Körper absolvierten. So einer war Arthur Ganswein, der sich dann als besonders stark erkrankt erwies.

Munk kam mit ihm ins Gespräch, weil sie die gleichen Yamamoto-Hosen aus fester schwarzer Baumwolle trugen. Sie standen damit nebeneinander am Büfett, an dem es nachmittags Gurkensandwichs und Lachsschnitten mit dem lasergravierten Logo des Hotels gab. Munk fand das ausgesprochen prätentiös und machte eine Bemerkung dazu, die Ganswein amüsierte: »Das ist offenbar Graved-Lachs.« Ganswein sagte dann: »Wir lassen offenbar beim selben Schneider nähen.« Munk und Ganswein setzten sich an einen freien Tisch am Fenster und kamen schnell ins Gespräch. In der Regel fragte man dabei zuerst die Beschwerden ab. Art des Infarktes, Schwere des Schlaganfalls, Dramatik des Darmbruchs, Folgeschäden, Ursachen, so was.

Arthur Ganswein war einfach umgefallen. Bumm. Es war wohl eine Überforderung, eine schwierige Gesamtgemengelage, die dazu geführt hatte, dass etwas in ihm sämtliche Regler nach links drehte. So formulierte er das jedenfalls. Er arbeitete als Kreativdirektor in einer Werbeagentur in Frankfurt und kippte im Rahmen einer Präsentation um. Wenige Augenblicke zuvor hatte er die Idee eines Werbefilms präsentiert, in welchem ein computeranimierter Otter seiner Familie die Vorzüge einer schokoumhüllten Nougatwaffel nahebrachte. Der Slogan des Filmes lautete: »Nussix! Endlich was zu beißen«. Ganswein und sein Team hatten Wochen daran gearbeitet und versucht, in einem fünfzehnsekündigen Clip sämtliche in der Marktforschung erworbenen Erkenntnisse unterzubringen. Diese verdichteten sich zu vier Schlagworten, die berücksichtigt werden mussten: Nussigkeit, Geselligkeit, Knabbervergnüglichkeit, Naturbezüglichkeit.

Als Reaktion auf Gansweins Präsentation des Otterfilms startete der Produktmanager auf Kundenseite seinen Laptop und zeigte einen Film, den er eigenhändig mithilfe von allerhand Bildschnipseln aus dem Internet zusammengebastelt und vertont hatte. Darin saß ein Büroangestellter an einem Computer und sah dabei zu, wie die Sprinkleranlage zehntausend Liter Wasser über ihn versprühte. Schließlich griff er in seine Hemdtasche und holte einen Riegel heraus, um diesen im Regen zu verzehren. Ein Sprecher mit der Stimme des Produktmanagers sagte dazu tonlos: »Wenn Ihnen alles auf die Nüsse geht: Nussix!«

Kaum Nussigkeit, quasi null Geselligkeit, geringe Knabbervergnüglichkeit und erst recht keine Naturbezüglichkeit. Ganswein wies darauf hin, dass man die Agentur ausdrücklich auf die Einhaltung dieser Vorgaben gebrieft habe, und der Kunde sagte: »Meine Frau findet den Film lustig.« Und er fügte hinzu, dass »Geselligkeit« ohnehin der falsche Fokus sei. Dieses Wort stehe für Alkoholismus und damit wolle man nicht in Zusammenhang gebracht werden, sondern nur mit der jahrzehntelangen Haselnusskompetenz des Unternehmens. Dann fügte er hinzu, dass man sich anstelle des Bürotypen auch einen Rapper vorstellen könnte. Und dann fiel Ganswein um. Bumm.

»Nach dreißig Jahren im Beruf diskutiere ich mit einem Vollidioten das Für und Wider der Nussigkeit eines verfickten Schokoriegels«, sagte er dumpf.

Munk lächelte. Er kannte solche Situationen aus seinem Umgang mit Bauherren. Er wollte gerade etwas in dieser Richtung sagen, als Ganswein weitersprach und übergangslos von seinem Kummer mit seiner Ex-Frau berichtete. Und den Streitereien mit seiner Lebensgefährtin. Und den Auseinandersetzungen mit seinen Geschwistern. Und dem Zwist mit der Frau an der Rezeption. Innerhalb von acht Minuten ergab sich für Munk das Bild eines armen Wichts, der andauernd von seiner Umwelt gequält, missachtet und ungerecht behandelt wurde. Ganswein betrachtete sich als Opfer seines Unternehmens, der Nachbarn und vor allem der Frauen. Er schloss mit den Worten: »Ist doch kein Wunder, wenn man dann umkippt. Mich würde mal interessieren, ob den Menschen eigentlich ihre Schuld bewusst ist. Wahrscheinlich nicht. Denen ist das doch egal.«

»Wenn ich eine Frau wäre, würde ich auch einen Bogen um dich machen«, dachte Munk. Er fragte Ganswein vorsichtig, ob der nicht letztlich selbst für sein Leben verantwortlich sei. Ganswein seufzte tief, stand auf und murmelte: »Und der Nächste bitte. Vielen Dank für das Gespräch.« Damit verschwand er, seine Tasse mühsam balancierend, Richtung Ausgang. Für seine Begriffe war er soeben Opfer eines Klugscheißers geworden, der ihm einreden wollte, sein Ungemach selbst verschuldet zu haben.

Munk blieb noch eine Weile sitzen und dachte erst, den Ganswein unnötig brüskiert zu haben. Immerhin war der krank und sensibel. Andererseits spielte sich bei dem Werber offenbar ein lebenslanges Drama ab, dem Munk sicher keine entscheidende Wendung hinzugefügt hatte.

Doch wenn es stimmte? Wenn man tatsächlich Opfer der anderen war? Wenn das Lebensglück doch maßgeblich vom guten oder schlechten Charakter der sogenannten anderen abhing? Wenn also zu einem gewissen Quantum Frauen darüber entschieden, ob sich ein Lebensglück einstellte? Munk spürte diesem Gedanken nach und erinnerte sich dabei an einen Kommilitonen namens Frank, der tatsächlich der Auffassung gewesen war, dass Frauen ganz grundsätzlich an sämtlichen Kriegen der Welt schuld seien. Er hielt gerne Impulsvorträge dazu. In einem referierte er den wahren Ablauf des Prager Fenstersturzes, welcher 1618 den Dreißigjährigen Krieg zur Folge hatte und maßgeblich von Heinrich Matthias von Thurn initiiert wurde. Beziehungsweise von dessen Frau, die den braven Protestanten durch andauerndes Nörgeln und Sexverweigerung dazu angestachelt habe, wie Frank darlegte. Er konnte für praktisch jeden Krieg derartige Beweisführungen vorlegen, außer für den Zweiten Weltkrieg. Da wies er aber darauf hin, dass Hitler uneingestanden einen sehr hohen weiblichen Anteil in seiner Persönlichkeit gehabt habe. Und nur ein Ei.

Munk konnte damals die Behauptungen seines Studienkollegen nicht widerlegen, aber er hielt ihn für einen Irren, auch weil der beharrlich der Auffassung war, dass man Frauen langfristig gut ersetzen könne, wenn man mehr Mittel zur Erforschung der Bauchhöhlenschwangerschaft bei Männern bereitstellte.

Am Ende des Tages kam er zu dem Schluss, dass jeder selbst in der Hand hatte, ob sein Leben glücklich verlief oder nicht. Das andere Geschlecht hatte daran generell einen gewissen Anteil. Es mochte vorkommen, dass jemand wegen der Häufung seiner schlechten Erfahrungen zu der Erkenntnis kam, dass die Frauen an der Bitterkeit seines Daseins die Hauptschuld trugen, aber Munk konnte das für sich verneinen. Er hatte Pech gehabt, das sicher. Er hatte sich vermutlich selbst im Weg gestanden, denn die geheuchelten Wertmaßstäbe des Vaters hatten sich wie Asbeststaub im Inneren des Sohnes abgesetzt.

Den anderen ein Wohlgefallen zu sein, war ein Leitspruch des Hermann Munk. Er verwendete ihn häufig, meist als mahnenden Appell in Richtung seiner Kinder. Für ihn selbst galt dieses Credo indes nicht. Aber bei Peter Munk hinterließen diese Worte ihre Wirkung. Er fand die Vorstellung nicht abwegig, dass man sich immer bemühen sollte, der Umwelt gutzutun.

Er bemühte sich darum und als er Andrea kennenlernte, wollte er diesem Anspruch doppelt und dreifach gerecht werden, denn er wollte sie heiraten. Die Beziehung mit ihr war dann so, als würde er in ein brennendes Haus laufen.

Andrea war die charmanteste und lustigste Person, der er bis dahin begegnet war. Obwohl sie vier Jahre jünger war als er, hatte sie eine weltläufige und sichere Ausstrahlung, jedenfalls kam ihm das so vor. Er traf sie auf einer Party in Berlin, wo er inzwischen lebte, weil er annahm, dass Berlin eine der wichtigsten Städte überhaupt darstellte. Das war eine Erkenntnis, die ihm erst zum Ende seines Studiums kam. Zuvor hatte er Berlin für ein riesiges Bielefeld gehalten. Die großen wilden Zeiten nach dem Mauerfall hatte die Stadt zu diesem Zeitpunkt hinter sich. Eine gewisse kulturelle Subversion und die alltägliche Improvisationskunst der Bewohner waren längst Bestandteil des Touristenmarketings. Berlin war ein Haufen Angeberei und dazu auch noch hässlich. Die historisch einmalige Chance, an den durch die Mauer entstandenen Narben in der Stadt mit kluger und geschmackvoller Stadtplanung einen Zukunftsort zu erfinden, hatte man ausgelassen und stattdessen die Gegend um den Potsdamer Platz mit hässlicher Investoren-Architektur zugeklebt. Für Munk eine Zumutung.

Als sie dann auch noch eine Studienreise nach Berlin unternahmen und dort einen Abend mit einem berühmten Architekten verbrachten, der ihnen erklärte, dass es bei der Planung von Städten, Häusern und Grünflächen auf Schönheit oder auf die Bedürfnisse von Bewohnerinnen und Bewohnern einer Stadt nicht ankomme, sondern auf diplomatisches Geschick und die genaue Kenntnis der politischen Zusammenhänge, verlor Munk seinen Glauben an den Mann, den er zuvor immer bewundert hatte. Als dieser auch noch Bratensülze bestellte, war für Munk der Ofen endgültig aus. Er hasste dieses Zeug aus tiefster Seele, schon weil es das Leibgericht seines Vaters gewesen war. Sülze. Bratkartoffeln. Remoulade. Ein Liter Riesling. Lange Vorträge. Und nun dieses vermeintliche Vorbild, das nähmaschinenartig auf der Sülze herumkaute und dabei sprotzend und spuckend dem Nachwuchs erklärte, dass man öffentliche Ausschreibungen nicht mit Ideen gewann, sondern indem man gute Preise machte. Wie Munk senior. Bloß äußerlich ansprechender und in Berlin.

Danach war die Stadt für Munk erst einmal gestorben, was er selbst ungerecht, aber zwingend fand. Doch bei der Sichtung von infrage kommenden Arbeitgebern stellte er fest, dass es nur ein Büro gab, in das er mit seinem hervorragenden Diplom gehen wollte, nämlich Sauerbruch Hutton. Der Umstand, dass die Firma in Berlin saß, machte ihn erst unglücklich, aber er bewarb sich trotzdem, was er als großes Opfer ansah, zumal er sofort eingestellt wurde und keine Ausrede mehr hatte, nicht nach Berlin zu ziehen.

Er arrangierte sich mit der Stadt überraschend schnell und schätzte sie irgendwann trotz des baltischen Lichtes. Davon hatte ihm einmal sein erster Professor in Basel erzählt. Er wusste nicht, ob die Theorie stimmte, womöglich war sie völliger Blödsinn, aber Munk hatte sie damals für plausibel gehalten und sich angeeignet.

Damals hatte der Professor Adler ihm erläutert, woher die seltsam unterschiedliche Lichtstimmung in deutschen Städten herrührte. Er führte aus, dass in München, Freiburg, Stuttgart und dann rauf bis Frankfurt Mailänder Sonne vorherrsche. Die Menschen seien nun einmal dem Süden zugeneigt und die bestimmenden Farben dieser Orte seien Orange, Rot, Braun und Gelb.

Im Norden hingegen herrsche im Gegensatz zum Mailänder Licht das sogenannte baltische Licht vor. Die Leute seien nun einmal inspiriert von Skandinavien und vom Osten. Und daher wendeten sie sich dem baltischen Licht zu und dieses tauche die Orte mitleidlos in grauen, grünen, blauen und farblosen Dunst. Selbst bei schönem Wetter sei Berlin daher immer wegen seiner fehlenden Farben zu bemitleiden. Und damit auch jeder, der dort leben müsse. Munk fand das plausibel, wusste aber auch, dass Professor Adler jeden Tag ein Pfund mittelzähen Haferbreis zu sich nahm, weil er der Meinung war, dass man den Magen von innen mit dieser Substanz auskleiden musste, um gegen Strahlenangriffe des russischen Geheimdienstes gewappnet zu sein.

Jedenfalls fühlte sich Munk in Berlin nach einem Jahr ganz wohl und dachte häufiger darüber nach, sich selbstständig zu machen, zumal man ihm immer wieder ein ganz besonderes Entwurfstalent bescheinigte. Außerdem konnte er gut präsentieren. Er besaß die Gabe, ein Publikum auch mit den kleinsten Details eines Projektes zu fesseln, was wohl daran lag, dass er selbst lichterloh für seine Ideen brannte.

Es war der siebzehnte September. Zwei Tage vorher hatte ein imbeziler Attentäter einen indisch-amerikanischen Ladenbesitzer in dessen Tankstelle in Arizona erschossen, weil er ihn für einen Muslim hielt. Der Vorfall ging allerdings in der Weltöffentlichkeit unter, weil wiederum vier Tage zuvor einige muslimische Attentäter mit zwei Flugzeugen ins World Trade Center in New York geflogen waren. Es gab niemanden auf der Party, der nicht der Meinung gewesen wäre, dass es sich hier um eine Zäsur in der Weltgeschichte handelte.

Nur Gastgeber Maxim war der Ansicht, dass man ja gar nicht wissen könne, ob diese Tat nicht in Wahrheit eine gigantische Inszenierung der Amerikaner gewesen sei. In diesem Falle habe der Komponist Karlheinz Stockhausen recht, der die Anschläge als das größte Kunstwerk bezeichnete, das es je gegeben habe. Darüber entbrannte eine wütende Debatte, an der praktisch alle Gäste teilnahmen. Nur Andrea nicht. Sie tanzte. Als Einzige. Peter Munk war augenblicklich hingerissen. Später fragte er sie, ob sie sich nicht für Politik interessiere, und sie sagte, sie mache sich nichts aus schweren Themen. Das kam mit einer Direktheit, die Munk als Haltung missdeutete. So ging es ihm danach lange. Wann immer Andrea sich Diskussionen entzog oder die von ihr sogenannten schweren Themen mied, rechnete er ihr das als Überlegenheit an. Als habe sie die Dinge längst durchdrungen, als langweile sie die Beschäftigung damit. Es kam ihm nie der Gedanke, dass sie schlicht nichts zu sagen hatte.

Andrea erzählte ihm, dass sie nicht arbeiten gehe, weil sie befürchte, in einem Büro oder Geschäft andauernd von den negativen Schwingungen ihrer Umwelt belastet zu werden.

Munk war fasziniert von der konsequenten Haltung dieser lustigen und jugendlich schönen Frau, die ihm aufmerksam immer neuen Weißwein ins Glas goss. Als er seine Hand darüberhielt, weil er genug hatte, sagte sie: »Du Spießer. Der Abend ist noch jung.« Das stimmte – jedenfalls das zweite – und er nahm die Hand weg. Schon in dieser ersten Begegnung stand er nicht zu sich, denn er wollte keinesfalls ihre aufregende Gegenwärtigkeit in seinem Leben gefährden.

Später verabredeten sie sich zum Kino, wo sie aber Tage später nicht auftauchte. Als er sie mit den Karten in der Hand anrief, erklärte sie ihm, die Verabredung keineswegs vergessen zu haben, sie habe aber keinen Bock auf Kino. Außerdem sei gerade eine gute Freundin zu Gast. Man rede über langweilige Männer, das sei besser als jeder Film. Es wäre jetzt an Munk gewesen, sich freundlich zu verabschieden und ihre Nummer zu löschen. Aber das konnte er nicht. Er hätte es unhöflich gefunden.

Also rief er wiederum Tage später an und schlug vor, essen

zu gehen. Sie erklärte ihm, dass ihr das gut passe, weil ihr Kühlschrank leer sei, und sie trafen sich bei einem Italiener in Prenzlauer Berg.

Dort war es schön. Andrea glänzte mit ihrer Fröhlichkeit, strahlte ihn an und gab ihm an diesem Abend das Gefühl, der einzige Mann der Welt zu sein, der für ein Abendessen überhaupt in Betracht kam. Sie fragte nach seiner Arbeit, machte ihm Komplimente und berührte seine Hand wie zufällig. Später ging sie mit zu ihm und überwältigte ihn mit ihrer Leidenschaft. Niemand hatte Munk schon einmal auf diese Weise geküsst.

Über die Jahre hatte er sich seit seinem schwierigen Start mit Judith zu einem passablen Liebhaber entwickelt. Jedenfalls gab es nie Beschwerden. Im Bett hatte er immer die Regel seines Vaters befolgt, nicht zu sehr auf sich, sondern auf das Wohl der Frauen zu achten. Und nun begegnete er Andrea, die unendlichen Spaß daran zu haben schien, ihn zu befriedigen. Nachdem sie sich ein paar Tage lang getroffen hatten, fragte er sie, ob das nun eigentlich bedeute, dass sie in eine Beziehung rutschten. Sie lachte, gab ihm einen Kuss und sagte: »Das wird sich kaum verhindern lassen.«

Und so wurden sie ein Paar. Munk verklärte die Unterschiede zwischen ihnen zu einer reizvollen Herausforderung. Ihre strikte Weigerung, sich auch nur für einen Moment einem ernsten Thema zu widmen, fand er erst befreiend. Viel später begriff er, dass diese Haltung aus einem ziemlich banalen Missverständnis rührte. Andrea nannte Themen »ernst«, aber sie meinte eigentlich »negativ«. Dass ein ernstes Thema dies nicht unbedingt war, leuchtete ihr nicht ein. »Ernst« hieß ja in erster Linie »relevant«. Wenn Munk also darauf hinwies, dass der Zug auch ohne sie um 14:10 Uhr abfuhr, dann war dies zwar durchaus ernst gemeint, aber nicht negativ. Jedenfalls, wenn man pünktlich am Gleis stand.

Munk fand es schwer, mit Andrea umzugehen, ohne gleich von ihr mit »Ja, Papa« geärgert zu werden. Und er hielt ihr Leben für unnötig anstrengend. Man muss auch mal eine Rechnung öffnen. Man muss zum Amt. Man muss sich kümmern. Man muss zuhören. Man muss manchmal da durch.

Sie ließ alles liegen. Lieber machte sie sich keine Gedanken. Wie sehr sie ihn damit zuweilen verletzte, schien sie nicht zu merken. Es erreichte sie gar nicht. Einmal, auf einer Radtour, passierten sie ein Maisfeld. Und da fiel ihr spontan etwas ein, das sie völlig ungefiltert an ihn weitergab, nämlich dass sie in so einem Maisfeld mal mit einem wildfremden Typen gevögelt habe. Er fragte zurück, warum sie ihm das sage, und sie fügte hinzu, dass sie das früher total oft gemacht habe. Man habe sie nur fragen müssen. Und dann sagte sie, dass sie dazu aber nur noch sehr manchmal Lust habe. Das verunsicherte ihn. Er wusste damit nichts anzufangen.

Später war er verärgert. Er fand sich und ihren gemeinsamen Sex entwertet. Auch verstand er nicht, warum sie ihm so etwas mit großer Begeisterung erzählte und damit das Risiko einging, ihn zu verstören. Er selbst hätte ihr nie erzählt, was er mit irgendwelchen Frauen getrieben hatte. Und außerdem: Was war denn, wenn morgen jemand Wildfremdes fragen würde?

Ihre direkte und wenig feinfühlige Art der Kommunikation stieß ihn ein ums andere Mal ab. Dann berichtete sie, wie gut sie sich gefühlt habe, als er ein paar Tage auf Dienstreise in London gewesen sei. Sie erklärte ihm, dass sie nicht gedenke, Silvester mit ihm zu verbringen, weil sie da immer mit Freunden in die Berge fahre. Sie meldete sich tagelang nicht, weil sie keine Lust hatte, und sie verleugnete ihn, während er danebenstand. Letzteres in einer Bar. Munk wollte daraufhin gehen. Er stellte sich an die Garderobe, entschlossen, seinen Mantel zu holen. Da stand sie plötzlich hinter ihm und fragte, was er vorhabe.

»Ich gehe. Mir reicht es jetzt.«

»Was reicht dir?«

»Vor diesem Typen zu behaupten, du seist ohne Begleitung hier. Geht's noch?«

»Das ist doch bloß ein Spiel. Das macht den jetzt verrückt. Reg dich nicht auf. Das ist jetzt Kindergarten, was du hier machst.«

Und dann schob sie ihm ihre Zunge in den Mund und fasste ihm in den Schritt. Er blieb.

Munk konnte sich keinen Reim darauf machen, warum sie sich so verhielt. Er mochte das nicht. Andererseits entstand auf diese Weise eine dauernde Spannung. Und sie machte es ein ums andere Mal wieder gut. Kaufte ihm sein Rasierwasser, als sie feststellte, dass es zur Neige ging. Schenkte ihm einen Pullover, den er ihr in einer Zeitschrift gezeigt hatte. Fragte ihn, worauf er am meisten Lust hatte – und machte es dann. Und sie sah ihn auf eine Weise an, die er sich nicht erklären konnte und die ihn regelrecht aussaugte. Er kam nicht dahinter, ob sie das mit Absicht tat oder nur so. Wenn er danach fragte, tat sie immer alles nur so. Und er, der nichts einfach nur so tat, war fasziniert und liebte diese Momente, in denen alles geschehen konnte, wenn er es zuließ.

Seine Freunde wiesen ihn darauf hin, dass Andrea gefährlich sei. Er sagte dann, das sei ihm egal. Dass er sie selbst dafür liebe. Dass er immer noch mehr von ihr bekomme als von jeder Frau zuvor. Was er nicht sagte, war, dass er sie retten wollte, weil er spürte, wie fragil die Seele dieses Geschöpfes war. Und wie groß die Aufgabe, mit ihr zusammen zu sein. Und so blieb er ihr ein Wohlgefallen und übersah alle Warnzeichen, Sirenen, Schranken und Ampeln, von denen es genug gegeben hätte, um einen Weltkrieg zu verhindern.

Nachdem er schon ein paar Beziehungen absolviert hatte und dachte, dass er letztlich meistens doch eher an sich selbst als an den Frauen gescheitert war, erlebte er die andauernde Aufregung mit Andrea als erfrischend, dieses ständige Hasten zwischen völliger Glückseligkeit und unmittelbar bevorstehendem Verlust. Munk überlegte immer mal wieder, die Verbindung zu beenden, weil er nie ganz sicher war, ob Andrea und er am Wochenende noch zusammen sein würden. Das war keine Basis für eine gemeinsame Zukunft, die er sich mehr wünschte als mit jeder Frau zuvor. Es gab nämlich einen sehr triftigen Grund, mit Andrea zusammen sein zu wollen: Die guten Momente mit ihr waren so gut – nein – die guten Momente mit ihr waren besser als die besten mit jeder Frau davor.

Andrea ließ ihm keine Ruhe. Sie nannte ihn vor anderen »meinen sogenannten Freund«. Dann wieder küsste sie ihn vor aller Augen derart pornös, dass er und alle Umstehenden vor Scham erröteten. Manchmal schoss sie ein Trommelfeuer an Komplimenten und Liebesschwüren an ihn ab oder schickte ihm versaute Fotos per SMS, wenn sie wusste, dass er in einer Besprechung mit Bauherren saß. Dazu schrieb sie: »Wenn die sehen würden, was du gerade siehst.« Oder sie brachte ihm ein Kilo seiner Lieblingskaugummis ins Büro, weil er sich darüber beklagt hatte, dass die Kollegen andauernd an seine Schublade gingen und sich bedienten. Sie konnte unendlich aufmerksam sein. Wenn sie Lust dazu hatte. Und unerträglich gemein. Wenn sie Lust dazu hatte.

Er kam nicht dahinter, was sie ritt, als sie sein Geburtstagsgeschenk – einen sehr schönen Radiowecker – in einer Mülltüte ins Treppenhaus stellte, sodass er darauf stieß, als er eines Abends zu ihr kam. Er verstand nicht, warum sie ihn damit brüskierte. Und erst recht nicht, dass es ihr gar nicht aufzufallen schien.

Um mit der Schattenseite seiner Freundin besser leben zu können, versuchte er herauszufinden, warum es die überhaupt gab. Er fragte sie ganz direkt, was man unternehmen könne, um sie in sozialer Hinsicht etwas kompatibler zu machen, und sie antwortete mit dem schrecklichen Satz von den Harten, die in den Garten kämen. Mehr fiel ihr dazu nicht ein.

Munk kam nicht gegen Andrea an und er wollte das auch erst gar nicht, denn ihr Wesen inspirierte ihn. Er traute sich mehr zu, er ging größere Wagnisse ein als zuvor. Da sie kaum einen Schritt in seine Lebenswelt wagte und mindestens einer sich bewegen muss, damit man sich annähert, lebte er mehr und mehr in ihrem Mikrokosmos. Freunde warnten ihn davor. Er sei nicht mehr derselbe, sagten sie ihm. Und einer, Markus, sagte Munk ganz offen, dass Andrea für ihn nicht gut sei.

»Warum meinst du das?«, fragte Munk. Es gefiel ihm nicht, dass jemand seine eigenen stets im Hintergrund simmernden Bedenken äußerte.

»Sie ist süß, ja, aber da ist doch gar nichts dahinter. Sie tut dir nicht gut.«

Munk erwiderte, dass er Andrea ganz sicher nicht vor ihm verteidigen und sich erst recht nicht für seine Beziehung rechtfertigen werde. Das fand er ritterlich. In Wahrheit hätte er kaum Argumente gefunden. Denn er wusste ja, dass etwas mit Andrea nicht stimmte. Der ganze Frohsinn diente dem höheren Zweck der Verschleierung eines Geheimnisses, das war ihm längst klar. Was mit ihr los war, erfuhr er, als sie bereits über fünf Monate ein Paar waren.

Da zog er in ihrer Küche eine Schublade auf, weil er einen Korkenzieher suchte, und entdeckte beim Kramen einen Schnuller. Er nahm ihn heraus und hielt ihn in die Höhe. »Wohnt hier noch jemand?«, fragte er heiter. Er sah Andrea an, dass sie um eine Antwort rang, dann begann sie zu weinen, was er bei ihr noch nie erlebt hatte. Er hätte gar nicht gedacht, dass sie weinen konnte. Sie nahm ihm den Schnuller weg und legte ihn zurück in die Schublade, schloss diese und stellte sich davor, wie um zu verhindern, dass der Schnuller daraus entweichen konnte.

Munk insistierte verunsichert. Was das bedeute. Ob da ein Kind in ihrem Leben sei. Und da beichtete sie ihm, dass sie einen fünfjährigen Sohn habe. Leon. Mit neunzehn bekommen. Aber sie habe nicht die Fähigkeiten besessen, dieses Baby zu behalten. Es sei ihr zu viel gewesen. Sie könne das nicht.

»Warum hast du mir nie davon erzählt?«

»Weil ich dachte, dass du mich nicht mehr liebst, wenn ich ein Kind habe.«

»Aber warum sollte ich dich denn dann nicht mehr lieben?«, fragte er verzweifelt.

»Weil ich dann so alt und erwachsen und scheiße bin. Wie du.«

Den letzten Satz versuchte er zu überhören.

»Wo ist denn Leon jetzt?«

»Bei Pflegeeltern.«

Und in seiner ganzen Liebe und dem dringendsten Wunsch, Andrea mitsamt ihrem Sohn zu retten, sagte er: »Wir holen ihn dort weg. Wir können ihn gemeinsam haben. Ihr zieht zu mir und wir sind eine Familie.« Er hatte keine Sekunde über diesen Vorschlag nachgedacht. Er kam einfach. Es erschien ihm vollkommen selbstverständlich, auch wenn er immer wieder Zweifel an ihr hatte. Doch Munk würde jederzeit gegen seine Bedenken handeln, wenn er das Gefühl hatte, damit etwas Gutes oder wenigstens Sinnvolles zu tun.

Für einen Moment schien es so, als würde Andrea zumindest darüber nachdenken. Doch dann verschränkte sie die Arme und schüttelte den Kopf. Sie sei für so etwas nicht gemacht. Das erinnerte ihn daran, wie sie verkündet hatte, nicht fürs Arbeiten geeignet zu sein. Inzwischen wusste er, dass sie von ihren Eltern finanziert wurde. Ihr Vater war Dachdecker in Hanau und bezahlte jeden Monat Miete, Versicherungen und Taschengeld. Sie hatte außerdem von ihren Eltern einen ganz leichten hessischen Akzent, der sie in Berlin unter den zahllosen Schwaben ein wenig hervorstechen ließ und Munk manchmal daran erinnerte, dass in ihr durchaus etwas beruhigend Provinzielles steckte.

Andrea war jedenfalls weder unabhängig, noch besaß sie eine Haltung zum Leben oder einen funktionierenden Wertekompass – und was Munk für Optimismus gehalten hatte, war in Wirklichkeit eine panische Flucht vor den Realitäten des Lebens. So wie sie die Schublade mit dem Schnuller verschloss, hielt sie sämtliche Probleme vor ihm und sich selbst verborgen. Sie versiegelte die traurigen Wahrheiten ihrer Existenz mit einer Fröhlichkeit, die Munk erst bewundert hatte, nun aber beinahe beängstigend fand. An diesem Abend wurde Munk bewusst, dass er mit einem Kind zusammen war.

In den folgenden Tagen reagierte sie nicht auf seine Anrufe und SMS. Er fuhr zu ihr, aber sie machte nicht auf. Als er sie schließlich am Wochenende in einem Club traf, tat sie so, als würde sie ihn nicht kennen. Sie sabotierte die Beziehung wie eine Sechzehnjährige, die hofft, dass der Junge irgendwann von selbst Schluss macht, wenn sie nur lange genug an seinem Geduldsfaden herumsäbelt.

Und als er sie schließlich doch zu Hause erwischte, ließ sie ihn nicht in ihre Wohnung. Sie standen in der Tür und sie erklärte ihm, die letzten Tage ohne ihn und seine schweren Themen seien eine regelrechte Befreiung für sie gewesen. Richtig glücklich habe es sie gemacht, ihn nicht zu sehen. Er sagte ihr auf den Kopf zu, dass sie nicht glücklich sei. Es fühle sich wahrscheinlich leicht und angenehm an, wenn man sich seinen Problemen nicht stelle. Das führe zu dem Schluss, dass es einem gut gehe. Aber das sei kindisch, das sei kein Lebensmodell.

»Doch. Meins.«

»Willst du dich denn gar nicht entwickeln?«

»Ich will einfach das Beste vom Leben.«

»Aber du musst doch Verantwortung dafür übernehmen. Für dein Leben, dein Kind, deine Beziehung, deine Zukunft.«

Sie lachte höhnisch. »Ja, Papa.«

»Wie soll das denn mit uns funktionieren, das geht doch so nicht. Wir sind doch ein Paar, da muss man doch zusammenhalten.«

»Vielleicht sind wir ja gar kein Paar mehr.«

Munk stand im Türrahmen, verstand erst nicht, dann doch und wurde immer verzweifelter.

»Aber ich liebe dich doch.«

»Muss ein schönes Gefühl sein.« Sagte sie und hatte dabei komischerweise wieder diesen Blick, der ihn so verzauberte.

Die nächste Zeit wurde furchtbar. Munk schrieb Andrea lange Briefe, warb für sich und für ihre Liebe. Für die Zukunft. Für Leon, den er gar nicht kannte. Dabei wurde ihm immer klarer, dass es nur etwas werden konnte, wenn sie wieder so würden wie ganz am Anfang. Aber das war ein Spiel gewesen, dessen sie allmählich überdrüssig geworden war. Je länger ihre Beziehung dauerte, desto mehr drängte sich ihr die Erkenntnis auf, dass sie darin liefern musste. Wenn ihr irgendetwas fernlag, dann das. Munk bat um ein Treffen, aber Andrea sagte erst zu, dann wieder ab, schließlich zu und erschien dann nicht.

Schließlich schrieb sie ihm einen für ihre Verhältnisse gefühlvollen Brief, in dem sie sich für alles bedankte, was er ihr gegeben hatte. Sie entschuldigte sich sogar für die Sache mit dem Radiowecker, nicht ohne darauf hinzuweisen, dass sie so etwas wirklich so dringend brauche wie einen Eierschneider oder eine dritte Niere, weil sie nicht aufstehen müsse und ergo auch keinen

Wecker benötigte. Und ein Radio auch nicht. Sie schloss mit den Worten: »Und nun sind genug Worte gewechselt. Wirklich. Peter. Mach's gut.«

Fast ein Vierteljahrhundert war seitdem vergangen. Munk hatte Jahre gebraucht, um über Andrea hinwegzukommen. Auch wenn er sich im Rückblick nicht ganz erklären konnte, was ihn so sehr an dieser Frau fasziniert hatte, machte es ihn verrückt, an das Ende zu denken. Er war nicht gegen ihre unreife Seele angekommen, die so hell und heiter schien und dennoch gleichsam stockfinster war.

Er war daran gescheitert. Vielleicht war es das, was ihn am meisten kränkte. Neben den Demütigungen, die er auch jetzt noch einzeln und restlos rekapitulieren konnte.

Es schmerzte ihn, aber er stellte auch amüsiert fest, dass er bei seinem Andrea-Spaziergang in dem Schwarzwälder Dorf, in welchem sich das Hotel befand, ein Kokos-Mango-Drachenfrucht-Eis gekauft hatte. Das zeigte ihm, dass Andrea immer noch in Spuren in ihm war.

Er setzte sich an einen Brunnen vor dem Eiscafé und betrachtete die Menschen, die dort saßen und das erste Eis des Jahres leckten. Es war dafür noch zu früh, aber es gab die Sehnsucht nach dem Sommer, die durch ein Eis bei sechzehn Grad zumindest am Leben erhalten werden konnte.

Munk dachte darüber nach, dass jeder auf diesem Platz, vielleicht mit Ausnahme der drei Kinder, die dort spielten, ihre Wunden zu versorgen hatten. Fast niemand rutschte so ganz leicht durchs Leben. Manchen gelang das gut, anderen nicht so sehr. Einige fanden ihr Glück und dachten nie darüber nach. Und ihm war Andrea zugestoßen, im Wunderbaren und im Furchtbaren. Er kühlte seine Wunde mit Kokos-Mango-Drachenfrucht-Eis und konnte sich auch fünfundzwanzig Jahre später nicht recht entscheiden, ob sie nun ein Glück oder eine Strafe für ihn gewesen war. Er entschied sich letztlich für Glück.

Da war so viel Gutes gewesen. Er hatte nie so viel mit einem Menschen gelacht. Andrea konnte ihn mit einem einzigen Lächeln in ihre Welt entführen, in der es keine Lasten gab. Sie wusste ihn zu überraschen und jedes Mal, wenn sie ihn von der Arbeit abholte, um mit ihm etwas zu unternehmen, zersprang er beinahe vor Freude. Er probierte Eissorten, deren Existenz er zuvor nicht für möglich gehalten hatte. Er trug Schuhe, die sie für ihn aussuchte. Er spielte mit ihr Squash, was er bis dahin für die größte Zeitverschwendung der Menschheitsgeschichte gehalten hatte. Er fühlte sich glücklich. Bis wieder Momente kamen, in denen er nicht glauben konnte, wie abweisend und gedankenlos ein Mensch sein konnte.

In einen der Briefe, die er ihr schrieb, legte er den Entwurf eines Hauses. Wochenlang hatte er sich damit abgemüht. Damals, bei Nicole, hatte er noch ein Modell gebaut. Inzwischen war er dabei, zu einem begehrten Architekten aufzusteigen, und alles, was er gelernt hatte, steckte er in dieses fiktive Heim.

Das Haus, das er für Andrea plante, setzte neue Maßstäbe in Sachen Design, Ergonomie und kluger Raumaufteilung. Es war keine protzige Villa für ein Leben im Grunewald, sondern ein Townhouse in Kreuzberg, der mustergültige Umbau eines Hauses aus der Gründerzeit. Viel Holz, viel Licht, mit einem Garten. Und einem eigenen Haus im Haus für Leon. Wenn man irgendwo in Berlin wohnen wollte, dann dort, in diesem Ideenreich, in diesem kreativen Paradies. Das Gebäude gab es gar nicht, es war bloß ein Symbol, eine Erfindung, eine beispielhafte Skizze für eine gemeinsame Zukunft. Wenn sie nicht wollte, musste sie nicht arbeiten. Wenn sie nicht wollte, musste sie auch nicht erwachsen werden. Wenn sie nicht wollte, konnte man auch woanders hinziehen.

Und dann das: »Und nun sind genug Worte gewechselt. Wirklich. Peter. Mach's gut.«

Damals hatte er sich erst als Opfer gefühlt. Im Schmerz lag das nahe und das Gefühl wuchs noch einmal orkanartig an, als er Wochen später erfuhr, dass sie ihn mit Markus betrogen hatte. Dem kündigte er die Freundschaft.

Munk schlief damals nicht mehr und weil er dachte, dass er besser zur Ruhe kommen konnte, wenn er betrunken war, begann er regelmäßig zu trinken. Er stellte aber nach zwei Wochen fest, dass es nicht half, und hörte wieder damit auf. Besser war es mit Sport. Munk hatte das Radfahren immer als Zumutung abgelehnt, weil die meisten Menschen, die ein Fahrradtrikot trugen, dies besser unterlassen hätten. Aber nun kaufte er sich ein Rad (und ein Trikot) und begann zu fahren. Manchmal an einem Tag hundert Kilometer. Es tat ihm gut, den Fahrtwind im Gesicht zu spüren, und er liebte das präzise Surren im Leerlauf, wenn er einen Hügel herabfuhr.

Einmal stürzte er und kam mit einer harten Schulterprellung davon, aber selbst das betrachtete er als willkommenen Gegenschmerz. Die Ablenkung half ihm und nach einer Weile baute er das Konstrukt ab, ein Opfer dieser Frau geworden zu sein. Er hatte sich selbst für diese Beziehung entschieden. Niemand, am wenigsten Andrea, hatte ihn dazu gezwungen. Nach der Sache mit den Kinokarten ganz zu Beginn hätte er es in der Hand gehabt, den Kontakt zu beenden. Aber er tat es nicht. Warum nicht?

Weil er sie wie eine Mission betrachtete. Er wollte sie so haben, wie sie war, wenn sie gut war. Weil es ihn selbst besser machte. Insofern handelte er durchaus egoistisch. Dafür war ihm kein Preis zu hoch, aber er verstand nicht, dass sie nicht besser werden wollte. Weil sie sich uneingeschränkt gut fand. Während er oft an sich zweifelte, gab es dafür in ihrer Seele keinen Raum. Und das hatte er nicht gesehen.

Je länger er nun mit dem großen Abstand über sein Engagement nachdachte, desto größer wurde der Schmerz wieder und ihm war, als würde sein operiertes Herz rasen. Es sagte ihm Bescheid. Es klopfte gewissermaßen an, um sein Missfallen über diese Gedankengänge zum Ausdruck zu bringen. Höflich, aber bestimmt. Munk beruhigte sich wieder.

Munk atmete tief durch, zehnmal, dann warf er die aufgeweichte Eiswaffel in einen Abfallkorb, sprang auf, ging zurück zum Hotel und lief in die Internetlounge des Resorts. Er setzte sich an einen Rechner und brach seinen Schwur, die Frauen nicht zu googeln. Das hatte er sich vorgenommen, bis er mit der Liste durch war und sämtliche Beziehungen rekapituliert hatte.

Er gab ihren Namen ein: Andrea Bissinger. Davon gab es einige. Er versuchte es mit dem Zusatz Berlin. Viele Bissingers. Viele Andreas. Munk war aufgeregt. Hier stand die Frage im Raum, ob sie sich vielleicht in den Jahren verändert hatte. Ob sie erwachsen geworden war. Ob er die besten Momente, die er je erlebt hatte, noch einmal zurückbekommen konnte. Ob er nun, so viele Jahre später, noch einmal an diese Liebe anknüpfen konnte. Ob er das, was er für sie und Leon hatte tun können, schließlich, endlich, doch tun konnte. Der Junge musste jetzt etwa dreißig Jahre alt sein. Ein erwachsener Mann mit einer erwachsenen Mutter.

Aber er fand niemanden, der zu seiner Andrea passte. Dann eben Bildersuche. Sie würde sich verändert haben, das war sicher. Aber natürlich würde er sie erkennen. Er scrollte durch Profilbilder und Zeitungsartikel, in denen Menschen bei der Übergabe von Spendenschecks oder bei Kanufahrten im Allgäu oder beim Dixieland-Frühschoppen der SPD in Jena abgebildet waren. Überall gab es Andrea Bissingers. Aber keine davon war seine.

Er suchte bei Facebook, Instagram, Snapchat und TikTok. Vermutlich war sie verheiratet und hatte einen neuen Nachnamen, dachte er und wechselte noch einmal verdrossen zu Google, weil er entschied, alle Ergebnisse noch einmal prüfen zu müssen. Ein letztes Mal, bis Andrea Bissinger für immer im Ozean verschwand.

Dann fand er ein Bild, auf dem aber kein Gesicht abgebildet war, nur Text. Er lautete: »Andrea Bissinger, 1.9.1977–22.8.2004.« Und darunter stand: »Du warst zu wild für dieses Leben.« Und wiederum darunter: »Heidemarie und Rolf Bissinger mit Leon. Die Beisetzung findet statt am 6.9.2004 auf dem Friedhof Mittelbuchen, Am Kirchberg, 63454 Hanau.«

Am nächsten Tag nahm Munk an der Gruppengymnastik teil, weil er glaubte, sich damit von den traurigen Gedanken an Andrea ablenken zu können. Während er nach einer pinken Poolnudel grapschte, die ihm ein ehrgeiziger Unternehmensberater aus Ulm vor die Nase hielt und wieder wegzog, entschied er, dass Andrea einen großen Einfluss auf ihn und sein Leben gehabt hatte. Doktor Grenzmann hatte ihm nun einmal aufgetragen, derartige Bilanzen für alle Beziehungen zu erstellen. Zuerst hatte er das mühsam gefunden, aber es erwies sich als guter Auftrag.

Erst jetzt wurde Munk bewusst, wie groß der Einfluss von Andrea auf sein Leben gewesen war. Er hatte unmittelbar nach ihrem Brief gekündigt und war zurück nach Freiburg gegangen, wo er sein eigenes Büro eröffnete. Das war eine direkte Folge der Trennung, denn er mochte ihr nicht mehr in der Stadt begegnen. Er wollte keinen Bus mehr nehmen, in dem sie vielleicht einmal gesessen hatte. Er wollte nicht mehr die Schrippen kaufen, die sie am liebsten mochte. Er wollte nicht mehr in denselben baltischen Himmel schauen wie sie. Also gab er Berlin auf. Diese Entscheidung erwies sich als klug, weil es in Freiburg nicht so eine starke Konkurrenz gab, weil Berlin ihm ohnehin auf die Nerven ging und weil er mit seiner Arbeit durch diese antizyklische Ortswahl interessanter schien. Letzteres bildete er sich wenigstens ein.

Viel wichtiger war jedoch der Entwurf, den er damals für Andrea angefertigt hatte. Der war durchdrungen von seiner Liebe zur Bauherrin und jedes winzige Detail maß sich an seinen Überlegungen, wie man ein Wohnhaus noch verbessern konnte. Der Alkoven in Leons Zimmer. Die Terrasse, auf der man am besten barfuß gehen konnte. Die Fensterbänke, die bei ihm keine tumben Abstellflächen waren, sondern richtige Sideboards, teilweise sogar mit kleinen Schubladen darunter.

Nachdem sie seine Pläne abgelehnt hatte – dies in der denkbar furchtbarsten Weise, nämlich mitsamt dem Planer –, entschied er, dass sie trotzdem zu etwas nutze waren. Er brachte seine Ideen für Andrea nun eben anderswo ein. Die meisten hätte er ohne sie nicht gehabt, sie waren aus dem Ehrgeiz entstanden, die wichtigste Person der Welt mit Architektur zu überzeugen. Und nun machte er seine Kunden eben zu den wichtigsten Personen der Welt und begeisterte sein Publikum mit dem, was von seiner großen Liebe übrig war.

Nachdem er die Poolnudel erwischt und dem Blödmann aus Ulm auf den Kopf geballert hatte, war er nicht nur mit diesem Spiel versöhnt, sondern auch mit Andrea. Ja, sie hatte ihn an den Rand seiner psychischen Möglichkeiten gebracht. Ja, er hatte gelitten und für seine Liebe zu ihr bezahlt. Aber am Ende hatte sie sein Leben auf eine Weise bereichert, die ihm tatsächlich erst jetzt richtig klar wurde. Und so verabschiedete er sie in Dankbarkeit.

Auf seiner Liste waren nun sieben Frauen seines Lebens abgehakt. Bis zur nächsten dauerte es genau sieben Jahre. Das waren jene zwischen seinem achtundzwanzigsten und dem fünfunddreißigsten Lebensjahr. Das war die Zeit, in der seine alten Freunde, die Kollegen und Mitarbeiter und vor allem seine Kunden die Partnerin fürs Leben fanden, heirateten, Kinder bekamen, Häuser bauten, Karriere machten und Pläne schmiedeten. Um ihn herum wechselten die Themen. Wenn er irgendwo zum

Essen eingeladen war, ging es um Koliken bei Babys, um Finanzierungsprobleme, um Bobo Siebenschläfer, Seitensprünge und Auflauf-Rezepte. Munk zog daraus Inspiration. Da er selbst nicht viel über sich zu erzählen hatte, war er ein guter und begehrter Zuhörer. Was junge Familien ihm berichteten, konnte er in Architektur übersetzen.

Da er andauernd den Diskussionen von Bauherrinnen und Bauherren beiwohnte, war er bestens über die Interessenlagen und Probleme von Eltern und deren Schwierigkeiten miteinander informiert. Mit der Zeit entwickelte er sich zu einer Art Paartherapeut mit angeschlossener Bauplanproduktion.

Das mediatorische Talent konnte er auch für große Projekte nutzen, denn die psychologische Aufgabenstellung unterschied sich nicht groß bei Einfamilienhäusern und Ferienresorts. Häufig bekam er es mit Menschen zu tun, deren dringende Wünsche auf jene irgendwelcher mehr oder weniger einsichtiger Partner trafen. Ein uneiniges Investoren-Konglomerat in Doha argumentierte nicht wesentlich anders als ein Ehepaar in Oberursel, wenn man davon absah, dass ein Ehepaar in Oberursel eher nicht vierhundert Millionen Dollar in sein Eigenheim investierte.

Er hätte sich auf große Auftraggeber beschränken können, aber er liebte es, für Familien zu bauen. Er mochte es, wenn er mit diesen hoffnungsvollen Menschen zusammensaß, die für ein gemeinsames Leben planten und sich darüber freuten, was er für sie ersann.

Munk baute aber nicht für sich selbst. Er kam nicht einmal auf die Idee. Er wohnte zur Miete und lebte ein gottgefälliges Leben, wie sein verdammter Vater das genannt hätte. Nachdem er den Entzug von Andrea hinter sich gebracht hatte, fand er sich für eine Beziehung nicht mehr qualifiziert. Er glaubte nicht mehr an die Liebe, auch wenn um ihn herum geliebt wurde. Aber er fühlte sich nicht mehr zugehörig, auch nicht vermittelbar.

Munk lebte jedoch nicht wie ein Eremit, er ging zum Sport, auf Ausstellungen, zu Einladungen und er verbrachte die Jahreswechsel mit Freunden beim Skilaufen. Mit der Zeit erschien er ihnen als eingefrorener Single, der lieber seine Schrullen als eine Beziehung pflegen wollte. Das machte ihn attraktiver, als er es wahrhaben wollte.

Alle paar Monate tauchten Frauen auf, die sich um ihn bemühten. Oft bemerkte er das gar nicht, jedenfalls sandte er keine Signale, die eine weibliche Person hätte ermutigen können, sich ihm zu nähern. Und wenn er es doch einmal spürte, zerstörte er kurze angenehme Momente mit einer Zurückhaltung, die als arrogant und abweisend wahrgenommen wurde. Seine Verwundung war so groß, dass er darauf sogar stolz war.

Er kam sich vor, als fehle ihm ein Sinnesorgan, mit dem man Sympathie, Attraktivität, Charme und Niveau erkennen und schätzen konnte. Munk sprach mit niemandem darüber. Die Neigung einiger Freunde, eine Verhaltenstherapie zu machen, wenn sie in Nöte oder gar in eine Anpassungsstörung rutschten, war ihm regelrecht zuwider. Kurz: Er wollte mit Frauen nichts mehr zu tun haben und er fühlte sich dabei wohl.

Insofern war es ein kleines Wunder, dass er mit fünfunddreißig noch einmal seine Ansicht dazu änderte. Denn da begegnete ihm Claudia.

An sie zu denken, fiel ihm beinahe schwerer als der Gang durch die Galerie mit Andrea-Erinnerungen. Er benötigte dafür viel Platz und daher schnürte er seine Wanderschuhe und verließ das Hotel im Regen. Er zog damit in der Lobby des Mönchhof-Resorts eine gewisse Bewunderung, aber auch Groll auf sich, weil die anderen Rekonvaleszenten das schlechte Wetter als Ausrede nutzten, um Kuchen zu bestellen und Milchkaffee und Champagner, weil man an so einem trüben Tag ja kaum vors Haus konnte, um frische Schwarzwaldluft zu atmen und zehntausend Schritte zu machen. Bedauerlich, aber auch unabänderlich.

Nur Munk, in den Augen einiger Vertreter der deutschen Wirtschaft ohnehin ein widerlicher Streber, trotzte dem Wetter und ging schnellen Schrittes Richtung Wald. Und so dunkel wie der war, so finster war sein Gemüt dabei.

Claudia. Als Munk über sie nachdachte, dachte er zuerst ans Ende. An die furchtbare Trennung, die er allein verschuldet hatte, und an die Not, in die er sie damit gebracht hatte. Er schämte sich dafür und noch einmal mehr, da er bisher in seltenen und unvollständigen Rückschauen alles unternommen hatte, die Schuld am Scheitern auf sie zu schieben. Aber das war nicht richtig. Es war die längste Beziehung seines Lebens gewesen und sie dauerte fast drei Jahre. Und wenn er damals bereit und in der Lage gewesen wäre, die Probleme, die sich irgendwann ergaben, zu lösen, dann.

Was dann. Munk hielt an und sah einem Rudel Rehe zu, die unentschlossen im Wald herumstanden und darauf zu warten schienen, dass er in die Hände klatschte, damit sie von hinnen springen konnten. Aber er rührte sich nicht. Er hoffte seinerseits, dass die Rehe irgendetwas unternahmen, um ihn von seinem trüben Gedankengang zu lösen. Wegfliegen. Singen. Ihn angreifen. Irgendwas, mit dem er umgehen musste, um nicht daran denken zu müssen, wie schäbig und unwürdig er sich Claudia gegenüber verhalten hatte.

Er zählte die Rehe, es waren vier größere und drei kleinere. Sie standen herum und sahen ihn an, kaum zwanzig Meter von ihm entfernt. Ihr Atem dampfte wie seiner. Es regnete nach wie vor, ein paar Schneeflocken waren dabei. Der Boden war matschig, der Wald roch schwer.

Munk wartete wie auf Erlösung, aber er wusste, dass er sich Claudia würde stellen müssen, sobald das friedliche Bild der anmutigen Tiere verschwand. Denn dann gab es nichts mehr, was ihn von seiner Arbeit abhalten konnte. Fast zehn Minuten stand Munk im Wald, wartete, konnte sich nicht entschließen. Dann sagte er halblaut »Na dann« und klatschte in die Hände. Die Rehe verschwanden wie sehr elegante Geister.

Munk wusste zuerst gar nicht mehr, ob er mit Claudia Schluss gemacht hatte oder sie mit ihm. Zu sehr überlagerten sich seine Erinnerungen an die tränenreichen Gespräche, in denen die verzweifelte Frau ihn irgendwann anschrie und er einmal drohend eine Kaffeetasse erhob, doch ohne sie dann zu werfen. Aber schließlich war sie es, die den Schlussstrich zog.

Er hockte stumm und starr an seinem Esstisch, während sie eine Sporttasche packte und die ganze Zeit darauf hoffte, dass er zu ihr kam, um sie daran zu hindern. Aber er blieb sitzen. Dann stand sie im Türrahmen und sagte, dass sie jetzt gehe. Und noch einmal, dass sie dann fort sei. Und als er nicht einmal den Blick zu ihr wendete, warf sie ihren Schlüssel gegen den Kühlschrank, wartete noch einmal auf eine Reaktion, ging zur Wohnungstür, öffnete sie, wartete, machte noch Geräusche. Und verließ ihn, ohne die Tür zuzuwerfen, was er im Rückblick seltsam fand. Er wartete die ganze Zeit auf einen Knall, aber der kam nicht. Die Tür blieb offen wie eine Einladung, ihr hinterherzulaufen, die Dinge noch einmal zu wenden, sie auf der Treppe einzuholen und zum Bleiben zu beschwören. Als er zwanzig Minuten später aufstand, war das Treppenhaus leer.

Vorausgegangen waren lähmende Wochen, nachdem sie seine Affäre entdeckt hatte. Sie schwieg tapfer dazu, weil sie hoffte, dass Munk sich irgendwann offenbaren würde, aber das geschah nicht. Er verabschiedete sich morgens von ihr, teilte nachmittags mit, dass er abends noch einen Termin bei Bauherren hatte, kam dann spät nach Hause und faselte etwas von erschwerten Bedingungen und geschmacklosen Forderungen.

Dabei wusste Claudia, dass Munk erst in einem Hotelrestaurant gegessen und dann dort ein Zimmer bezogen hatte. Sie wusste auch, mit wem. Das Einzige, was an seiner Geschichte stimmte, war, dass es sich bei den Terminen um welche mit einer Bauherrin handelte, die mit Munk ihren Mann betrog.

Eines Abends Wochen zuvor hatte Claudia Munks Laptop benutzt. Der Akku ihres eigenen Rechners war leer, sie fand das Ladekabel nicht und wollte etwas im Internet nachsehen. Munks Laptop lag in Griffweite, also klappte sie ihn auf. Da er den Computer nur zu Hause benutzte und sich Zeit sparen wollte und im Grunde nichts zu verbergen hatte und vielleicht auch, weil er keinen Argwohn erregen wollte, hatte er sich das Passwort gespart, sodass Claudia bloß den Deckel hochklappen musste und Zugang zu allen Programmen erhielt.

Sie sah bei Google nach, was sie nachsehen wollte. Später erzählte sie Freundinnen, dass sie sich nicht mehr daran erinnern könne, was das überhaupt war. Und dann sah sie in der Programmleiste das Nachrichten-Symbol. Acht ungelesene Benachrichtigungen. Das waren iMessages, die von Telefon zu Telefon verschickt worden waren und parallel auf dem Rechner erschienen. Acht. Claudia war überrascht. Nicht, dass sie ihn verdächtigte, aber die Zahl war so hoch. Acht. Er neigte nicht dazu, Nachrichten ungelesen zu lassen. Und sie war neugierig. Offenbar wusste Munk gar nicht, dass sein Nachrichtenaustausch nicht nur auf dem Handy, sondern auch im Laptop dokumentiert wurde. Acht.

Den Rest des Abends verbrachte sie mit der Lektüre der Konversation zwischen Munk und Jutta. Sie musste dafür weit nach oben scrollen. Der Austausch begann drei Monate zuvor mit einem professionellen Dialog über Handläufe am Aufgang vom Erdgeschoss in die erste Etage. Dann wurde ein Termin verhandelt, an dem wohl auch Dietmar, ihr Mann, teilnehmen sollte. Alles völlig normal zwischen Architekt und Kundin. Claudia suchte nach dem Moment, in dem die Kommunikation dieses Niveau verließ, und wurde zwei Wochen später fündig.

Da schrieb Jutta völlig unvermittelt: »Ich frage mich gerade, wie jemand wie Sie küsst.«

Im Grunde unverschämt. Munk antwortete charmant, fand Claudia. Zu charmant. Angemessen wäre gewesen, wenn er geschrieben hätte: »Ich danke für Ihr Interesse, würde jedoch die Konversation gerne auf der beruflichen Ebene belassen. Danke.« Aber das schrieb er nicht. Er antwortete: »Die einen sagen so, die anderen sagen so.«

Und sie darauf: »Das macht mich natürlich neugierig.«

Es folgte ein halbschlaffer Dialog, der nicht direkt zügellos, aber leicht angebockt vor sich hin mäanderte. Am Ende vertagte sie das Gespräch, weil sie zur Pediküre müsse. Offenbar hatte diese erste Anbahnung jedoch Spuren in ihm hinterlassen, denn Munk meldete sich drei Tage später mit der Nachricht: »Immer noch Interesse?« Aber Jutta hielt ihn hin. Was für eine Schlampe, dachte Claudia. Die zog ihren Munk ganz langsam aus der Spur. Ihre Antwort: »Woran Interesse?«

»Vielleicht erst mal an einem kleinen Mittagessen? Oder Abendessen? Oder Afterworkdrink.« Afterworkdrink! Claudia musste lachen. Ihr Munk verwendete niemals solche Horror-Wörter aus dem Trottel-Duden für Businesspfeifen. Das war gar nicht er, der da schrieb. Da verstellte sich einer, weil er annahm, dass die Frau von der anderen Seite so sprach.

»Afterworkdrink klingt fein«, schrieb sie zurück. Miststück.

Er regte dann den Freitag an. Claudia sah in ihrem Kalender nach. Das war zweieinhalb Monate her. Sie war an dem Tag mit einer Freundin ins Theater gegangen. Und er? Sie konnte sich nicht daran erinnern. Sie wusste nicht mehr, ob er zu Hause gewesen war, als sie zurückkam. Und sie hätte auch nicht mehr sagen können, ob damals schon etwas gelaufen war. Der Nachrichtenverlauf gab das nicht her. Jutta schrieb tags darauf: »Danke für den schönen Abend.« Und er: »Dito.«

Danach tagelang nichts. Schließlich eine Nachricht von ihr. »Wir sollten das Thema vertiefen.«

»So gerne ich das würde, aber ich bin gerade ziemlich blockiert. Aber ja, das sollten wir.«

»Aber bald!«

»Ganz bald.«

Es las sich so, als habe Munk Skrupel oder wenigstens Bedenken. Wenn das der Fall war, hatte er diese wenige Tage später beiseitegeschafft. Er schrieb: »Unser Abend geht mir nicht aus dem Kopf. Darf ich auf ein Wiedersehen hoffen?« Auch diese leicht schwülstige Formulierung fiel Claudia als unpassend auf. Er inszenierte sich für diese fremde Frau. Als Schwerenöter, saublöder Begriff, der ihr aber als Erstes einfiel. So altmodisch, scheinbar galant, aber dahinter saftige Geilheit. Das war etwas, was er bei ihr nie getan hatte. Es kam ihr lächerlich vor, aber es verletzte sie auch. Es wäre die Stelle im Chat gewesen, wo sie mit dem Lesen hätte aufhören sollen. Aber das wusste sie ja nicht. Jutta reagierte jedenfalls klug und ließ ihn erst einmal abtropfen. »Ganz bald«, schrieb sie. Jetzt hielt sie ihn hin.

Zwischendurch hatte er Fragen zu einem Detail des Bauplans, es ging um irgendwelche Einbauten. Sie antwortete steif und unkonkret, was Munk offenbar nicht gefiel. »Wann ist jetzt eigentlich ganz bald?«

»Nächsten Do, 19 Uhr, Colombi.«

Claudia wusste, dass Munk die Bar des Hotels Colombi nicht sonderlich schätzte. Zu viel Holz, zu viel Pianogeklimper.

Bar-Pianisten, die stundenlang Jazz- und Filmmusiken vor sich hin klopften, waren ihm regelrecht zuwider. Er fand das klamottig, abscheulich und störend. Einmal hatten sie eine Hotelbar in Bologna nach genau vier Takten Livepiano verlassen.

»Colombi. Ja! Sehr gute Wahl.«

»Ich mag das Ambiente und den tollen Pianisten.«

»Ja! Ich auch! Schon wieder eine Gemeinsamkeit.«

Claudia wurde schlecht. Das war die Glasur auf einer Torte aus Lügen.

Sie suchte in ihrem Kalender nach dem Donnerstag der Verabredung. Da war kein Eintrag und keine Erinnerung. Sie wusste nicht, wann Munk an jenem Abend nach Hause gekommen war. Aber wahrscheinlich war es sehr spät geworden, denn am nächsten Tag schrieb Jutta: »Das war so geil gestern.«

Und Munk antwortete: »!!!«

Nachdem sie in den folgenden Wochen den Chatwechsel zwischen ihm und seiner Affäre immer wieder gelesen und sich damit ständig aufs Neue selbst wehgetan hatte, war sie so verwundet, dass sie sich geradezu an die Verletzung gewöhnte. Es kam ihr bald vor, als sei sie abhängig von den Schmerzen, die sie empfand.

Hinzu kam, dass sie ihn gewissermaßen auch betrog, indem sie die Wahrheit kannte, ihm jedoch die heitere Partnerin vorgaukelte, die nichts von seinem Verrat bemerkte. Wenn er sie anlog, dass er über Nacht zu einem Finanzierungstermin nach Baden-Baden musste, wusste sie bereits, dass er dort um 19 Uhr im Restaurant des Casinos mit seiner Affäre verabredet war. Sie wusste, dass er ein Zimmer im Brenners Parkhotel gebucht hatte, und sie wusste, dass sie vor der Abreise noch eine Paarmassage genießen würden. Sie verabschiedete Munk mit einem Kuss auf den Mund und zu Fäusten geballten Händen.

Manchmal war sie live dabei, wenn Munk und Jutta kommunizierten. Dann erkannte sie ihren weichen und kultivierten Peter kaum, weil er mit seiner Liebhaberin in einem Vokabular schrieb, das er sonst nicht gebrauchte.

Es kränkte sie, dass Munk dieser Frau eine Form von Leidenschaft zur Verfügung stellte, die sie mit ihm nicht erlebte. Auch nicht hätte erleben wollen, aber das war ihr jetzt egal. Es kam ihr vor, als würde er mit ihr in einem Opel Kadett und mit Jutta in einem Ferrari fahren.

Zumindest eines hielt sie ihm dabei zugute. Und Jutta auch, selbst wenn ihr das schwerfiel: Es war weder bei ihm noch bei ihr jemals die Rede von den eigentlichen Partnern. Die wurden nicht entwertet oder verhöhnt oder sonst wie der Lächerlichkeit preisgegeben, sondern mit keiner einzigen Silbe erwähnt. Offenbar lebten Munk und seine Geliebte bei ihren Treffen oder in der schriftlichen Vor- oder Nachbereitung in einer Art Paralleluniversum, in der sie keinerlei anderweitige Verbindungen besaßen. Es war, als machten der Architekt und seine Auftraggeberin regelmäßig Urlaub von der Realität. Ebenfalls auffällig fand Claudia, dass dort niemals die Rede von der Zukunft war, von einer gemeinsamen Perspektive oder weitreichenden Plänen. Vielleicht beruhigte sie das. Er schien die Trennung von ihr nicht in Erwägung zu ziehen. Er wollte offenbar nur mit dieser fremden Frau zu Abend essen und vögeln. Auch wieder traurig, dachte Claudia dann.

Ihre Freundin Almut befand, dass es sich nicht um ein Liebespaar handelte, sondern eher um so etwas wie einen Sportverein oder noch besser: einen elitären Club, der sich aus reinem Selbstzweck trifft, ohne dabei ein langfristiges oder ideologisches oder in einer Art Satzung festgelegtes Ziel zu verfolgen. Almut entwickelte sich zu einer Art Dauerzeugin, weil Claudia ihr häufig im Minutentakt neue Mitteilungen von Munk oder Jutta weiterleitete, welche Almut dann profund kommentierte. Dabei kam ihr eine gewisse Berufserfahrung zugute, weil sie jahrelang als Redakteurin das Ressort »Psychologie und Lebenshilfe« in einer Zeitschrift geleitet hatte, worunter dort auch Horoskope und die Beantwortung von Leserinnenfragen zum Thema »Liebe und Partnerschaft« fielen. Man konnte sagen, dass Almut eine Kennerin der Materie darstellte.

Durch Almut lernte Claudia die Begriffe »toxische Männlichkeit« und »Narzissmus« kennen, die jene andauernd gebrauchte, wenn sie von Peter Munk sprach. Zwar glaubte Claudia nicht an die schrankenlose Bosheit ihres Freundes, aber ihre Verletzungen waren inzwischen zu tief, um sich Gedanken darüber zu machen, ob es irgendeinen nachvollziehbaren Grund haben konnte, dass er sich so beschissen und mit jedem Tag noch beschissener verhielt. Es gab keine Fürsprecher, die Munk in Schutz genommen hätten. Dafür wuchs die Anzahl der Freundinnen, die von Claudia über den Seitensprung ihres Lebensgefährten informiert wurden. Vielleicht wollte sie durch breite Streuung ihres Kummers den Einfluss von Almuts Furor auf ihr Gemüt ein wenig einhegen.

Claudia verbrachte endlose Stunden mit Telefonaten, manchmal auch Treffen, in denen sie einen Weißwein nach dem anderen bestellte. Der Kreis derer, die von der Sache wussten, wurde immer größer und die Empörung über das Schwein Munk wuchs mit jedem Tag, den sein Betrug andauerte. Inzwischen gab es einen regelrechten Unterstützerkreis um Claudia. Und immer wieder fragte Claudia durch den Dunst ihrer Tränen und des Weins nach dem Warum.

Warum.

Das fragte er sich danach auch. Jutta war keine große Liebe. Der Sex war nicht geiler, das Abenteuer recht bald bloß noch eine komplizierte Organisation von etwas, das zu nichts führte. Und seine Begeisterung ließ mit jedem Treffen nach. Dazu die Scham und sein intaktes Schuldbewusstsein Claudia gegenüber. Als er später Bilanz zog, musste er sich eingestehen, dass am Ende der Affäre nichts übrig blieb als nur Kummer und eine schrottreife Beziehung.

Die erste Nacht war es gewesen. Ein Trip, eine Tat, eine Erschütterung in seinem im Aspik des Alltags eingeschlossenen bewegungslosen Leben. Er hätte es dabei belassen sollen. Es als Ausrutscher verbuchen und in seiner Erinnerung pflegen sollen. Und müssen. Aber dann war der Reiz groß, es zu wiederholen.

Wie bei den meisten Drogen besaß das zweite Mal schon nicht mehr dieselbe Wucht. Der Versuch, es dann eben bei der folgenden Wiederholung so zu erleben wie beim ersten Mal, gelang beinahe, was ein nächstes Treffen erforderlich machte. Und ein nächstes. Und ein nächstes.

Zwar wuchs die Scham und er konnte es fast nicht aushalten, Claudia vorher und nachher zu begegnen, denn er liebte sie sehr. Aber trotzdem konnte er sich nicht gegen den Wunsch wehren, Jutta zu sehen. Erst später ging ihm auf, warum das so war.

Das war erst, nachdem Claudia gegangen war und nicht mehr zurückkehrte. Sie hatte damit vollzogen, was Munks Mutter nie geschafft hatte. Und er hatte zuvor getan, was sein Vater ihm vorgemacht hatte. Im Grunde war er wie er. Im Grunde war er er. Nur mit einem besseren Geschmack. Dass er auf das unerhörte Werben von Jutta eingegangen war, geschah nur zwei Wochen nach der Beerdigung von Munk senior. Später erkannte er, dass das kein Zufall war.

Munk hatte sich den Tod seines Vaters immer gewünscht, ohne dies jemals vor sich oder irgendwem sonst zu äußern, weil man so etwas nicht sagen kann. Aber solange der Alte lebte, schien es dem Sohn, als könne er selbst nichts werden, als bliebe er immer nur der kleine Munk, dem die anderen mit dem Hass auf den Vater begegneten, jedenfalls wenn sie den kannten. Für Peter Munk bedeutete der frühe Tod von Hermann Munk eine Befreiung. Und als diese endlich eintraf, weil der Alte innerhalb von zwei Wochen an einer banalen Lungenentzündung verschied, nahm Peter es dennoch nicht so emotionslos auf, wie er es immer erwartet hatte.

Schon wenige Minuten, nachdem seine Mutter ihn am Telefon in der ihr eigenen tonlosen Stimme darüber informiert hatte, wurde ihm klar, dass er damit zwar frei war, jedoch in neuer Verantwortung stand. Wenn er vorher selbstgefällig postuliert hatte, anders zu sein oder wenigstens anders sein zu wollen als sein Vater, erlosch dieser Auftrag nun. Peter Munk konnte jetzt nicht mehr automatisch gut sein, indem er konsequent entgegen der Usance seines Vaters handelte. Mit dessen Tod verschwand der Orientierungsstreifen auf Munks Weg. Das wurde ihm in dem Augenblick umso klarer, als er sein Elternhaus betrat und seine Mutter umarmte, die keine Träne vergoss, sondern in einem stumpfen Pragmatismus das Leibgericht ihres Sohnes gekocht hatte, welches sie schweigend einnahmen, während der Bestatter danebensaß und in Sachen Sargmode referierte. Peter suchte ein teures Stück aus, so hässlich, dass er dessen Anblick gerade noch ertragen konnte. Er war sicher, dass das Trumm seinem Vater gefallen hätte, und betrachtete das als einen höhnischen Gruß ins Jenseits, dessen Bosheit aber außer ihm niemand verstand.

Claudia hatte Hermann Munk nie kennengelernt und Munk sprach nie über ihn. Sie hatte keine Ahnung, wie heuchlerisch die Predigt des Pfarrers ausfiel, besonders wenn man bedenkt, dass dieser in einer grauenhaft scheußlichen Kirche arbeiten musste, einem architektonischen Discount-Kasten, den Munk senior der evangelischen Kirche sozusagen en gros für gleich zwölf

Gemeinden angedreht hatte. Vier der Dinger waren bei seinem Tod schon abgerissen. Doch der Pfarrer sprach von einem Visionär der Architektur, der den Menschen sein Leben lang gedient und so vielen Orten mit unsagbar wertvollen Gebäuden Identität und sprühende Vitalität geschenkt habe. Ein reiner Wohltäter sei der Hermann Munk gewesen, streng protestantisch, was heutzutage in dieser doch arg materialistischen Welt selten geworden sei. Ein Musterbeispiel an Anstand, dem zu gedenken eine Verpflichtung nicht nur für die Familie sei, sondern allen Menschen nah und fern, die in einem von Munk erbauten Haus arbeiten oder leben durften. Wie nahe dieser wundervolle Mann mit seinen Sakralbauten die Leute an Gott gebracht hatte, sei in Worten kaum auszudrücken, weshalb man nun singen werde, und zwar das Lied 324 auf Seite 81. Es sei wohl das Lieblingslied des großartigen Hermann Munk gewesen. Munk fand es ein Wunder, dass in diesem Moment kein Blitz herniederfuhr, um den Pfarrer in ein Häuflein Asche zu verwandeln. Immerhin musste er bei dieser Vorstellung lächeln.

Munk blieb für eine Woche, um die Firma aufzulösen und um sicherzugehen, dass nichts davon übrig blieb. Und wenn er nicht die Akten im Container gefunden hätte, dann wäre hinterher vielleicht gar nichts passiert.

Die Aktenordner des Munk senior lagen auf einem Haufen in einem Bauschuttcontainer und Peter Munk fand, dass das aussah wie Kunst. Die Deckel der Akten glänzten in der Sonne und hatten sich ineinander verschoben. Für Munk schien es, als hockten da Hunderte von Fliegen auf einem riesigen Haufen Scheiße. Eine Installation war das, auch wenn die Ordner bloß ohne jede gestalterische Absicht von den Entrümplern schubkarrenweise über ein Brett in den Container gekippt wurden.

Munk saß auf dem Rand des Containers und sah dabei zu, wie das Lebenswerk seines Vaters verklappt wurde. Da rutschte eine bunte Karte aus einer der Akten und störte das künstlerische Gesamtbild. Munk ließ sich in den Container gleiten und hob sie auf. Es war eine Ansichtskarte mit einem Sonnenuntergang und einem kurzen Gruß für H. von H. Munk nahm den Ordner, aus dem sie gefallen war, und blätterte ihn auf. Er enthielt die Konversation zwischen seinem Vater und einer gewissen Henriette. Alles per Hand, teilweise sehr nett. Und Henriette war nicht die einzige Frau, mit der das Monstrum auf eine flirrende Art geschrieben hatte.

Munk fand sechs Akten mit romantischer Korrespondenz, in denen Briefe, aber auch Hotelrechnungen, Flugtickets und einige Überweisungskopien streng nach Namen geordnet abgelegt worden waren. Offenbar nicht alphabetisch, sondern chronologisch hatte Hermann Munk über seine Aktivitäten mit anderen Frauen Buch geführt. Wo immer Munk hineinblätterte, ließ sich dasselbe Muster erkennen. Zunächst säuselnde Notizen und Komplimente, dann lange, ausgesprochen sülzige Briefe und deren nicht minder peinliche Repliken von einer Marianne, Gisela, Brigitte, Klara, Marlene oder Hedi. Und irgendwann immer: Verzichtserklärungen und eidesstattliche Versicherungen, zwei Krankenhausrechnungen, bittere Abschiede.

Offenbar war es seinem Vater wichtig gewesen, alles zu dokumentieren, was er mit seinen Geliebten anstellte. Er führte penibel jede einzelne Schweinerei in seinem Leben auf. Munk stellte sich vor, wie der Alte zu Lebzeiten manchmal abends an seine Akten gegangen war und diese durchgeblättert hatte wie andere Leute ein Fotoalbum, um sich an einer Erinnerung zu erfreuen. Hier eine Abtreibung oder ein gebrochenes Versprechen. Dort eine Drohung oder unfassbares Geschleime. Munk konnte gar nicht glauben, zu welcher Romantik dieses Scheusal fähig gewesen war. Der Senior schien mit seinen Aktenordnern einem regelrechten Fetisch gefrönt zu haben. Munk kannte sich mit abseitigen Vorlieben ein wenig aus, denn er hatte bereits zweimal für Kunden ausgesprochen originelle Kellerräume geplant.

In dem einen entstand der Klassenraum der Grundschule eines Bauherrn, der seine Frau nur deshalb geheiratet hatte, weil sie seiner Lehrerin in der dritten Klasse ähnelte. Die Gattin musste sich zu seinem Vergnügen drei- bis viermal in der Woche als Lehrerin Frau Sundermann verkleiden und ihn mit einem Holzlineal züchtigen, wenn er nicht schnell genug vorlas. In seinem richtigen Leben war der Mann Minister und musste regelmäßig vor vielen Menschen sprechen, worin er eine weithin bekannte und bewunderte Expertise besaß. Aber in seinem Keller stotterte und stolperte er über die Texte einer Schulfibel für Drittklässler und wurde dafür von der als Frau Sundermann verkleideten Monika verdroschen, die das immerhin vier Jahre mitmachte und dann etwas mit dem Staatssekretär anfing.

Der zweite Keller enthielt einen funktionsfähigen Operationssaal. Dessen Besitzer war aber kein Mediziner, sondern Anlageberater. Was er in seinem OP trieb, ging Munk nichts an, und er fragte auch nicht.

Munk senior fand jedenfalls ganz offensichtlich eine gewisse Befriedigung darin, seine Affären auf das Genaueste zu dokumentieren. Sie endeten immer gleich, nämlich mit Drohungen und anwaltlichen Schreiben, denen sich alle Frauen beugten. Munk nahm daher an, dass Annegret sein einziges Halbgeschwister war. Jedenfalls tauchten keine weiteren auf.

Während die Helfer schwallweise Ordner in den Container schütteten, saß Munk nun dazwischen wie der Zauberlehrling, der die Zufuhr von Wasser nicht stoppen kann. Bloß dass es sich hier um riesige Ergüsse aus Scheiße und Verderbnis handelte. Nicht nur kamen die zahlreichen Liaisons des Vaters zum Vorschein, sondern auch seine erpresserischen Briefe an Beamte, Konkurrenten, Lieferanten, Mitarbeiter und Kunden. Die schiere Schweinhaftigkeit des Mannes auf der einen Seite und sein bigottes Predigen, die anmaßenden Moralvorträge und das scheinbar Bürgerliche auf der anderen Seite irritierten Munk mit jedem weiteren Ordner, den er aufklappte.

Zuerst fragte er sich, warum sein Vater das alles aufgehoben hatte. Fetisch hin und her. Jeder normale Mensch hätte den ganzen Mist verbrannt oder geschreddert. Wer will denn posthum in der ganzen Dimension seiner Schlechtigkeit sichtbar werden? Der Alte hatte auf jeden Fall genug Zeit gehabt, das Zeug zu vernichten oder sonst wie verschwinden zu lassen. Noch als er krank war und auf das Ende sehen konnte, hätte er eine Firma damit beauftragen können. Da wurde Munk klar, dass er der Adressat dieser Akten war. Sein Vater wollte, dass er sie sah. Und ihn und vor allem sich selbst als Sohn erkannte.

Später dachte Munk, dass es ihm lieber gewesen wäre, wenn er an dem Tag der Entrümpelung nicht im Elternhaus gewesen wäre. Oder wenn die Karte nicht aus dem Ordner gerutscht wäre. So aber musste er seinen Vater neu bewerten, zumindest teilweise. Dass sein Vater ein Ungeheuer gewesen war, wusste Munk seit seiner Kindheit, aber die Vielzahl seiner Affären war dem Sohn neu. Und sein Umgang mit den Frauen glich in etwa der sorgfältigen Gemeinheit, mit welcher der Vater auch geschäftlichen Partnern wie dem unglücklichen Gehlen begegnete.

Claudia reiste zur Beerdigung an und fand ihren Freund in einem schlechten Zustand vor, den sie mit einer nun doch sich Bahn brechenden Trauer erklärte. Am Grab standen sie nebeneinander vor dem Loch, in welches die zahlreichen Gäste mit einem Schäufelchen Erde fallen ließen, um dann den Hinterbliebenen die Hand zu geben. Sie grüßten den Sohn mit großer Ehrerbietung, vielleicht auch ängstlich, weil man nicht wissen konnte, ob etwas von der Schlechtigkeit des Vaters womöglich in den Sohn gefahren war. Munk konnte dem Gedanken nicht widerstehen, am liebsten mit einem Bulldozer gleich eine Tonne Dreck auf den Alten zu schütten. Später begab man sich in eine Gaststätte, wo ihm ungefähr zweihundert Menschen ihre Anteilnahme bekundeten. Einige waren darunter, die aus Munks Gesicht herauszulesen versuchten, ob dieser über ihre Zahlungsunfähigkeit gegenüber dem Toten informiert war. Munk war sicher, dass sie ihn vielleicht bedauerten, nicht aber den Toten. Und er hatte nicht vor, irgendeinem Schuldner auch nur einen einzigen Euro abzunehmen. Der Horror war vorbei. Für alle.

Munks Mutter blieb bei dieser Gelegenheit tapfer und duldsam wie in den vergangenen vierzig Jahren. Munk sprach sie nicht auf die Akten an. Er wollte gar nicht wissen, ob sie von den Liaisons ihres Mannes etwas wusste oder nicht. Oder von seinen beruflichen Sauereien. Ihn beschäftigte eine andere Frage, nämlich jene nach seinem Erbe, und zwar nicht nach dem materiellen. Das interessierte ihn nicht. Was hatte er vom Vater? Noch vor ganz Kurzem hätte er diese Frage mit einem brüsken »Nichts« beantwortet. Doch das erschien ihm nun nicht mehr richtig. Die Redlichkeit, die der Senior immer gepredigt hatte, war ihm einerseits zuwider, andererseits hielt er sich doch immer an die moralischen und sehr protestantischen Lebensregeln, die in seinem Elternhaus aufgestellt worden waren. Und er schätzte sie auch. Insofern war er durchaus ein Kind dieses Mannes.

Andererseits hatte der seine Bedürfnisse nicht unterdrückt, er hatte ihnen nachgegeben und sie zwar penibel dokumentiert, aber ihre Verwirklichung sicher auch genossen. Diese Entdeckung irritierte und verunsicherte Peter Munk. Denn wenn er nun doch zugeben musste, dass er gewisse Anteile vom Vater übernommen hatte, was dessen vermeintlichen Wertekompass betraf, dann musste er auch in sich hineinfühlen, was eigentlich seine Wünsche betraf. Erfüllte er sich welche? Erfüllte er jene seiner Partnerin? Fehlte ihm etwas? Und wenn ja, warum sorgte er dann nicht für sich?

Diese Fragen stellte er sich auf dem Rückweg, als sie in Claudias Auto saßen. Normalerweise genoss er es, neben ihr zu sitzen und mit ihr Musik zu hören. Aber an diesem Tag strengte es ihn an. Das lag zum einen an Nick Caves neuer Platte *Dig, Lazarus, Dig!!!,* zu der er keinen Zugang fand, was ihn beträchtlich störte. Und er war mit Claudia unzufrieden. So hätte er das vor ihr nicht formuliert. Aber sie nervte ihn, obwohl sie nichts tat, was ihn hätte stören können. Seine Freundin war eine aufmerksame und empathische Person mit Humor. Sie hatte liebevoll auf seine Stimmung reagiert und sich gekümmert, ihm sogar noch eine schwarze Krawatte mitgebracht. Nun sprach sie davon, dass sich der Schmerz bald legen würde. Und dass sie hoffe, dass er eines Tages mehr von seinem Vater erzählen würde. Sie sei neugierig, auch weil so wahnsinnig viele Menschen auf der Beerdigung gewesen seien. Hermann müsse viele Freunde gehabt haben und das sei wirklich schön, es sei sozusagen das schönste Vermächtnis. Freunde haben und Kinder.

Sie hatten noch vierzig Minuten zu fahren und die verbrachte Claudia damit, bei ihrem Munk wieder einmal ihren Kinderwunsch zu hinterlegen. Sie wollte drei. Er wollte keins.

Ihm war das von Anfang an klar gewesen. Munk konnte sich als Vater nicht sehen. Einerseits, weil er keine gute Erinnerung an das System Familie hatte, und zum anderen, weil ihm sein Leben ohne Kinder genügte.

Als er Claudia kennenlernte, hatte er diese Ansicht auch gleich geäußert. Natürlich nicht im ersten Gespräch, das nicht, aber schon bald danach, als er entschieden hatte, sich in diese Frau zu verlieben und mit ihr sein zu wollen. Diese Entscheidung hatte er sich nicht leicht gemacht, weil er sich nach dem traumatischen Ende seiner Liebe zu Andrea auf eine Existenz als Solist eingestellt hatte. Er war nun seit langer Zeit daran gewöhnt gewesen, ausschließlich für sich zu planen. Die These seiner Freunde und Begleiter, die ihm alle paar Monate attestierten, ein interessanter und gut aussehender Mann zu sein, der nicht mehr lange allein bliebe, hatte er ignoriert oder knurrig mit dem Hinweis beantwortet, er komme ganz ordentlich allein zurecht. Und dann schob sie sich doch hinein in dieses Leben.

Sie drängte nicht, niemand befahl es ihm, es geschah auf die denkbar natürlichste und selbstverständlichste Art. Sie kamen nämlich ganz einfach ins Gespräch, und zwar an der Kasse eines

Kinos. Sie stand dort im April 2008 vor ihm und kaufte eine einzelne Karte für *No Country for Old Men*, und zwar für die zweite Reihe, weil sie, wie sie dem Kassierer erläuterte, leider ihre Brille vergessen habe. Diese leicht angetrottelte Ehrlichkeit gefiel Munk, der ebenfalls allein ins Kino ging, aber gerne hinten saß. Also lächelte er sie an und sagte, dass er auch eine Audiodeskription anbieten könne, wenn sie grundsätzlich lieber in Reihe 16 sitzen wolle. Sie lachte darüber und nannte das eine charmante Idee, lehnte aber dankend ab, kaufte ein Bier und ein kleines Popcorn und sie wünschten einander viel Spaß.

Nach der Vorstellung ging er nicht einfach aus dem Kino und nach Hause, sondern er blieb vor dem Ausgang stehen. Niemals hätte er zugegeben, dass er auf sie wartete. Er tat sogar vor sich selbst so, als warte er auf etwas Dringendes. Das Publikum aus den ersten Reihen kam als letztes aus dem Saal, und wer im leichten Graupelschauer dieses Dienstagabends keinen guten Grund und keine Begleitung hatte, machte sich rasch auf den Heimweg. Doch Munk blieb vor dem Ausgang stehen wie auf geheimen Befehl, den er zwar nicht hätte erläutern können, den er aber auch nicht in der Lage war zu verweigern. Eine drangvoll anklopfende innere Person trug ihm auf, die Frau von vorhin noch einmal anzusprechen. Vielleicht, weil sie schon einmal miteinander gesprochen hatten und vielleicht nicht alles gesagt war. Vielleicht, weil sie wie er allein war und deshalb vielleicht ansprechbarer als jemand in Begleitung. Vielleicht, weil er sie attraktiv fand, oder vielleicht, weil er es sich nicht hätte vergeben können, wenn er nicht wenigstens noch ein paar Worte zu ihr gesagt hätte.

Womöglich totaler Unfug. Es konnte sein, dass sie wirklich gar kein Interesse daran hatte. Oder früher gegangen war, weil ihr der Film nicht gefiel. Später gestand sie ihm, dass sie an jenem Abend gehofft hatte, dass er noch da war. Dass sie aber dennoch als Letzte den Saal verlassen hatte, um dem Schicksal einen Trumpf zuzuschieben. Und um sicherzugehen, dass er tatsächlich ihretwegen vor dem Kino herumstand. Dass sie aufgeregt war, als sie ihn vor dem Kino erblickte.

Munk hatte sich zurechtgelegt, sie zu fragen, ob ihr ohne Sehhilfe die enorme Groteskheit von Javier Bardems Frisur aufgefallen war. Als sie aber dann beinahe zögerlich aus dem Kino trat, fragte er sie stattdessen, ob es für sie schwer gewesen sei, ohne Brille den Ausgang zu finden. Darauf gab sie ihm einen gespielt empörten Klaps auf den Arm, eigentlich zu fest, viel zu gewagt als Reaktion, doch ihm gefiel das. Sie standen dann lange vor dem Kino und waren sich darüber einig, dass die Inszenierung des endlos lange Monologe haltenden Killers in diesem Film ein wenig über Gebühr strapaziert worden sei und als Kunstgriff auch inzwischen leicht abgenutzt wirke, trotz der Ironie und der zahlreichen Metaebenen, welche die Coen-Brüder in ihren Werken benutzten, um ihr cineastisches Publikum zu unterhalten und bisweilen in die Irre zu führen. Dass der Film ein paar Tage zuvor mit vier Oscars, unter anderem für den mit seiner Perücke wirklich albernen Javier Bardem ausgezeichnet worden war, fanden sie beide fragwürdig, zumal auch Philip Seymour Hoffman unter den Nominierten gewesen war.

Es machte Spaß, sich mit ihr zu unterhalten. Munk war angenehm irritiert über den Humor der Frau und über seine eigene im Blitztempo entstaubte Schlagfertigkeit, die er selbst gar nicht als ein Werben um sie verstand, sie hingegen schon. Sie stellten einander vor und wussten dann nicht, wie es weitergehen sollte. Man hätte sich in die Nacht verabschieden können, aber weder sie noch er wollten das. Also hielten sie das Gespräch in der Kälte in Gang, bis sie endlich – nach über einer Stunde – sagte, dass sie langsam nach Hause müsse. Die Arbeit, der Alltag, wie schade.

Und dann bot sie ihm an, sich jederzeit wieder mit ihm über

Filme und Killer und die Coens und das Leben in Freiburg zu unterhalten, wenn ihm danach sei. Sie holte ihr Handy hervor und bat ihn um seine Nummer. Er diktierte, sie tippte und sein Telefon klingelte mit den ersten Tönen von Depeche Modes »Just can't get enough«. Sie lachte darüber, was ihm gut gefiel. Andrea hatte den Song gar nicht gekannt. Auf diese Weise ausgetauscht, wünschten sie eine gute Nacht und als Munk zu Hause war, widerstand er dem Wunsch, sie sofort anzurufen, und sei es nur, um zu sehen, ob die Nummer tatsächlich funktionierte. Als er sich die Zähne putzte, klingelte es und sie sagte, dass sie nur noch einmal sichergehen wollte, dass er auch dranging, wenn sie anrief. Und dann redeten sie einfach weiter. Drei Stunden lang.

So fing es an.

Es stimmte einfach alles. Der Humor. Die Interessen. Die Lebensumstände. Claudia war vier Jahre jünger als er und arbeitete bei einem Fachbuchverlag als Lektorin, was nicht ganz ihrer Vorstellung entsprach, weil sie lieber Romane geschrieben als Texte über medizinische Instrumente begutachtet hätte, aber sie war trotzdem zufrieden damit, weil die Anstellung gut bezahlt war und sie ein angenehmes Arbeitsumfeld genoss. Sie interessierte sich für Kunst, für Mode, für Musik und kannte sich in allem gut aus.

Vor einem Jahr war sie nach Freiburg gekommen, der Arbeit wegen und weil sie aus Köln wegwollte. Ihr Ex-Freund war dort Fußballprofi, eine sogenannte Sandkastenliebe. Seit der B-Jugend waren sie ein Paar gewesen. Sie hatte ihn durch die Karriere begleitet, war dreimal mit ihm aufgestiegen, zweimal abgestiegen und fünfmal umgezogen.

Als er sie zum ersten Mal zu Hause in einem Kaff auf der Schwäbischen Alb abholte, war sie siebzehn und nahm auf dem Beifahrersitz eines Opel Corsa Platz. Und als sie ihn dreizehn

Jahre später verließ, stieg sie aus einem Aston Martin DB7. Dazwischen lag eine Sportlerkarriere mit vielen Höhen und einigen Tiefen, in der es immerhin zu vier Einsätzen in der Nationalmannschaft gekommen war. Und zu einem Meniskusschaden, der die Beziehung stärker belastete als der kurzzeitige irrtümliche Wechsel nach England, der im Gegensatz zur Knieverletzung nur fünf Monate dauerte.

Nie erwähnte sie den Namen des Ex-Freundes, wohl aus einer gewissen Gewohnheit heraus, um nicht anzugeben oder Neugier zu schüren. Dabei hätte Munk mit dem Namen ohnehin nicht viel anfangen können. Er kannte sich mit Fußball nicht aus und wenn er eine Mannschaft hätte aufstellen müssen, wäre er kaum über Franz Beckenbauer, Lothar Matthäus und Diego Maradona hinausgekommen. Nachdem Claudia fast ihr halbes Leben an der Seite eines Menschen verbracht hatte, der nur aus Fußball zu bestehen schien, fand sie das an Munk besonders angenehm.

Sie hatte sich jahrelang um die Versorgung innerer und äußerer Wunden gekümmert, mitgefiebert und aufregende Vertragsverhandlungen begleitet. Sie hatte erst Wohnungen und dann Häuser eingerichtet, nebenher Germanistik studiert und Milchreis nach Niederlagen gekocht. Manchmal war es ihr vorgekommen, als sei sie mehr Mutter als Freundin. Mit dem letzten Wechsel nach Köln verband sie eine freudige Aussicht auf das Ende der Karriere ihres Freundes, der nicht mehr oft eingesetzt wurde, weil der Trainer ihn nicht mochte und weil nach der langen Verletzungspause die sogenannte Spritzigkeit nicht zurückgekehrt war. Der Freund hatte die Rekonvaleszenz weitgehend vor der Playstation verbracht und war zumindest an der Konsole Weltmeister geworden. Claudia gefiel diese sehr häusliche Phase und sie stellte sich vor, dass sie im Anschluss an das nahende Karriereende sesshaft würden und eine Familie gründeten, was er bislang abgelehnt hatte, weil er sich dafür zu jung fand.

Ihr Freund verbrachte dann in der zweiten Hälfte der Saison die Tage mit Training und die Abende mit Feiern. Er wurde dann und wann von der Ersatzbank geholt und eingewechselt, was ihn nicht mehr besonders interessierte, zumal er den Aufbau einer Imbisskette plante und lieber mit Freunden pokerte. Einmal entdeckte sie in seiner Hosentasche ein Tütchen mit »Marschierpulver«, wie er es nannte, und darüber gerieten sie in Streit. Wenig später machten Fotos mit ihm und irgendwelchen kölschen Mädchen die Runde. In der lokalen Presse wurde er als Feiermonster beschrieben und wenn er ausging, blieb sie lieber zu Hause, weil sie ihn dann laut und unangenehm fand. Claudia wurde so schleichend aussortiert wie ihr Freund in seiner Mannschaft. Und nach einem verpatzten Mallorca-Aufenthalt, bei dem der Freund sich erst als Stimmungssänger am Ballermann versuchte und dann tagelang nicht in die gemeinsame Finca zurückkehrte, entschied Claudia, dieses Leben und das ehemalige Abwehrtalent hinter sich zu lassen. Als sie Munk kennenlernte, kam es ihr so vor, als sei sie von einer ganz langen Reise nach Hause gekommen.

Munk bedauerte sie indes nicht vor allem wegen des traurigen Endes ihrer Beziehung, sondern weil es sich in Köln zugetragen hatte, einem weiteren Unort, den er gerne mied, seit die Kölner kurz zuvor den Künstler Gerhard Richter mit ihrer plumpen Doofheit beleidigt hatten. Dieser hatte für das Südfenster ihres ansonsten düster vor sich hin gammelnden Doms ein faszinierendes Kunstwerk aus Licht und Farben erschaffen. Mit feiner Überlegung und handwerklicher Präzision. Und musste sich dann dafür von Leuten beschimpfen lassen, denen vermutlich eine schöne bleiverglaste Scheibe mit einem möglichst grausamen Heiligenbildchen besser gefallen hätte. Köln, Köln, Köln, ganz schlimm, fand Munk. Und was Claudia dort zugestoßen war, eigentlich nur folgerichtig.

Aber er sagte das gar nicht. Er dachte es bloß. Es gelang ihm bei ihr, derartige Überlegungen einfach für sich zu behalten und sie nur in den Arm zu nehmen und zu trösten. Als er spürte, wie gut er ihr tat und wie gut es sich anfühlte, sie zu halten, merkte er, was ihm bei Andrea so sehr gefehlt hatte. Er gab so gern und Claudia ließ das zu und gab zurück. Munk verliebte sich sehr.

Als sie das dritte Mal miteinander geschlafen hatten, legte sie ihren Kopf auf seine Brust und sagte, dass sie neugierig darauf sei, wie ein gemeinsames Kind wohl aussähe. Und Munk, der sich diese Gedanken nicht machte, erwiderte, dass es sicher hübsch sei, wenn es nach ihr käme, dass man dies aber nie herausfinden werde, weil er keine Kinder haben wolle.

Da setzte sie sich auf und sagte: »Da ist das letzte Wort aber noch nicht gesprochen.« Munk lachte und gab ihr einen Kuss, weil er ihre Empörung niedlich fand. Sie nahm daraufhin an, dass er sich noch werde überzeugen lassen. Und er nahm dasselbe von ihr an. Das Thema ruhte, obwohl es so wichtig war. Denn keiner glaubte, dass es sich bei der anderen um eine unverrückbare Position handelte. Viel später erst wurde Munk klar, dass ihre ganze Beziehung auf diesem großen Missverständnis basierte. Für sie ging es um ein Lebensthema, er hingegen beschäftigte sich gar nicht damit. Er war auch viel zu glücklich dafür und außerdem damit beschäftigt, die gemeinsame Freizeit zu planen.

Nach Jahren des Eigenbrötlertums erschien ihm Claudia als genau jene Verheißung, die ihm seine Freunde andauernd versprochen hatten. Als er sie bei einer Party zu Ehren eines argentinischen Musikers (abscheulich, fand Munk, völlig unhörbar) seinem Freund Achim vorstellte, raunte der ihr später am Abend zu, dass sie nicht nur Munk, sondern seinen ganzen Bekanntenkreis mit ihrer Existenz rette. Er sei wegen ihr wie ausgewechselt. Oder eher wie eingewechselt, weil seine frühere Heiterkeit zurück sei.

Das machte Claudia stolz und glücklich, zumal Munk auf sie auch einen positiven Einfluss hatte. Sie fand ihn inspirierend und seine manchmal aufscheinende Melancholie sogar sexy. Was man eben findet, wenn man verliebt ist. Beide waren auch zunächst der Meinung, dass man auf keinen Fall zusammenziehen solle. Jedenfalls nicht schon nach vier Monaten. Das Glück, in zwei Wohnungen zu leben, lag für beide darin, sich zwischendurch auch mal zu lassen. Das Leben von Munk und Claudia spielte sich entspannt und bald routiniert zwischen Samstagseinkäufen und freitäglichen Kinobesuchen ab. Zwischendurch fuhren sie weg, mal nach Italien, mal nach Stockholm oder für ein Wochenende nach Berlin. Munk konnte inzwischen wieder dorthin, ohne dass ihm gleich schlecht wurde. Sie wohnten in seinem Lieblingshotel in der Fasanenstraße und besuchten so viele Ausstellungen, wie es zwischen Frühstück und Abendessen ging.

Zu Hause in Freiburg sahen sie sich manchmal vier Tage hintereinander gar nicht, aber das machte nichts. Es erhöhte nur die Vorfreude und ließ beiden genug Raum für das eigene Leben, das es ja auch gab. Er arbeitete viel und musste häufig abends Besprechungen beiwohnen und entspannte sich bei langen Radtouren, die ihr zu langweilig waren. Auch Spaziergänge mied sie. Zu öde. Sie ging zwar gerne zu Fuß, aber nie ohne Ziel. Dafür hatte sie Freundinnen, mit denen sie einen Buchclub unterhielt, der sich alle zwei Wochen traf. Munk behauptete, dass es bei diesen Terminen eigentlich nicht um die Bücher ging, über die man diskutierte, sondern um den Weißwein, den man dabei trank. Eine These, die Claudia nicht wirklich entkräften konnte. Das Leben war gut in dieser Zeit.

Claudia hatte sich seit ihrer Jugend fest vorgenommen, mit ungefähr dreißig Jahren, vielleicht kurz davor, ein Kind zu bekommen. Nicht zu früh und nicht zu spät. Wie bei ihrer eigenen Mutter. Und als es dann bis zu ihrem dreißigsten Geburtstag noch nicht vollzogen war, weil sie bis dahin mit dem Fußballer nicht den richtigen Mann dafür gefunden hatte, erschien ihr Munk als eine Art Erlöser. Wenn sie sich beeilten, geschah es zumindest noch mit zweiunddreißig und das war nach großzügiger Rechnung immer noch ungefähr dreißig, jedenfalls noch nicht Mitte dreißig, was man nach Claudias Auslegung erst ab vierunddreißig sagte.

Natürlich betrachtete sie Munk nicht als Mittel zum Zweck. Zwar war Almut der Ansicht, dass daran nichts verkehrt sei, schließlich sei die Weltbevölkerung auf solche demoskopisch notwendigen Verbindungen dringend angewiesen. Aber Claudia bestand darauf, dass Munk nicht bloß als Vater, sondern sogar als mehrfacher Vater sowie als Ehemann in Betracht kam. Sie liebte ihn sehr und seine stabile Weigerung, den Schritt zu gehen und ersten Nachwuchs vorzulegen, betrachtete sie als sportliche Herausforderung und nicht als Grund, die Verbindung schnellstmöglich zu lösen. Was fair gewesen wäre. Doch Almut bestärkte sie in der Auffassung, dass es gemein sei, diesen wirklich guten Mann um die Früchte seiner Lenden zu bringen.

Aber als er nach über zwei Jahren immer noch nicht bereit war, was sie daran merkte, dass er das Thema niemals von selbst ansprach, setzte sie es öfter auf die Tagesordnung. Erst monatlich, dann wöchentlich, dann ständig. So kam es ihm jedenfalls vor. Munk fühlte sich bis dahin nicht unter Druck. Ihm gefiel ihre Beziehung, er mochte die Vorstellung, dass er mit dieser Frau genau so ohne Kinder in zwei Wohnungen lebte. Eine Vaterschaft würde das ändern.

Man würde gemeinsam ein Haus mit Garten bauen. Man

musste eine bunte Plastikrutsche in diesen Garten stellen und einen Sandkasten daneben. Munk hatte nichts dagegen. Bei anderen Leuten. Man musste in Funktionskleidung zum Supermarkt. Man musste klobige Kindersitze installieren, Möbel abpolstern, Gläschenkost erhitzen, Lillifee-Geschirr anschaffen, und man würde irgendwann bei der Urlaubsplanung abhängig von Schulferien. Selbst wenn er sich mit dieser Regelhaftigkeit und der fragwürdigen Ästhetik der Elternschaft hätte arrangieren können, blieb ihm dennoch die Furcht, sich dabei zu seinem Nachteil zu verändern. Er hatte das in seinem Umkreis viele Male mit Entsetzen beobachtet. Wenn Männer zu Vätern wurden, bekamen sie erst weiche Gesäße, dann irgendwann Haarausfall und Bäuche vom Kinderteller-leer-Essen und schließlich einen Zug der innerlichen Vereinsamung um die Augen.

Bei den Frauen ähnliche Feststellungen. Bindegewebe und Ausstrahlung erschlafften im Gleichtakt, Frisuren wurden praktisch, Kleidung auch, Urlaube fanden im Familientrakt von Hotelburgen statt. Und irgendwann bestand die letzte Freiheit eines Elternpaares darin, den Kindern abends vor dem Fernseher die letzten Duplos wegzufressen.

Munk äußerte solcherart Gedanken niemals in dieser Klarheit, denn er liebte Claudia und er wollte sie nicht mit seinem Defätismus verletzen. Dennoch fand er es respektlos, immer mehr in die Rolle eines widerständigen Erzeugers geschoben zu werden. Einmal sagte er, dass er keine Lust habe, nur mehr als Samenspender angesehen zu werden, was eine zweitägige Sprachlosigkeit zwischen den beiden zur Folge hatte.

Aber sie vertrugen sich auch wieder und Claudia kam ihm entgegen, indem sie sagte, dass es wohl besser sei, einfach weiter darauf zu warten, dass er seine Ansichten zu dem Thema ändere. Insgeheim entschied sie aber nach langer Abwägung und Diskussion mit Almut, Tatsachen zu schaffen.

Ihrer Frauenärztin erzählte sie, dass man nun zur Familienplanung übergehen werde, und die Ärztin zog darauf die Spirale. Munk sagte sie nichts davon. Wenn es demnächst zu einer Schwangerschaft kam, würde sie ihm von einem medizinischen Wunder berichten, einer Art Mirakel, welches für die Kraft ihres Wunsches spräche. »Nur zwei von tausend Frauen werden trotz Spirale schwanger«, würde sie ihm entgegenjubeln. Es sei ein Zeichen.

Munk freute sich über ihre enorme Libido in den Wochen darauf und erklärte sie sich damit, dass es solche Phasen des Überschwangs gab, die Liebe ist eben ein Auf und Ab. Mal vögelt man mehr, mal weniger. Er war in diesem Punkt etwas naiv.

Und es funktionierte ganz rasch. Claudia wurde schwanger. Den richtigen Moment abzupassen, um es ihm zu sagen, war aber nicht so einfach, denn als sie es erfuhr, war er gerade in China. Er verhandelte dort über ein großes Projekt, dann über ein weiteres in Taiwan und er musste danach noch nach Tokio, um dort an einem internationalen Kongress teilzunehmen. Fast vier Wochen war er fort. Und in dieser Zeit erfuhr sie den Grund für ihre ausbleibende Periode, glühte vor Glück und malte sich aus, dass er sich dann doch unendlich freuen würde.

Claudia begann damit, den Wohnungsmarkt in Freiburg nach geeigneten Häusern abzusuchen, auch wenn sie wusste, dass Munk ein Heim für sie und den kleinen Felix bauen würde. Der Name war nicht verhandelbar. Geschlecht auch nicht. Und auch nicht, dass Felix auf eine Montessori-Schule gehen würde. Man musste den Kindern die Freiheit gewähren, ihre Bildung selbstbestimmt zu erlangen.

Und natürlich werde man zukünftig vegetarisch leben. Und Hühner halten. Für Claudia bahnte sich der Start eines Lebens-Projektes an, auch wenn sie mit großer Missbilligung feststellen musste, dass ein Kinderwagen von Silver Cross ein Vermögen kostete. Was wiederum für Munk kein Problem darstellen würde. Ob man vor der Geburt heiraten sollte? Aber nicht mit einem dicken Bauch. Das gab Gerede und außerdem sah sie sich nur in Bestform im Hochzeitskleid.

Das alles und viel mehr besprach sie mit Almut, trank Gemüsesäfte und spürte dem angekündigten Leben in ihrem Körper nach. Es war, als habe sie zu ihrer Bestimmung gefunden. Der Termin der Entbindung lag kurz nach ihrem dreiunddreißigsten Geburtstag, also absolut tolerabel, wie sie nun fand. Sie telefonierte öfter mit Munk, sie schickten sich auch Nachrichten. Aber sie erwähnte die Schwangerschaft nicht, weil sie dann gewollt hätte, dass er die Reise wegen dieser einschneidenden Neuigkeit abbrach. Sie war sich nicht sicher, dass er das tun würde. Sie wollte nicht von ihm enttäuscht werden. Also plante sie eine große Inszenierung, sobald er wieder da war. Für drei decken. Einen Schnuller auf seinem Kissen platzieren. Seine Hand auf ihren Bauch legen und ihn raten lassen, wie es ihr ging. Sie verlor sich in bezaubernden Vorstellungen und entschied, dass er bis zu seiner Rückkehr nichts erfahren solle.

In der fünften Woche der Schwangerschaft verlor sie das Kind. Ganz einfach. Sie machte nichts falsch, wie die Ärztin ihr versicherte. Sie konnte nichts dafür. So etwas geschehe. Auch das sei Natur. Sie könne sicher nach einer Weile wieder schwanger werden. Doch in ihrem Ehrgeiz, Mutter zu werden, empfand Claudia den Abgang als persönliche Niederlage und sich als Versagerin. Und den Verlust außerdem als katastrophale Strafe für ihren Betrug an Munk. Almut bohrte in diese Wunde, indem sie behauptete, dass über der ganzen Angelegenheit ein Schatten der Unanständigkeit gelegen habe, eine negative Energie, auch da der Kinderwunsch zu einseitig gewesen sei. Und dass auf diese Weise

Munk einen Anteil an diesem Desaster habe, weil er nun einmal nicht frohen Mutes gezeugt habe, sondern mehr oder weniger aus Versehen. Da sei es kein Wunder, dass das Kind sich gegen sie als Eltern entschieden habe.

Anstatt Almut für diesen Unsinn die Freundschaft zu kündigen, ließ Claudia diese fernliegenden Gedanken zu, mehr noch, sie machte sich die Vorstellung zu eigen, dass Munk letztlich durch kosmisch kommunizierte Ablehnung die Schwangerschaft verdorben hatte. So kam ein Riss in ihre Beziehung, ohne dass Munk das bemerkte.

Als er aus Fernost zurückkam, erwartete sie ihn nicht mit Freude, sondern in einer mit Kühlheit ummantelten Trauer, die er wohl bemerkte, aber nicht einordnen konnte. Sie fand nicht die Kraft, ihm die Wahrheit zu sagen. Einerseits aus Angst, ihm zu beichten, dass sie die Verhütung ausgesetzt hatte. Und andererseits aus Verdruss über seine kinderfeindliche, ja geradezu mörderische Einstellung und seine gemessen daran absurd fröhliche Stimmung, als sie ihn am Frankfurter Flughafen abholte.

Er rechnete damit, dass die gute Zeit, die sie vor seiner Abreise erlebt hatten, einfach weiterging. Aber dafür sah Claudia keinen Anlass. Mehr noch. Sie begann, sich ihm zu verweigern, und er, typisch Mann, fragte sie eines Abends, ob es sein könne, dass sie einen anderen habe. Ob womöglich in seiner Abwesenheit etwas passiert sei. Er forderte sie auf, ehrlich mit ihm zu sein, er habe das verdient. Sie antwortete, dass da niemand sonst sei, und das war nicht gelogen. Er glaubte ihr nicht. Jedenfalls nicht ganz.

Munk zog sich in seine Arbeit zurück, kam dann ungern nach Hause und freute sich über ein Projekt mit sehr aufgeschlossenen Bauherren. Er fand das Ehepaar Dietmar und Jutta besonders nett und die Frau ziemlich attraktiv.

In der Rückschau fiel für Munk der Zeitpunkt der Affäre in eine vulnerable Zeit. Sein Vater war gestorben, was ihn mehr beschäftigte, als er wollte. Die Beziehung mit Claudia hakte irgendwie. Die Verantwortung in der Firma wuchs. Seine Partner machten, wozu er sie in die Firma geholt hatte: Sie brachten Aufträge herein, das Büro wuchs, man zog um, stellte neue Leute ein. Mit Ende dreißig war Munk ein sogenannter Stararchitekt, der nun öfter in den Zeitschriften vorkam, die er selbst schon als Student abonniert hatte. Aber er fühlte sich in dieser Funktion manchmal schwach und überfordert, weil er immer seltener dazu kam, selbst zu entwerfen, und stattdessen viel Zeit damit verbrachte, herumzureisen und in Konferenzen zu hocken.

Er war überall begehrt, bloß nicht mehr zu Hause, wohin Claudia jetzt Arbeit mitbrachte, die sie am Abend erledigte, wenn er ins Kino oder ins Theater gehen wollte. Er spürte, dass sie sich ihm entzog, konnte sich aber keinen Reim darauf machen.

Und so war er nicht stark genug, nicht widerstandsfähig gegen diese Kundin, die ihn eines Tages mit dem Satz überraschte, dass sie sich frage, wie er wohl küsse. Und weil er sich geschmeichelt fühlte und bedürftiger war, als er es sich eingestanden hätte, und eine Entfremdung von Claudia empfand und vielleicht am Ende auch ein bisschen so war wie sein verdammter Vater und das herausfinden wollte und weil er sich über all dies in Wahrheit gar keine Gedanken machte, sondern aus all diesen Gründen rein vegetativ reagierte, schrieb er eben zurück: »Die einen sagen so, die anderen sagen so«, was er für charmant hielt.

Munk erfuhr nie von der gezogenen Spirale und seinem verlorenen Kind. Und sah sich später als einzigen Schuldigen in dieser Katastrophe.

Als er seine Rückschau auf Claudia abschloss, fiel Munk auf, dass er eine Frau in seiner Liste vergessen hatte, nämlich Jutta. Es waren nicht dreizehn gewesen, sondern vierzehn. Sie war jedoch offenbar nicht wichtig genug gewesen, um sich ihrer auf Anhieb zu erinnern. Was wiederum paradox war, denn immerhin hatte die Affäre mit Jutta seine Trennung von Claudia zur Folge und das war sehr wichtig. Aber tatsächlich war die ganze Sache mit Jutta nach Claudias Verschwinden sofort beendet. Er sah sie nie wieder. Ihren Mann auch nicht. Das Ehepaar trennte sich und das Haus wurde noch vor der Fertigstellung verkauft. Später hörte Munk, dass sie ihren Gatten parallel noch mit zwei anderen Männern betrogen hatte und nach ihrer Scheidung einen von denen heiratete. Nach Hamburg. Munk versuchte, etwas, ein Gefühl, eine tiefe Erinnerung an Gemeinsamkeiten zu aktivieren, aber da gab es nichts, was den Befund noch trauriger machte: Wegen dieser für ihn letztlich bedeutungslosen Person hatte er seine Beziehung zu Claudia verdorben.

Voller Scham besann er sich darauf, wie er Claudia Wochen später einen Schlüssel hatte zukommen lassen, damit sie Dinge aus seiner Wohnung holte. Er verreiste, weil er ihr nicht begegnen wollte, und wusste daher nicht, dass sie eine Freundin damit beauftragte, um ihm nicht in die Augen schauen zu müssen. Eine Möglichkeit zur Aussprache verstrich auf diese Weise und auch danach ergab sie sich nicht mehr, weil Claudia ihre Tätigkeit aufgab und zu einem Verlag nach München wechselte. Und damit verschwand sie.

Er setzte einen Haken hinter Claudia.

Alles an dieser Episode bedrückte Munk. Auch weil sich Erinnerungen an den Tod seines Vaters einmischten und ihn quälten. Er hatte sich nie als ihm ähnlich betrachtet, weder äußerlich noch innerlich. Was sein Aussehen betraf, kam er eher nach seiner Mutter. Auch seine Halbschwester glich Munk senior nicht. Es hatte Munk die Distanz etwas erleichtert. Da war nichts, was auf den Alten hinwies. Er fand auch, dass der aufgesetzte und heuchlerische Protestantismus seines Vaters sich nicht in ihm spiegelte. Die rohe Verhunzung aller moralischen Maßstäbe, wie er sie bei seinem Vater gesehen hatte, war ihm zuwider. Von den fachlichen Qualitäten seiner Arbeit gar nicht zu sprechen. Munk betrachtete sich als eine Art Wiedergutmachung für alles, was sein Vater jemals angerichtet hatte, privat oder beruflich.

Und doch glomm da nun so ein kleiner Schein Hermann'schen Lichtes in seiner Seele. Munk musste sich eingestehen, dass er, in der Mitte des Lebens angekommen, eben nicht nur gut und anständig gewesen war, wie er es sich immer vorgenommen hatte. Sondern auch verlogen, unehrlich und trickreich, was die Verschleierung seiner Affäre betraf. Er hatte dabei eine Finesse an den Tag gelegt, die ihn selbst überraschte, wenn man seine stümperhafte Unkenntnis der Kopie seines Chats auf dem Laptop davon abzog. Aber er war dennoch beinahe froh darüber, dass Claudia die Nachrichten entdeckt hatte, weil es ihm die Beichte erspart hatte. Und er konnte hinterher kaum etwas beschönigen, weil sie darin alles gelesen hatte, was es zu wissen gab.

Das war nicht nur peinlich. Es war auch schmerzhaft, nicht nur für Claudia. Als er selbst noch einmal alles las, bevor er es löschte, wurde ihm klar, dass er durchaus anders sein konnte, als er sich immer selbst sah. Er konnte ein linkes Schwein sein. Auch Jutta gegenüber. Dann regte er Treffen an, die er gar nicht wahrnehmen wollte und kurzfristig absagte, weil er keine Lust hatte. Oder er bestellte sie in Outfits ins Hotel, die er sich bei Claudia nicht zu wünschen getraut hätte und die er dann an Jutta albern fand. Bei Jutta benahm er sich wie jemand, den er nicht gemocht hätte. Das war ihm immer bewusst, aber es machte Spaß. Und das erschreckte ihn im Nachhinein. Munk war stundenweise nicht er selbst.

Oder war er es gerade dann? Darüber hatte er bis zu seinem Aufenthalt im Mönchhof-Resort nie richtig nachgedacht. Er kam zu dem Schluss, dass das Verhältnis mit Jutta schließlich doch etwas gebracht hatte, nämlich die Erkenntnis, dass er ein Arschloch war. Sein konnte. Sich an den Tugenden zu orientieren, die sein Vater ihn gelehrt und an die jener sich dann nicht gehalten hatte, war für Munk ein lebenswichtiges Anliegen. Wie sonst hätte er aus dem Schatten des Monstrums heraustreten können. Und nun erkannte Munk, dass die Lackschicht seiner vermeintlichen Güte mühelos abzureiben war. Letztlich war es nur ein sehr matter Anstrich, den er sich da seit seiner Jugend gegeben hatte.

Munk saß müde auf der Terrasse seiner Suite und der Geruch des nassen Nadelholzes, der ihn sonst inspiriert hatte, ging ihm auf die Nerven. Inzwischen sah er die Umgebung, in der er sich nun schon wochenlang aufhielt, als ein Terrarium an, in dem sich Bewohner häuteten, um eine körperliche wie auch seelische Erneuerung herbeizutherapieren. Bei Schlangen oder Echsen fand Munk diesen Vorgang faszinierend und die Eleganz, mit der sich Amphibien von ihrem alten Selbst befreiten, ohne sich dabei zu verletzen, richtiggehend beispielhaft. Dafür waren Sand oder Steine oder Rinden vonnöten, an denen die Tiere sich mit ihrer Haut einhakten, um dann ihrer selbst zu entkommen.

Die Menschen hier machten es ähnlich, allerdings häuteten sie sich in Schlagsahne. Ihre Transformation war gar keine. Das war lediglich ein komfortables Abschälen von Kümmernissen oder Übergewicht, ein Prozess, den man sich leisten können musste.

Und einer, der bei vielen auch nicht etwa eine nachhaltige Umstellung ihrer Gewohnheiten zeitigte, sondern eine Phase schlechten Gewissens, der schon nach wenigen Wochen die Wiedereingliederung in den Club der Fresser, Säufer und Rumsitzer folgte. Weil man wusste, dass man hier, im harzigen Duft des Mönchhofes, jederzeit wieder zur Häutung einchecken konnte.

Was für eine Egomanie. Was für ein rücksichtsloser Verbrauch von Energie und bezahlter Liebenswürdigkeit. Letztlich saßen hier nur Jammerlappen und Dummköpfe herum, zu denen Munk nicht gehören wollte. Und doch war er da. Trank Gemüsesaft, ging zur Gymnastik und beschäftigte sich mit seinem Leben, um sich zu erkennen. Und führte damit den Beweis, dass er sehr wohl in diese Gemeinschaft passte.

Vielleicht war seine Laune so schlecht, weil der Aufenthalt Wirkung zeigte. Und die Stimmung wurde in Gedanken an die nächste Frau auf seiner Liste nicht besser. Anja. Er wünschte, sie überspringen zu können. Das wäre möglich gewesen, schließlich kannte niemand außer ihm diese Liste und er musste sich vor niemandem dafür rechtfertigen, wenn er sie geringfügig modifizierte.

Dafür sprach auch, dass die Sache mit Anja alles in allem bloß vier Monate gedauert hatte. Oder fünf. Höchstens fünfeinhalb. Als er darüber nachsann, stellte er fest, dass er bereits mitten in der Aufarbeitung dieser Episode steckte. Und natürlich konnte er sie nicht auslassen.

Er setzte sich an den Schreibtisch und sah auf die Liste. Dann fügte er »Jutta« zwischen »Claudia« und »Anja« ein und ärgerte sich über die Nachbesserung. Dann riss ihm ein Schnürsenkel und der Tag war vollends gelaufen.

Das Einzige, was ihn jetzt stimmungstechnisch noch hochreißen konnte, war der Umstand, dass Samstag war. Am Samstag trafen neue Zombies ein. Am Vormittag hatten gleich neun Gäste ausgecheckt und am Nachmittag kam neues Anschauungsmaterial, manche direkt aus der Reha oder dem Krankenhaus, andere im Anschluss an Geschäftsreisen aus Dubai oder Kapstadt. Sie hatten noch diesen transitorischen Flugzeuggeruch an sich, wenn sie das Gepäck an der Rezeption abstellten und müde ihre Namen sagten.

Munk saß mit einem Tee auf der großen Terrasse und teilte sich einen Tisch mit einer hochgewachsenen blonden Dame, die Wasser trank und einen Bademantel über einem Jogginganzug trug. Sie stellte sich als Birgit vor und hatte diesen Platz gewählt, um die Neuankömmlinge zu begutachten. Wie Munk war sie bereits seit mehreren Wochen da und fiel durch ihre freundliche, aber glasklare Distanz auf.

An den ersten Tagen hatte es noch Versuche von herzschwachen Managern gegeben, sie mit der Einladung auf einen Drink zu erobern oder mit der Aufzählung von Ferienanwesen auf Sylt oder in Griechenland bei ihr zu punkten. Aber Birgit hatte darauf jedes Mal geseufzt, was die Männer bei falscher Interpretation dazu verleitete, ihren Bewerbungen Quartalsberichte ihrer Unternehmen hinzuzufügen und so lange Aktienkursverläufe zu erdichten, bis Birgit grußlos die Bar verließ.

Munk war das aufgefallen und es amüsierte ihn sehr. Diese Frau war deutlich zu classy, um sich mit einem todkranken Delinquenten dieses Resorts abzugeben. Außerdem war sie kerngesund. Sie entgiftete und eigenbrödelte gerne einmal im Jahr und das machte sie immer in einem anderen Hotel. Sie setzte sich an Munks Tisch, weil er der einzige Gast war, der sie nicht entweder unverhohlen anstierte oder ansprach. Sie hielt ihn deshalb für homosexuell.

»Ich liebe die Samstage«, sagte sie mit überraschend dunkler Stimme.

»Ich auch«, sagte Munk und nippte an seinem Tee. Viel zu

heiß. Die Tasse war schon zu warm, um sie gefahrlos anzufassen. Warum zum Teufel nippte er dann daran. Manchmal verstand er sich selbst nicht. Seine Zungenspitze schmerzte.

»Da präsentiert sich immer das ganze Elend des deutschen Mittelstands auf dieser Terrasse«, fügte er leicht lispelnd hinzu. Der Tee hatte sicher 600 Grad.

»Wollen wir was spielen?«, fragte sie und sah ihn über den Rand ihrer Sonnenbrille an.

»Was denn?«, fragte er.

»Funktions- und Dysfunktionsraten«, sagte sie, als sei das ein Spiel, das jeder kannte.

»Und wie geht das?« Er widerstand der Versuchung, noch einen Schluck zu nehmen.

»Wir raten, was jeder von denen beruflich macht, und dann, woran er leidet. Für richtige Treffer gibt es einen Punkt. Wer am Ende die meisten hat, gewinnt.«

»Okay.«

Tatsächlich kamen sämtliche Gäste direkt von der Rezeption einmal auf die große Terrasse. Genauso hatte er selbst es vor Kurzem ebenfalls gemacht und war mit seinem schmerzenden Herz beinahe zusammengebrochen. Aber damals hatte niemand hier gesessen und ihn begutachtet. Da hatte noch Schnee gelegen.

»Eine Frage zum Spiel«, sagte er, nachdem sie einen Moment geschwiegen hatten. »Woher wissen wir denn nach dem Raten, wer von uns recht hat?«

»Wir fragen!?«

»Sie meinen, ich gehe zu so einem abgewrackten Industrie-Kapitän und frage ihn einfach mal so, was er beruflich macht und was dabei kaputtgegangen ist?«

»Klar. Oder ich. Abwechselnd.«

»Ist das Ihr Ernst?«

»Sie trauen sich wohl nicht«, sagte sie mit einem enttäuschten

Unterton, der ihn genau auf die Weise provozierte, wie sie es beabsichtigt hatte.

»Natürlich traue ich mich«, gab er erwartungsgemäß zurück.

In diesem Moment trat ein Mann auf die Terrasse und blinzelte ins Licht. Er tastete sich gewissermaßen aus dem Bau. Birgit straffte sich und sagte: »Au, es geht los.« Sie wiegte den Kopf, dann sagte sie fachmännisch: »Leichtes Übergewicht, hängende Schulter, rotes Matschgesicht, dicke Uhr und dicke Füße«, und fügte triumphierend hinzu: »Rechtsanwalt. Zu viele Geschäftsessen, daher Fettleber und wahrscheinlich Speiseröhre.«

»Dem kann ich wenig entgegensetzen. Könnte aber auch einfach Außendienst sein. Und Rücken.«

»Für Außendienst ist der Anzug zu teuer. Und für Rücken ist die Nase zu rot.«

»Verstehe. Und wer fragt jetzt?«, fragte Munk, der darauf keine Lust hatte. Der Mann hatte sich inzwischen ans Geländer gestellt und atmete tief durch. Birgit stand auf und ging zu ihm. Sie sprachen kurz miteinander und sahen dann beide zu Munk. Dann kam sie zurück.

»Punkt für mich«, sagte sie und setzte sich. »Jurist bei einem Pharmaunternehmen. Und: Herz!«

»Chapeau«, sagte Munk. »Und das haben Sie ihn einfach gefragt?«

»Ich habe ihm gesagt, dass Sie glauben, ihn zu kennen, aber unsicher seien, und dass Sie ihn nicht fragen wollen, weil es sein könne, dass Sie etwas mit seiner Frau hatten. Zur Klärung der Umstände habe ich ihn gebeten, mir nur kurz zu sagen, ob er Oberarzt aus Kassel sei.«

Munk war beeindruckt. Der Mann drehte sich um und kam auf sie zu. Munk fand, dass er ein wenig offensiv aussah.

»Kennen Sie meine Frau?«, fragte der Pharmajurist kurzatmig. Munk, der während seines Aufenthaltes bereits von einem gut ausgebildeten Metzger eine gezimmert bekommen hatte, machte sich instinktiv etwas kleiner und sagte: »Absolut nicht! Wirklich!« Der Mann betrachtete ihn prüfend, sah dann zu Birgit, die ihn frech angrinste, und sagte: »Schön' Tag noch.«

Dann wankte er ins Hotel und seinem Schicksal entgegen.

»Können wir vielleicht das Spiel so spielen, dass ich es überlebe?«, fragte Munk. Schon kam der nächste Kandidat auf die Bühne. Kleine Brille, kleiner Kopf, viele wirre Haare, schmale Schultern. Unauffällig gekleidet. Auch er ging auf das Geländer zu und hob die Nase in den würzigen Duft. Diesmal begann Munk.

»Intendant. Wahrscheinlich Landestheater, Hoffnungsvoll gestartet, aber unter Kritik und Spardruck kollabiert. Ich würde sagen Darm. Oder Magen. Magendarm irgendwie.«

Birgit nickte. »Nicht schlecht, aber sorry: Ich sage Versicherungsunternehmen. Hohes Tier, aber akademisch-mathematischer Hintergrund, deshalb nicht so protzig gekleidet, wie man es erwarten könnte. Rheuma, ganz schlimm.«

Munk gab sich einen Ruck und ging zu dem Mann, der schon wieder auf dem Rückweg war. Er sagte einfach, dass sie sich gefragt haben, was er beruflich wohl mache. Der Mann lächelte freundlich und sagte, er sei Versicherungsmathematiker bei der Munich Re. Und er ergänzte ungefragt, dass er eine Auszeit genommen habe, weil er wegen seiner Gelenke nicht mehr so könne. Munk bedankte sich freundlich und nahm wieder Platz.

»Punkt für Sie. Wie machen Sie das? Das ist ja gespenstisch.«

»Das ist die Kunst der Besetzung. Ich mache Filme. Da geht es andauernd darum, wer zu welchem Rollenprofil passt. Der Nächste bitte.«

Der dritte Kandidat machte es ihnen leicht. Er trat mit einer Entschlossenheit auf die Bühne, als wollte er sofort sämtliche Tische umwerfen und alle anderen Gäste essen. Der Mann war riesig und schwer und trug ein Jackett, in welches Munk sich hätte einwickeln können. Der Unhold blickte sich um, als suche er jemanden, blieb mit seinem stieren Blick kurz an Birgit und Munk hängen, drehte sich dann um und stürzte wieder ins Haus. Man würde ihn also nicht fragen können, aber das erschien auch nicht nötig, weil Munk und Birgit einhellig der Meinung waren, dass es sich um einen Bankenvorstand handeln musste. Wahrscheinlich Personal, auf keinen Fall Strategie.

»Ochsentour. Erst mal Banklehre, Studium, dann mit Wucht jede Sprosse genommen bis ganz oben. Auf jeden Fall Bluthochdruck. Und so wie der sich aufführt, steht der kurz vorm Schlaganfall«, sagte Munk.

»Sie werden besser. Würde ich unterschreiben. Jeder ein Punkt.«

Nummer vier wurde von dem ungestümen Banker beinahe umgerannt. Ein mittelschlanker, mittelblonder und mittelgroßer, etwas unscheinbarer Mann von Mitte vierzig mit mittelmäßigem Outfit betrat die Terrasse und blieb in der Mitte erst einmal stehen. Wie ich, dachte Munk. Der Mann sah mitgenommen aus, nicht direkt traurig, aber erschöpft. Das ist das Herz, dachte Munk. Der Mann setzte sich an einen freien Tisch und blinzelte den Kellner an. Er fragte ihn, was er trinken könne, und der Kellner empfahl warmes Wasser mit Ingwer, wozu der Mann ergeben nickte.

»Also gut«, sagte Birgit. »Der hat die Firma übernommen. Mit seinen Brüdern. Die haben aber nichts drauf. Er muss sich trotzdem ununterbrochen für Entscheidungen rechtfertigen, sein Alter lungert ständig im Betrieb herum, die Anlagen müssten modernisiert werden und seine Frau hat ihm letzte Woche erklärt, dass sie ihn nicht mehr so spannend finde wie vor fünf Jahren. Kann man, muss man als Drohung verstehen. Der hat Kammerflimmern.«

Munk war mit dem medizinischen Befund einverstanden, traute dem Mann aber mehr zu. Für ihn sah er eher nach Firmengründer als nach Erbe aus. »Der hat ein Unternehmen, das optische Geräte baut. Oder Spezialklebstoff für die Automobilindustrie. Oder er stellt Dünger für die Landwirtschaft her«, sagte er und verschränkte die Arme wie jemand, der vor einem Gemälde steht und sich fragt, was es bedeutet.

»Na, dann wollen wir mal sehen«, sagte Birgit und erhob sich, um den Mann zu fragen, ob er gerade angekommen sei. Er bejahte dies und sie fragte, ob es sein könne, dass sie ihn einmal auf einem Gründerforum in Potsdam gesprochen habe. Darauf verneinte er und sagte, er sei in dritter Generation Hersteller von Gelenkmanschetten für die Automobilindustrie. Munk war fasziniert von der Menschenkenntnis seiner Mitspielerin.

»Drei zu eins«, sagte sie.

Es kam kein Neuankömmling mehr. Munk und Birgit saßen eine Weile schweigend da. Munk dachte, dass die Männer in diesem Laden kein besonders gutes Bild abgaben.

»Fürs Männerbild ist ein Aufenthalt im Mönchhof-Resort nicht unbedingt förderlich«, sagte Munk. »Wir sind schon recht armselige Gestalten.« Birgit fischte die Zitronenscheibe aus ihrem leeren Glas und leckte sie ab.

»Ach, na ja. Vielleicht. Geworden. Das schon. Aber mir tun sie auch leid irgendwie. Sie sind ja schon auch Menschen. Andererseits: Niemand hat diese Typen mit vorgehaltener Waffe dazu gezwungen, ihr Leben in sinnlosen Meetings mit Konferenzkeksen und bitterem Vollautomatenkaffee zu verbringen.«

»Das ist wohl wahr«, sagte Munk und dachte an die quälenden Sitzungen, die er schon mit Bauherren verbracht hatte. In großen Unternehmen bekam man zwar Obstteller, aber auch immer diese Kekse aus quadratischen Blechdosen, die den Untergang des Abendlandes bedeuteten. Tonnenweise wurden die jeden Tag in deutschen Unternehmen von unter- oder überzuckerten Gesprächsteilnehmern vertilgt. Bei Munk & Partners waren sie seit Jahren verboten. Auch aus ästhetischen Gründen.

»Im Grunde starten die doch alle mit denselben Voraussetzungen. Sie sind talentiert oder wenigstens fleißig, manche sind sogar humorvoll und alle ehrgeizig. Aber irgendwann landen sie alle im Mittelmaß dieser guten Eigenschaften. Die werden richtiggehend abgeschleift, bis sie davon todkrank werden.«

Munk fand, dass die Beschreibung auf ihn nicht ganz zutraf. Eigentlich war er ein wenig beleidigt. »Das können Sie so pauschal nicht sagen. Das trifft doch nicht auf jeden Mann zu, der mal ein Herzproblem bekommt.«

Sie lächelte. »Ich nehme an, Sie sind ganz anders«, sagte sie ohne spöttisch dabei zu klingen. Sie schwiegen wieder.

Dann fragte Munk: »Was ist mit mir? Funktioniert Ihre Gabe auch bei mir?«

Sie schob die Unterlippe vor. »Beim Beruf bin ich mir nicht sicher. Galerist könnte sein. Museumsdirektor. Architekt. Wahrscheinlich Letzteres. Ihre Hände sehen jedenfalls nicht nach Schwerstarbeit aus und Sie haben einen guten Geschmack. Architekt. Richtig?«

»Ja. Stimmt. Ich bin wirklich verblüfft. Und was fehlt mir?«

»Ich sehe es an Ihren Augen. Sie sind Herzpatient. Und Sie sind traurig.«

»Ich hatte einen Herzinfarkt. Kurz nach der Trennung von meiner Freundin. Aber ich weiß nicht, ob es etwas damit zu tun hatte.«

»Vier zu eins für mich. Ich habe gewonnen. Wobei mich meine Menschenkenntnis in einem Fall getrogen hat. Ich dachte, Sie sind schwul.«

»Echt?«

»Sie haben so eine angenehm schwule Ästhetik«, sagte sie und stopfte die ausgelutschte Zitronenscheibe in das Wasserglas. »So. Ich reise ab.«

»Das ist bedauerlich«, sagte er.

»Jaa! Verdammt! Wenn ich mich früher getraut hätte, Sie anzusprechen, hätten wir ficken können!«

Und mit diesen entwaffnenden Worten stand sie auf, gab ihm die Hand und fügte hinzu: »Gute Besserung und bye-bye.« Sie schob den Stuhl unter den Tisch und ging, wobei sie mit erhobener Hand winkte. Es war dem sprachlosen Munk nicht klar, ob sie dem Kellner ein Zeichen gab oder ihm. Vermutlich wusste sie, dass er hinter ihr hersah. Sie war offenbar eine ziemlich selbstbewusste Person und es wunderte ihn nicht, dass sie das Spiel mit vier zu einem Punkt für sich entschieden hatte. Oder Birgit war wie viele Menschen einfach gut darin, ihre Schwäche, ihre Angst und ihre Unsicherheit hinter einer torpedohaften Direktheit zu verbergen. Eine sehr wirkungsvolle Strategie, wie er fand. Der Tee war inzwischen so weit abgekühlt, dass Munk ihn gefahrlos trinken konnte.

Nachdem er ein zweites Kännchen bestellt hatte und darum bat, ihn nicht mit Wasser aus dem Abklingbecken von Tschernobyl zuzubereiten, drehte er seinen Stuhl und schaute in die Baumwipfel des Schwarzwaldes. Zurück zum Wesentlichen, dachte er. Zu Anja.

Anjas Nachname fiel ihm nicht ein. Schauer. Scheuer. Schäuter. Aber an den Moment ihrer ersten Begegnung erinnerte sich Munk genau. Das war vierzehn Jahre her. Oder etwas länger. Munk schaffte häufig die Verbindung zu Ereignissen, indem er an Projekte oder berufliche Meilensteine dachte, deren Daten ihm immer recht geläufig waren. Im September 2010 wurde abermals ein neues Büro bezogen. Munk & Partners saßen nun in einer alten Mehlfabrik, in der Munk kunstvoll und für viel Geld ein Arbeitsumfeld geschaffen hatte, für das seine Mitarbeiterinnen und Mitarbeiter weithin beneidet wurden. Diese bewarben sich aus der ganzen Welt. Munk hatte fünf weitere Teilhaber aufgenommen und im Laufe des Jahres drei nationale und einen internationalen Preis gewonnen, sodass man ihn bereits für einen Anwärter auf den großen, auf den Pritzker-Preis hielt. Das fand er vermessen, denn er war mit siebenunddreißig Jahren immer noch ein ziemlich junger Stararchitekt. Aber dann gewann der Japaner Ryūe Nishizawa die Auszeichnung. Der war bloß vier Jahre älter als er.

In diesem Jahr wurde Munk auf Ehrungen herumgereicht wie ein Ochse mit Schärpe, was aber im Büro nie richtig gefeiert wurde, weil so viel zu tun war. Er betrat die Stufe seiner Karriere, auf der er nicht mehr alle Namen der Mitarbeiterinnen und Mitarbeiter auswendig wusste. Es passierte ihm jetzt häufiger, dass er nachfragen musste, und weil ihm das unangenehm wurde, unterließ er es und fand sich damit ab, dass bei achtzig Leuten immer ein paar dabei waren, zu denen man keinen Kontakt fand.

So eine war Anja. Jedenfalls am Anfang.

Munks erste Begegnung mit ihr fand im Materialraum statt. Er kam so gut wie nie dorthin. Aber er konnte sich noch erinnern, wie spannend er es dort gefunden hatte, als er selbst noch studierte. Der Materialraum war wie ein gut sortiertes Geschäft für Künstlerbedarf und Schreibwaren. Als Student kam ihm so ein Lager vor wie eine Schatzkammer, denn alles, was man zum Zeichnen brauchte, war teuer und manchmal sogar schwer zu bekommen. Ein einziger Copic-Marker kostete damals in Delft schnell zehn Gulden und man brauchte einige davon. Mit den Jahren hatte die analoge Welt des Zeichenbedarfs jedoch für Munk an Zauber verloren. Die Aufregung, wenn aus einer Skizze ein Entwurf und dann eine erste Fassung und ein Plan und daraus dann ein Projekt wurde, hatte sich bei ihm gelegt, zumal vieles inzwischen am Rechner geschah. Die Magie entstand immer seltener handwerklich auf einem Block, einer Serviette oder einer Tischunterlage.

Er wusste deshalb nicht einmal, wo im neuen Sitz seiner Firma das Material überhaupt aufbewahrt wurde. Aber er benötigte einen Umschlag. Seine Assistentin Meike hatte Urlaub, an ihrem Platz fand er kein Kuvert, also machte er sich auf die Suche, sah jungen Mitarbeitern über die Schultern, die davon Schweißausbrüche bekamen, und tastete sich über die Kaffeeküche und den Kopierraum weiter vor. Es war ihm peinlich, in seinem eigenen Laden nach dem Weg zu fragen. Er wollte auf keinen Fall wirken wie ein von der Realität entrückter Oberboss, der niemanden kannte und mit Ende dreißig die einfachsten Erledigungen nicht ohne Unterstützung zuwege brachte.

Als er das Lager entdeckt hatte, stand er vor dem Regal und fand die Umschläge nicht. Er grüßte die junge Frau, die dabei war, eine große Verpackung mit dünnen Pappbögen zu öffnen. Solche, aus denen man Modelle anfertigte.

»Suchen Sie was Bestimmtes?«, fragte sie.

»Nein. Ja. Schon«, antwortete er zerstreut.

»Vielleicht kann ich Ihnen helfen.«

»Und du bist?«, fragte er und duzte sie. Sie war sehr jung. Er kannte sie nicht.

»Ich bin Anja.«

»Anja. Okay. Ich bin Peter.«

»Ich weiß.«

»Ach so. Ja.« Er gab ihr die Hand. »Und du machst hier was?«

»Praktikum.«

»Und als was?«

»Praktikantin!?«, erwiderte sie ratlos. Er fand sie süß.

»Ja, ist schon klar. Und was machst du da genau?«

»Praktikum halt.«

Damit versiegte die Konversation wie ein alter Schuh im Treibsand.

»Okay. Weißt du, wo hier die Umschläge sind?«

Anja öffnete eine Schranktür und zeigte auf die Fächer, die unterschiedliche Umschläge, gefüttert, mit Rückwand oder Luftpolster sowie aus verstärkter Pappe und mit und ohne Fenster enthielten.

»Voilà«, sagte sie fröhlich.

Er bedankte sich artig und suchte umständlich nach dem richtigen Kuvert, um dann damit zu winken. Sie verunsicherte ihn für einen Augenblick, auf dem Rückweg in sein Büro hatte er ihren Namen allerdings bereits wieder vergessen. Doch in den folgenden Tagen fiel sie ihm auf. Irgendwie schien sie immer dort zu sein, wo er sich aufhielt. Und am Ende der Woche sprach er sie an. Sie saß in der Cafeteria und aß einen Salat. Er trat an sie heran und zum Glück fiel ihm ihr Name genau rechtzeitig ein.

»Na, Tanja, wie war die erste Woche bei uns?«

»Anja ist der Name. Und die Woche war super. Es war allerdings die fünfte.«

»Ah. Gut.«

Er setzte sich zu ihr. Sie gefiel ihm, gerade, weil sie ein wenig spröde wirkte. Das beeindruckte ihn mehr, als er sich eingestand. Als Chef war man nicht unsicher gegenüber der Belegschaft. Und schon gar nicht bei einer Praktikantin. Er fragte, ob sie vorhabe, Architektin zu werden.

»Schon. Sonst würde ich wahrscheinlich was anderes studieren. Wobei ich nicht sicher bin, ob das hier meine Welt ist.«

»Warum? Was gefällt dir denn hier nicht?«

»Aaach. Das ist alles so festgelegt. Die Abläufe. Die Ideen. Der ganze Look.«

»Das ist der Grund, warum man uns haben will«, gab er gespielt beleidigt zurück. Aber Munk verstand sie. Anja erinnerte ihn an sich als Student. An sein sich selbst zerstörendes Haus. An den Wunsch, Dinge erst einmal kaputt zu machen, bevor man sie neu und anders aufbaute. Diese Form der Anarchie war der Treibstoff der Jugend. Ganz kurz dachte er an Walter Benjamin: »Der destruktive Charakter ist jung und heiter.« Für einen winzigen Augenblick dachte er auch an Maja. Das war so lange her. Er mochte das Mädchen.

In den Wochen darauf bat er sie zu Besprechungen und kreativen Brainstormings, die eigentlich den erfahreneren Kolleginnen und Kollegen vorbehalten waren. Er protegierte sie. Er erklärte ihr, worauf es ankam, wenn man ein Treppenhaus entwarf, und wie man mit Fenstern Akzente setzte. Er scherzte mit ihr und setzte sich oft beim Mittagessen zu ihr und den anderen Praktikanten, die deswegen kaum in der Lage waren, ihr Sellerie-Schnitzel zu schneiden.

Das fiel auf. Yvonne, die mit Klaus und ihm das Büro aufgebaut hatte und mit scharfem Blick auf Munk sah, weil nun einmal der Erfolg der Unternehmung stark von ihm abhing, nannte Anja sein »Liebchen« und als er sie bat, damit aufzuhören, sagte sie: »Peter, pass auf. Das Mädchen ist einundzwanzig.«

»Das weiß ich selbst«, sagte Munk.

»Die Leute tuscheln. Das ist nicht gut.«

Munk sah von einer Zeichnung auf, die er anfertigte, um Anja später gewisse Kniffe bei Perspektiven beizubringen. Er legte die Hand auf die Skizze, als hätte er etwas Verbotenes gezeichnet. Eine Geste, die Yvonne nicht entging. Und weil er sich ein wenig ertappt fühlte und weil ihm Yvonne damit auf die Nerven ging, reagierte er ein winziges bisschen zu emotional auf ihre Kritik.

»Himmel noch mal. Ich gebe ihr die Chance, bei uns mehr zu

lernen, als Post auszutragen oder Kaffee zu machen. Wenn das heutzutage schon übergriffig ist, dann weiß ich es auch nicht.«

Yvonne hob eine Augenbraue, was bei ihrem asiatischen Gesicht immer sehr wirkungsvoll aussah und unter den Angestellten jedes Mal für Alarmstimmung sorgte. Sie galt als überaus intelligent und scharfsinnig und sie war gefürchtet für ihre präzisen Urteile. Sie sah auf Munks Hände, die immer noch auf der Schreibtischunterlage lagen.

»Was ist, malst du Pussys in der Pause?«

»Quatsch. Haha, nein. Ich übe ein bisschen. Bin eingerostet. Ich brauche mal wieder etwas mehr Praxis.«

»Praxis. Genau. Jedenfalls musst du aufpassen. Und was die Kleine angeht, finde ich es auf jeden Fall gut, wenn sie was anderes macht als Kaffee kochen. Ihr Kaffee schmeckt nämlich scheiße.« Augenbraue hoch.

Yvonne klang nicht nur missbilligend, sondern beinahe so, als sei sie eifersüchtig, und das sagte Munk dann auch. Sie schüttelte nur den Kopf und ging dann mit ihm die Termine der nächsten Woche durch. Und die Planung der Weihnachtsfeier. Bisher hatte sich Munk davor immer gedrückt. Er hatte kein großes Interesse daran und war gut damit gefahren, dem ganzen Betrieb statt eines Besäufnisses einen zusätzlichen Urlaubstag zu spendieren. Auf diese Weise waren alle zufrieden gewesen. Doch in diesem erfolgreichen Jahr hatte man zu wenig gefeiert und zu viel gearbeitet. Also hatte er zugestimmt, seine Auszeichnungen, die immer auch Auszeichnungen für die ganze Firma waren, und den Jahresabschluss und Weihnachten und wonach seinen Leuten sonst noch war einfach mal groß zu feiern. Unter der Voraussetzung, dass er sich nicht an den Planungen beteiligen musste.

Yvonne setzte einen Arbeitskreis ein und der dachte sich schließlich eine Büro-Olympiade aus, anschließend Übergabe von Preisen, gemeinsames Essen und Disco.

Nachdem Yvonne ihm das Konzept erläutert hatte, nannte sie ihm einen Betrag, den er zwar ungeheuerlich fand, dem er jedoch, ohne zu zögern, zustimmte, weil er das Gefühl hatte, ihr nicht widersprechen zu sollen. Er wollte Punkte bei seiner Büroleiterin und Partnerin machen, auch wegen des Mädchens. Was ihm, als es ihm auffiel, sehr merkwürdig vorkam.

Niemand musste Munk sagen, dass es abwegig, dumm und außerdem unmoralisch war, mit Anja etwas zu beginnen. Das wusste er selbst am besten, was sein Verhalten nicht besserte, im Gegenteil. Nach der Weihnachtsfeier, auf der er getanzt, getrunken und gelacht hatte wie seit ewigen Jahren nicht mehr, setzte keineswegs so etwas wie ein klärender Kater ein.

Munk war danach regelrecht verzaubert. Anja und er. Konnte sein, dass es unmöglich war, aber es war schön, soweit er sich an den Abend erinnerte.

Das fiel ihm schwer. Die ganze Weihnachtsfeier lag in einer Art Dunst. Sie begann gegen sechzehn Uhr und startete mit Olympischen Spielen, bei denen Teams in Büroklammerweitwurf und pantomimischen Auftritten sowie zahllosen weiteren heiteren Disziplinen gegeneinander antraten. Dabei wurde schon heftig getrunken und Munk fügte sich dem mit größerer Bereitschaft, als er sich vorgenommen hatte. Das lag wohl auch an Anja, die sich ungefähr die Hälfte der Spiele ausgedacht hatte. Er besann sich sehr vage darauf, dass er im Zwanzigmeterlauf der Herren auf High Heels Zweiter geworden war.

Bei der Preisverleihung erhielt er zudem eine Goldmedaille für hervorragende Leistungen im Chefsein. Klaus bekam Silber und Yvonne Bronze. Sie nahm die Medaille mit gespieltem Lächeln von Anja an und dann ganz schnell wieder ab.

Später tanzten sie. Munk bewegte sich zu Musik, die er bis dahin allenfalls als Geräusch bezeichnet hätte. Die Atzen. »Disco Pogo dingelingeling«. Die Stumpfheit der Nummer sprach nicht gegen sie, fand er. Er fühlte sich jung, auch wenn er sich noch nie alt gefühlt hatte. Das Lachen des Mädchens brachte ihn selbst zum Lachen. Er konnte gar nicht anders. Diesen Ausdruck von Lebensfreude hatte er vermisst, seit Andrea nicht mehr da war. Mit Claudia hatte er viel gesprochen und sie waren sich häufig einig gewesen. Mit Anja würde er das niemals in der gleichen Weise können, das war ihm schon bewusst, als sie später am Abend Brüderschaft tranken und diese mit einem Kuss besiegelten.

Danach gab es weitere Gin Tonics, zwischendurch einen Tequila Sunrise und ein Bier, dazu noch Deichkind. Krawall und Remmidemmi. Anja wurde in seiner nebligen Wahrnehmung immer älter. Munk machte ihr ein Kompliment dafür, dass sie einen sehr reifen und geradezu abgeklärten Eindruck auf ihn mache. Irgendwann sprachen sie über ihre erste Begegnung und sie sagte, es sei so süß gewesen, dass er sich in seinem eigenen Betrieb weniger gut auskannte als sie, die kleine Praktikantin. Das »süß« wies er empört zurück und behauptete, er könne mühelos auf Zuruf alles finden, was der Materialraum biete. Sie könne das jederzeit überprüfen.

Anja sah ihn darauf spöttisch an und sagte, dass sie wisse, wo die Cutter seien, er aber sicher nicht. Ihr Blick, so herausfordernd, so spielerisch und doch berechnend, hatte enorme Wirkung auf ihn. Innerhalb von Sekunden scannte er Risiken und Nebenwirkungen und stellte sein tobendes Über-Ich mit einem Gläschen Sambuca ruhig. Dann sagte er, das wolle man doch mal sehen. Natürlich wisse er, wo die verdammten Cutter seien. Es kam dann nicht zur Beweisführung, weil Anja und ihr Chef übereinander herfielen, kaum dass er die Tür des Materialraums hinter ihnen geschlossen hatte.

Natürlich blieb nicht unbemerkt, dass Munk und Anja Richtung Treppe abhauten. Und als sie zurückkamen, war nur noch der sogenannte harte Kern an der Bar. Es fiel auf. Es wurde geredet. Yvonne sprach ihn darauf an, als sie drei Tage später in seinem Büro saßen und irgendein Verwaltungsproblem erörterten.

»Mit der Praktikantin. Auf der Weihnachtsfeier. Und dann auch noch im Materialraum. Mehr Klischee geht wirklich nicht. Peter, um Himmels willen.«

»Wer sagt denn, dass das überhaupt stimmt«, wehrte er sich schwach.

»Jeder im Haus weiß es. Es haben ungefähr fünfundzwanzig Leute mitgekriegt. Bist du von allen guten Geistern verlassen?«

War er. Und weil er das nicht gut eingestehen konnte, griff er zum äußersten rhetorischen Mittel und sagte: »Vielleicht liebe ich sie ja. Schon mal darüber nachgedacht?«

Yvonne stellte ihre Tasse auf seinem Schreibtisch ab und beugte sich zu ihm vor, als wolle sie einem Hamster die Weltlage erklären. »Nein, darüber habe ich nicht nachgedacht. Du hast eine Verantwortung für das Kind. Wie stellst du dir das eigentlich vor? Glaubst du wirklich, dass du eine Beziehung zu dem Mädchen haben kannst? Das ist doch lächerlich. Worüber redet ihr denn nach Feierabend so? Hört ihr dann Bibi & Tina-Hörspiele? Gehst du mit ihren Freunden zum Teeny-Bowling am Sonntagnachmittag? Macht ihr zusammen Erdbeerbowle? Oder Eierlikör?«

Munk hatte darauf keine Antworten, also wurde er ersatzweise wütend und verbat sich den Ton, was Yvonne zum Lachen brachte. »Du solltest dich mal sehen. Das ist wirklich lächerlich.«

»Warum kümmerst du dich nicht um deine Angelegenheiten?«

»Das ist meine Angelegenheit, weil es den Betrieb stört, dass du mit einer Praktikantin rumvögelst.«

Daraufhin warf er seine Partnerin aus seinem Büro. Aber er

wusste, dass sie recht hatte. Absolut recht. Was für ein Unsinn das war. Natürlich würde er sich fortan wie ein Gentleman verhalten und dem Mädchen mit professioneller Höflichkeit begegnen. Ein wenig schmachten durfte man, das war nicht verboten und lag in der Natur von Frau und Mann. Und damit hatte es sich zu haben. Als Chef musste man sein wie ein alter Hund, der in der Sonne liegt und döst. Dann und wann fliegt ein Vögelchen vorbei, man hebt den Kopf und schaut ihm hinterher und döst weiter. Dachte Munk. Eineinhalb Minuten später rief er bei Anja an und verabredete sich mit ihr. Nach Feierabend.

So begann die Beziehung mit Anja, von der zuerst niemand im Büro Notiz nahm, weil Munk und seine Praktikantin es vorsichtig angehen ließen. Sie verließen zwar manchmal gleichzeitig die Firma, aber dann fuhr er zu sich und sie in ihre Wohngemeinschaft, wo sie duschte und sich umzog, um dann eine Stunde später bei ihm zu klingeln. Sie blieben dann bei ihm, er spielte ihr seine Lieblingsplatten vor und sie bestellten Essen, weil es zu riskant war, in ein Restaurant zu gehen.

Munk liebte die Spannung, die auf diese Weise entstand. Gemeinsam lachten sie über Yvonne, die ihnen vorkam wie ein Drache, der überall argwöhnisch seine flammende Nase hineinsteckt. Sie sahen sich Trickfilme an, sie liebten sich und er hörte ihr zu, wenn sie von ihren Geschwistern erzählte und davon, wie ihr Vater einmal im Urlaub in Griechenland einen Mietwagen betrunken in ein Weizenfeld gesteuert hatte.

Es störte ihn nicht, dass Anja kaum über Dinge sprechen konnte, die ihn thematisch mehr interessiert hätten, mehr noch, er war sogar froh darüber.

Der Altersunterschied wurde um ein Jahr verkürzt, als sie im Januar Geburtstag hatte und von einem Tag auf den nächsten bloß noch fünfzehn Jahre jünger war als er. Sie veranstaltete eine

Party in ihrer WG, zu der sie Munk einlud, der auch tatsächlich kam und damit eine mittlere Panik bei Anjas Kommilitonen auslöste. Diejenigen, die nicht wussten, wer er war, hielten ihn offenbar für einen Polizisten in Zivil. Jedenfalls stand Munk recht isoliert zwischen ihren Freunden, die das Bier in der Badewanne kühlten, Knoblauchbrot aßen und sich über die Essenspreise in der Mensa unterhielten und darüber, dass man bei Geldmangel am Monatsende eine ausgezeichnete Tomatensoße aus Ketchup, Mehl und weich gekochten Möhren zaubern konnte. Als einer der Gäste damit begann, mit seinem Bierglas Förmchen aus einem Tortenbrie zu stechen, hatte er ein Déjà-vu. Er hatte das schon einmal erlebt, aber es fiel ihm nicht ein, wann und wo das gewesen war.

Anja präsentierte ihn den ganzen Abend über als ihren Freund und Mentor, was ihm nicht sonderlich gefiel. Das machte ihn so alt. So Sugardaddy-mäßig. Er bat sie, das zu lassen, und sie hatten ihren ersten kleinen Streit, weil sie ihm vorwarf, nicht richtig zu ihr zu stehen. Damit hatte sie recht, denn er stellte sie nirgends als seine Freundin vor. Genau genommen stellte er sie gar nicht vor.

Wenn er auf Veranstaltungen musste, wurde er selbstverständlich von Yvonne begleitet oder von Klaus, aber niemals von Anja. Es war nicht so, dass sie ihm peinlich gewesen wäre, er wollte nur keine Rücksicht darauf nehmen, dass sie zu den meisten Gesprächen wenig beizutragen hatte. Es war mühsam für ihn, ihr gegenüber nicht andauernd in eine Vaterrolle zu geraten. Nicht nur, weil er kein Vater war, sondern auch, weil es ihm das erfrischende Gefühl verdarb, wenn er mit ihr zusammen war. Er kam sich paternalistisch vor, wenn er ihr erklärte, warum man Belege aufheben sollte und dass eine penible Zahnprophylaxe später mal bares Geld wert sei.

Er bat sie, im Büro Abstand zu halten, vor allem, wenn Yvonne in der Nähe war. Und so gingen sie sich auf der Arbeit aus dem

Weg und waren dafür an vielen Abenden und den Wochenenden miteinander. Mit der Zeit spürte er, dass Anja darüber verstimmt war. In ihrer Vorstellung besaß sie Rechte. Einmal sagte sie ihm, dass es im Grunde ein Unding sei, dass sie ihn abends oral befriedigen, aber vormittags nicht einmal mit ihm sprechen durfte. Sie drückte es nur geringfügig anders aus.

Nachdem Anja das Praktikum abgeschlossen hatte und wieder zur Uni ging, wurde es ein wenig einfacher. Sie verbrachten einen kurzen Urlaub in einem Skiort und da schien es so, als könne er zwei Leben führen. Doch schon kurz nach den Ferien kam die Beziehung ins Taumeln. Und das ging nicht von Munk aus.

Anja stellte eines Tages fest, dass er Nasenhaare habe. Die meisten Menschen haben Nasenhaare, aber so, wie sie es sagte, klang es für ihn, als sei er leprös. Sie führte die Nasenhaare auf sein Alter zurück.

Es war nur eine winzige Bemerkung, eigentlich war es nichts, aber Munk traf sie. Erst nur leicht. Dann wurde daraus ein Unwohlsein und schließlich merkte er, dass er die Lust daran verlor, für Anja gleichzeitig Freund, Liebhaber, Sprungbrett, Berater und aber auch Angehöriger einer Generation Nasenhaariger zu sein. Er war nur sechs Jahre jünger als Anjas Vater, den er nie kennenlernte, von dem Anja aber sagte, dass dieser dieselben lahmen Platten habe wie Munk.

Anja hatte mit dieser Bemerkung einen kleinen Riss in den dünnen Putz ihrer Beziehung geklopft. Und dieser Riss bekam Unterrisse und Nebenrisse, als sie an einem Sonntagmorgen monierte, dass er Pflaumenmus aß, weil das irgendwie ein Alte-Leute-Essen sei. Und als sie ihn darauf hinwies, dass MTV auf seiner Fernbedienung erst auf Programmplatz 34 kam, Arte aber auf 3. Das sei ein Indiz dafür, dass er abgehängt sei. Und das mit nicht mal vierzig Jahren.

Munk hatte derlei Sprüche am Anfang als Neckerei aufgefasst und immer recht schlagfertig reagiert oder mit gespielter Schwerhörigkeit. Aber jetzt, nach ein paar Monaten, fing sie an, ihm damit auf den Geist zu gehen. Immerhin wurde er weltweit als visionärer und ultramoderner Architekt gefeiert. Munk war der Jüngste in jeder Jury, in der er saß.

Er hatte keine Lust, es ihr in gleicher Münze heimzuzahlen und sie als unreif, ungebildet und unkultiviert bloßzustellen, was er mühelos hätte machen können. Es war gegen seine moralischen Prinzipien, ihr wehzutun. Gleichzeitig wollte er aber auch, dass ihm keine Schmerzen zugefügt wurden.

Munk überlegte, wie er die Beziehung zu Anja beenden könnte, und entschied sich für langsames Ausschleichen. Wie bei einem Medikament verringerte er allmählich die Dosis. Rief erst nach Tagen zurück, manchmal gar nicht. Sagte Verabredungen unter offensichtlich fadenscheinigen Gründen ab. Er ließ sie los. Manchmal spürte er in sich hinein, ob sie ihm fehlte und ob die Vorstellung, dass sie selbst jemand anderen kennengelernt hatte, ihn ins Herz traf. Aber da war eher Wohlwollen. Er hoffte für sie, dass es einen Gleichaltrigen gab, der gemeinsam mit ihr wachsen konnte. Zwar vermisste er den Anblick ihres schönen Körpers, nicht aber den Sex. Es war, als habe er Anja innerlich einfach abgeschaltet.

Er hoffte, dass es sie nicht allzu hart traf, wie er sie nach und nach aus seinem Leben gleiten ließ. Bis er irgendwann feststellte, dass sie das Gleiche tat. Und sich einfach nicht mehr meldete.

Munk stand im Badezimmer seiner Suite vor dem Spiegel und betastete sein Herz. Anja hatte manchmal ihren Kopf auf seine Brust gelegt und seinen Herzschlag geprüft. »Pock, pockpock«, hatte sie dann gehaucht. Daran erinnerte er sich noch. Er hatte ihren Namen auf der Liste abgehakt und sich entschieden, dass ihr Einfluss auf sein Leben wohl gering gewesen war. Es hatte sie gegeben. Und wenn er etwas aus dieser Beziehung hatte lernen müssen, dann, dass es leichter ist, wenn es wirklich passt. Und diese Passung nicht andauernd eine Behauptung bleibt, die dem Alltag nicht standhält.

Die Wunde war noch sichtbar, aber sie schmerzte nicht mehr. Der wundersame Apparat lief wieder. Bis zu seinem Zusammenbruch hatte er sich wie die meisten Menschen keine Gedanken über das Herz gemacht. Es schlug 36,5 Millionen Mal pro Jahr, das machte knapp 1,9 Milliarden Schläge von Munks Geburt bis zu seinem Sturz auf der Rolltreppe des Globus.

Rein mechanisch ein sehr solides Bauteil. Und wenn man gut damit umging, war der Verschleiß gering. Doch Munk war nicht gut mit seinem Herzen umgegangen, auch wenn er viel Sport getrieben hatte und auf Alkohol und Nikotin oder andere Drogen weitgehend verzichtete. Mehr als zwei Espressi am Tag nahm er nie, er aß wenig Zucker und passte mit schlechtem Fett auf. Weder sein Vater noch sonst wer in seiner Familie war je mit einem schwachen Herzen aufgefallen. Dass eine Herzkranzarterie dieses löbliche Leben dennoch nicht belohnt, sondern sich verschlossen und den Muskel nicht mehr mit Blut versorgt hatte, konnte nicht daran liegen, dass Munk noch mehr für seinen Körper hätte tun können. Sondern dass er nichts für seine Seele tat.

Er neigte nicht zur Esoterik, glaubte nicht an Seelenwanderung und auch nicht an eine Existenz nach dem Tod. Aber inzwischen dachte Munk, dass er seinem Herzen als dem zentralen Schrittmacher seines Lebens gut damit getan hätte, glücklich zu sein. Er wusste jedoch mit dem Begriff wenig anzufangen. Er verspürte häufig Zufriedenheit, er hatte es bisweilen sogar zu einer für ihn nicht mehr für noch steigerbar gehaltenen Zufriedenheit gebracht. Aber war das dann Glück? Das sollte doch universell sein, allumfassend. Munk empfand so etwas nicht.

Es ging ihm meistens gut, nach Lage der Dinge und bis auf Weiteres und bezogen auf bestimmte Aspekte des Daseins. Beruflich. Oder privat. Oder gesundheitlich. Doch das nahm er jederzeit auch als prekär wahr. Immer stand etwas davon auf der Kippe. Er war kein Pessimist, aber er traute dem Braten des Lebens nicht ohne Weiteres und versuchte, in allen Bereichen gut zu funktionieren.

Und nachdem sich seine Beziehungen eigentlich alle immer nach kürzerer oder längerer Frist zum Schlechten hin entwickelt hatten, hatte er wohl nach Andrea den Glauben an die Liebe als Kraftzentrum der Seele verloren. Oder gar nicht erst entwickelt. Anders war die Geschichte mit der Praktikantin nicht zu erklären. Und auch nicht der Betrug an seiner geliebten Claudia. Er hatte sich offenbar nach seiner großen Liebe zu der unmöglichen Andrea genau zu der Sorte Monstrum entwickelt, mit der er aufgewachsen war. So schien es ihm jetzt in der Rückschau. Es konnte aber auch sein, dass er diesen Vorfällen nun eine zu große Bedeutung beimaß. Er wusste es nicht.

Munk fragte sich, ob Doktor Grenzmann ihm das angesehen hatte. Ob der Arzt ein Gespür dafür hatte, dass da jemand mit einem langsam erkaltenden Herz in seine Fürsorge kam. Ob er ihn deshalb gebeten hatte, seine Frauen durchzugehen und das Schicksal dieser Beziehungen noch einmal zu durchleben? Um ihm klarzumachen, wohin er sich mitsamt seinem kranken Herzen entwickelt hatte?

Munk strich noch einmal über seine Brust und zog ein T-Shirt darüber und einen Bademantel. Noch war der Prozess nicht abgeschlossen. Munk besah die Liste, auf der vier weitere Namen standen. Noch vier vergebliche Versuche, irgendwo anzukommen und zu bleiben. Er machte sich für das Abendessen bereit.

Inzwischen gehörte er zu den Veteranen im Speisesaal. Je länger man in einem Hotel ist, desto transparenter werden die Abläufe. Man hat Lieblingskellner oder -kellnerinnen, entwickelt Sympathie für die Angestellten. Man weiß, wo das Licht beim Essen am besten ist, wann es den Chicorée-Salat gibt und dass man bei den Falafel schnell sein muss, weil sie besonders unter jüngeren Start-up-Patienten beliebt sind. Die speisen auch früher als ältere Steuerberater oder Anwälte, sodass man nicht zu spät am Büfett auftauchen darf, wenn man Lust auf veganes Streetfood hat.

Munk ignorierte das nach seinen Maßstäben affige Interior Design des Restaurants, von dem der Hoteldirektor ihm vorgeschwärmt hatte. Es stammte von einem in Paris lebenden Exil-Iraner, der im Oman und in Riad zahlreiche Luxushotels und Bars ausgestattet hatte und eine gewisse ornamentale Dramatik in die ehemalige Schwarzwaldstube brachte. Es störte ihn nicht weiter, dass das Mönchhof-Resort mit aller Gewalt nach internationalen Gästen schielte und dabei offenbar Abstriche machte, was die gestalterische Qualität der Einrichtung betraf. Das kannte er so auch vom globalisierten Design der meisten Automarken. Alles ziemlich bling-bling-mäßig, überformt, sinnlos ausgereizt und billig, selbst bei teuren Modellen. Auch seine Auftraggeber in Asien besaßen diesen Hang zum klobigen Kitsch. Er sah es zwar als seine Aufgabe an, die Welt vor diesem Gestaltungsmist zu bewahren, musste aber selbst da und dort Kompromisse eingehen, um weiter gut im Geschäft zu bleiben. Insofern tolerierte er im Rahmen seiner Möglichkeiten die Auswüchse des internationalen Hoteldesign-Terrors im Mönchhof-Resort.

Munk holte sich Salat, Falafel und einen Grünkernburger und stellte zu seinem großen Missvergnügen fest, dass jemand an seinem Tisch saß. Er hatte diesen vor einigen Tagen von Direktor Grundler übernommen, der ungeheilt entlassen worden war und damit den besten Platz im Restaurant aufgegeben hatte. Munk hatte darum gebeten, das Kärtchen mit seiner Zimmernummer dort aufzustellen, um jedem Eindringling zu signalisieren, dass dieser Tisch besetzt sei. Und nun saß dort ein korpulenter Kerl mit einem geradezu clownesken Haarkranz am Schädel auf seinem Platz mit der vorzüglichen Aussicht und löffelte Gemüsesuppe.

Munk widerstrebte es, auf sein Recht zu pochen, weil er das peinlich fand. Und es war ja auch ein zweifelhaftes Recht, denn der Tisch war groß genug, um zu sechst daran zu essen. Dennoch fand er es ungehobelt, dreist, geradezu invasiv, dass dieser Klotz nun dort saß und aß. Und dann auch noch Suppe. Es macht keine Freude, anderen Menschen beim Suppe-Essen zuzusehen.

»Guten Abend«, sagte Munk, ohne Platz zu nehmen. Er hoffte darauf, dass der Kerl seinen Irrtum einsah und das Feld räumte. Der blickte hoch, machte keinerlei Anstalten, sich zu erheben, und sagte: »Tag auch, Sie können sich gerne setzen. Ist ja groß genug, der Tisch.«

Munk wollte sich nicht auf seinen eigenen Platz einladen lassen.

»Ich weiß, ich sitze dort schon seit mehreren Tagen«, sagte er tonlos und blieb stehen.

»Peer.«

»Wie bitte?«

»Du bist doch der Peer.«

»Peter.«

»Peter. Peer. Ist doch dasselbe. Erkennst du mich nicht? Ich bin's. Der Wolfram.«

Munk sah in die Schweinsäuglein des munteren Wolfram und innerhalb von Sekundenbruchteilen fiel ihm ein, woher er ihn kannte. Er sagte: »Tut mir leid, da klingelt gar nichts.«

»Ach was. Mensch. Peter. Gstaad. Silvester 17. Du mit Karin. Was macht die eigentlich?«

Karin stand als Überübernächstes auf seiner Liste. Und er hatte bis soeben keine Veranlassung gehabt, an die zu denken. Er konnte jedenfalls nicht weiter so stehen bleiben. Wolfram hatte ihn zweifelsfrei erkannt und es wäre albern gewesen, die Bekanntschaft zu leugnen.

»Ach so. Wolfgang, klar«, sagte Munk etwas verschlagen, ließ sich auf dem Stuhl gegenüber nieder und stellte seine Teller ab. Der Kellner kam und brachte heißes Wasser.

»Was hat dich denn hierher verschlagen, alte Fischhaut?«, fragte Wolfram mit nicht gespielter Freude. Er war offensichtlich froh, hier jemanden zu kennen, was ihn deutlich von Peter unterschied.

»Herzinfarkt. Und du?«

»Ach du Scheiße, siehst gar nicht so aus. Ich so Systemcheck. Die sagen immer alle, ich sei zu fett. Stimmt ja auch. Ich soll mal sieben Kilo abnehmen. Wobei ...« Er machte eine Kunstpause und zeigte mit seinem Löffel auf Munk.

»Ja?«

»Wusstest du, dass der Mensch sechs Kilo Bakterien mit sich rumschleppt? Sechs Kilo. Bakterien! Mensch! Die gehören gar nicht richtig zu uns, die sind sozusagen Gepäck. Die kann ich gar nicht loswerden. Wenn man die von den sieben Kilo abzieht, muss ich nur ein Kilo weghauen. Schaffe ich.«

Sagte er und sah Munk triumphierend an. Offenbar erwartete Wolfram ein Lob für seine Milchmädchenrechnung.

»Das ist ja interessant«, sagte Munk müde und trank einen Schluck Wasser.

»Wasser«, sagte Wolfram verächtlich. »Auch so ein Missverständnis. Ich so hier: Cola Light. Abnehmen muss auch Spaß machen, sage ich immer. Ich bin doch nicht irgendwie im Knast oder so.«

Er sah sich um und setzte dann den Teller an den Mund, um die Suppe zu schlürfen. Offenbar ging es ihm mit dem Löffel nicht schnell genug. »Und dann Suppe, so eine Scheiße. Ich meine, das ist doch nichts zu essen. Suppe ist ein Getränk. Wissen die hier wohl nicht.«

Wolfram wischte sich das bekleckerte Kinn mit der Serviette ab und legte diese neben den Teller.

»Und jetzt sag noch mal. Hier. Karin. Die habe ich ja danach nie mehr gesehen.«

»Ich auch nicht«, erwiderte Munk. Er wollte nicht über diese Frau reden. Er wollte nicht einmal an sie denken. Aber das musste er ja bald ohnehin. Also antwortete er: »Es war Silvester 18. Und wir haben uns danach getrennt. Ich habe keine Ahnung, was aus ihr geworden ist.«

Das stimmte nicht. Er wusste es ganz genau. Er hatte Monate damit zugebracht, sie immer wieder im Internet zu suchen und ihre Einträge in sozialen Netzwerken zu checken. Weil er über die Trennung nur mühsam hinwegkam.

Munk nahm sein Besteck und teilte ein Falafel. 2018 war das alles gewesen. Nicht 17. Sie hatten sich auf Mallorca kennengelernt.

Der Sommer 2018 war für Munk gleichbedeutend mit zahlreichen Verpflichtungen, denen er mit Missvergnügen nachging, weil er sie sich nicht ausgesucht hatte. Die meisten seiner Partnerinnen und Partner befanden sich mit oder ohne Kinder in den Ferien. Er hingegen blieb zu Hause. Da er keine Freundin hatte und nicht wie ein entfernt verwandter Onkel mit anderen Familien Urlaub machen wollte, hatte er auf eine Ferienplanung verzichtet und fuhr ersatzweise lange Touren mit dem Rad.

Inzwischen war es Munk gelungen, einige talentierte Mitarbeiterinnen und Mitarbeiter in der Firma zu halten, indem er ihnen mehr Verantwortung gab. Die Zahl der Partner war auf zweiundzwanzig gewachsen und jene der Projekte, die vom Büro gleichzeitig zu bearbeiten waren, auf über fünfzig. Manchmal fühlte sich Munk wie der Direktor einer Fabrik. Ein großer Teil seiner Zeit musste darauf verwendet werden, die Qualität der Arbeit zu prüfen. Er kam gar nicht mehr dazu, selbst etwas zu entwerfen, sondern überwachte mal mehr, mal weniger konsequent, ob die Grundsätze seiner gestalterischen Linie von den zahlreichen Kolleginnen und Kollegen eingehalten wurden.

Es kam dabei immer wieder zu Konflikten, denn natürlich stand sein Name auf jedem Plan, der das Haus verließ, aber nicht jeder Plan enthielt auch ihn. Er musste also des Öfteren eingreifen, was ihm manchmal Spaß machte, aber genauso häufig zu Frustrationen führte, die er dann moderieren musste.

Außerdem gab es dabei Schöpfungen, die ihm ausnehmend gut gefielen, ohne dass sie in sein Leitbild passten. Es fiel ihm schwer, damit umzugehen, und er gestattete viel, was wiederum Yvonnes Widerstand herausforderte, die wie Klaus der Meinung war, dass Munk zu lasch mit Abweichungen von der reinen Lehre umging. Munk ging das auf die Nerven, denn er hielt nichts von Ideologien. Wenn jemand eine gute Idee hatte, freute er sich darüber und insgeheim missfiel ihm höchstens, dass er selbst kaum noch welche beisteuerte. Weil er keine brauchte, weil er nichts entwerfen musste, weil das andere für ihn taten. Das langweilte ihn zusehends und er bat in einem der ermüdenden Montagsmeetings im inneren Kreis darum, endlich mal wieder ein Projekt nur für sich zu bekommen, eines, in dem er selbst gestalten konnte, ohne andauernd in riesigen Runden zu sitzen. Er bat darum, für ein paar Wochen von der Arbeit der anderen verschont zu werden. Er hoffte, damit Frieden im Büro herzustellen und wieder mehr Spaß an der Arbeit zu entwickeln. Yvonne stimmte letztlich zu und die Arbeitsorganisation des Büros wurde entsprechend geändert. Für ein Vierteljahr, wie es hieß.

Auftraggeber des Munk'schen Privatprojekts war ein Hersteller von Baustoffen aus Hessen, der sich unter Verwendung seiner eigenen Materialien in der Wetterau ein Denkmal in Stein, Holz, Beton und Glas zu setzen gedachte und fand, dass man dafür zwanzig Millionen ausgeben könne. Manfred Köstermann ermunterte den Stararchitekten Munk bei einem Mittagessen in Frankfurt, er solle doch bitte groß denken, und machte dabei ausladende Handbewegungen. Man wolle damit auch in die Branchen-Zeitschriften. Und für seine Gattin in die *Bunte*. Oder ins Fernsehen. State of the Art solle das Wohnhaus sein. Es diene auch als Visitenkarte für seine Firma. Man solle sehen, was sich mit Köstermanns Baustoffen alles machen ließe. Munk dürfe im Prinzip bauen, was immer er wolle.

Es gibt für Künstler nichts Schlimmeres als solch eine Verheißung. Machen zu dürfen, was man will und nicht, was erforderlich ist, führt fast unweigerlich zu Beliebigkeit und Belanglosigkeit. Ein Auftragsmusiker muss wissen, wie fröhlich oder getragen die Komposition klingen soll. Ein Maler braucht die Größe eines Bildes, um es sich vorstellen zu können, und ein Architekt sollte zumindest eine Vorstellung davon haben, ob das Haus hell oder dunkel, die Räume groß oder klein sein müssen. Und wer darin wohnt. Welchen Rahmen kann man schon sprengen, wenn keiner da ist? Munk nahm den Auftrag trotzdem an, besuchte das Grundstück und machte sich Gedanken, dann Skizzen, und fertigte schließlich einen groben Entwurf an, den Manfred Köstermann umgehend ablehnte, weil dieser ihm nicht mutig genug sei.

Den ganzen Juli brütete Munk über dieser Aufgabe und am Ende des Monats lud der Bauherr ihn auf seine Finca nach Mallorca ein, um noch einmal in Ruhe über alles zu sprechen. Außerdem habe man dort ein Refugium, welches ganz dem Geist des Ehepaars Köstermann entspreche. Da könne Munk sich mal ein Bild davon machen, was Köstermann als High-Roller-Architektur bezeichnete.

Abends werde der Hausherr ein paar nette Leute zu einem kleinen Dinner laden, an dem dann nicht weniger als einundzwanzig Personen teilnahmen, die auch alle bei Köstermanns übernachteten. Munk bezog ein unbeschreiblich hässliches Zimmer in deutsch-mallorquinischem Stil und erschien angewidert, aber pünktlich zum Aperitif. Danach saß er an einem kostspieligen Tisch, dessen Platte nach Angaben von Köstermann aus einer einzigen Mammutbaumscheibe geschnitten worden war. Neben ihm wurde eine Frau platziert, die ebenfalls allein reiste. Das war Karin. Zwei Jahre jünger als er, also 43, geschieden von einem belgischen Adligen, kinderlos aber wundersamerweise mit zwei Gebärmüttern ausgestattet und gemeinsam mit ihrem Bruder Erbin einer Waschmittelfirma aus dem Rheinland. Sie wäre lieber in die Hamptons gefahren, aber da wurde die Küche renoviert. Es habe unsägliche Mühen und Kosten verursacht, eine vernünftige Waschmaschine dorthin zu bringen, denn die Amis hätten ja nur diese bescheuerten Toploader. Mit Waschmaschinen hätten die es nicht so. Sie selbst aber schon, schon wegen der Waschmittel, die ihre Firma, der Konzern oder – wie sie es nannte – ihr Laden herstellte. Dies alles erfuhr Munk in den ersten sechs Minuten bei einem recht fiesen Krabbencocktail, den er mit viel mallorquinischem Cava hinunterspülte. Und dass sie sich dermaßen langweile auf dieser fucking Spießer-Insel. Und dass der Hamburger Hügel noch mal scheißer sei als das Düsseldorfer Loch, womit sie Wohngegenden auf der Insel meinte. Sie könne es beurteilen, sie habe sowohl dort als auch da gewohnt, nun aber verkauft, weil sie keine Lust habe, auf Schritt und Tritt Armleuchtern wie dem Gastgeber zu begegnen.

Das fand Munk auf Anhieb eine erfrischende Einstellung. Da Karin ihn nichts fragte, ging er davon aus, dass er entweder dafür zu bekannt war oder sie einfach viel mit sich selbst zu tun hatte. Außerdem war er ganz froh, nicht über sich sprechen zu müssen, denn sobald er sagte, dass er Architekt war, fingen die meisten Gesprächspartner normalerweise an zu schimpfen. Entweder über die Pflaume, mit der sie gebaut hatten, oder über spießige Bauvorschriften im Allgäu, die eine fünfzig Fahrzeuge fassende Garage in einem Wohngebiet verhinderten.

Obwohl er zur Unterhaltung wenig beisteuern konnte, weil er kaum zu Wort kam, verlief der Abend ziemlich heiter, weil Karin ihm über praktisch jeden Gast mindestens ein indiskretes Detail erzählte, und diese Geschichten waren ausgesprochen lustig, auch wenn Munk hier niemanden kannte. Was er kannte, waren die Namen der Gäste, die man in jeder Drogerie und an jeder

Tankstelle und in jedem Supermarkt antraf. Die Erben des deutschen Mittelstandes aßen Seeteufel und lachten über den sogenannten Endverbraucher. So kam es Munk jedenfalls vor, als Hendrik Sülz, dessen Großvater den brausegefüllten Sülz-Lutscher erfunden und damit Millionen von Karieslöchern auf dem Kerbholz hatte, verkündete, er könne kaum schlafen vor lauter Freude, wenn er daran denke, wie die Kinder sich mit Sülz-Lollis in die Saccharosesucht manövrierten. Seine Werbeagentur vermarkte diesen Dreck jetzt als gesundes Nahrungsergänzungsmittel für sportliche Kids. Die Zuckerbombe werde einfach zum Energiespender umgedeutet. Genial. Und die Range seiner Firma werde immer geiler, man sei ein stiller Riese im süßen Segment. Momentan werde gerade ein phallischer Lutscher getestet, der sich beim Verzehr allmählich in eine mit Brause gefüllte Vagina verwandele. Kompliziert herzustellen, aber ein potenzieller Hit für Junggesellenabschiede, Kegeltouren und Partymeilen. Es schien, als stünde Sülz kurz vor der Explosion, so aufgeregt war er wegen seines Pimmel-Lollis.

In dem Bemühen, Sülz in seiner Borniertheit noch zu übertreffen, erzählte ein gewisser Hemrich, der im Münsterland Krempel für Schulkinder herstellte, wie sie bei Hemmi Magic gerade dabei seien, die thematische Lücke zwischen Mausi und Zarra zu schließen. Munk erfuhr, dass man mit Mausi sämtliche Kinder im Vorschulalter abhole. Von der Bettwäsche bis zum Zahnputzbecher und irgendwelchen Adventure-Sets gebe es nichts, was nicht mit der grotesk aussehenden Maus gebranded sei. Auch für Mädchen ab zehn Jahren habe man mit Zarra, dem Mangagirl, eine ideale Identifikationsfigur, um den Kindern am Point of Sale, oder wie Hemrich genüsslich formulierte: der »Taschengeldablieferungsstelle«, die Kohle aus der Tasche zu ziehen. In das Alter dazwischen werde demnächst Doc Croc stoßen, ein eher männlich designtes Amphibium, das für Outdoor-

Experience stehe und mit allerhand Tinnef aus dem Bereich der Detektiv- und Explorerthematik Grundschüler ansprechen solle. Alles total billig in China hergestellt, man habe inzwischen über zweitausend Artikel im Sortiment, natürlich auch die verschissenen Urzeitkrebse, mit denen er sich selbst als Kind schon gelangweilt habe. Mit der Entscheidung, die Dinger nicht mehr als Krebse, sondern als Dinos zu verpacken, habe man einen regelrechten Profit-Storm entfesselt.

Gerade als Munk der Kopf auf die Brust fiel, führte Hemrich aus, dass er eigentlich Bock habe auf eine Linie für sechzehnjährige Girls. Da schwebe ihm eine Blondine mit dicken Titten vor, für die man mal was anderes machen könne. »My first Vibrator zum Beispiel. Riesenmarkt«, fand er und lachte so blöd, dass Munk geneigt war, ihm das Maul mit Krabbencocktail zu stopfen.

Angebereien über sagenhafte Aktienkurse und die Blödheit der Verbraucher flogen über den Tisch, und bald hatte Munk den starken Eindruck, er sei der einzig Normale hier, abgesehen von Karin, die über allem zu stehen schien und seinen entsetzten Blick mit gespielter Sorge erwiderte, als Graf von Schöpen behauptete, dass sein Produkt leider zu gut sei. Leider deswegen, weil die Sicherheitsgurte, die er der Automobilindustrie zulieferte, wirklich tadellos funktionierten. Das sei richtig doof, denn wenn sie nicht so gut wären, würden mehr Trottel durch Windschutzscheiben fliegen und infolgedessen auch mehr Autos mit neuen Sicherheitsgurten verkauft. Je besser seine Produkte, desto kleiner das Geschäft. Hier stimmte Karin zu, die das Problem von den effizienten Waschmitteln kannte, die in ihrem Namen hergestellt wurden. Die besten Geschäfte habe man nach der Wende gemacht, als die Ossis noch zu blöd waren, das Zeug richtig zu dosieren, und die Konzentratpulver pfundweise in ihre neuen Waschmaschinen schütteten. Goldgräberstimmung habe damals geherrscht. Aber irgendwann sei selbst der Sachse auf den Trichter gekommen, und heute seien die Produkte zudem besser, auch umweltschonender, weswegen man aber nicht mehr verdiene, eher weniger.

Als das Dessert kam, fragte der überforderte Munk, ob sie tatsächlich genauso versaut sei wie der Rest der Gesellschaft, das hätte ihm nämlich nicht gefallen. Er mochte sie, den schlagfertigen Humor und vor allem ihre Distanz zu den schrecklichen Leuten auf dieser noch schrecklicheren Finca.

Sie leckte ihren Dessertlöffel ab und sagte: »Ich bin total versaut, bloß nicht so wie diese Arschnasenkompanie.«

»Da bin ich sehr froh.«

»Im Ernst: Nein, ich habe mit diesen Eierköpfen überhaupt gar nichts am Hut. Aber ich mag es, wenn die das denken. Und deshalb frage ich dich auch nicht, was du machst. Ich könnte nicht mit der Enttäuschung leben, dass du in vierter Generation Grießpudding oder Landminen herstellst.« Das war gelogen. Aber der Sex später war überragend.

Munk verbrachte die Nacht in Karins Zimmer und als er aufwachte, sah er in ihr schlafendes Gesicht und fühlte sich wohl. Es war ihre Direktheit gewesen, die ihm so gefallen hatte. Und auch das Gespräch, das sie führten, bevor sie ihm irgendwann ihre Zunge in den Mund schob und sagte, es sei nun für sie an der Zeit, ins Bett zu gehen. Darüber an der Wand habe sie jedoch am späten Nachmittag bei ihrer Ankunft eine größere Eidechse gesehen. Ob Munk Manns genug sei, diese eventuell zu beseitigen.

Der fand die Echse dann nicht, was kein Wunder war, weil sie gar nicht da war. Während er suchte, zog sie sich aus und stand dann nackt vor ihm. Sie habe sich extra wegen ihm die Brüste machen lassen, sagte sie kokett.

Ihr Schlaf erinnerte ihn an Claudia, das waren wohl die langsamen und tiefen Atemzüge. Es hatte ihn immer beruhigt, neben

Claudia zu liegen. Munk sah durchs Zimmer und fragte sich, ob er mithalten wollte in dieser Welt. Und auch, ob er das überhaupt konnte. Er war nicht arm. Im Gegenteil. Er war sogar vermögend. Munk hatte von seinem Vater viel Geld geerbt und führte ein international erfolgreiches Unternehmen, das inzwischen Büros in Singapur, São Paulo und London eröffnet hatte. Er machte sich nicht viel aus Geld, aber er lebte in der wohligen Sicherheit, bis ans Ende seines Lebens zumindest in der Business Class reisen zu können, wenn ihm danach war. Natürlich kannte er sich mit Luxus aus, die Häuser, die er für seine reichsten Kunden baute, waren ja reiner Luxus. Doch die Welt, in der Karin und die anderen Freunde des Baustoffmoguls Köstermann lebten, war ihm dennoch fremd.

Das Gespräch über das Bauprojekt fand nicht statt, weil Köstermann bei Munks Ankunft noch auf dem Golfplatz war und am nächsten Tag mit der Bespaßung seiner vielen Freunde beschäftigt. Er beschied seinem Architekten, dass man die Besprechung ja genauso gut auch in Frankfurt hätte machen können, er sich aber über den Besuch trotzdem gefreut habe. Dann flog Munk abends wieder zurück. Karin und er hatten sich darauf verständigt, aus dem One-Night-Stand mindestens einen Two-Night-Stand zu machen, und sie trafen sich den ganzen Sommer hindurch immer wieder an den Wochenenden. Mal reiste er dafür nach Düsseldorf, mal kam sie in seine Nähe. Und immer begegnete sie ihm mit dieser fröhlichen und erfrischend vulgären Direktheit, die in einem Kontrast zu ihrer eleganten Erscheinung stand. Man konnte nicht Dior tragen und gleichzeitig beim Essen an einer Erdbeere lutschen, dass ihm angst und bange wurde. Fand er. Und stand darauf.

Ihre Unterhaltungen waren lustig, aber nicht ohne Anspruch. Karin war belesen und viel herumgekommen. Das gefiel ihm. Sie konnte davon erzählen, wie es in Bhutan aussah und wie die

Menschen in Peru einen Stoff webten, der so leicht war, dass man ihn nicht auf der Haut spürte. Sie war überall auf der Welt im Theater gewesen und liebte es, Stücke, die sie kannte, in Ländern zu sehen, deren Sprache sie nicht sprach. Munk verliebte sich in sie, weil sie so irritierend vielseitig war.

Gleichzeitig umwölkte sie aber auch immer ein gewisser Dünkel, eine absurd elitäre Haltung gegenüber der Welt der sogenannten normalen Menschen. Zwar vertrat sie in der Flüchtlingspolitik eine dezidiert humane Haltung, sprach dabei aber andauernd über die armen Kuffnucken, die man doch nicht ertrinken oder verhungern lassen dürfe.

Zuerst fand er es lustig, als sie sagte, sie habe in ihrem ganzen Leben noch nicht am sogenannten öffentlichen Personennahverkehr teilgenommen. In Karins Jugend fanden die Eltern, dass auf diese Weise Entführer angelockt werden könnten. Und später verspürte sie Furcht bei dem Gedanken, sie könnte im Sozialschlauch, der Assi-Raupe, also der U-Bahn, neben jemandem sitzen, dessen Kleidung nach Royal Mega roch. Das war das günstigste Produkt ihres Konzerns und aus der Marktforschung wusste sie, dass der künstliche Vanilleduft des Pulvers vor allem kaufkraftschwache Klientel anzog, die mit dem Aroma eskapistische Vorstellungen verknüpften, möglicherweise Taschendiebe, auf jeden Fall Plebs. So erklärte sie Munk das, als sie einmal zum Frühstück auf seinem Balkon saßen. Und er fand es lustig, weil er es für die schonungslose Ironie hielt, mit der sie sonst auch über ihresgleichen sprach.

Dabei hatte er nur noch nicht begriffen, dass diese Angst vollkommen real war, weil die größte Furcht reicher Leute darin besteht, mit Armut konfrontiert zu werden oder selbst zu verarmen. Der Gedanke, jemandem zu begegnen, der mit 2500 Euro eine vierköpfige Familie ernährte und dennoch einigermaßen frohgemut durchs Leben ging, hätte in ihr und ihren Freunden Panik ausgelöst, weil es sie daran erinnerte, dass sie dasselbe niemals aus eigener Kraft und ohne das Vermögen aus ihrer Erbschaft zuwege gebracht hätten. Sie ahnten, dass ein Heizungsmonteur in freier Wildbahn überlebensfähiger gewesen wäre als sie.

Karin selbst hatte ihm das gleich am ersten Abend auf Mallorca veranschaulicht, als sie sagte, dass sämtliche Gäste dort unter hartem Stuhl litten, weil sie nicht loslassen könnten und sich ängstlich an jede Form von Besitz klammerten, und seien es nur ihre Exkremente. Diese pointierte Direktheit machte Munk an Karin richtig an, die davon abgesehen sagenhaft küssen konnte und immer gute Ideen für Wochenendtrips hatte, die sie hingebungsvoll plante. Sie flog mit ihm nach Paris, wo sie eine Privatführung durch die Geheimgänge der Oper besorgte. Sie verbrachten ein Wochenende in Venedig und durften auf Murano dabei sein, wie für ihn eine Vase hergestellt wurde. Sie buchte für beide einen Pralinenkurs in der spanischen Provinz bei einem Chocolatier, von dem Munk noch nie gehört hatte.

Karin kannte Museen, Modehäuser und Galerien auf der ganzen Welt und schien die Tage, in denen sie sich nicht sahen, im Wesentlichen damit zu verbringen, kostspielige Beschäftigungen zu recherchieren und zu buchen.

Währenddessen plagte sich Munk mit dem hessischen Baustofftitan ab. Bei einem Termin legte er neue Pläne mit detaillierten Ideen für die acht Bäder vor, die jeweils ein Thema hatten, was Munk ungeheuer widerstrebte. Aber er dachte inzwischen, dass es egal sei. Sein Nettohonorar für das Haus und alle Nebengebäude würde bei 2,6 Millionen Euro liegen.

Da er kein großer Freund von Accessoires war, hatte er in den Wänden der Badezimmer Vertiefungen für die Klobürsten vorgesehen. Auf diese Weise umging man eine Hälfte des üblichen unschönen Klobürsten-Ensembles, nämlich den Halter. Köstermann zeigte mit seinem dicken rechten Zeigefinger auf die Stelle im Entwurf. »Was ist 'n das für ein Loch?«

»Das ist für die Toilettenbürste.«

»Wir haben keine Klobürsten. Wir haben Personal.«

Das war der Moment, in dem Munk tief bedauerte, den Auftrag überhaupt nur in Erwägung gezogen zu haben, denn etwas Widerlicheres hatte er bisher in seinem Berufsleben nicht gehört. Viel zu spät aber umso intensiver empfand er einen kaum bezwingbaren Ekel, nicht nur bei der Vorstellung, dass diese Kretins Menschen beschäftigten, ihre vollgeschissenen Toiletten zu reinigen, direkt nachdem sie sie benutzt hatten. Es wurde ihm auch bewusst, dass er im Grunde dieselbe Funktion innehatte, indem er diesen geistlosen Gestalten gegen Geld dabei half, ihre Existenz erträglich zu machen. Das ganze Gerede über gestalterische Finessen des riesigen Hauses und seiner affig monströsen Ausstattung war im Grunde bloß eine Art von Beschäftigungstherapie für jemanden, der seine Hohlheit mit möglichst viel Bauschaum ausstopfte, den er selbst herstellte und in 114 Ländern der Erde vertrieb, wie er immer wieder berstend vor Stolz betonte.

Abends erzählte Munk Karin davon. Sie nippte an ihrem Gin Tonic und sagte: »Ich mag auch keine Klobürsten.«

»Niemand mag Klobürsten. Aber darum geht's doch gar nicht. Das sind einfach totale Schweine. In jeder Hinsicht.«

»Na und? Auch Schweine haben ein Recht darauf, schön zu wohnen. Und solange sie dich so gut bezahlen, solltest du eine gewisse Demut zeigen.«

Munk bekam an diesem Abend nicht mehr heraus, wie viel davon ironisch gemeint gewesen war. Aber er entschloss sich, den Vertrag zu erfüllen, weil man Verträge einhalten musste. An diesem Wochenende fuhren sie zum ersten Mal in ihr Haus. Oder ihr Schloss, den Familiensitz der Waschmittelsippe. Es stand am linken Niederrhein zwischen Trauerweiden und nassen Wiesen. Karin teilte es sich mit ihrem Bruder Karol, einem unverheirateten Jäger und Gummistiefelträger, der den südlichen Teil des Schlosses bewohnte. Dort präparierte er in seiner Freizeit Tiere und drehte Filme, über deren Inhalt er Stillschweigen bewahrte.

Die Geschwister spielten operativ im Unternehmen keine Rolle, worüber nicht nur sie heilfroh waren. Sie mussten aber über wichtige Entwicklungen in der Holding informiert werden und tauchten immer mal wieder in der Verwaltung in Düsseldorf auf, um dort für Unruhe zu sorgen, wie Karin es nannte.

Sie war stärker an der Firma interessiert als ihr jüngerer Bruder und besuchte hier und da Kongresse oder gab Interviews. Ansonsten hatte sie sich auf das Sammeln von moderner Kunst verlegt. Als Munk sie besuchte, stellte er schnell fest, dass man ihr jeden Scheiß andrehen konnte, weil sie keine Ahnung von moderner Kunst hatte. Und so vermischten sich in der privaten Dauerausstellung ihrer Exponate Werke von El Anatsui, Koons, Hirst oder Balkenhol mit Schrott und prätentiösem Kunstgewerbe, was die guten Stücke automatisch entwertete.

Sie erklärte ihm, dass für sie der Austausch mit Künstlern und Galeristen erfrischend sei. Der Akt des Kaufens habe für sie denselben Effekt, wie er bei Tierschützern einsetze, wenn diese in den Zoo einbrachen, um Käfige zu öffnen. Munk nickte dazu und verbat sich tiefergehende Erörterungen über diesen kapriziösen Zugang zur zeitgenössischen Kunst. Sie liebte eben Vernissagen und Auktionen, und wirklich arm werden konnte sie mit ihrer Leidenschaft nicht, zumal ihr Vater den finanziellen Verfügungsrahmen seiner Kinder testamentarisch begrenzt hatte. Zu ihrem Leidwesen waren ihre Ausgaben auf zwölf Millionen Euro pro Jahr und Kind limitiert. Damit kann man im Kunstmarkt natürlich keine großen Sprünge machen. Oder man muss eisern sparen.

Seine erste Begegnung mit Karins Bruder Karol im großen Gemeinschaftsraum der beiden – einer Art Salon in der Mitte des Schlosses, von welchem man in die beiden Flügel des Anwesens gelangte – wirkte lange in Munk nach. Karol stand in einer Art Lodenmantel und schmutzigen Stiefeln vor einem der prächtigen Fenster zum Park und trank aus einem billigen Pott Kaffee, den er immerzu anpustete. Er stellte sich Munk vor und sagte: »Ein fabelhaftes Wetter für die Jagd. Wollen wir was abknallen?«

»Karol, du bist ein Idiot«, sagte Karin.

»Wieso? Wo er recht hat, hat er recht«, sagte Munk, der nicht abschätzen konnte, ob Karol denselben Humor hatte wie seine Schwester. Oder doch tatsächlich ein Idiot war.

Sie blickten in den nebligen Park. Es hatte noch nicht geschneit, aber Gras, Büsche und Bäume trugen klammen Novemberdunst. Nahe der Terrasse stand ein Schild, auf dem »50« stand, weiter dahinter »100« und »150«. Weiter konnte man nicht sehen.

»Wofür sind diese Schilder?«, fragte Munk.

»Du lässt vorne einen Neger loslaufen und wenn du ihn beim ersten Schild triffst, kriegst du 50 Punkte und so weiter. Geht bis 350.« Karol nippte von seinem Kaffee und sah Munk ernst an.

»Du bist wirklich so ein Vollidiot«, sagte Karin.

Munk schaute dem feisten Wolfram dabei zu, wie er sich mit Suppe vollkleckerte. Der Mann sah aus wie ein Baby. Wenn er sprach, blubberte Suppe aus seinem Mund, weil er den Wechsel zwischen Essen und Reden im Hirn nicht gut organisieren konnte. Sein Urgroßvater hatte einst eine Büromaschine patentieren lassen, welche der ganzen Familie über Jahrzehnte einen derartigen Wohlstand bescherte, dass die Nachkommen völlig ohne jede Bildung oder Manieren vorzüglich durchs Leben kamen.

Wolfram war eine der angenehmeren Gestalten aus Karins Bekanntenkreis, weil er zumindest die Höflichkeit besaß, fremde Menschen nach ihrem Befinden zu fragen und manchmal auch der Antwort zuzuhören.

»Ja, Mensch, ich also immer noch in Wien. Manchmal München oder eben Antibes. Ich fühle mich ja derart gut dort. Das ist der Fisch. Ich sage immer, der Fisch. Gut für die Birne. Und der Franzose ist ja devot, wenn man ihn gut bezahlt. Nicht so wie der Spanier. Alles Lackaffen und können gar nichts. Egal. Wir haben da jetzt angebaut. Musst du dir ansehen, musst du sehen, so eher griechischer Stil oder wie man das nennt. Alles voller Säulen, ich sage immer: Perlen vor die Säule. Aber Mensch! Ich bin ja auch ein bisschen verrückt.«

Ein bisschen, ja, dachte Munk und sah Wolfram beim Kleckern zu. Wolfram ließ den Löffel in die Suppe fallen und wischte sich den nassen Mund ab.

»So. Jetzt habe ich aber genug von mir geredet. Jetzt zu dir. Wie findest du meine Uhr?«

Damit streckte Wolfram Munk seine linke Patschehand entgegen. An seinem Handgelenk klebte eine riesige Armbanduhr, die so aussah, als müsste sie vor dem Schlafengehen operativ entfernt werden.

»Interessant«, sagte Munk, der nicht die geringste Lust dazu hatte, nun alle Funktionen des Apparates erklärt zu bekommen.

»Genau. Interessant. Hochinteressant. Eigentlich genial.«

»Absolut. Unfassbar, was Menschenhände fertigbringen«, sagte Munk, ohne dass Wolfram die Ironie bemerkte. Der nahm den Löffel wieder zur Hand und aß weiter, dann fiel ihm ein, dass er lange nicht auf seine Uhr gesehen hatte, drehte das Handgelenk und goss die Suppe aus dem Löffel in seinen Schritt. War aber nicht schlimm, denn die Suppe war nur noch lauwarm.

»Ja, Mensch. Gstaad. 2018 war das also? Mensch.«

»Tjaja.«

»Und das mit Karin war dann aus!?«

»Ja, direkt danach. Hat nicht sollen sein.«

»Glaubst du, die können hier anständiges Tiramisu? Hätte ich jetzt Böcke drauf.«

Munk erinnerte sich daran, dass Karin und er beim Abendessen im Schloss über die Weihnachts- und Silvesterplanung gesprochen hatten. Er machte sich weder aus dem einen noch aus dem anderen Fest etwas. Früher hatte er dann seine Eltern besucht, doch nachdem der Vater gestorben war, holte er seine Mutter lieber über die Feiertage zu sich, um mit ihr spazieren zu gehen und gemeinsam zu kochen. Sie war jedoch zwei Jahre zuvor gestorben, seitdem fand der Jahreswechsel bei Munk nicht mehr so richtig statt. Annegret lud ihn nach Australien ein und er plante auch, seine Schwester dort zu besuchen. Aber irgendwann. Er verbrachte die Tage lieber mit Lesen und Kochen und an Silvester nahm er eine der Einladungen wahr, die ihn zu Kollegen oder

Freunden führten, oder er schloss sich einer Ski-Truppe an und feierte in den Bergen.

Dasselbe schlug Karin auch vor. Gstaad. Hinreißender Ort. Man treffe sich üblicherweise am 29. Dezember im Palace und bleibe bis zum 2. oder 3. Januar. Nur supernette Leute. Ausgesuchter Kreis. Seit Jahren eingeübte Feierrituale, denen man sich kaum verschließen könne, weil sie wirklich ulkig seien.

Sie verbrachten Weihnachten am Niederrhein und Munk erhielt von Karol einen ausgestopften Dachs, der nicht nur enorm schielte, sondern außerdem nur drei Beine hatte und ein Ohr. Karols Fertigkeiten im Bereich der Tierpräparation waren völlig ausbaufähig. Aber Karol freute sich, dass Munk ihn dafür lobte. Später stand der Dachs für eine Weile im Empfangsbereich von Munk & Partners, wurde dann aber über Nacht von Yvonne entsorgt.

Nach den Feiertagen reisten sie in die Schweiz und Munk lernte den sogenannten Inner Circle aus Karins weltumspannendem Friends-Network kennen. Tatsächlich herrlich lustige Leute. Sechs Paare, alle angereist aus einem Leben, über welches sie niemals sprachen, weil es so selbstverständlich war. Absolut leicht. Im Gegensatz zu den Gästen des Baustofftitans Köstermann hätten Karins Freunde niemals auch nur ein Sterbenswort über berufliche Dinge verloren, sodass Munk annahm, dass sie allesamt gar keine Berufe hatten. Manche von ihnen brachten Kinder mit, die sich in dem großen Hotel aufführten, als gehöre es ihnen. Schon die Kleinen schienen ihre Mitmenschen weitgehend als Dienstleistungsschergen wahrzunehmen. Und wenn sie Wünsche äußerten, wurden eben spätabends Fackeln in die Skipiste gesteckt oder Schokoladenbrunnen in den Kinderzimmern installiert. Das waren in den Augen der Eltern keine überzogenen Forderungen, schließlich bezahlten sie dafür. Und es wurde auch nicht diskutiert. Man bestellte und wartete dann ab, wie die zauberhaften Boys und Girls des Hotels die Aufgabe lösten, am 30. Dezember einen Zauberer fürs Abendessen der Kinder aufzutreiben. Als solcher trat schließlich ein Page mit magischer Grundausbildung in Erscheinung, der sich allerdings beim Flambieren eines Kartenspiels den Jackenärmel und den darin steckenden Unterarm anbrannte.

Die Gespräche kreisten um die alltäglichen Nöte eines Lebens in Chelsea oder die Frage, ob eine VIP-Loge in der Allianz Arena besser sei als eine im Estadio Santiago Bernabéu. Wenn sie denn mal kreisten. Manchmal saßen Karins best friends auch einfach nur stundenlang auf einer Terrasse und leerten schweigend eine Flasche Roederer Cristal nach der anderen. Zu Munks Entsetzen stecken sie die leeren Flaschen kopfüber in den Champagnerkübel, eine Geste, mit der sie signalisierten, dass sich die Strecke verlängert hatte und Nachschub gewünscht war. Das war nicht nur unkultiviert, sondern gilt unter Gastronomen weltweit als Symbol hochgradigsten Blödentums, aber natürlich hätte kein Kellner deswegen auch nur eine Augenbraue gehoben, schon wegen der Aussicht auf Trinkgeld. Sie hassten schweigend und in ostentativer Demut.

Auch Munk sah darüber hinweg, weil er Karins Charme und ihre ungestüme Energie dafür zu sehr mochte. Es war mit ihr immer etwas los, es wurde andauernd nach neuen Möglichkeiten geforscht, die Zeit wenig sinnvoll, aber unter Einsatz großer Geldmittel auf eine frivole Art positiv zu gestalten. Daran war grundsätzlich nichts verkehrt, wie Munk fand, auch wenn er von selbst nicht auf die Idee gekommen wäre, sechs Austern auf einmal hinunterzuwürgen, was Wolfram gelang, auch wenn ihm der salzige Sabber dabei aus der Nase quoll und sich mit dem Koks vermischte, das noch darin klebte. »Mann, schmeckt das scheiße«, rief Wolfram fröhlich.

Der Silvesterabend verlief glamourös, der leicht angekaterte Neujahrstag ruhig und am Abend bereiteten sie sich für das letzte Dinner vor, zu welchem noch einmal Abendgarderobe verabredet war. Munk hatte sich dafür Wochen zuvor einen neuen Smoking gekauft. Tom Ford. Das Ding, das auch Daniel Craig als Bond trug. Es stand ihm ausgezeichnet. Er gefiel sich darin. Und Karin gefiel ihm, wie sie in Unterwäsche im Bad stand und an ihren Augen herumzupfte.

Es klopfte und er öffnete dem Zimmermädchen, das die Betten aufdecken wollte. Es irritierte ihn immer, dass in den guten Häusern abends jemand dafür kam und dann auch noch den Pyjama aufs Bett legte. Er fand das jedes Mal auf eine Weise fürsorglich, die ihm schon übergriffig vorkam. Munk stand im Zimmer und band sich die Fliege, während das Mädchen die Decken aufschlug. Er sagte, das sei nicht nötig, und das Mädchen entgegnete, es sei eine Selbstverständlichkeit. Für einen Moment standen sie sich dann gegenüber. Wie auf einem Foto von Helmut Newton, kurz bevor etwas geschieht. So mochte es wirken, es war nur ein winziger Augenblick, eine Tausendstelsekunde, nicht einmal ein flüchtiger Gedanke. Karin kam aus dem Bad und registrierte diese winzige Spannung zwischen dem hübschen Mädchen und ihrem eleganten Munk. Karin sagte: »Sie können gehen«, und das Mädchen nickte knapp. »Ich wünsche Ihnen einen schönen Abend«, sagte es. »Das wünsche ich Ihnen auch«, sagte Munk höflich lächelnd und das Zimmermädchen verschwand.

Den Abend verblieb Karin in einer abweisenden Stimmung. Sie schien ihm böse zu sein, aber er fand nicht heraus, warum. Einmal legte er seine Hand auf ihre und sie zog sie zurück. Dann schenkte er ihr nach und sie sah ihn zornig an, anstatt mit ihm anzustoßen. Er versuchte es mit einem Kompliment, aber sie drehte den Kopf weg. Die schlechte Laune hielt auch an, als sie zu Bett gingen. Er wusste nicht, was ihr missfallen haben konnte, rätselte, ob es am Essen, irgendeinem Thema bei Tisch oder seiner ironischen Art gelegen haben konnte, mit der er sich Gesprächen über die ungerechte Steuergesetzgebung in Deutschland entzog.

Nachdem sie sich ausgezogen hatten, blieb sie ewig im Bad, während er im Bett auf sie wartete. Er hatte Lust auf sie und dachte, dass sie sich in ihrem Gram wohl Zeit nehmen wollte, bis er hoffentlich eingeschlafen war. Aber diesen Wettstreit gewann er. Nachdem sie sich neben ihn gelegt hatte, fragte er sie ganz direkt, was er falsch gemacht habe. Sie sagte, dass sie Kopfschmerzen habe und ihre Ruhe wolle. Munk löschte das Licht und schlief erst nach zwanzig Minuten ein, nicht sicher, ob sie noch wach war.

Am nächsten Morgen packten sie ihre Koffer und er näherte sich ihr mit großer Vorsicht, um sie doch noch zu verführen, was sie mit eisiger Miene ablehnte. Sie war im Bad zugange, kramte dort in ihrem Schmuckköfferchen herum und sagte plötzlich: »Sie ist weg.«

»Wer ist weg?«

»Die Piaget-Kette mit dem Rosenanhänger.«

Munk mochte das Ding nicht, weil er es spießig fand. Von ihm aus konnte es gerne verschwunden bleiben. Er nahm aber an, dass es gleich wieder auftauchen würde.

»Sie hat es genommen.«

»Wer?«

»Deine kleine Freundin!«

Munk wusste absolut nicht, wovon Karin sprach. »Was? Welche Freundin?«

»Ich hatte die Kette auf den Nachttisch gelegt. Sie hat sie mitgenommen. Deine kleine Zimmermaus. Sie hat dich abgelenkt.«

»Sie hat gar nichts mitgenommen. Und da lag auch nichts. Sieh noch mal nach, die Kette ist bestimmt nicht weg. Und außerdem ist sie nicht meine kleine Zimmermaus. Was soll denn das?«

Aber Karin steigerte sich in eine geradezu biblische Wut und schließlich wurde die Direktion gerufen und ein Diebstahl angezeigt. Halskette von Piaget mit Anhänger in Form einer Rose, 18 Karat Weißgold, 118 Brillanten auf den Blütenblättern, Wert 32 000 Euro, gestern noch da, heute verschwunden, zuletzt gesehen in Gegenwart des Zimmermädchens. Munk versuchte, seine Freundin zu trösten, er sagte immer wieder, dass ein Irrtum vorliegen müsse. Aber Karin blitzte ihn an, dass nur ein Trottel sich derart von so einer ordinären kleinen Schlampe ablenken lassen konnte.

Nachdem Karin das Hotel und sämtliche Freunde darüber in Kenntnis gesetzt hatte, dass sie Opfer eines brutalen Raubzuges geworden sei und nun den Verlust einer Kette beklagen müsse, eines Lieblingsstücks, welches ihr der geliebte Vater noch kurz vor seinem Tod zum Geburtstag geschenkt habe, konnte sie sich der Aufmerksamkeit sämtlicher Reiseteilnehmer, der Hotelleitung und auch der Schweizer Polizei sicher sein. Auch wenn es sich bei genauer juristischer Auslegung nicht um einen Raub, sondern um Diebstahl gehandelt hätte. Aber für derartige Feinheiten war bei der Größe des Dramas kein Raum.

Karin saß neben ihren Koffern in der Lobby, war untröstlich, völlig aufgelöst und nippte Tee, den Munk ihr reichte. Er war inzwischen unsicher. Die Kette war offensichtlich weg. Und das Zimmermädchen tatsächlich der einzige Mensch, der in ihrer Suite gewesen war. Es kam ihm zwar abwegig vor, doch ja, es konnte sein, dass er sie ein wenig attraktiv gefunden hatte und auf diese Weise unaufmerksam geworden war. Er hatte nichts beobachtet, er hatte sich allerdings auch kurz abgewandt, weil er in den Spiegel sehen musste, um seine Fliege zu binden. Und natürlich wäre es ihr in der Zwischenzeit möglich gewesen, die Kette einzustecken, wenn sie dort gelegen hatte, wo Karin sagte.

Er hatte die verdammte Kette nicht gesehen, aber was bedeutete das schon. Er wusste gar nicht, was er in diesem Moment wahrgenommen hatte und was nicht.

Dabei war es einiges gewesen. Die Schleife, die ihm nicht auf Anhieb gelang, erforderte Aufmerksamkeit. Aber er wurde auf wundervolle Weise abgelenkt. Zunächst von Karins wundervollem Po in der Wäsche, darüber ihr Rücken und die geraden, von zahllosen Einzelstunden gestärkten Schultern. Und dann von dem Zimmermädchen mit dem streng geflochtenen Zopf und dem winzigen Muttermal neben dem Mund. Die Zungenspitze, die beim Sprechen über ihre Oberlippe glitt und diese feucht glänzen ließ. Ihre feinen Hände, mit denen sie nach der Decke griff. Ihre leicht unterwürfigen Augen, mit denen sie ihn ansah. Scheu, aber auf eine Weise hoffnungsvoll, dass er wahrscheinlich eine Millisekunde zu lang in sie hineinsah. Diese Bilder erschienen ihm und er sah sich selbst mit der Fliege am Hals im Zimmer stehen. Lackschuhe, gestärktes Hemd, Bleu de Chanel, für einen Moment verzaubert. Und dann Karins Blick, als sie aus dem Bad ins Zimmer kam und alles schneller begriff als das Zimmermädchen und Munk.

Alles ging so schnell, aber er war sicher, dass zwischen ihm und dem Mädchen nichts vorgefallen war. Kein Flirt, nicht einmal Anziehung. Munk hatte sich ein wenig geärgert, dass ihm die Schleife nicht auf Anhieb gelang, und er erinnerte sich anderntags daran, dass er vor dem Mädchen nicht als Anfänger im Fliegenbinden dastehen wollte.

Hatte sie den Moment seiner Konzentration auf das verdammte Ding an seinem Hals genutzt, um diese Kette an sich zu nehmen? Es sprach rein gar nichts dafür, es wäre ein zu riskantes Unterfangen gewesen, zumal das Mädchen natürlich als erste Person verdächtigt werden würde. Andererseits konnte genau das auch ein Schutz sein. Das Hotel würde sich vor jeden Mitarbeiter und jede Mitarbeiterin stellen, das war ein gutes Haus. Dort arbeiteten keine Diebe.

Dann wurde er befragt, schilderte die Begegnung, wie sie gewesen war, ließ aber Karins darauffolgende Verstimmung aus, weil er das zu privat fand. Schließlich wurde ihnen beschieden, dass Polizei und Hotel alles unternehmen würden, um den Fall zu klären. Man sei bereits unterwegs zu der jungen Frau, die in einem Nachbarort wohne. Der Schmuck sei kompliziert zu verkaufen, er hinterlasse Spuren, die Angelegenheit werde mit großer Sorgfalt verfolgt und die Konsequenzen für das Zimmermädchen seien hart, wenn sie schuldig sei. Man habe natürlich keinerlei Zweifel an Karins Darstellung, das sei ja selbstverständlich. Außerdem sei man zutiefst erschüttert darüber, dass das neue Jahr auf diese Weise so unersprießlich beginne, und man wünsche sich sehr, dass das Haus beim nächsten Besuch in Gstaad trotzdem wieder erste Wahl werde. Man werde bei rechtzeitiger Reservierung ein dem Vorfall entsprechendes Upgrade vorbereiten.

Am Flugplatz in Saanen musste Karin ihren Seidenschal für den Sicherheitscheck abnehmen und legte ihn auf ihre Handtasche. Als Munk sie ansah, funkelten ihm die Brillanten von ihrem Hals entgegen. Sie bemerkte seinen entsetzten Blick, lächelte maliziös und schritt durch die Kontrolle.

Dann saßen sie im Flieger.

»Warum hast du das getan?«, fragte er.

»War doch lustig. Die kleine Schlampe kriegt, was sie verdient.«

»Sie hat nichts getan. Rein gar nichts.«

»Sie hat mich gedemütigt. Und du hast mich gedemütigt.«

Sie sah ihn kalt an und sagte: »Mach das nie wieder.«

Munk schwieg. Er stand den Flug durch, verabschiedete sich in Frankfurt von ihr, nahm den Zug nach Freiburg und rief noch von unterwegs in Gstaad an, um mitzuteilen, dass der Schmuck wieder aufgetaucht sei. Ein Versehen. Er bat um Entschuldigung für die Umstände und ließ dem Mädchen ausrichten, dass ihm die falsche Verdächtigung leidtue, worauf man ihm erklärte, dass man die junge Frau entlassen habe. Ihre Unschuld sei in diesem Zusammenhang nicht von Belang. Sie habe offenbar für Unfrieden unter den Gästen gesorgt und das könne und wolle man nicht durchgehen lassen.

Tagelang quälte er sich. Er rief Karin nicht an und sie meldete sich auch nicht bei ihm. Schließlich schrieb er ihr einen Brief und beendete die Beziehung. Die schiere Charakterlosigkeit, diese offene Bosheit seiner Freundin machten ihm Angst. Immer wieder sagte er sich, dass man doch so etwas nicht mache. Dass es doch nicht ging, so zu lügen. Dass man sich so nicht verhalten könne. Und dann wurde ihm klar, dass man dies alles sehr wohl konnte, er war schließlich Zeuge dieses Verhaltens geworden. Doch jede weitere Minute mit Karin wäre ein Beweis für seine eigene moralische Unzulänglichkeit gewesen.

Andererseits berührte ihn ihre Eifersucht. Wenn es eine war. Vielleicht handelte es sich auch nur um eine Form der Lust, eine Freude an Grausamkeit und an Machtspielen.

Karin antwortete beinahe höhnisch, was ihn wiederum herausforderte. Sie schrieben sich eine Zeit lang Briefe, in denen er versuchte zu ergründen, warum sie sich so verhielt, wie sie es nun einmal tat. Sie antwortete jedes Mal gründlich und sarkastisch. Und so fand er sich damit ab, dass er einen schlechten Menschen geliebt hatte. Er stellte sich selbst ein miserables Zeugnis aus und es war nicht das erste Mal in den vergangenen Jahren.

Diese Frau verblasste nur langsam, zumal sie öfter in den Medien zu sehen war. Munk entkam seinem Kummer nur sehr mühsam, aber irgendwann hatte er Karin hinter sich gelassen und nahm ihre Hochzeit mit dem Spross eines französischen

Rüstungskonzerns mit nur noch geringem Interesse zur Kenntnis. Er kannte den Mann aus Gstaad und war froh, nie wieder mit ihm essen zu müssen. Philippe besaß Häuser in Martinique, Saint Tropez sowie auf Sylt und eine Nasenscheidewand aus Titan.

Seine Verbindung in ihre Welt riss ab, als er das Köstermann'sche Domizil übergab. Er war damit letzten Endes relativ zufrieden, weil er sich doch in entscheidenden Punkten durchgesetzt und beispielsweise den Zwiebelturm nach Art von Friedensreich Hundertwasser verhindert hatte. Der Baustoffkönig konnte damit leben, weil er dafür seine Schießscharten bekommen hatte und vier Wohnzimmer, für jede Jahreszeit eins. Später beschwerte sich Köstermann darüber, dass Munk den Bau nicht in sein Werkverzeichnis aufnahm und Stillschweigen über seine Urheberschaft daran bewahrte.

Nach dieser im Ganzen eher traumatischen Zeit war Munk richtig froh, wieder in seinen normalen Alltag zu gleiten, auch wenn ihm Karins kapriziöse Aphorismen manchmal fehlten. Einmal, als sie in einem Modehaus in München gleich die ganze Kollektion von Prada kaufte und er intervenierte, sagte sie den schönen Satz: »Wer sagt, dass Geld nicht glücklich macht, war noch nie richtig shoppen.«

Am nächsten Morgen hatte Wolfram die Nase voll vom Mönchhof-Resort und quittierte den Dienst an der Gesundheit. Munk traf ihn an der Rezeption auf dem Weg zur Morgengymnastik. Wolfram hatte sich den Aufenthalt genussvoller vorgestellt. Als er das Frühstücksbüfett gesehen hatte, war er auf dem Absatz umgekehrt und checkte nun aus.

»Mensch, Peer. Ja! Himmelherrgott. Absolutes Scheißfrühstück, totale Zumutung.«

»Du bist hier, um zu fasten.«

»Ja, Mensch! Hab ich doch! Das hab ich doch!«

»Wann denn?«

»Na, seit dem Abendessen! Ich habe danach gute neun Stunden praktisch nichts gegessen. Außer den Pralinen aus meinem Kulturbeutel. Und die waren hart wie Nonnenärsche. Danach habe ich gefastet wie ein Bär im Januar. Ich würde auch weiterfasten, aber nicht ohne Frühstück. Mensch! Ich bin doch nicht bescheuert. Ich würde mal sagen, ich bin an meine Grenzen gegangen, ich habe sie sogar deutlich überschritten und damit bin ich raus.«

Und damit war er raus und eilte zum wartenden Fahrer, der ihn vermutlich als Allerserstes zum nächstgelegenen Dönerimbiss fuhr.

Munk entschied sich, diesen Wolfram zu mögen, brachte die Sportstunde hinter sich und beugte sich dann über seine Liste. Er hatte Karin wegen Wolframs Auftauchen vorgezogen. Nachdem er einen Haken hinter ihren Namen gemacht hatte, befand sich eine Frau zwischen Anja und Karin, die er ausgelassen hatte.

Harper.

Bei ihr war er nicht ganz sicher, ob sie tatsächlich auf diese Liste gehörte. Die Begegnung war so kurz gewesen. Und sie erfüllte nicht unbedingt die Kriterien, weil er nicht sicher war, ob er Liebe für sie gefühlt hatte.

Aber es dauerte länger als mit Ana und es hätte eine Liebe werden können und deshalb blieb Harper drin.

Das Mönchhof-Resort knackte unter den Sonnenstrahlen, die das Holz auf der Fassade anwärmten. Munk erfreute sich daran. Es ging ihm gut und er bekam immer mehr Lust auf das Leben, das auf ihn wartete. Er musste nur noch wenige Tage an diesem Ort verbringen und seine Aufgabe machte ihm inzwischen Spaß. Die Aufarbeitung seiner Beziehungen war für ihn zunächst eine Bürde gewesen, nun erfüllte sie ihn mit Neugier auf sich selbst.

Außerdem war ihm nach körperlicher Betätigung, die ihm fehlte. Sein Rennrad stand zu Hause in Freiburg im Wohnzimmer und wartete auf ihn. Den einen Ausflug mit einem Mountainbike vor Wochen hatte er trotzdem in schlechter Erinnerung, also nahm er an den Gymnastikstunden teil, probierte Yoga und ging Schwimmen.

Und dann entdeckte er auf einem Spaziergang den örtlichen Minigolfplatz. Minigolf war für Munk so ungefähr der letzte Sport, der in Betracht kam, um Körper und Geist zu beleben. Andererseits hatte er in den vergangenen Wochen sämtliche Wanderwege teilweise mehrfach beschritten und es war eine gewisse Erkundungsmüdigkeit bei ihm eingetreten. Außerdem nahm er an, dass eine Partie Minigolf helfen konnte, die Gedanken an Karin zu überschreiben.

Das gelang auch, dafür scheiterte er kläglich am Vulkan, mogelte und schrieb eine fünf auf, obwohl er elf Versuche für das Hindernis benötigt hatte. Dann glückte ihm versehentlich ein Hole in One beim Looping, was für ihn die Frage aufwarf, ob es weltweit einen besseren Minigolfer gab als ihn. Insgesamt brauchte er einundsechzig Schläge für die achtzehn Löcher und spielte gleich noch eine Runde, die er mit befriedigenden neunundvierzig Schlägen abschloss. Für die Leistungssteigerung belohnte er sich mit einem Eis und setzte sich auf eine Bank. Er sah einer Truppe Bundesligaspieler zu, die ihm erläuterten, dass mehr als 22 Schläge eine desaströse Runde darstellten. Munk war zwar schockiert vom Ambiente dieses Sports, aber fasziniert von der Könnerschaft der wenig sportlich aussehenden Athleten, die aber immerhin allesamt Jogginganzüge trugen.

Harper. Ihren Nachnamen wusste er nicht mehr, das hatte sie mit Anja gemein. Die war einfach aus seinem Leben verschwunden, genau wie er aus dem ihren. Jahre später erzählte ihm eine Mitarbeiterin, dass Anja in Berlin bei Magma Architecture begonnen habe. Das gefiel ihm, aber er ging dem nicht weiter nach.

Und für weitere Beziehungen fühlte er sich disqualifiziert, mehr noch: Die Geschichte mit dem Mädchen diente ihm als Beweis für seine totale Unzulänglichkeit in Sachen Liebe. Wenn er nach Claudia in ein Loch gefallen war, fiel er jetzt in eine Schlucht.

Munk sah einem etwa sechzig Jahre alten Minigolf-Pro dabei zu, wie er den Blitz mit einem Schlag erledigte. Eine Meisterleistung. Munk kapierte einfach nicht, in welchem Winkel man den Ball schlagen musste, damit er sich nicht hoffnungslos in dieser einfachen Form verkantete. Dabei hatte er als Architekt durchaus einen Sinn für Proportionen, Abstände, Ausfall- und Einfallwinkel. Vielleicht, dachte er, ist das hier auch ein Sinnbild für mein Leben.

Die Beziehung mit Harper war so ähnlich wie Bahn 10, wo man eigentlich bloß den Ball in ein Fangnetz dreschen musste. Entweder, das ging ganz schnell und war sofort vorbei. Oder man brauchte ewig für die Aufgabe. Die Sache mit Harper dauerte immerhin drei und einen halben Tag. Und kam Munk im Rückblick wie ein halbes Jahr vor.

2013 war das gewesen. Über zwei Jahre nach Anja und fast vier Jahre vor Karin. In dem Jahr, als eines der Häuser seines Vaters einstürzte. Das Flachdach der Lagerhalle der Firma Hirschgiebel gab einfach auf und kollabierte mit lautem Krachen, wie Zeugen berichteten. Es lag Schnee darauf, der mitsamt dem Dach in den Warenbestand brach und mehrere Tonnen für den Export bestimmter Lederwaren vernichtete. Man kam mit Regressansprüchen auf Munk junior zu, der diese aber als gänzlich Unbeteiligter leicht abwehren konnte. Er fand zudem, dass das schlecht konstruierte Dach der Welt einen großen Gefallen getan hatte, indem es die entsetzlichen volkstümlichen Gürtel, Hand- und Reisetaschen der Firma Hirschgiebel unter sich begrub.

Wenige Wochen nach dem Vorfall flog Munk nach Atlanta zu einem Architekturkongress, bei dem er als internationaler Star seines Metiers auftreten sollte. Er hatte gemeinsam mit drei Studentinnen einen Vortrag vorbereitet und freute sich auf die Abwechslung. Zur Begrüßung wurde ihm von den Veranstaltern eine Frau an die Seite gestellt, eine Assistentin für die Dauer seines Aufenthaltes. Das war Harper. Sie war so kalifornisch, wie sich Europäer Kalifornier vorstellen, wenn sie viel ins Kino gehen. Sie trug einen blonden Pferdeschwanz und eine riesige Ray-Ban-Brille und sie erschien Munk geradezu beängstigend pragmatisch.

Gleich nach seiner Ankunft am Flughafen kümmerte Harper sich um alle Belange des deutschen Gastes. Sie steuerte Munk durch sämtliche Einreiseprozeduren und Anmeldungen, checkte für ihn ein, sorgte für den Koffertransport, überprüfte mit ihm die Güte des Hotelzimmers und fragte ihn unablässig, ob er fit sei, Schlaf brauche, Hunger habe oder Durst. Er war richtiggehend überfordert von ihrer Präsenz und Liebenswürdigkeit. Außerdem gefiel sie ihm gut. Sie besaß die Gabe der unmittelbaren und totalen Verbindlichkeit. Schon nach zwei Stunden mit ihr hatte er das Gefühl, diese Frau schon Jahre zu kennen. Sie ging auf eine natürliche und vertraute Weise mit ihm um, die er nur einmal zuvor erlebt hatte, bei Claudia. Aber die hatte Monate dafür gebraucht, um ihn zu lesen. Harper nur ein paar Minuten. Munk war fasziniert.

Ihre umstandslose Nähe verwirrte ihn ebenso wie ihr Humor, der genau zu ihm passte. Er reiste also morgens an und schon am Abend beim Essen nach der ersten Veranstaltung gingen Harper und er vollkommen selbstverständlich miteinander um. Sie spielten sich und den anderen Teilnehmern des Dinners sogar aus Übermut einen kleinen Beziehungsstreit vor, in dem es um seine angebliche Angewohnheit ging, Speisen zu salzen, bevor er sie probiert hatte. Sie echauffierte sich darüber immens, er regte sich dann seinerseits über die amerikanische Sitte auf, beim Essen eine Hand in den Schoß zu legen.

Einige der Teilnehmer des Dinners reagierten irritiert und bestürzt über das zankende Paar, das ein enormes Vergnügen daran fand, so zu tun, als sei es vierzehn Jahre verheiratet. Später gingen sie in die Hotelbar und sprachen über den Tag und über den nächsten, nicht aber über sich. Er fragte nicht nach ihrem sonstigen Leben und sie nicht nach seinem. Das gehörte zu ihrem Spiel, in dem sie immer weiter so taten, als seien sie schon lange zusammen. Da muss man auch nicht mehr fragen, was sonst so in Beruf und Freizeit läuft.

Schließlich ging sie ganz selbstverständlich mit auf sein

Zimmer. Dort schliefen sie aber nicht routiniert und in eingeübten Stellungen miteinander wie Paare, die nach einem Jahrzehnt braven Kopulierens jedes Experiment zugunsten zweier pragmatisch herbeigeführter Höhepunkte vermieden, sondern wild und hemmungslos, als hätten sie sich gerade kennengelernt. Was ja auch stimmte. Sosehr diese Frau Munk irritierte, so begeistert war er davon. Er hatte solch ein Spiel noch nie gespielt.

Am nächsten Morgen beim Frühstück waren Munk und Harper fest zusammen. Nichts hätte zwischen sie kommen können. Er brachte ihr Saft vom Büfett mit, sie bestellte doppelten Espresso für ihn. Er achtete darauf, dass sie ihre Sonnenbrille nicht liegen ließ, sie verwaltete die Zimmerkarten. Diese seltsam symbiotische, auf der genauen Unkenntnis voneinander basierende Vertrautheit dauerte in den folgenden drei Tagen an, in denen Harper ihm nicht von der Seite wich. Sie begleitete ihn zu Symposien, organisierte seinen Tag, aß mit ihm zu Mittag und nähte ihm morgens einen Knopf an, den sie ihm nachts vom Hemd gerissen hatte.

Am dritten Morgen saß sie auf der Bettkante und wickelte ihre Haare zu einem Dutt, den sie mit einem Gummi festband. Er sah ihr dabei zu und dachte, dass er das in Zukunft jeden Tag sehen wollte. Und wenn das bedeutete, dass er für immer in Atlanta bleiben würde.

Mit welch einer selbstvergessenen Eleganz sie diese Haare umfasste, verdrehte, umherschob und befestigte. Diese für sie vollkommen alltägliche Verrichtung umfing ihn wie eine Aura. Wie ihre schnellen Finger die Haare geschickt wickelten, während sie das Gummi zwischen die Lippen klemmte. Harper flutete Munks Sinne mit vollkommener Schönheit, die nicht nur äußerlich war, sondern aus ihrer Seele zu strahlen schien. Für Munk ein epiphanischer Moment, wie er ihn lange, seit Jahren, nicht mehr erlebt hatte und der ihn beinahe betäubte, auch wenn er bloß ein paar Sekunden dauerte. Wie lange? Sechs Sekunden? Fünf? Sie wendete ihren Blick zu ihm und er sagte völlig unvermittelt, dass er sie liebe. Sie warf ihm ein Kissen an den Kopf und sagte, dass sie um zehn Uhr ein Treffen mit einer Delegation aus China hätten.

Den ganzen Tag über beschäftigte ihn das Bild der schönen blonden Frau, wie sie mit Sonne im Gesicht und einem Haargummi im Mund, die nackten Beine übereinandergeschlagen, auf dem Bett saß und sich die Haare verdrehte. Aber er wollte seine Faszination nicht thematisieren, weil er Angst hatte, dass sie nicht verstand, was diese paar Sekunden ihm bedeutet hatten. Er verstand es ja nicht einmal selbst. Also ertrug er brav jede Gesprächsrunde und jede Kaffeepause mit mehr oder weniger langweiligen Kolleginnen und Kollegen, die ihn umschmeichelten und Möglichkeiten der Kooperation eruierten, was er mit einem professionellen Dauerlächeln quittierte. Harper sammelte für ihn Visitenkarten ein, die er später im Hotelzimmer zurückließ. Sie war eine ideale Assistentin, eine charmante Gesprächspartnerin, eine beseelte Freundin und eine erschöpfende Liebhaberin. Munk war in jeder Sekunde, die er mit Harper verbrachte, bezaubert.

Die letzte Nacht war so wundervoll wie jene zuvor. Inzwischen schlief sie in seinen Armen ein, was er lange nicht mehr erlebt hatte. Sie sah dabei aus wie ein friedliches Raubtier. Munk empfand nach dieser kurzen – noch in Stunden zählbaren – Zeit mit Harper ein Glücksgefühl, das sie selbst mit dem Drehen ihres Körpers im Schlaf noch vergrößerte.

Als er aufwachte, war Harper bereits angezogen und dabei, ihre Sachen zu packen. Sie hatte eigentlich ein eigenes Hotelzimmer, welches sie jedoch kaum benutzt hatte. Allein das fand Munk auf eine abenteuerliche Weise verschwenderisch, ja glamourös.

Den Duttmoment hatte er versäumt, aber er verzichtete auf die Bitte, dass sie das Haar für ihn noch einmal lösen und erneut hochstecken möge, weil es ihm peinlich war, danach zu fragen. Er wusste, dass sie sich an diesem Morgen voneinander würden verabschieden müssen. So war es besprochen, so sah es sein Reiseplan vor. Dennoch war er ein wenig traurig, dass sie bereits aufgestanden war. Er setzte sich auf und fragte: »When do we meet? And where? In Los Angeles or in Germany?«

Sie stopfte Schminkutensilien in ihre Tasche und sagte, ohne davon aufzusehen: »I can't imagine my husband being too excited about this. Or can I bring him along?«

Munk war verwirrt. Das Spiel war beendet. Aber das verstand er noch nicht.

»You are married?«

»Six years now, yes«, sagte sie und suchte nach ihrem rechten Schuh. »Unterm Bett«, hätte er sagen können. Aber er sagte nichts, weil er dafür zu schockiert war. Sie fand den Schuh und setzte sich auf einen Sessel, um ihn anzuziehen. Munk wartete darauf, dass sie irgendetwas hinzufügte. Etwas Verbindendes. Aber sie sah ihn bloß lächelnd an, während sie den zweiten Schuh anzog. Sie war wunderschön dabei.

Und gleichzeitig zerbrach während dieses Moments die Einvernehmlichkeit und die Selbstverständlichkeit ihres Miteinanders. Munk wusste nicht, was er sagen sollte. Vielleicht verstand er sie auch nicht richtig. Oder sie ihn nicht. Sein Englisch war gut, jedoch nicht, wie man sagt: verhandlungssicher. Und jetzt wurde es kompliziert. Große Gefühle, insbesondere Schmerz, sind leichter in der Muttersprache zu kommunizieren. Munk konnte jetzt nicht gut auf Deutsch fragen, was denn plötzlich los sei. Woher die Kühle komme. Er hatte schließlich gedacht, sie seien zusammen. Er fragte: »Did I do anything wrong?«

Harper lächelte, während sie den Reißverschluss ihrer Tasche schloss. »No, you're okay the way you are. But I think you'd better go your way and I'll go mine.«

Sie klang, als habe man sich nicht über den Verkauf eines Gebrauchtwagens einigen können.

»I thought that about us would mean something to you too.« Er kam sich vor wie ein verzweifelter Gymnasiast. Als würde er in der Kälte eines Winterabends den Lenker eines Fahrrades mit klammen Fingern festhalten, um ein Mädchen am Wegfahren zu hindern. Was nicht funktioniert hatte. Wenn man einmal an diesem Punkt war, dann war es aus. Das hatte Munk damals lernen müssen. Und in diesem Falle war es bereits aus, bevor es begonnen hatte. Trotzdem wollte er kämpfen. Nur mit einem T-Shirt bekleidet, halb zugedeckt und überfordert von einer zum Gehen bereiten Frau, die sich nun erhob und ihre Tasche nahm. Sie stand vor dem Bett und schaute auf ihn herunter, während sie ihre Jeansjacke anzog. Sie antwortete nicht.

»Please explain it to me. The last three days have been significant for me. I really thought it was the start of something.« Er merkte, dass er sich vor Harper gerade zum Idioten machte. Aber er hatte noch die vage Hoffnung, dass sie scherzte. So wie am ersten Abend, als sie vor der ganzen Tischrunde damit gedroht hatte, seinen Plattenspieler aus dem Fenster zu werfen, wenn er noch einmal die grässliche Platte von Neil Diamond auflegen würde.

»Listen, Peter: You're a great guy. But that's just how the game works.«

So endete dieses Spiel also, dachte er und wollte es nicht akzeptieren. Er hatte bis gerade nicht einmal gewusst, dass es dafür Regeln gab. Und sie gefielen ihm nicht. »What do you mean by that? Do you play this often?« Er stand auf, weil sie auch stand. Er wollte nicht zu ihr aufblicken und griff nach seinen Boxershorts, die am Fußende des Bettes lagen wie ein totes Tier. Harper suchte auf der Kommode nach ihrer Zimmerkarte. Eher beiläufig antwortete sie: »This is like a vacation for me. Then I go back to my husband and there is no pain left. I knew from the start that we won't see each other again. That's perfect for me. No calls, no sad mails or letters, no appointments, no flights across the states. Only the present, no future. Trust me, if you were from California this would never have happened.«

Sie entdeckte ihre Schlüsselkarte unter einer Rechnung vom Room Service und wandte sich Munk zu. Sie umarmte ihn leicht, dann nahm sie ihre Tasche. »Your car will be waiting outside the entrance at 11 a.m. The driver will take you to the security checkpoint and I've organized lunch for you in the business lounge.«

Munk stand in Unterhose mitten in seiner Suite. Innerhalb von drei Tagen hatte sich sein Leben verändert, um nun binnen Minuten eine Wendung zu nehmen, mit der er noch weniger gerechnet hatte.

»Can we please talk about this whole thing?«

»I wish you a good life. You deserve it. Smile!«

Und damit verschwand das Wunder Harper. Später am Flughafen suchte er sie auf der Homepage des Veranstalters, fand sie auf der Seite mit den Teammitgliedern des Kongresses und dann auch ihr Facebook-Profil. Sie hatte nicht nur einen Mann, sondern auch zwei Kinder. In ihrem Job gönnte Harper sich dann und wann eine Auszeit von der Familie, indem sie mit europäischen Besuchern eine feste Beziehung für drei oder vier oder fünf Tage einging. Sie wusste, dass diese Männer bald wieder verschwinden würden, ohne Spuren zu hinterlassen. Es war für sie die ideale Form des Seitensprungs. Sie genoss die Aufmerksamkeit, gab alles, was sie zu Hause nicht mehr zu geben bereit war, und kehrte dann auf diese Weise energetisiert zurück zu ihrem Mann. Und es fehlte ihr nichts. Munk bewunderte diese Frau beinahe für die Konsequenz, mit der sie drei Tage lang verliebt sein konnte. Er tröstete sich damit, dass es besser war, diesen Schlussstrich nach einem langen Wochenende zu ziehen und nicht nach acht Monaten Gezerre zwischen zwei Kontinenten. Traurig war er trotzdem. Im Flugzeug beschloss er, Harper so schnell wie möglich zu vergessen. Zumindest bei ihrem Nachnamen gelang ihm das. Schon als er in Frankfurt landete, konnte er sich nicht mehr erinnern.

Nun holte er Harper auf einer Minigolfanlage im Schwarzwald wieder in sein Gedächtnis zurück, was ihr als Amerikanerin vielleicht sogar gefallen hätte, weil Amerikaner den Schwarzwald lieben. Er malte sie im Geiste nach, erinnerte sich an den Dutt und den kleinen Zaubertrick, den sie ihm am ersten Abend in der Bar vorgeführt hatte. Ziemlich leicht zu durchschauen. Die Münze, die man hinter dem Ohr seines Gegenübers hervorholt.

Er lächelte, als er daran dachte und an die schönen Tage und Nächte mit der verheirateten Frau. An den Kongress hatte er hingegen gar keine Erinnerung. Da war nichts, worauf er sich besinnen konnte, kein Thema, kein Vortrag, keine kollegialen Impulse. Nur Harper.

Sie war ihm mit größter Hingabe begegnet und hatte sie ihm wieder genommen. In ganz kurzer Zeit. Aber er dachte auch jetzt noch, dass sie ihm nichts vorgespielt hatte. Es war keine vier Tage andauernde Lüge gewesen. Es war alles echt, auch wenn zumindest sie wusste, dass es nie halten würde. Wahrscheinlich wäre es fair gewesen, Munk in die Regeln dieses Spiels einzuweihen. Er stellte sich das vor. Wie sie in der Bar standen und Harper ihm genau erklärte, wie das laufen würde: Wir sind jetzt bis Dienstagmorgen ein Paar. Danach sehen wir uns nie wieder. Einverstanden? Deal? Ob er es gewesen wäre? Committet übers Wochenende? Er wusste es nicht.

Und dann kam ihm der Gedanke, dass sie genau dies getan haben konnte. Vielleicht hatte so ein Gespräch zwischen ihnen stattgefunden. Eines, in dem sie ihm dieses Spiel vorschlug. Es konnte sein, dass er das nicht richtig verstanden hatte. The Game of Love. Ob er es spielen wolle. Er war nicht mehr ganz sicher. Genau wie der Spieler, der vor ihm das achtzehnte Loch zweimal verpatzte, was auf diesem Niveau nicht geschehen durfte.

Auf ähnliche Weise hatte er den Schluss seines Spiels mit Harper vermasselt.

Er ging zur Bude und gab dem Platzwart den Minigolfschläger, den Ball sowie Stift und Klemmbrett zurück. Den Ergebniszettel steckte er ein. Da kam einer der Spieler auf ihn zu und überreichte ihm einen schwarzen Ball.

»Für Sie als Andenken.«

»Womit habe ich das denn verdient?« Munk freute sich ehrlich. Der Spieler lächelte ihn an und sein Jogginganzug leuchtete in der Sonne mintfarben mit einem kleinen lilafarbenen Reflex. »Die meisten Menschen machen sich über uns lustig, wenn wir hier trainieren. Aber Sie haben so aufmerksam zugesehen und Fragen gestellt. Da habe ich gedacht, ich schenke Ihnen einen Turnierball. Außerdem sehen Sie so traurig aus. Da fand ich, Sie haben eine kleine Freude verdient.«

Das kleine Geschenk berührte Munk mehr, als er es normalerweise zugelassen hätte. Wie in der ersten Zeit nach der Operation, als schon Kleinigkeiten gereicht hatten, um ihn zum Weinen zu bringen, spülte es ihm die Tränen in die Augen. Wobei es nicht der Turnierball »mg A4« war, der ihn so mitnahm, sondern die Aufmerksamkeit des Mannes im Trainingsanzug. Der hatte ihn gesehen. Er hatte sich womöglich überlegt, ob Munk Zuwendung brauchte, und dann dem Fremden etwas geschenkt, das für ihn selbst von Bedeutung war. Er hätte ihm auch eine Flasche Bier in die Hand drücken können, aber er trennte sich für Munk von einem seiner Spielbälle.

Man musste das nicht überbewerten. Aber es war eine Geste, die Munk so sehr freute, dass er sich vornahm, seine Minigolfkarriere damit in Freiburg fortzusetzen. Er würde sich einen Schläger kaufen und versuchen, zumindest in die Nähe von dreißig Schlägen zu kommen. Was ihm bei Harper nicht geglückt war, konnte er zumindest im Minigolf erreichen: sein Handicap verbessern.

Im Hotel machte er einen Haken hinter Harper. Sie war ihm auch nicht so wichtig. Entscheidend war nur die Lehre, die er jetzt, mit jahrelanger Verspätung, aus dieser kurzen Liaison zog: Man musste besser zuhören. Länger prüfen. Man durfte sich nicht Knall auf Fall in einen Menschen verlieben, bloß weil dieser anmutig und charmant war.

Das war ihm bei Penelope ja auch nicht auf diese Weise passiert. Er hatte sich in sie eher gegen seinen Willen oder zumindest ohne Absicht verliebt. Und auch nicht auf den ersten Blick.

Penelope.

Nach Harper hatte es wieder eine lange Zeit ohne Frau in seinem Leben gegeben. Munk nahm dabei zur Kenntnis, dass die ersten Ehen, die er als Hochzeitsgast begleitet hatte, bereits wieder geschieden wurden. Mit und ohne Kinder oder und Immobilie. Dann kam Köstermann und brachte Karin mit. Und als diese nach fünf Monaten aus seinem Sichtfeld verschwand, dauerte es wieder ein gutes Jahr, bis er Penelope kennenlernte.

Eigentlich nahm Munk nicht so gerne an Einweihungen von öffentlichen Gebäuden teil, die er geplant hatte. Für ihn war die Arbeit schon vorher beendet und wenn der Landrat kam, um mit dem Bürgermeister ein Rathaus oder eine Schule zu eröffnen, war Munk schon längst mit vollkommen anderen Themen beschäftigt. Er wollte diese Häuser nicht sehen, weil sie am Ende meistens einen Kompromiss darstellten. Obwohl er berühmt und gefragt war, kam es gelegentlich vor, dass seine Pläne nach Baubeginn noch geändert werden mussten. Das geschah auch noch größeren Baumeistern als ihm und er trug es in der Regel mit Fassung. Manchmal lag es an den Kosten oder an der Politik oder an Protesten oder am Naturschutz oder neuen Bauvorschriften oder an einem unerklärlichen Stimmungsumschwung seitens der Bauherren oder an der allgemeinen Schlechtwetterlage. Munk nahm solche Einflüsse zur Kenntnis und erschien nicht zur Eröffnung, weil der fertige Bau ihn dann nicht mehr interessierte.

Eine Ausnahme bildete das etwas geschwollen »Zukunftsakademie« getaufte Tagungszentrum einer Bank, die viel Geld in die Hand nahm und Munk verpflichtete, der beim Kunden auf Gesprächspartner traf, die er verstand und die ihn verstanden. Am Schluss kam eine Anlage dabei heraus, die nicht nur mehrere Preise gewann, sondern auch exakt dem entsprach, was Munk sich darunter seit dem ersten Aufeinandertreffen vorgestellt hatte. Also fuhr er mit den beiden Teamleiterinnen aus seinem Büro zur Einweihung, die erwartungsgemäß langweilig war. Dafür konnte man aber die Besucher dabei beobachten, wie sie das Haus erkundeten. Das fand Munk immer spannend.

Es fiel ihm eine Frau auf, die eine der Innenwände mit der Handfläche berührte, sie regelrecht streichelte, sich dann einen Meter von der Wand entfernt hinstellte und diese intensiv zu betrachten schien. Munk hatte schon lange keinen Beton mehr gestreichelt. Die Geste erinnerte ihn an früher, als er selbst einmal eine Wand berührt hatte und darüber in eine Auseinandersetzung mit einem Mädchen geraten war. Vielleicht war es diese Erinnerung, die ihn dazu anstiftete, die Frau anzusprechen.

Sie hieß Penelope und natürlich wusste sie, wer Munk war. Sie arbeitete im Marketing der Bank und saß normalerweise in Frankfurt in einem riesigen Turm.

Sie sagte, dass sie seit ihrer Kindheit Freude daran habe, Dinge mit den Fingerspitzen zu erkunden. Keine Ahnung, wo das herkomme. Sie könne Stoffe blind unterscheiden, eigentlich ein Fall für »*Wetten, dass?..*«. Sie entschuldigte sich bei ihm dafür und er musste lachen. Es wäre ihm nicht in den Sinn gekommen, dass seine Bauten so heilig hätten sein können, dass man sie nicht berühren durfte.

Eine Kellnerin kam mit Champagner vorbei und Penelope und Munk stießen auf die Zukunftsakademie an. Das war in Gesprächen unter diesen Umständen meistens der Augenblick, wo das Gespräch allmählich versandete und einer sagte, dass er gerade mal da hinten Guten Tag sagen müsse, um dann für immer zu verschwinden. Aber mit Penelope Patrice war das anders. Sie stellte ihm Fragen, die er sonst nicht beantworten musste. Normalerweise quälten die Menschen ihn mit der furchtbaren

Frage, woher er seine Inspiration nehme. Und er antwortete dann mit einem Zitat des Malers Chuck Close, der darauf einmal antwortete: »Inspiration ist etwas für Amateure. Der Rest von uns kommt und macht sich an die Arbeit.« Arbeit entsteht beim Arbeiten, nicht beim Rumsitzen und Milchkaffee saufen, fand auch Munk. Andere wollten wissen, wie ihm dieses oder jenes Gebäude von irgendwelchen anderen Architekten gefiel. Die Frage zielte fast immer auf Kollegenschelte ab, zu welcher Munk sich aber nicht hinreißen ließ. Er fand grundsätzlich alles tadellos und schaffte sich mit dieser langweiligen Antwort lästige Small Talker vom Hals.

Penelope hingegen wünschte sich, dass Munk ihr einen Hund zeichnete. Einen ganz kleinen nur. Er nahm eine Papierserviette und holte seinen Stift aus der Innentasche, um ihr einen ziemlich lustigen Dackel zu malen. Er überreichte ihn und sagte: »Wuff.« Sie lachten und dann sagte sie, dass sie sich für das wertvolle Kunstwerk vielleicht revanchieren könne. Munk, der den Dackel weder für Kunst hielt noch eine Gegenleistung dafür erwartete oder wünschte, winkte ab und sagte, das sei vollkommen in Ordnung so.

Das bedauerte Penelope und sie fragte ihn, ob er manchmal in Frankfurt sei. Munk zuckte mit den Schultern und antwortete, dass es sich manchmal ergebe, allerdings komme er selten über den Flughafen hinaus. Sie sagte, dass sie im Westend wohne und dass man dort gut frühstücken könne.

Munk war gastronomischen Frühstücken leidenschaftlich abhold, wahrscheinlich gerade weil er so gerne und ausgiebig frühstückte. Er fand das etwas Privates, viel intimer als ein Abendessen. Deshalb mochte er nicht in einem Restaurant frühstücken. Auch deshalb nicht, weil ungefähr jeder Gast im Verlaufe so eines Frühstücks nach dem dritten Cappuccino groß musste. Entsetzliche Vorstellung. Ein volles Lokal mit fünfundachtzig Gästen, die sich zwei Toiletten teilen. Munk sagte, dass er sich nicht so wahnsinnig viel aus Frühstück mache.

Und Penelope antwortete: »Dann verpassen Sie aber was. Ich mache ein sagenhaftes Rührei.« Und dabei lächelte sie ihn so breit an, dass nicht die geringste Spur von Frivolität aus diesem Satz übrig blieb.

Sie sprachen dann noch über Urlaubspläne, wobei Munk ein wenig log und behauptete, er werde Schweden zur Mittsommernacht besuchen. Er wollte nicht preisgeben, dass er keine Ahnung hatte, was er mit dem Sommer anfangen sollte. Penelope berichtete, wie sie einmal in Schweden von Mücken beinahe aufgefressen worden sei. In Südschweden finde jährlich der Weltmückenkongress statt, das habe sie leider vorher nicht gewusst. Munk lachte, weil sie das so ernst sagte, dass er zuerst nicht merkte, dass es ein Scherz war.

Bevor der Bankvorstand Mürtel ihn von Penelope schier losriss, tauschten sie noch Telefonnummern aus, verbunden mit der schönen Aussicht, bald Kaffeetrinken zu gehen. In Frankfurt oder Freiburg. Wer zuerst hinkommt, meldet sich.

Drei Tage später erhielt Munk das erste Foto von Penelope. Per WhatsApp. Es zeigte ihre rechte Hand an einer Kaffeetasse. Dazu schrieb sie: »Nicht vergessen!« Er reagierte einige Stunden später und schrieb: »Natürlich nicht!« Dann kam eine Woche nichts und dann ein Foto von ihrer Hand an der Betonwand der Zukunftsakademie. »Grüße aus Meersburg« stand dabei. Er fragte zurück, ob sie gerade dort sei, und sie bejahte. Strategie-Meeting. Langweilig. Mit ihm sei es dort auf jeden Fall schöner. Er könne ja vorbeikommen. Zwei Stunden später folgte ein Bild von ihrem Zimmer. Und wenn Munk es nicht selbst entworfen hätte, wäre er sehr begeistert davon gewesen.

Es war ein Freitag, kurz nach 13 Uhr. Munk sah in seinen

Kalender und stellte fest, dass er nur noch eine Sitzung um 15 Uhr hatte. Für danach war er eigentlich zum Radfahren verabredet. Er mochte es, mit seinem Nachbarn Christoph lange Strecke zu machen. Er war wie Munk für schnelles Tempo, was bedeutete, dass man sich nicht unterhielt, sondern mitunter dreißig Kilometer hintereinander fuhr und das Spiel der feinen Mechanik genoss, die man mit den Füßen bewegte. Munk konnte es inzwischen jedes Jahr kaum abwarten, bis es endlich Frühling wurde und er auf die Straße konnte. Er besaß vier Räder für unterschiedliche Anforderungen und eines, das er niemals fuhr. Nicht einmal darauf gesessen hatte er. Das Fahrrad hing in seinem Esszimmer wie ein Bild an der Wand, ein »Canyon Ultimate cf slx Kraftwerk«.

Mit diesem Modell war der damalige Zeitfahr-Weltmeister Tony Martin 2017 zur ersten Etappe der Tour de France in Düsseldorf gestartet. Der Hersteller verkaufte dann genau 21 Exemplare dieses Rades zum Preis eines Kleinwagens und Munk, der den Erwerb künstlich verknappter Luxusgüter für steindoofe Bauernfängerei hielt, setzte alles daran, so ein Teil zu bekommen. Er hätte dafür auch vor dem Firmensitz campiert oder zehn Kilo Düsseldorfer Senf gegessen. Als das Kraftwerk-Bike bei ihm ankam, nahm er sich einen halben Tag frei, nur um es anzusehen.

Der schwarze Rahmen dieses Profigeräts war mit einem Gitternetz aus reflektierenden Streifen beklebt, das an die Bühnenoutfits der Gruppe Kraftwerk erinnerte, bekennende Radsportfans aus Düsseldorf, die ein ganzes Album zum Thema Tour de France produziert hatten. Er liebte es, zu ihrem Song »Etape 1« durch die Berge zu fahren. Es gab keinen besseren Soundtrack für diesen Sport.

Der Freitag läutete erst das dritte Wochenende des Jahres ein, an dem man eine Ausfahrt wagen konnte. Achtzehn Grad, trocken, kein Wind, ideale Bedingungen. Munk hatte darauf große

Lust. Meersburg hingegen: mit dem Auto zwei Stunden. Mit dem Zug über Basel dreieinhalb. Ein verrücktes Gegurke, um am Ende mit einer völlig fremden Frau nichts anderes zu tun, als Kaffee zu trinken und über seinen Beruf sprechen zu müssen.

Er kannte diese Penelope gar nicht. Sie gefiel ihm, das ja. Sie hatte wache Augen, eine durchtrainierte Figur und sie war mit dreiundvierzig weder zu alt noch zu jung für ihn. Man konnte sich ruhig mal kennenlernen und dafür eine von vielen Fahrten mit Christoph ausfallen lassen. Andererseits: War er ein Hund, der über Stöckchen sprang? Die Tour war lange ausgemacht, die Kette geölt und der Helm poliert. Er entschied sich für die Fahrt nach Mülhausen. Sechzig Kilometer, danach Bier mit Christoph und wieder zurück. Und gegen die Reise nach Meersburg.

Er nahm sein Handy, um Penelope mitzuteilen, dass er wegen anderer Verpflichtungen leider nicht kommen könne, als drei Nachrichten von Christoph aufpoppten: »Misto! Handgelenk gebrochen. Bin heut frh ausgerutscht in Garage, abgestützt und jtzt das hier.« Es folgte ein Foto seiner rechten Hand in einer Gipsmanschette. Darunter schrieb er: »Tour ohne mich für mind. 3 Wochen!«

Munk suchte nach einem passenden Emoji, um seine Anteilnahme auszudrücken, und entschied sich für eines mit großen Tränen, die auch sein Bedauern wegen des ausgefallenen Ausflugs betrafen. Allein wollte er nicht los. Und weil er sich eben noch aus praktischen Gründen gegen Penelope entschieden hatte, entschied er sich jetzt für sie, weil die praktischen Gründe sich ein Handgelenk gebrochen hatten.

Er schrieb ihr, dass er gegen 15:30 Uhr losfahre und gegen 17:30 Uhr in der Akademie ankomme. Dann sagte er Meike, dass er einen Fahrer brauche. Munk besaß zwar ein Auto, aber er fuhr nicht gern. Wenn er lange Strecken zurücklegen musste, kam jemand und übernahm das für ihn. Meistens waren das

Praktikanten oder junge Mitarbeiter, die sich damit etwas hinzuverdienten. Das kam nicht besonders oft vor, weil er Bahn und Flugzeug bevorzugte und in fremden Städten Taxi fuhr. Aber manchmal ergab es sich und dann fuhr ihn irgendein junger Mann oder eine junge Frau, die sich erhofften, zwei oder drei Stunden lang Gelegenheit zu haben, sich bei ihm zu präsentieren. Munk fand das fair. Wenn er ihnen die Zeit schon stahl, meistens am Wochenende, dann konnte er sich auch mit ihnen unterhalten, was ihn manchmal sehr inspirierte.

Diese Ehre fiel an jenem Freitag Nanami Tanaka zu, die als Absolventin der Architekturschule in Tokio zu Munk & Partners gekommen war und durch großes Talent und noch größere Schüchternheit auffiel, welche sie durch das Tragen von Schuluniformen mit kurzen Röcken zumindest optisch gut verbarg. Auch ihrem Fahrstil merkte man die oft zu Unrecht unterstellte asiatische Zurückhaltung nicht an. Sie fuhr Munks Maserati Quattroporte mit einer Zuversicht, die Munk das eine oder andere Mal dazu veranlasste, in seine Oberschenkel zu kneifen.

In Meersburg bat er sie zu warten. Er ließ sich Nanamis Nummer geben, um ihr Bescheid zu sagen, wenn es wieder zurückging. Das Mädchen bebte vor Stolz und Glück.

Penelope erwartete ihn im Restaurant, einem hellen Raum, in dem Munk den Eindruck von Durchzug hatte umsetzen wollen. Auch wenn Fenster und Türen geschlossen waren, sollte ein Gefühl von Frische entstehen, als halte man sich an einem umwehten Ort auf. Das funktionierte gut, weil die asymmetrischen weißen Segel aus durchsichtigem Stoff, die er in dem hohen Raum hatte spannen lassen, ständig in Bewegung schienen. Zudem verbesserte sich auf diese Weise die Akustik der Halle.

Er setzte sich zu ihr und sofort waren sie im Gespräch. Sie war aufgeregt, konnte gar nicht glauben, dass er extra wegen ihr gekommen war, und erzählte von ihrem Tag. Alles ein bisschen zu schnell und sprunghaft, was er süß fand. Sie tranken Kaffee, der gut schmeckte, weil Munk sich selbst in diesem Detail durchgesetzt hatte. Es wurden erst keine idiotischen Vollautomaten angeschafft, sondern drei vernünftige Siebträgermaschinen mit einem echten Barista aus Siena, der es mit seinem Charme und seinen Kaffeespezialitäten am Bodensee sicher zu etwas bringen konnte.

Sie blieben dort, bis für das Abendessen eingedeckt wurde, und Munk wäre dann auch wieder gefahren, aber Penelope nahm seine Hand und ging mit ihm spazieren. Mit jedem Schritt wurde ihm klarer, dass die Frau gut war. Auf eine außergewöhnliche Weise vertrauenswürdig. Bodenständig auch. Jedenfalls nicht abgehoben wie Karin oder gefährlich wie Andrea. Humorvoll. Beruhigend normal.

Als sie fragte, ob er das Restaurant einmal ausprobieren wolle, das er geplant hatte, sagte er zu und sie bekamen einen besonders guten Tisch, was von Penelopes Kollegen argwöhnisch zur Kenntnis genommen wurde. Sicher war irgendwer dabei, der sich von diesem Wochenende etwas mit ihr versprochen hatte und nun enttäuscht auf seinem Dorsch herumkaute.

Nachdem Munk in Beziehungen nicht viel Glück gehabt und bereits Ehebrüche, einen verheimlichten Sohn sowie einen zerstörerischen Kinderwunsch erlebt hatte, fragte er sie beim Hauptgang ganz direkt, ob sie verheiratet sei, Kinder habe oder welche wünsche. Sie lachte und fand die Frage sehr legitim. Penelope war geschieden und hatte nach der Ehe wieder ihren Mädchennamen angekommen. Ihre Eltern stammten aus Gabun und hatten in Frankreich studiert, Kernphysik. Sie waren mit einem Stipendium nach Deutschland gekommen und arbeiteten am Kernforschungszentrum in Jülich. Penelope hatte also afrikanische Wurzeln, Französisch sprechende Eltern und sie sprach mit einem erfrischenden rheinischen Akzent.

Aus ihrer Ehe mit einem Allgemeinarzt aus Düren hatte sie zwei Kinder. Gabor war sechzehn und Arno elf Jahre alt. Mit ihnen lebte sie in einer hellen Vierzimmerwohnung in Frankfurt. Sie liebte das Essen der Heimat ihrer Eltern und sie betreute ehrenamtlich als Trainerin eine Volleyball-Mädchenmannschaft. Je mehr Zeit er mit Penelope Patrice verbrachte, desto wohler fühlte sich Munk. Ungefähr beim Dessert sah er in ihre dunklen Augen und erkannte darin eine Wärme, die ihn mit jedem Moment ihres Zusammenseins weiter auftauen ließ. Das freute und irritierte ihn. Er hatte Angst. Wenn Penelope ihn mochte und er sie, dann konnte es auch kompliziert werden. Mit zwei Söhnen und einem geschiedenen Vater. Er nahm sich vor, nicht zu viel über solche Komplikationen nachzudenken. Wäre aber besser gewesen.

Munk wurde großzügiger zu sich selbst, je länger sein Aufenthalt im Mönchhof-Resort dauerte. Er war kein Risikopatient und er unterschied sich schon äußerlich deutlich von den Gestalten, die bereits außer Atem gerieten, wenn sie nur die zwei Stufen vom Gastraum zum Büfett bewältigen mussten. Die luxuriöse Kombination aus Rehazentrum und Fünfsternehotel ließ vielen den Aufenthalt dort erträglicher erscheinen, aber sie führte sie auch in die Irre, weil die vielen Annehmlichkeiten der notwendigen Behandlung den Ernst nahmen. Die meisten Gäste waren letztlich hier, weil sie todkrank waren. Sie wurden aber nicht sehr engagiert daran erinnert, dies einzusehen und die Konsequenzen daraus zu ziehen. Vor diesem Hintergrund fand Munk es etwas zynisch, dass jeden Nachmittag ein üppiges Kuchenangebot aufgefahren wurde.

Während das für die meisten Gäste gemäß ihrer Diagnose eher symbolischen Charakter besaß, hatte sich Munk angewöhnt, an jedem Tag eine neue Torte auszuprobieren. Der Mensch entwickelt Routinen, ganz gleich, ob er als Schiffbrüchiger auf einer Insel herumsitzt, im All den Mond umrundet oder im Schwarzwald seine Beziehungen rekapituliert. Munk fand diesen Gedanken sehr beruhigend, bestellte sich einen Ingwertee und entschied sich nach langem Überlegen für ein Stück Zuppa-Romana-Sahnetorte, mit dem man einige der Gäste mühelos hätte umbringen können.

Munk nahm auf der Terrasse Platz, die Dame am Nebentisch nickte ihm zu und stach beinahe feindselig in ihren Käsekuchen, der zur Abrundung des Aromas Rosinen enthielt, was

Munk mit Schaudern zur Kenntnis nahm. Er hasste Rosinen und dachte: »Immer schon.« Doch dann fuhr er regelrecht zusammen, denn wie ein Stromschlag ereilte ihn der Gedanke, dass das nicht stimmte. Und dann fiel ihm ein, dass er Rosinen ganz im Gegenteil heiß geliebt hatte, als Kind, bis er vier Jahre alt war. Und mit einem Mal geriet ihm eine Erinnerung vor Augen, ein Moment, den er vergessen hatte. Bis jetzt in diesem Augenblick, siebenundvierzig Jahre später. Ganz plötzlich kam ein Albdruck zum Vorschein und er war ganz vorsichtig damit, als sei er nicht ganz sicher, ob es sich wirklich um die Erinnerung an ein Geschehen handelte oder doch nur um die an einen Traum. Aber er war mit einem Mal ganz sicher zu wissen, wie es kam, dass er Rosinen mit regelrechtem Ekel begegnete.

Er sah sich vor einem Stück Rosinenzopf sitzen, gespickt mit Rosinen und Mandelstiften, und wie er ihn genoss. Am Tisch seine Eltern und irgendwelche weiteren Erwachsenen, in Anzügen und Kleidern, alles sehr festlich. Er fragte seinen Vater, wo Rosinen herkamen, und der alte Munk beugte sich vor und sagte langsam: »Rosinen sind tote Fliegen.« Worauf Munk ausspuckte, was er im Mund hatte, entsetzt den Teller wegschob und mit Grauen auf seinen Vater sah, der den Zopf zu sich heranzog, in die Hand nahm und hineinbiss, mit großem Vergnügen darauf herumkaute und dabei lachte. Und Munk, vierjährig, maßlos entsetzt, sah dabei zu, wie sein Vater den Zopf mit Kaffee herunterspülte, ein weiteres Stück abschnitt und sagte: »Ich liebe diese toten Fliegen. Besonders die saftigen, dicken.« Und alle um ihn herum lachten und riefen, er solle ihnen etwas übrig lassen.

Munk schüttelte den Gedanken ab, wunderte sich aber darüber, dass er ihm überhaupt in den Sinn gekommen war. Warum jetzt? Er entschied, dass er Wichtigeres zu tun hatte, als über die Herkunft seines Rosinentraumas nachzugrübeln, und dass er sich auf seine eigentliche Aufgabe zu besinnen hatte.

Er dachte an Penelope, die er an jenem ersten Abend in Meersburg fragte, ob sie wohl in ihrem Freundeskreis »Penny« genannt werde. Sie sah ihn böse an und antwortete, dass man mit heftigen Konsequenzen rechnen müsse, wenn man sie »Penny« nenne, was Munk danach jedes Mal tat, wenn er etwas zu ihr sagte. Es machte ihm Spaß, sie zu necken, und sie drohte ihm fürchterliche Rache an. Er fand angenehm, dass sie wenig trank. Sie schafften zu zweit nicht einmal die Flasche Grauburgunder, die er bestellt hatte. Und als sich das Restaurant leerte, stand zwischen ihnen die Frage im Raum, wie es nun weiterging. Mit dem Abend. Und ihnen. Munk sagte, dass er seiner Fahrerin Bescheid geben müsse, wann es zurück nach Freiburg ging.

»Musst du denn da mitfahren?«, fragte Penelope. Sie waren nach der Vorspeise zum »Du« gewechselt. Er verstand die Frage als Aufforderung, über Nacht zu bleiben, und sagte: »Ich kann natürlich auch ein Zimmer nehmen, es ist ja nicht ausgebucht.«

»Ich habe ein Zimmer«, sagte sie.

»Dann schlafe ich bei dir auf der Couch«, erwiderte er. Und meinte das durchaus ernst. Es war ihm nicht daran gelegen, Penelope ins Bett zu bekommen. Sie hatten gar nicht diese Spannung aufgebaut, dieses erotische Momentum, bei dem alles auf Sex hinauslief. Sie unterhielten sich einfach gut und gerade die Abwesenheit des Themas entspannte ihn sehr.

Er rief Nanami an und bat sie, nach Hause zu fahren und ihn anderntags um elf Uhr abzuholen. Das Mädchen mochte sich jetzt Gedanken machen und Mutmaßungen über ihren Chef anstellen, aber es würde die Angelegenheit mit größter Zurückhaltung in sich aufbewahren. Schließlich handelte es sich bei ihr um eine junge Frau aus der Präfektur Kansai und nicht um eine Plaudertasche aus Hessen.

Penelopes Zimmer gefiel ihm. Er überprüfte, ob die finnischen Rollos aus Papier und Baumwolle richtig funktionierten, und direkt nach dieser etwas dürftigen Übersprungshandlung fingen sie an, sich zu küssen, noch im Stehen, fielen dann aufs Bett und verbrachten noch drei wache Stunden, bevor sie erschöpft einschliefen.

Am nächsten Morgen erwachte Munk mit großer Sorge. Er mochte Penelope, die ihn für die ganzen »Pennys« heftig durchgekitzelt hatte. Besonders ihren Geruch mochte er. Er hätte den ganzen Tag im Hotel liegen und an ihr herumschnüffeln können. Sie beruhigte ihn auch. Die Unrast, die er sonst oft spürte, wurde von ihr zum Stillstand gebracht. Er hatte das Gefühl, zwar wenig, aber unglaublich gut geschlafen zu haben. Doch in die ganze Begeisterung mischte sich eine Sorge, eine Befangenheit, eine tiefe Furcht: dass das alles schon wieder nichts wurde. In Harper hatte er sich emotional hineinfallen lassen wie in eine Hüpfburg, aus welcher sie umgehend die Luft entweichen ließ. Andrea hatte ihn fertiggemacht. Claudia hatte er fertiggemacht. Irgendwas würde mit Penelope nicht stimmen. Oder mit ihm, inzwischen konnte er nicht mehr ausschließen, dass er in Beziehungsdingen eine Schraube locker hatte.

Er bedauerte, den Wagen nicht schon für acht Uhr bestellt zu haben, denn er wollte plötzlich schnell weg. So als sei er ganz irrtümlich neben Penelope eingeschlafen. Sie spürte sein Unbehagen und sagte: »Du bist völlig unentspannt gerade. Egal was es ist. Es ist okay. Mach dir keine Sorgen. Es ist gut.« Und während sie das sagte, streichelte sie seinen Bauch und legte ihre Hand darauf. Es fühlte sich so gut an, dass er beinahe angefangen hätte zu weinen. Wann hatte ihn jemand das letzte Mal so sehr gemeint? Und er spürte gleichzeitig den heftigen Widerwillen, seine Gefühle für sie zuzulassen.

Er stand auf und sagte: »Es war schön mit dir.« Dann zog er

sich an. Er fand, dass er sich ähnlich verhielt wie Harper, mit dem Unterschied, dass er lediglich zu seinen Fahrrädern zurückkehrte und nicht zu einer Familie. Penelope saß im Bett und sah ihm dabei zu, wie er sich um Haltung bemühte. Er wollte nicht wie Harper sein und ihr sagen, dass es das war, denn das wusste er nicht. Aber er konnte einfach nicht bis zum Frühstück bleiben, denn er hielt die Furcht vor einem Scheitern von etwas, das noch gar nicht begonnen hatte, nicht aus. »Du magst ja auch kein Frühstück«, sagte sie fröhlich. Sie stand auf und gab ihm einen Kuss. »Du meldest dich einfach, wenn du willst. Okay?«

Was für eine Frau, dachte er, als er die Zukunftsakademie verlassen hatte. Direkt vorm Haus stand sein Quattroporte. Nanami hatte auf dem Rücksitz geschlafen, weil sie sich nicht getraut hatte, ihm zu sagen, dass sie nachtblind war.

Den Rest des Wochenendes verbrachte Munk mit Gewissensbissen wegen seiner uncharmanten Flucht. Er konnte sich selbst nicht leiden, fuhr lustlos mit einem seiner Fahrräder in der Stadt herum und traf sich abends mit dem versehrten Christoph, der in allen Einzelheiten noch einmal von seinem spektakulären Sturz berichtete. Dann fragte er, was Munk getrieben hatte. »Ich habe eine sehr gute Frau kennengelernt und bin zu blöd, was daraus zu machen«, antwortete der düster und trank von seinem Tannenzäpfle.

»Was stimmt denn nicht mit dir?«, fragte Christoph und fummelte an seinem Gips herum.

»Ich bin irgendwie unterwegs kaputtgegangen, was Beziehungen angeht. Außerdem hat die zwei Kinder.«

»Na und, ich hab sogar drei Kinder.«

»Dann sollte ich vielleicht dich daten.«

Christoph schien darüber nachzudenken. Dann sagte er: »Dass die Kinder hat, ist doch egal. Die ziehen doch nicht bei dir ein.«

»Ich weiß nicht, ob ich mir eine Beziehung noch mal zutraue.«

»Es geht immer weiter. Guck mal hier, der Arm. Wenn der wieder heile ist, fahre ich auf der Stelle nach Straßburg und zurück. An einem Tag. Man muss sofort wieder in den Sattel.«

»Weiß ich.«

»Du musst auch wieder in den Sattel.«

»Ja doch.«

So imbezil er seinen Freund manchmal fand, so sehr hatte dieser recht. Es war Penelope kaum anzulasten, dass seine früheren Beziehungen nicht funktioniert hatten. Außerdem fand er die Vorstellung aufregend, für die beiden Jungen eine Rolle zu spielen. Vaterersatz sein zu können. Mit sechsundvierzig noch einmal eine ganz neue Karriere zu starten. Auch wenn er sich überhaupt nicht vorstellen konnte, wie das gehen sollte.

Er nahm sich drei Tage Zeit für innere Konsultationen, dann schrieb er Penelope endlich eine Nachricht. Er dachte sehr intensiv über den Text nach und formulierte dann ausgewogen und nicht zu emotional, aber auch nicht langweilig. Er schrieb: »Hi.«

Und dann wurden Penelope und er ein Paar.

Wobei sie ihre Beziehung erst in überschaubaren Dosierungen auslebten, denn er musste viel arbeiten, sie auch. An zwei Wochenenden im Monat hatte sie die Kinder, denen sie dann ein ausführliches Freizeitprogramm bieten musste, in welchem für Munk kein Platz war, was dieser nicht bedauerte.

Aber wenn der Arzt aus Düren mit Gabor und Arno an der Reihe war, fuhr Penelope nach Freiburg und sie verbrachten zwei, manchmal sogar zweieinhalb Tage miteinander. In diese kurze Zeit musste die ganze Partnerschaft hineingestopft werden. Es war eine regelrechte Eventbeziehung, aber Munk gefiel das, weil es ihm genug Raum ließ und weil es spannend blieb. Und da sie keinen Alltag miteinander teilten, mussten sie sich auch nicht in Kleinigkeiten aufreiben. Kartoffelschalen im falschen Mülleimer. Fernbedienung weg. Falsche Schokolade gekauft. Zu viel für Gartenmöbel bezahlt. Langeweileschock mit anschließender Explosion der Gefühle, ausgelöst durch immer gleiche Pizzabestellung beim immer gleichen Italiener.

Natürlich berichteten sie einander aus ihrem Leben, ließen nichts aus und beschönigten nichts. Und so erfuhr Munk, dass Penelope mit fünfzehn Jahren eine Hüftoperation hatte, dass ihre Eltern sehr großzügig, aber über die Maßen reinlich waren und dass es mit ihrem Ex-Mann nicht sonderlich lief. Er sei kaum über die Trennung hinweggekommen, mache sich immer noch Hoffnungen, torpediere ihr Privatleben, wo er könne. Und Rainer instrumentalisiere die Jungen, bringe sie gegen sie auf. Manchmal seien Gabor und Arno für Tage unausstehlich, wenn sie aus Düren kämen. Munk versuchte, sie aufzumuntern, indem er antwortete, dass dies aber auch an Düren liegen könne. Penelope lachte immerhin darüber.

Dann mussten die großen Ferien geplant werden. Für die erste Julihälfte, so war es mit Rainer vereinbart. Munk ging automatisch davon aus, dass er sich für diese Zeit etwas vornehmen sollte, und fand Gefallen an der Idee, mal nach Island zu fliegen. Er holte Penelope zu ihrem gemeinsamen Wochenende ab und nach dem Abendessen fragte sie: »Wo möchtest du denn am liebsten hin im Juli?«

»Ich dachte, ich sehe mir mal Island an.«

»Ich weiß nicht. Das ist doch eher nichts für Kinder«, sagte sie und nahm noch etwas Eis. Munk liebte es, ihr beim Eisessen zuzusehen. Vielleicht war er davon abgelenkt oder sowieso gerade schwer von Verstand.

»Na, dann ist es ja gut, dass ich keine Kinder habe«, sagte er.

»Ja. Aber ich.« Sie sagte das ganz freundlich. Es war ihre Art, ihn in ihr Leben zu lassen. Sie machte auf diese Weise das großzügige Angebot, ihn bei ihren Jungen zu integrieren.

»Du meinst, wir sollten zusammen mit den Kindern verreisen? So richtig gemeinsam in Urlaub? Zu viert?«

Das war für ihn eine vollkommen fernliegende Vorstellung. Was er über Familienurlaube wusste, kannte er aus eigenen Erfahrungen, die bereits Jahrzehnte zurücklagen. Und es waren keine besonders guten. Er erinnerte sich an quälende Wanderungen, Sonnenbrände, epische Vorträge seines Vaters und das Gekeuche seiner Mutter, die versuchte, mit dem wandervogeligen Munk senior Schritt zu halten. Alles in allem nicht schön, aber wenigstens gab es Kaiserschmarrn auf der Marmolata und klares Wasser aus Gebirgsbächlein, in denen er Staudämme baute, bis sein Vater ihm erklärte, dass das verboten sei, und mit einem Tritt alles zerstörte. Es aber lustig fand, Zweige in Ameisenhaufen zu werfen und sich an der Panik zu erfreuen, die er dabei unter den Insekten auslöste.

Penelope lachte ihn an und sagte: »Du klingst wahnsinnig begeistert. Wenn du wüsstest, wie sehr ich diesen Gesichtsausdruck liebe.« Und wenn sie gewusst hätte, wie gut ihm dieser Satz tat.

Dann überlegten sie ein Reiseziel und einigten sich auf einen Cluburlaub in der Türkei. Das schien für ihn machbar, sofern man eine Anlage auswählte, die nicht aussah wie ein riesiger Getränkemarkt mit Strand. Er schlug vor, die Reiseplanung zu übernehmen, um einen gewissen Standard sicherzustellen.

Und so buchte er vierzehn Tage in einem Bungalow mit einem großen Zimmer für sich und Penelope und einem etwas kleineren für Gabor und Arno in einem Luxusresort, welches so viele Möglichkeiten der Zerstreuung bot, dass Munk ganz nervös wurde, weil ihm schon beim Lesen klar war, dass er es nicht schaffen würde, den Club durch die andauernde Inanspruchnahme von Leistungen in die Knie zu zwingen.

Nachdem Flüge und Transfers gebucht waren, freute sich Munk auf die Ferien. Er stellte sich vor, dass die Jungs den ganzen Tag über beschäftigt würden, während Penelope und er ausgewählte Kurse besuchten oder einfach mal nichts taten. Am Abend würde gut gegessen, worauf Gabor und Arno einen Film im Pay TV ansahen und die Großen endlich mal Zeit fürs Paarsein haben würden. Eines daran war aber nicht wirklich durchdacht und das wurde Munk bewusst, als er Penelope eine Mail mit den Einzelheiten der Reise schickte: Die Jungen kannten ihn überhaupt nicht. Und sollten mit einem völlig Fremden den Urlaub verbringen. So romantisch er die Vorstellung fand, als personifiziertes Gutes Mutter und Kinder zwei Wochen lang in den Ferien zu verwöhnen und dafür die Achtung und die Wonnen von Penelope zu empfangen, so schlecht ausgedacht kam ihm die ganze Konzeption doch vor.

Er schrieb Penelope, dass es vielleicht gut sei, wenn Gabor und Arno ihn vorher mal sehen würden. Man müsse sich doch aneinander gewöhnen. Sie könne die Jungen doch am Wochenende mitbringen. Penelope teilte seine Meinung. Das sei sicher ein kluger Zug. Außerdem hatten sie und er jetzt schon öfter von der Zukunft gesprochen. Einmal hatte sie gefragt, wie lange man im Durchschnitt zusammen sein müsse, um auch zusammen zu wohnen. Den Gedanken fand er nicht völlig absurd. Wenn man sich eine Wohnung teilte, konnte man sich öfter, nahezu jeden Tag sehen. Man sparte viel Geld. Man hatte mehr voneinander. Und war so eine Übereinkunft nicht das Ziel jeder Beziehung?

Munk sah in Google Maps nach und stellte fest, dass Karlsruhe genau zwischen Frankfurt und Freiburg lag. Konnte er sich das vorstellen? Warum nicht? Eine Stunde Fahrt ins Büro für ihn und für sie. Die Jungen konnte man umtopfen. Und er würde ihnen ein Heim bieten, mit dem sie gut würden leben können. Für den Dürener würde es etwas anstrengender werden, aber das war nicht Munks Problem.

Außerdem brachte ihn Karlsruhe etwas näher an den Frankfurter Flughafen. Vor seinem geistigen Auge entfächerte sich ein buntes neues Leben. Er würde für Gabor und Arno jeden Sonntag Orangen pressen und ihnen bei Mathe und Physik helfen, auch bei Kunst konnte er unterstützen. Und wer weiß, vielleicht fand einer der Jungen Gefallen an der Architektur. Man konnte sie langsam an das Thema heranführen. Vielleicht auch alles Spinnerei, aber das lag an Penelope und ihrem sanften Wesen. Sie überwältigte ihn mit ihrer Wärme. Davon konnte er nicht genug bekommen. Von ihm aus hätte sie auch fünf Katzen mit Kratzbaum haben können.

Munk fand den Gedanken an eine gemeinsame Zukunft aufregend. Ihm gefiel, dass er auf diese Weise schon fast erwachsene Kinder bekam. Junge Menschen mit Meinungen, bei denen aber die Geschmacksbildung noch nicht vollendet war. Milchzähne und Kinderkrankheiten waren bereits absolviert, er stieg in ein Projekt ein, bei dem die Fundamente schon gelegt und die wesentlichen Arbeiten abgeschlossen waren. Penelope stimmte auf jeden Fall zu, dass Munk die Söhne dringend kennenlernen musste. Aber nicht in Freiburg, sondern in ihrem gewohnten Umfeld.

Und so fuhr Munk an einem Freitag, einige Monate nach ihrem ersten Treffen am Bodensee, das auch an einem Freitag stattgefunden hatte, nach Frankfurt. Penelope hatte Gabor und Arno ein paar Tage zuvor offenbart, dass es jemanden gebe, einen Mann, einen guten, den sie ihnen vorstellen wolle. Dass dieser Mann seit einiger Zeit in ihrem Leben sei und sie große Hoffnungen habe, dass etwas Dauerhaftes daraus entstehen könne, und dass sie ihren Prinzen natürlich nur jemanden präsentieren wolle, bei dem sie auch sicher sei, dass er für sie geeignet sei. Als sie Munk vom Bahnhof abholte, war sie so nervös, dass sie sich auf dem Heimweg verfuhr.

Die erste Begegnung mit Gabor und Arno verlief insofern ruhig, als die beiden Jungen kein Wort sprachen. Penelope betrat mit Munk das Wohnzimmer und die Jungen sahen nur kurz von ihrem Konsolenspiel auf. Munk fand das nicht unhöflich, er war eher beruhigt.

Später beim Essen in einer Pizzeria versuchte er es mit Konversation, für die zumindest Arno nicht sehr aufgeschlossen war. Die meiste Zeit sah er auf sein Handy und spielte irgendwas. Er unterbrach diese Tätigkeit nur kurz, um ein Viertel seiner Pizza Tonno zu essen und Munk zu mustern, den das verunsicherte. Gabor hingegen unterhielt sich mit dem neuen Freund seiner Mutter, jedenfalls wirkte er nicht völlig desinteressiert. Auf Munks Frage, was er nach der Schule vorhabe und wohin es ihn beruflich ziehe, sagte er: »Jedenfalls nicht Architekt.«

Penelope versuchte zu moderieren und erzählte von Munk, als sei er gar nicht dabei, sie warb für ihn, als sollten ihre Söhne bei ihm ein Hochhaus bestellen. Die schien das eher zu verstören. Es musste ihnen so vorkommen, als wolle ihre Mutter ihnen diesen Mann verkaufen. Munk fühlte sich unwohl und traute sich nicht einmal, ein zweites Glas Wein zu bestellen, um nicht negativ aufzufallen.

Dann gingen sie zurück zur Wohnung, Munk neben Penelope, was Arno nicht zu gefallen schien, der auf der anderen Seite an ihrer Hand zog. Penelopes Wohnung im Westend gefiel Munk, auch das Afrikanische daran. Er fand es inspirierend.

»Und? Wie findest du sie?«, fragte Penelope, als sie schließlich alleine in ihrer Küche saßen.

»Nett«, sagte Munk, was nur halb gelogen war, denn immerhin hatten Gabor und Arno ihn nicht mit Essen beworfen.

»Sie fremdeln noch etwas, das musst du ihnen nachsehen. Ich glaube, sie mögen dich.«

»Woran hast du das gemerkt?«, fragte Munk ehrlich neugierig.

»Sie sind sehr aufmerksam in deiner Nähe. Ich glaube, sie finden dich auf jeden Fall interessant.«

»Oder bedrohlich.«

»Nein. Das auf keinen Fall. Wollen wir ins Bett gehen?«

»Wo schlafe ich denn?«

»Bei mir natürlich«, sagte Penelope. Sie war nicht davon ausgegangen, dass Munk im Wohnzimmer übernachten würde. Er schon. Sie nahm ihm seine Bedenken, indem sie ihn küsste und sehr deutlich machte, dass sie sich von der Anwesenheit der Söhne auf keinen Fall den Spaß an ihrem Freund würde nehmen lassen.

Nachdem sie sich ausgezogen und ins Bett gelegt hatten, dimmte Penelope das Licht ein wenig und legte sich auf Munk. Sie küsste seinen Hals, seine Brust, seinen Bauch und begann damit, seine Boxershorts mit den Zähnen ein Stück weit nach unten zu ziehen.

»Ich habe Bauchweh.«

Sie fuhr kerzengerade nach oben, Munk schlug die Decke über seinen Unterkörper und Arno wiederholte: »Ich habe Bauchweh.«

»Mein armer Spatz«, sagte Penelope, die sich innerhalb einer Sekunde von einer engagierten Liebhaberin in die Mutter eines elfjährigen Patienten verwandelte.

Dann stand sie auf und sagte: »Ich mache dir eine Wärmflasche«, und verließ das Schlafzimmer mit ihrem klagenden Kind. Nach zwanzig Minuten war sie zurück. Munk war nicht eingeschlafen. Er hatte sogar noch seine Erektion, als sie sich neben ihn legte und fragte: »Wo waren wir stehen geblieben?«

Munk wollte gerade antworten, als Arno wieder vor dem Bett

stand, mit der Wärmflasche vor dem Bauch. »Ich kann nicht schlafen.«

»Du hast es doch gar nicht versucht«, sagte Munk ein Quäntchen zu scharf, um gelassen zu klingen.

»Wohl habe ich das.«

»Du bist vor siebzehn Sekunden ins Bett gegangen.«

»Darf ich bei dir schlafen, Mama?«, sagte Arno und machte dabei ein Gesicht, mit dem man einen schwäbischen Gerichtsvollzieher hätte umstimmen können.

»Natürlich, mein Spatz.«

Arno kletterte an die Seite seiner Mutter, die weiter in die Mitte rückte, sodass Munk auf der anderen Seite Richtung Kante geschoben wurde. Er stand auf und sagte: »Okay. Das ist vielleicht jetzt dann besser, wenn ich im Wohnzimmer schlafe.« Penelope fand das sehr ritterlich und bewegte den Mund zu einem tonlosen »Tut mir leid«.

Es war dunkel und es ging schnell. Aber als Munk das Zimmer verließ und noch einmal zum Bett sah, grinste Arno ihn an.

Am nächsten Morgen war Munk dennoch guter Dinge. So sind Jungen eben, dachte er. Sie verteidigen ihr Revier, was sollte man dagegen schon sagen. Er zog sich an und ging in die Küche, von wo er Geräusche hörte. Offenbar wurde dort Frühstück zubereitet. Im Flur blieb er stehen. Penelope und ihre Söhne hörten Robbie Williams. »Hot Fudge«, und alle drei sangen mit, ziemlich schief, wie Munk fand. Aber schön. So stellte er sich das vor. So ging das in einer guten Familie. Er öffnete die Tür und augenblicklich verstummte das Trio. Nur Robbie Williams sang weiter, was dem Song sehr guttat. Penelope machte die Musik leiser und sagte fröhlich: »Wir haben dich schlafen lassen. Du hast so gemütlich im Wohnzimmer gelegen.« Munk lächelte und setzte sich auf einen Stuhl.

»Sorry, das ist Gabors Platz, wenn es dich nicht stört.«

»Natürlich«, sagte Munk und setzte sich daneben. Und er spürte, dass sich vom Abend zum Morgen etwas verändert hatte. Er war nun nicht mehr nur für Gabor und seinen vom Bauchweh genesenen Bruder ein Eindringling, sondern offenbar auch für Penelope. Die drei waren eine Einheit und er war ein Fremder.

Beim Frühstück machte er den Versuch, die Brüder irgendwie für sich zu gewinnen, indem er sagte: »In der Türkei können wir alle einen Surfkurs machen.« Er konnte sich nichts Seltsameres vorstellen, nahm aber an, dass es im Interesse der Jungen lag zu surfen.

»Was ist in der Türkei?«, fragte Gabor mit vollem Mund.

Penelope boxte ihm spielerisch gegen den Arm. »Der Urlaub in den Sommerferien. Kommt, das habe ich euch doch groß und breit erklärt.«

Für eine Weile herrschte Schweigen. Dann fragte Arno: »Kommt Papa da auch mit?«

Eine knappe Stunde später stand Munk am Gleis. »Du darfst es ihnen nicht übel nehmen«, sagte Penelope. »Sie sind das einfach nicht gewohnt, einen anderen Mann als ihren Vater. Aber das wird schon. Bestimmt.« Munk nickte nur. Objektiv betrachtet war auch nichts Furchtbares geschehen. Er kam bloß nicht in diese Rolle hinein. Vielleicht hatte er die Kräfte, die in dieser Familie herrschten, unterschätzt. Bestimmt sogar, er hatte von so etwas keine Ahnung.

In der Zeit bis zu den Ferien sah er Arno und Gabor nicht mehr. Er traf sie erst am Frankfurter Flughafen wieder, wo sie am Fernbahnhof auf ihn warteten. Mit Penelope und ihrem Ex-Gatten. Als Munk die Rolltreppe vom Gleis zur Halle emporkam, stand die ganze Familie vor ihm wie eine vierteilige Skulptur von Duane Hanson. Vater Rainer machte einen panischen Eindruck. Es schien Munk beinahe so, als wolle der Dürener ihn anbetteln, mit in den Urlaub fahren zu dürfen. Tatsächlich jedoch ging es offenbar darum, Penelope in letzter Sekunde von der ganzen Reise abzuhalten, das Schicksal zu wenden und lieber mit ihm zu verreisen. Rainer hatte sich angeboten, Penelope und die Kinder zum Flughafen zu chauffieren, dann jedoch die Fahrt dazu genutzt, sie vor den Kindern zu bedrängen. Und ihr zu drohen. Eine Reise, bei der sie sich von einem anderen Mann aushalten lasse, sei für ihn ein Affront. Der Rubikon sei damit überschritten. Wenn man bedenke, was er, Rainer, alles für sie getan habe. Und dass man die Jungen keinem schädlichen Einfluss aussetzen dürfe.

Penelope bat ihn darum, sie nur abzusetzen und weiterzufahren, aber Rainer erklärte, dass er den Mann sehen wolle, dem er seine Kinder anzuvertrauen habe. Das sei sein Recht. Penelope hatte dem nichts entgegenzusetzen, war sich allerdings in dem Moment sicher, mit der Scheidung alles richtig gemacht zu haben.

Munk rollte seinen Koffer auf die schlecht gelaunte Familie zu und wollte Penelope mit einem Kuss begrüßen, aber sie drehte den Kopf leicht zur Seite, sodass seine Lippen auf ihr Ohr trafen. Er winkte Gabor und Arno zu, die ihn bloß stumm ansahen, und gab Rainer die Hand, um sich vorzustellen.

Aber der verweigerte den Gruß und sagte nur tonlos: »Penelope, ein letztes Mal: Nicht! Tu das nicht!« Immerhin verstand sich der Mediziner auf ein sehr wirkungsvolles Tremolo. Penelope antwortete: »Danke fürs Fahren. Die Jungen melden sich bei dir, wenn wir angekommen sind.«

»Wollen wir?«, fragte Munk.

»Nicht! Penelope!«

»Mach's gut, Rainer!«

Dann sah sie Munk mit festem Blick an und sagte »Auf geht's« und ging ein paar Schritte. Munk folgte. Nach wenigen Metern mussten sie anhalten, denn Rainer, Gabor und Arno hielten sich fest umschlungen in einer Abschiedszeremonie, die ein bisschen danach aussah, als verabschiedete der Vater seine Söhne in die Fremdenlegion.

»Hör mal, wenn das jetzt alles so ein Drama ist, lassen wir es, oder?«, fragte Munk.

Darauf stapfte Penelope zurück und riss die Jungen beinahe von ihrem Vater los.

Auf dem Hinflug rechnete Munk aus, dass es ja eigentlich nicht vierzehn Tage waren, sondern nur zwölf plus zwei Reisetage. Und eigentlich nur zehn, weil man einen zum Ankommen brauchte und noch einen für die Vorbereitung der Abreise. Zehn Tage, von denen vielleicht nicht alle fantastisch werden würden, wenn Rainer ununterbrochen Kontakt zu seinen Söhnen hielt. Aber wenn die Hälfte der Zeit gut lief, hätten sie fünf gute Tage und das war mehr, als sie bisher an einem Stück miteinander verbracht hatten.

Der Bungalow war in Munks Augen ein wenig übergestaltet.

Hier wie fast überall hatte man bei der Einrichtung sehr globalisiert gehandelt und sich für wuchtige Möbel mit dicken Polstern und ornamentierten Stoffen entschieden. Man kann sagen, dass sich in der weltweiten Hotellerie die Ulmer Schule nicht gerade durchgesetzt hat. Munk fand sich schnell damit ab, denn das Doppelbett in ihrem Zimmer war riesig. Arno warf sich darauf und rief: »Hier schlaf ich.«

»Das wüsste ich aber«, sagte Munk lachend. Zehn Minuten später trug er Penelopes und seinen Koffer ins kleine Zimmer. Damit war er zwar nicht einverstanden, aber er wollte die Reise nicht mit einer Konfrontation beginnen. Und außerdem gönnte er dem Kleinen die Aufregung um das schöne Zimmer. Er selbst war das von Reisen gewohnt, aber für Gabor und Arno war das etwas ganz Besonderes. Also fügte er sich in das kleinere Bett und freute sich auf die Nacht. In der Penelope aber dann mit ihren Söhnen an der Playstation saß und Mario Kart spielte. Erst war er noch mit dabei, aber als er sagte, dass es doch nun Zeit zum Schlafengehen sei, wurde ihm beschieden, dass man in den Ferien sei. Da gebe es keine Grenzen und keine Regeln.

Und so blieb das auch an den folgenden Tagen. Penelope amüsierte sich mit Gabor und Arno, während Munk las oder spazieren ging. Er versuchte ja, sich einzubringen, dabei zu sein und einen guten Begleiter abzugeben, aber das fiel ihm schwer. Die Mutter und ihre Söhne waren wie eine Burg. Und sosehr er auch klopfte und rief, sie ließen ihn nicht hinein.

Also klopfte und rief er nicht mehr, was Penelope nicht zu stören schien. Als sie einmal darüber sprachen, sagte sie nur kühl, dass ihm hätte klar sein müssen, dass sie den Urlaub mit ihren Söhnen verbringen würde. Er nickte und stimmte zu. Und schlug vor, dass man doch am Abend eine Zeit verabreden könne, ab der man als Paar zusammen sein könne. Das fand sie gut, aber als er gegen zweiundzwanzig Uhr vorstellig wurde, um mit seiner

Freundin noch einen Drink an der Bar zu nehmen, klagte Arno über Kopfschmerzen. Offenbar ein Sonnenbrand. Die Mutter musste ihn eincremen und seine Füße massieren, was etwa eine Stunde dauerte. Danach war Munk verstimmt. Nach vier Tagen hatte er keine Lust mehr. Dabei war es nicht Penelope mit ihrer mütterlichen Fürsorge, die ihm die Stimmung verdarb. Es waren ihre Söhne.

Er war unvoreingenommen auf sie zugegangen. Er war freundlich gewesen, großzügig, interessiert. Und er hatte sich zur Aufgabe gemacht, Gabor und Arno zu mögen. Aber je mehr Zeit er mit ihnen verbrachte, desto klarer wurde ihm, dass es sich bei ihnen um verwöhnte und bornierte kleine Ärsche handelte. Nie würde er in ihnen kleine Freunde finden. Es war ausgeschlossen, dass sie ihn jemals akzeptieren würden. Mehr noch: Er war sich inzwischen sicher, dass sie ihn nicht ausstehen konnten. Ob nun aufgestachelt durch tägliche Bulletins aus Düren oder aus freier Entscheidung: Sie mochten Munk nicht. Und sie bestellten jeden Tag mehrere ausgesprochen kostspielige alkoholfreie Cocktails, die sie dann unangerührt stehen ließen.

Das Schlimmste für Munk war aber nicht die Feindseligkeit der Söhne, sondern dass Penelope dieser nichts entgegensetzte. Vor die Wahl gestellt, wem sie ihre Solidarität schenkte, entschied sie sich jederzeit für Gabor und Arno. Und gegen ihn sowie gegen jede Art von Erziehung. Ihre Söhne dankten es ihr mit Tischmanieren, die Munk so zum letzten Mal in dem Film *Das große Fressen* gesehen hatte.

Gabor neigte dazu, mit den Fingern und mit offenem Mund zu speisen. Er saß Munk dabei gegenüber und dieser sah in den Schlund des Jungen und hörte ihn schmatzen. Er konnte damit kaum umgehen. Natürlich war es nicht an ihm, Gabor zu erziehen. Er besaß nicht das Mandat dafür und er wollte sich weder bei ihm noch bei seiner Mutter unbeliebt machen. Gleichzeitig ekelte er sich, er fand den Jungen widerlich und er musste sich innerlich moderieren, statt Gabor eine Ansage zu machen, die völlig gerechtfertigt gewesen wäre. Und so hielt er sich zurück, auch wenn er peinlich berührt von diesem Benehmen war, das auch anderen Gästen auffiel. Penelope fand, die Leute sollten sich nicht so anstellen.

An Tag sechs konnte sich Munk dann nicht mehr zurücknehmen. Sie saßen beim Dessert, als Gabor mit gespielter Unachtsamkeit seinen Kuchen auf den Boden fallen ließ, worauf eine junge Kellnerin angelaufen kam, um vor dem Jungen auf die Knie zu gehen und den Boden zu säubern. Gabor sah auf sie herunter und lachte. Dann sagte er leise: »Knie nieder, Sklavin.« Anstatt ihrem Sohn nun sehr deutlich zu machen, dass so ein Benehmen überhaupt nicht gehe und er sich auf der Stelle bei dem Mädchen zu entschuldigen habe, lachte Penelope. Munk saß dabei und konnte es nicht fassen. Er wusste nicht genau, wessen Verhalten er grauenhafter fand. Das des Jungen oder jenes seiner Mutter. Und weil er mit ihr darüber nicht vor ihren Kindern diskutieren wollte, sagte er: »Du kannst wirklich froh sein, dass ich nicht dein Vater bin, denn dann würdest du jetzt ein Donnerwetter erleben, wie du es noch nie gesehen hast.«

»Ja, da bin ich wirklich froh«, sagte Gabor spöttisch und Arno warf ebenfalls seinen Kuchen auf den Boden, was aber irgendwie unterging. Jedenfalls erzeugte es keine ähnliche Wirkung.

»Ich würde dich bitten, dich nicht in die Erziehung meiner Kinder einzumischen«, sagte Penelope.

»Irgendjemand muss es tun«, sagte Munk. »Wenn du das schon nicht machst.«

»Als ob du irgendwas davon verstehen würdest. Du verbringst ein paar Tage mit zwei Kindern und drehst durch vor Überforderung«, sagte sie mild lächelnd und Munk wusste nicht, was er darauf antworten sollte, weil etwas Wahres daran war: Er hatte tatsächlich keine Ahnung von Kindererziehung. Er besaß nur eine Vorstellung davon, dass man mit sechzehn Jahren einigermaßen gesittet essen können musste und dass man seinen Mitmenschen mit Achtung und Wertschätzung zu begegnen hatte. Beides waren Dinge, auf die Penelope keinen Wert zu legen schien. Dabei war sie selbst überhaupt nicht so. Sie ließ ihren Söhnen bloß einfach alles durchgehen. Munk konnte damit nichts anfangen. Er stand auf und verließ den Tisch.

Später am Abend vertrugen sie sich. Munk räumte ein, dass Gabor womöglich im Rahmen seiner Pubertät eine Grenze überschritten habe. Und dass er davon zwar nicht begeistert sei, es aber auch nicht zu wichtig nehmen wolle. Penelope war darüber froh und sagte, dass sie erst bei der Hälfte des Urlaubs seien und es leichter sei, wenn Munk ihre Söhne toleriere. Ihr zuliebe. Sie werde im Gegenzug etwas strenger mit den Burschen sein und versuchen, ihm mehr Raum zu geben. Am Ende schlug Munk vor, in den nächsten Tagen einfach neben Gabor zu sitzen, dann müsse er ihm nicht immer beim Essen in den Mund sehen wie ein Zahnarzt.

Anderntags schien sich die Lage beruhigt zu haben. Bis zum Nachmittag verlief der Urlaub ohne nennenswerte Ereignisse. Munk lag auf der Terrasse des Bungalows und las, während Penelope an einem Töpferkurs teilnahm. Gabor und Arno spielten im Wohnzimmer an der Playstation. Dann bekamen sie Streit. Munk hörte, wie die beiden sich um einen Controller zankten. Arno wollte ihn nicht hergeben, der übermächtige Gabor nahm ihn dem Kleineren weg, dieser weinte und tobte, warf erst mit Kissen, dann mit einem Buch nach seinem Bruder. Der schubste Arno, welcher hinfiel und schrie.

Munk legte seine Lektüre beiseite und ging ins Wohnzimmer, nicht wissend, was er tun sollte. Innere Angelegenheiten waren das. Nicht sein Bier. Andererseits würde er vielleicht schlichten können. Auf jeden Fall wollte er nicht zulassen, dass die beiden sich gegenseitig umbrachten.

»Was ist denn hier los?«, fragte er recht freundlich.

»Das geht dich gar nichts an«, sagte Gabor.

»Gar nichts geht dich das an«, sagte Arno.

»Mag sein, aber bei dem Krach kann ich nicht lesen. Vielleicht vertragt ihr euch und wechselt euch mit dem Ding ab, ja?«

»Du hast uns gar nichts zu befehlen«, sagte Gabor. »Du bist nicht unser Vater.«

»Ja. Und niemand ist deswegen froher als ich«, sagte Munk sarkastisch.

»Verpiss dich einfach«, sagte Gabor scharf.

Und Munk, der sich nicht vorstellen konnte, dass der Sohn seiner Freundin so mit ihm sprach, antwortete nichts. Er hatte überhaupt keine Idee, wie er damit umgehen sollte.

»Du nervst sowieso die ganze Zeit«, fügte Gabor hinzu. Er wusste ja, dass Munk ihn nicht erziehen durfte.

»Du nervst mich auch, das kannst du mir wirklich glauben«, sagte Munk hilflos. »Und jetzt will ich, dass ihr aufhört zu streiten.«

»Und ich will, dass du abhaust«, sagte Gabor kalt.

»Mag sein, aber das hier ist auch mein Hotelzimmer und meine Ferien. Und du wirst dich damit abfinden müssen, dass ich da bin. Und auch damit, dass deine Mutter und ich ein Paar sind. Komm einfach klar, dann können wir hier in Frieden Urlaub machen.«

Darauf ging alles ganz schnell. Im Rückblick fand Munk, dass es sich um einen Plan gehandelt hatte, jedenfalls sahen sich die Brüder kurz an, Arno schien leicht zu nicken, und Gabor schlug ihm mit der Faust ins Gesicht. Der kleine Junge schrie auf, sofort blubberte Blut aus seinem Mund und ein Zahn kam hinterher. Munk schrie: »Gabor! Was hast du da getan!« Gabor sprang auf und rannte Richtung Tür. Er rief: »Das sage ich Mama«, und wollte aus dem Bungalow laufen, da kam Penelope herein. Gabor lief ihr in die Arme und schrie: »Er hat Arno geschlagen!«

Arno brüllte und blutete, Penelope ließ ihre Badetasche fallen, stürmte auf den Kleinen zu und Munk stand mitten im Zimmer, den Controller in der Hand, völlig aufgelöst und überfordert und sagte: »Das stimmt nicht. Penelope. Gabor hat ihn mit der Faust ins Gesicht geschlagen.«

Sie wischte mit einem Badetuch an ihrem panischen Arno herum und fauchte: »Niemals würde Gabor seinen kleinen Bruder schlagen. Du Mistkerl.«

»Jetzt warte mal. Ich habe gar nichts gemacht. Das ist doch verrückt.«

»Du hasst meine Söhne. Du hast sie von Anfang an gehasst. Und dann bin ich mal für eine Stunde weg. Eine Stunde bist du mit ihnen allein und ein Kind blutet.«

Munk legte den Controller auf den Couchtisch und beugte sich zu ihr runter. »Penelope. Ich gebe dir mein Ehrenwort. Es war anders, ich schwöre es dir.«

»Raus. Ich will dich nicht mehr sehen.«

Stunden später wagte sich Munk wieder in den Bungalow. Penelope saß auf der Terrasse. Sie hatte ihn erwartet.

Er stand in der Tür und sie sah ihn nicht an.

»Wie geht es Arno?«

»Er ist traumatisiert. Wenigstens fragst du.«

»Penelope, ich habe ihm nichts getan. Gabor hat ihn geschlagen.«

Sie drehte sich zu ihm. »Warum sollte er das tun, sag es mir. Warum sollte er seinem Bruder einen Zahn ausschlagen?«

Munk war verzweifelt. Aber auch nicht so verzweifelt, dass er sich gar nicht mehr gewehrt hätte. Es war eine Lüge, es war mehr als das. Es war ein Komplott. Aber sollte er wirklich versuchen, sie davon zu überzeugen?

»Warum sollte ich einem Elfjährigen einen Zahn ausschlagen?«, sagte er stattdessen.

»Vielleicht, weil du einfach die Nerven verloren hast. Das hier ist nichts für dich. Die ganze Situation. Ich hätte dich nie mit meinen Kindern zusammenbringen dürfen. Im Grunde bin ich schuld.«

Das gefiel Munk nicht. Es drehte die Sache so, als gäbe es gar keinen Zweifel an der Tat. »Ich sage dir noch einmal: Ich habe Arno nichts getan. Ich würde niemals ein Kind schlagen. Ich würde mich überhaupt nie schlagen. Und ich kann es dir nicht erklären. Ich weiß nicht, warum Gabor das gemacht hat.« Das stimmte nicht, aber sie hätte ihm nie geglaubt, wenn er von diesem kurzen Nicken, von dieser brüderlichen Übereinkunft angefangen hätte.

Sollte er überhaupt sagen, wie er über die beiden dachte? Dass er sie für verzogene kleine Kanaillen hielt? Dass er Penelopes Erziehungsstil zum Kotzen fand? Dass er lieber eine Pistole besorgt und sich in den linken Fuß geschossen hätte, statt nur noch einen Tag mit diesen linkischen, undankbaren und intriganten Arschgeigen zu verbringen? Dass er diese interessenlosen, geistig abgehängten, uncharmanten Loser für Nachwuchstrottel hielt und Penelope vollkommen recht mit der Unterstellung hatte, dass er sie nicht ausstehen konnte?

Natürlich sagte er ihr das nicht, denn trotz der Demütigung funktionierte sein Anstand noch und er wollte die Kinder nicht bei der Mutter beschädigen. Und die Mutter auch nicht. Und sich noch unbeliebter machen wollte er erst recht nicht. Denn trotz dieser aussichtslosen Situation für ihre Beziehung hätte Munk sich immer noch vorstellen können, dass sich alle reihum entschuldigen und man Jahre später lachend von einem schwierigen

Start würde sprechen können. Also räumte er Söhne und Mutter nicht ab, er ventilierte nicht, was er von ihnen hielt, sondern wartete im Türrahmen darauf, dass Penelope etwas sagte wie: »Okay. Vielleicht war es Gabor. Ich denke, ich muss noch einmal mit ihm sprechen.« Aber das sagte sie nicht.

Es schien, als würde sie nachdenken, dabei hatte sie das schon den ganzen Abend getan. Sie nahm einen Schluck von ihrem Wein und sagte: »Peter, ich muss meine Kinder schützen. Das ist für mich die höchste Priorität. Wenn es auch nur den leisesten Zweifel daran gibt, dass du ihnen guttust, muss ich mich vor sie stellen.« Sie sah ihn fest an. »Und das tue ich jetzt.«

»Aber was heißt das denn?«, fragte er und klang dabei genauso schwach, wie er sich fühlte.

»Das heißt, dass wir diesen Urlaub nicht zusammen beenden.«

»Habe ich mir schon gedacht, ja«, sagte er. Und dann, dass er sein Gepäck nehme und umziehe. Dass er bereits an der Rezeption alles in die Wege geleitet habe, dass er zwei Tage später abgeholt werde und nach Hause fliege. Das wollte sie nicht annehmen. Sie hatte ihrerseits mit der Rezeption gesprochen und dasselbe Arrangement für sich und ihre Söhne verabredet. Sodass Munk den Rest der Zeit allein in diesem Bungalow verbringen könne.

Am Ende setzte Munk sich durch. Er schenkte Penelope, Gabor und Arno die zweite Woche, nahm sein Gepäck und blieb zwei Tage in einem Standard-Einzelzimmer, das eigentlich für einen belgischen Jongleur vorgesehen gewesen war, der aber sein Gastspiel abgesagt hatte. Er ließ sich das Essen aufs Zimmer bringen und tauchte erst wieder in der Lobby auf, als sein Shuttle zum Flughafen bereitstand.

Zwei Wochen später schickte ihm Penelope einen Brief, in welchem sie bedauerte, so konsequent sein zu müssen. Sie habe ihn aufrichtig gerngehabt. Es sei aber für sie nicht vorstellbar, mit jemandem zusammen zu sein, der ihren Sohn körperlich misshandele. So etwas sei niemals ein einmaliger Fehltritt. Es belaste sie, dass sie ihn, Munk, nicht länger geprüft habe. Sie wünschte ihm Glück und empfahl ihm eine Therapie. Denn tief in ihrem Inneren sei sie sicher, dass Munk eigentlich ein guter Mensch sei. Mangelhafte Impulskontrolle. Aber kein schlechter Charakter.

Und sie vergaß nicht zu erwähnen, dass sich Rainer sehr liebevoll um seinen verletzten Sohn bemühe. Und dass dieses Verhalten ihres Ex-Mannes zu ihr spreche. Sie sei deswegen Munk am Ende sogar irgendwie dankbar, auch wenn das jetzt vielleicht komisch klinge. Rainer wolle die ganze Zeit einen Strafantrag stellen, aber das werde sie verhindern. Was gewesen sei, sei Vergangenheit und damit werde sie abschließen.

Munk brauchte Wochen, um sich von dieser Nachricht zu erholen. Bei Penelope, dieser sanften und guten Frau, stand er als Gewalttäter da, eine Zuschreibung, die so wenig mit ihm zu tun hatte, dass er darüber beinahe lachen musste.

Wenn er jetzt, fünf Jahre später, darüber nachdachte, war er nicht mehr wütend auf sie. In der ersten Zeit hatte er noch erwogen, sich einen Anwalt zu nehmen und gegen diese Vorwürfe vorzugehen. Er wollte Gerechtigkeit herstellen. Zwar hätte sie ihm zugestanden, aber wie hätte das gehen sollen? Es stand Aussage gegen Aussage. Und es gab keine Strafanzeige, die Angelegenheit blieb privat und blieb dennoch an ihm hängen, was ihn lange bedrückte.

Munk ließ das Abendessen ausfallen und legte sich auf sein Bett. Er widerstand der Versuchung, Penelope zu googeln. Oder Gabor, der jetzt Anfang zwanzig war und vermutlich studierte. Munk spürte seiner Wut nach, aber sie war nicht mehr da. Am Ende hatte Penelope vielleicht sogar alles richtig gemacht. Ihre Gefühle für ihn waren stark und echt gewesen, aber die Kinder hatten nun einmal Vorrang. War das nicht völlig richtig? Ihr Sohn hatte sie täuschen können, weil er wusste, dass er hundertmal stärker war als Munk. Das sprach gegen Gabor, nicht aber gegen Penelope.

Und er? War er zum Opfer der kleinen Ratte geworden? Diese Frage stellte sich, aber Munk wollte nicht Opfer sein, erst recht nicht von einem Sechzehnjährigen. Beide Jungen hatten am Ende ihre Interessen durchgesetzt und die ihres Vaters. Man konnte das auch als Stärke interpretieren. Und wenn das so weitergegangen wäre? Würde Munk jetzt als zerriebener zweiter Ehemann in Karlsruhe herumsitzen. So war es besser. Er hatte von Penelope gelernt, dass kaum etwas so stark ist wie das Band zwischen Müttern und ihren Kindern. Und am Ende war das gut so. Er stand auf und hakte Penelope in Frieden ab.

Am nächsten Tag informierte er sich über seine Abreise aus dem Mönchhof-Resort. Noch zwei Tage standen an. Er holte sich sein Tagesprogramm an der Rezeption, das unter anderem Yoga, eine Massage und Krafttraining umfasste, welches man ihm in geringer Intensität erlaubte. Dann bestellte er vorsorglich ein Taxi nach Freiburg für elf Uhr am übernächsten Tag. Es kam ihm so vor, als habe er Jahre im Mönchhof verbracht, und in gewisser Weise war das auch so. Jahre mit sich selbst waren es gewesen. Eine jahrzehntelange Reise. Und es ging ihm kurz vorm Ziel gut. Er fühlte sich kräftig und klar, wenn auch etwas unsicher, was sein bevorstehendes Gespräch mit dem Arzt betraf. Was sollte er ihm sagen? Was hatte er gelernt über sein Herz und über die Gründe seiner plötzlichen Schwäche? Er war noch nicht ganz fertig mit seiner Gründelei und beschloss, die letzte Frau in Angriff zu nehmen. Eigentlich war es die vorletzte, aber über Nadja hatte er bereits ausführlich nachgedacht.

Dieses Nachdenken war für ihn anfangs schwer gewesen, weil sich doch andauernd Bilder und Themen einmischten, die nichts mit der Aufgabe zu tun gehabt hatten. Gedanken an die Arbeit zumeist oder Erinnerungen, die nichts mit den Frauen zu tun gehabt hatten. Und auch Fragen: Habe ich am Ende alles verkehrt gemacht? Hätte ich ganz anders leben sollen? Aber wenn ja: wie denn? Nach einiger Zeit war er diese Überlegungen aber leid. Es war völlig müßig, sich damit abzuplagen, ob man irgendetwas richtig oder falsch gemacht hatte. An der Vergangenheit konnte er nichts mehr ändern. Also beließ er es dabei und nahm sich vor, diese Retrospektive nur für die Zukunft zu nutzen. Seine gute Stimmung nahm derart bedrohliche Ausmaße an, dass er sich abends einer Runde von Unternehmern an der Bar als Beamter der Stadtverwaltung von Hamburg vorstellte. Er sei dort als Farbpsychologe im Grünflächenamt beschäftigt.

Die mitleidigen Blicke der umstehenden CEOs motivierten ihn dazu, seine Beschäftigung dort näher zu erklären. Es sei nämlich so, dass durch sein psychologisches Wirken Millionen und Abermillionen Euro jährlich der Stadt zugutekämen. Er sei mithin sogar wichtiger als jeder Finanzsenator, mit anderen Worten: In eigentlich jeder Großstadt sei das Grünflächenamt nicht mehr und nicht weniger als das geheime Schlüsselressort der Verwaltung. Klandestin sozusagen würden hier Haushalte saniert.

»Und wie das?«, fragte ein etwas unförmiger Manager, der, wie er sagte, einen Weltmarktführer leitete. Er könne aber nicht sagen, welchen, denn er wolle niemanden beunruhigen.

»Über Farbsteuerung«, fabulierte Munk. »Farbsteuerung ist das A und O der Lenkung von Bürgerinnen und Bürgern.«

»Farbsteuerung? Und wie geht das?«

Munk nippte an seinem Sellerie-Apfelsaft und führte dann aus, dass man, wenn man die Preise für die Müllabfuhr erhöhen wolle, in den öffentlichen Anlagen mehr Blau pflanzen müsse. Die Leute seien dann bereit, mehr zu zahlen. Ähnliches in den Verkehrsbetrieben. Ob jemandem schon aufgefallen sei, dass rund um die Haltestellen im öffentlichen Nahverkehr viel Weiß sei. Das habe einen Grund. Preiserhöhungen seien ein empfindliches Thema und man könne das Unterbewusstsein durch geschickte Pflanzung steuern. Überall sei das der Fall. An Schulen, Universitäten, in Parks und an allen öffentlichen Gebäuden. Seine Arbeit diene dazu, das Volk im Geheimen nach den

Wünschen der Politik zu lenken. Blumen, überhaupt alle Pflanzen seien heute keineswegs mehr sympathische Naturboten, sondern vielmehr Abgesandte der Macht, um mehr oder weniger gottgefällige Ziele zu lenken. Auch für Spenden gelte: Wenn du Kohle brauchst, pflanze sorgsam. Es komme dabei derart viel zusammen, dass man genug für offizielle Bedürfnisse habe und nebenher unglaubliche Summen zur Deckung der Schäden einsammle, die die irrsinnigen Politiker überall anrichteten. Und er sei sozusagen der Strippenzieher, jedenfalls in Hamburg. Ein recht blasser Friese, angekommen am Nachmittag nach einem stressbedingten Nabelbruch, wandte ein, dass es vielleicht etwas unklug sei, dies hier vor allen Leuten einfach so preiszugeben. Munk lachte und sagte: »Mir scheißegal. Ich bin raus. Ich gehe in die freie Wirtschaft.«

Damit erhob er sein Glas, prostete den Vorstandsmännern zu und trank. Dann erzählte er den Umstehenden noch, dass psychologische Farbindoktrination nicht nur per Pflanzen anwendbar sei, sondern prinzipiell mit allem, was farbig sei. Möbel. Wände. Essen, Kleidung, Autos. Alles.

Später kam einer von ihnen und steckte ihm seine Karte zu. Es sei sehr interessant gewesen, ihm zuzuhören. Er habe womöglich Bedarf. Ob man Betriebsräte auch ein bisschen fernsteuern könne? Munk lächelte sinister und sagte: »Das ist aber nicht ganz billig.«

»Hausnummer?«

»Betriebsgröße und Umsatz?«

»Vierzehntausend Mitarbeiter, 3,2 Milliarden Umsatz.«

»Worum geht's?«

»Wir haben bald Tarifverhandlungen. Ich will keinen Arbeitskampf.«

»Verstehe. Das klingt machbar.«

»Das Problem ist, dass wir bei unseren Standorten auf dem Betriebsgelände wenig Grün haben.«

»Das lassen Sie mal meine Sorge sein. Sie haben doch sicher Kantinen.«

»Natürlich. Sogar sehr gute.«

»Dann sage ich nur ein Wort.«

»Ja?«

»Pudding.«

»Pudding?«

»Ganz genau. Sie haben nach einer Hausnummer gefragt. Eine glatte flache Mio.«

Die Zahl haute den Vorstandsvorsitzenden der Alemba AG nicht vom Hocker. Er nickte und sagte: »Wir sprechen noch mal.«

Munk grüßte und empfahl sich auf seine Suite. Er hatte noch ein Date. Mit Fanny.

Sie war noch sehr präsent, die Sache mit ihr war erst drei Jahre her und hatte ungefähr sechs Monate gedauert. Fanny hatte einen gewissen Einfluss auf ihn gehabt, das konnte er nicht verleugnen. Und Fanny war von allen Frauen die einzige, zu der er noch Kontakt hatte. Sogar einen sehr guten. Sie waren nach der Trennung Freunde geblieben, was zunächst schwierig gewesen war. Sich weiterhin zu sehen, aber die Ebene der Intimität nicht mehr zu besuchen, war seltsam für beide. Aber nach alldem, was vorher passiert war, schien es sowohl Fanny als auch Munk richtig, sich auf einer platonischen Ebene weiterhin zu mögen.

Munk lernte Fanny als Kachel bei einem Videocall kennen. Sie war eine Freundin von Yvonne, die sie zu Munk & Partners gelotst hatte. Das war eine Weile nach Penelope, die nie jemand aus dem Büro gesehen hatte. Über ihre Existenz waren nur wenige Mitarbeiterinnen und Mitarbeiter bei Munk & Partners informiert. Und als es aus war, berührte es deswegen niemanden besonders, außer natürlich Munk.

Der brauchte Monate, um mit Penelope abzuschließen und das Unrecht, das sie ihm angetan hatte, zu verdauen. Er konzentrierte sich wieder voll auf die Arbeit, auch an den Wochenenden. Er hatte wegen Penelope halbe Freitage für sein Privatleben reklamiert, die er nun wieder wie früher an seinem Schreibtisch, auf Reisen oder in Besprechungen verbrachte.

Als die Pandemie begann, verschwanden alle nach Hause und trafen sich nur noch als starre Gestalten in Videokonferenzen. Während die meisten Monks, wie sich die Mitarbeiter des Büros selbst nannten, diese Form der Zusammenarbeit hassten und nach und nach darin verwahrlosten, bis sie schließlich ihre Kameras nicht mehr einschalteten, betrachtete Munk die ganze Phase als ein gesellschaftliches Experiment. Er war überall auf der Welt gewesen, er kannte Länder und Städte, in denen das Tragen von Gesichtsmasken üblich war und keinen Schrecken erzeugte. Und er war sicher, dass man überall zu den vorherigen Gewohnheiten zurückkehren und natürlich auch wieder in Büros arbeiten würde. Insofern betrachtete er die Pandemie nicht als Risiko für sein Geschäft, das seit einigen Jahren weitgehend aus der Planung von Bürogebäuden auf allen Kontinenten bestand. Sondern als Chance zur Konsolidierung einer Branche, die ihm seit Langem wasserköpfig, irgendwie angeschwollen und gesellschaftlich viel zu dominant bei gleichzeitig schlechter Qualität der Ergebnisse vorkam.

Seine Partner konnten nicht recht verstehen, dass ihn die Lage kaum besorgte. Innerhalb eines Jahres mussten nach und nach einige Dutzend Monks das Büro verlassen, weil die Nachfrage stagnierte, wenn auch nicht völlig zusammenbrach. Hinzu kamen steigende Kosten für Bauvorhaben, was auf die Marge drückte. Aber Munk fand, das sei vielleicht auch gesund, so leid es ihm für die jüngeren Kolleginnen und Kollegen tat. Er war sicher, dass diese Krise vorbeiging. Er ließ hervorragende Zeugnisse schreiben und versprach jedem und jeder schriftlich, sie sofort wieder einzustellen, wenn sich die Situation änderte.

Seinen beruflichen Alltag verbrachte er wie die meisten Menschen in jener Zeit zu Hause, hörte Mondo Grosso, arbeitete am Rechner, aber er war auch viel in der Natur unterwegs und begann ausführliche Streamingprojekte, bei denen er nacheinander das Gesamtwerk von Wim Wenders, Akira Kurosawa, Federico Fellini, Martin Scorsese, Jacques Tati, Alfred Hitchcock und Woody Allen ansah und ein ganzes Risotto-Kochbuch durchkochte. Vielleicht hatte er es in dieser Zeit leichter, weil er keine Kinder durch die Schule bringen und keine Beziehung führen musste. Für jemanden wie ihn änderte sich weniger als für Familienväter oder Schauspieler oder Verkäufer im Einzelhandel.

Während er geradezu aufblühte, wurden die Gesichter in den Kacheln der häufigen Videocalls immer grauer. Vielleicht fiel Fanny ihm deswegen sofort auf, als er sie eines Montags unten rechts entdeckte. Es war beim Meeting zum Wochenstart, an dem nur die Partner teilnahmen und meistens relativ langweiliges Zeug aus ihrem Arbeitsbereich referierten. Yvonne moderierte diesen Jour fixe und arbeitete straff die Agenda ab, die sie sich vorgenommen hatte. Zuerst war es um ein Projekt in Beijing gegangen, das jetzt erst einmal von den Chinesen gestoppt worden war. Nachdem Eva Fischer aus dem Büro in Fernost ihren Vortrag beendet hatte, meldete sich Munk mit einem Winkehändchen-Emoji.

»Peter möchte was sagen«, sagte Yvonne. Und dann, einige Sekunden später: »Peter, du musst dein Mikro einschalten, dann verstehen wir dich auch.« Es war erst sein 107. Meeting dieser Art.

»Ah. Ja. Okay. Könnt ihr mich hören? Jetzt? Hi.«

»Ja, Peter, was möchtest du sagen?«

»Ich wollte eigentlich nur fragen, wer die Kachel da unten rechts bei mir ist.«

Yvonne versuchte sich an einem Lächeln, was ihr misslang.

»Ich weiß leider nicht, wer bei dir unten rechts ist, aber das ist auf jeden Fall eine gute Gelegenheit, euch Fanny Clope vorzustellen.«

Einige winkten müde, Fanny winkte fröhlich zurück.

»Fanny ist Architektur-Influencerin und wird uns eine Weile begleiten. Herzlich willkommen, Fanny. Fanny wird sich ein Bild von uns machen und dann unsere Social-Media-Kanäle aufrüsten und uns ein bisschen Feuer in dem Bereich machen. Vielleicht stellt sie sich mal vor. Fanny?«

Fanny hatte wilde schwarze Locken, eine runde Brille und eine sehr hübsche Nase. Munk schätzte sie auf Anfang dreißig, tatsächlich war sie achtunddreißig Jahre alt und hatte jahrelang die PR für eine große Werbeagentur gemacht. Bis sie das Architekturthema für sich entdeckt hatte und ihrer Freundin Yvonne ihre Dienste als *Influence Artist in Residence* anbot. »Und da bin ich jetzt und mache mal was aus eurem Boomer-Laden«, sagte sie fröhlich und proaktiv in die Kamera. Die meisten Teilnehmer reagierten gelassen darauf, Munk drückte wieder den Winkebutton.

»Dein Mikro ist noch an, Peter, du kannst einfach sprechen.«

»Was oder wen meinst du denn mit Boomer?«, fragte er.

Fanny wackelte ein bisschen mit dem Kopf und sagte: »Na, dich zum Beispiel.«

»Ich bin aber kein Boomer. Ich bin Generation X, Jahrgang 73. Boomer geht nur bis 1965.«

Yvonne mischte sich ein, weil sie diese Diskussion schon kannte und nicht mochte. »Aber wir wissen ja alle, was gemeint ist, oder?«

»Warte noch, ganz kurz«, sagte Munk, der die Diskussion

ebenfalls kannte und liebte. »Ich habe noch eine Frage an Fanny. Wenn du Boomer sagst, meinst du mich, richtig? Jetzt ist es aber so: Yvonne ist ein halbes Jahr älter als ich. Aber sie ist für dich kein Boomer. Nur ich.«

Fanny hob beide Hände, als wolle sie einen Steinwurf abwehren.

»Das bedeutet, dass ich so genannt werde, weil ich ein Mann bin. Ist das nicht diskriminierend? Boomer sind komischerweise immer Typen.«

»Wir haben es verstanden, Peter. Vielleicht führt ihr euer Gespräch ja mal bei Gelegenheit in einem anderen Rahmen weiter. Wir gehen jetzt mal zum Thema Bibliothek Kopenhagen.«

Nach der Konferenz rief Yvonne bei Munk an und beschwerte sich darüber, dass er Fanny im ersten Meeting bereits angegangen hatte. »Wir brauchen sie«, sagte sie. »Es ist nicht gut, wenn du sie verprellst.« Munk beschwichtigte sie und schlug vor, sich mit Fanny für ein Gespräch zu treffen, um mögliche Missstimmungen gleich auszuräumen. Mit Maske. Draußen. Irgendwo. Oder telefonieren.

Und so kam es, dass Munk und Fanny sich an einem windigen Märztag 2021 am Freiburger Münster trafen, um sich etwas besser kennenzulernen. Es war ein lustiges Gespräch, auch wenn sie sich alsbald in die Haare bekamen, weil Fanny genderte. Munk störte das aus ästhetischen Gründen.

Sprache war zu schön und zu wertvoll als Kulturgut, um ihre Grammatik in den Dienst einer politischen Absicht zu stellen. Fand er. Und außerdem sah er die Gleichstellung in seiner Firma als verwirklicht an. Alle Leitungsposten waren paritätisch besetzt, es herrschte strikte Gleichstellung, auch bei der Bezahlung. Und in der Regel wurden weibliche Bewerber sogar bevorzugt behandelt. Munk sah nicht ein, dass man »MitarbeiterInnen« schreiben oder sagen sollte, wenn man auch »Mitarbeiterinnen und Mitarbeiter« sagen oder schreiben konnte. Das war zwar länger, aber präziser und vor allem nicht so lächerlich prätentiös. Er war gegen alles Vordergründige, Angeberische und Verzierte in der Arbeit des Büros. Und er lehnte es auch in der Sprache ab. Für ihn lasen sich gegenderte Texte wie Bekennerschreiben von linksterroristischen Attentätern: moralistisch, wichtigtuerisch, pädagogisch und uncharmant. Damit hatte er sich durchgesetzt und am Ende tatsächlich in der entscheidenden Konferenz den patriarchalischen Satz gesagt: »Solange das Büro meinen Namen trägt, wird nicht gegendert. Das könnt ihr in eurer Freizeit machen. Basta.« Und das Einzige, was Fanny nun auf den Furor des angewiderten Architekten erwiderte, war: »Du bist schon auch sehr süß, weißt du das?«

Es gab praktisch kein Thema, bei dem Munk und Fanny einer Meinung waren. Sie mochte Musicals und besaß ein Faible für Empfänge, Geschäftseröffnungen und Events aller Art, bei denen man mit einem kalten Getränk in der Hand Kontakte knüpfte. Sie interessierte sich für Neuigkeiten aus dem Hochadel und liebte Castingshows. Alles Dinge, die Munk eher abseitig und absurd fand. Er besaß zwar einen Fernseher, aber das nur, weil er ihn als Objekt im Raum mochte. Wenn er ihn einschaltete, sah er entweder Nachrichten oder streamte einen guten Film. Er hatte nicht einmal die Sender richtig sortiert.

Nachdem Fanny das erste Mal bei ihm übernachtet hatte, begann sie damit, seine Küchenschränke neu zu sortieren, weil man so nicht kochen könne. Sie klärte ihn darüber auf, dass kein normaler Mensch ein Fahrrad im Esszimmer hängen habe und dass er Zusammenhänge des modernen Lebens nicht verstehe, weil er den Anschluss daran versäumt habe. Sein Desinteresse an sozialen Medien interpretierte sie als Zeichen dafür, dass er abgehängt sei. Er wehrte sich nicht dagegen, denn er fand ihre Energie und ihren Ehrgeiz tatsächlich motivierend und ziemlich attraktiv. Munk ließ sich aber erst auf die Beziehung ein, als er sichergestellt hatte, dass Fanny weder heiraten noch Kinder haben wollte und auch keine mitbrachte. Er prüfte diesmal intensiv, was ihn wohl als Objekt für Fanny umso interessanter machte.

Sie umwarb ihn, auch wenn sie gleichzeitig immer wieder darauf hinwies, dass sie verrückt sein müsse, sich mit so einem arrivierten Herrn zu verbinden. Immerhin mochte sie seine Arbeit. Und natürlich wusste sie, dass Munk zu den weltweit führenden Architekten gehörte, dass er in Wahrheit den Schrittmacher einer modernen globalen Architektur darstellte. Insofern traf es ihn überhaupt nicht, als sie ihn als Methusalem bezeichnete, bloß weil er nicht wusste, dass Heidi Klum mit Tom Kaulitz zusammen war. Er hatte zwar den Namen Klum schon einmal gehört, aber das Leben, Wirken und die schiere Existenz von Tom Kaulitz waren ihm unbekannt. Er fand das lustig und ließ sich ausführlich über das Paar und viele weitere Details aus dem nationalen und internationalen Showbusiness aufklären. Und er mochte es, wenn sie am Sonntag im Bett frühstückten und sie ihn so lange ärgerte, bis er das Tablett auf den Fußboden stellte und sich auf sie fallen ließ, um sich dann schwer zu machen, bis sie sich schließlich atemlos ergab.

Fanny war die erste Partnerin, die Gnade von Klaus und Yvonne erfuhr. Auch wenn die Scharmützel zwischen Munk und Fanny in jeder Konferenz viel Zeit raubten, schien diese Frau ihrem Partner gutzutun. Es war eine Leichtigkeit zwischen den beiden, die ins Büro abstrahlte. Außerdem hatte Fannys Wirken auf Social Media tatsächlich starke Effekte. Während das Büro zuvor eher statisch und lustlos das Nötigste auf TikTok, Instagram und Twitter gepostet und den uralten Facebook-Account eher nachlässig gepflegt hatte, schaffte Fanny es, mit kreativen und bisweilen lustigen (wie Munk zugeben musste) Beiträgen große Aufmerksamkeit für Munk & Partners zu erzielen. Die Debatte, dass Munks Ansicht nach diese Aufmerksamkeit vollkommen nutzlos für die Arbeit war und nur Energie auf irgendwelchen Serverfarmen vergeudete, ging über zwölf Runden und endete damit, dass Fanny ein TikTok-Video von ihm aufnahm, in dem er ein Spiegelei wendete. Es wurde über 140 000-mal angesehen.

Munk hatte so viel Ärger und so viel Kummer erlebt, dass er keine Lust mehr hatte, die Beziehung zu Fanny anzuzweifeln. Sie nannte sich Fanny Clope und wollte das sogar in ihren Personalausweis eintragen lassen, als Künstlernamen. Tatsächlich hieß sie Stefanie Klopstock, wie sie Munk nach vier Wochen verriet. Er war mit ihr einer Meinung, dass Fanny Clope mehr Türen ins Leben öffnete. Er machte sich keine Gedanken über Zukunftsperspektiven und sie sprachen nie über Ereignisse, die weiter entfernt lagen als das Wochenende. Das gefiel ihm. Für ihn war diese anstrengende Architektur-Influencerin, vor der andere schreiend davonliefen, regelrecht erholsam.

Auf Events waren sie ein gutes Paar, ein wenig schillernd, aber nicht affektiert. Es störte ihn nicht, dass Fanny unverhohlen mit anderen Männern flirtete. Sie erklärte ihm, dass dies zum Networking gehöre, es habe nichts zu bedeuten, es gehe dabei letztlich immer nur um Kontaktpflege. Er hatte keinen Grund, ihr nicht zu glauben, denn sie kam immer wieder zu ihm, um mit ihm anzustoßen, einen Kuss abzuholen oder um ihm irgendwelche interessanten Leute vorzustellen, deren Namen er auf der Stelle wieder vergaß. Auf dem Heimweg oder im Hotel erzählte sie ihm dann die besten Geschichten des Abends und Munk hatte den Eindruck, ein wirklich sehr aufregendes Leben zu führen. Auch wenn manche Leute ihm durchaus schräg vorkamen oder »verballert«, wie Fanny das nannte.

So einer war der Goldschmied Remo Dorfmeier, der sich ähnlich wie Fanny einen wohlklingenden Künstlernamen zugelegt hatte und in seiner Branche als Remoxx2a bekannt war. Er kam aus dem ostwestfälischen Harsewinkel und hatte dort eine solide Lehre abgeschlossen, was ihm aber biografisch zu wenig glamourös erschien, weswegen er seinen Wikipedia-Eintrag dahingehend geändert hatte, dass er nun von einem blutrünstigen Adelsgeschlecht aus Klausenburg in Transsilvanien abstammte. Er kam darauf, weil er gelesen hatte, dass Transsilvanien übersetzt »Das Land hinter dem Wald« bedeutete und dies ja auf Ostwestfalen auch irgendwie zutraf. Ein humorloser Administrator bei Wikipedia änderte diese Angabe alle zwei Wochen und fügte wieder Harsewinkel ein, was Remoxx2a dauerhaft beschäftigte.

Remoxx2a war mit kompromisslosem Silber bekannt geworden und stattete zahlreiche Stars damit aus, die sein Geschmeide tapfer durch Preisverleihungen schleppten, obwohl eine einfache Halskette bei ihm zwei Kilo wog und der Trägerin eine trainierte Haltung abverlangte. Fanny war entzückt, als sie eine Einladung zur Präsentation seiner neuen Kollektion erhielt.

Also fuhren Munk und Fanny nach München und überwanden alle Sicherheitskontrollen am Eingang der Galerie, in der Remoxx2a staatsmännisch seine Gäste begrüßte. Fanny kannte ihn von anderen Gelegenheiten und obwohl sie sich seinen Schmuck nicht leisten konnte, waren sie offenbar sehr befreundet, was Munk daran erkannte, dass Remoxx2a seiner Freundin zur Begrüßung die Zunge in den Hals rammte, als habe er dort etwas Wichtiges verloren und müsse es nun suchen. Fanny stellte Munk vor und Remoxx2a musterte ihn streng, um sich dann an Fanny zu wenden und zu sagen: »Genehmigt.« Dann nahm er zwei kleine Schachteln von einem Stapel und überreichte sie Munk und Fanny: »Ein kleines Willkommensgeschenk. Nur eine Brosche. Ein Bröschlein sozusagen. Für euch.«

Fanny öffnete die Schachtel und holte die Brosche heraus. Es handelte sich um ein zunächst fast unförmig scheinendes Stück Silber. Es sah aus wie ein kleiner Vulkan, allerdings ohne Krater, sondern mit einer abgeflachten Spitze. Das Material war leicht geriffelt und fühlte sich an wie die dicke Aluminiumfolie von Eiskonfekt. Unter dem Fuß des Vulkans befand sich eine Nadel mit Verschluss. Als Munk sich umsah, stellte er fest, dass alle Gäste diese Brosche angesteckt hatten, und so machte er das dann auch.

Später am Abend trat Remoxx2a noch mit einem Multi-Instrumentalisten auf und sang eigens komponierte Chansons mit Elektro-Einsprengseln, die Munk gut gefielen. Aber er hatte da auch schon zwölf Gläser Prosecco getrunken und nicht mehr als ein einziges maues Kanapee abbekommen. Gegen zwei Uhr war die Veranstaltung beendet; Fanny und Munk gehörten zu den letzten Gästen. Als sie sich von Remo Dorfmeier verabschiedeten, was diesem nicht gelang, ohne Fanny ein weiteres Mal inbrünstig abzulecken, fragte Munk, was die Brosche für eine Bedeutung habe. Was genau sie darstelle.

Und Remoxx2a antwortete: »Ich liebe es, dass alle sie getragen haben. Wundervoll ist das.« Er nahm eine der übrig gebliebenen Schachteln, holte eine Brosche heraus, hielt sie vor sein Gesicht und sagte: »Das ist eine genaue Abformung meines Arschlochs.« Im Taxi dachte Munk, dass diese Brosche so ziemlich das größte Kunstwerk war, das er seit Langem gesehen hatte. Einhundertfünfzig Trottel waren stundenlang mit Remo Dorfmeiers Silberafter an den Klamotten herumgelaufen und auch noch stolz darauf. Er war dankbar für dieses Ereignis, das er ohne Fanny nie erlebt hätte. Auch wenn sie das Stück im Hotel abnahm und ankündigte, es einschmelzen zu lassen. Es sei immerhin Sterlingsilber. Wieder waren sie nicht einer Meinung, aber das störte ihn nicht. Er fand das inspirierend.

Im August flogen sie nach Ibiza. Zum Event eines Autoherstellers, der sämtliche führenden Influencer und andere Putzerfische der Konsumgesellschaft einlud, kunstvoll verzierte Kleinwagen zu bestaunen. Es war dem Unternehmen gelungen, den in Berlin weltberühmten Aktionskünstler Clint Metzger dazu zu bewegen, zwölf Exemplare des Modells Jippie auf seine ganz eigene Art zu gestalten. Metzger hatte sich zunächst in den Nullerjahren einen Namen als Pornodarsteller gemacht, um dann umzusatteln und mithilfe von Mäzenen zu verwirklichen, was er selbst »Krassismus« nannte. Er hatte bereits Möbel, Haushaltsgeräte und mehrere Bankfilialen mit allen möglichen Substanzen besprüht, bekleckert und beworfen, was komischerweise jedes Mal zu großflächiger Berichterstattung geführt hatte. Nun erhoffte man sich durch die Anwesenheit von Fanny und etwa zweihundert weiteren Social-Media-Multiplikatorinnen eine enorme Reichweite für den Launch von Jippie, dem lustigen Großstadtflitzer mit einer Batteriereichweite von fast 120 Kilometern.

Munk stand dem Wirken von Clint Metzger eher kritisch gegenüber, weil er schon HA Schults geflügelte Ford Fiestas für scheußliches Kunsthandwerk gehalten hatte. Andererseits war er das letzte Mal vor über dreißig Jahren auf Ibiza gewesen und hatte Lust, die Insel wiederzusehen. Außerdem war Fanny begeistert von dem Hotel, welches die Autofirma für sämtliche Gäste gebucht hatte.

Der Auftritt Clint Metzgers vor einem Dutzend mehr oder weniger banal vollgesudelter Kleinwagen fand die erhoffte Resonanz, weil innerhalb von zwanzig Minuten etwa achthundert Clips und Fotos der anwesenden Influencer in die diversen Kanäle eingespeist wurden. Follower aus der ganzen Welt erhielten Kunde von der Existenz eines neuen E-Mobils, dessen Hässlichkeit geschickt unter Bananenschalen, Ziegenscheiße, Apfelmus mit Daunenfedern und anderen Substanzen verborgen blieb.

Danach gab es was zu trinken und den herrlichen Sonnenuntergang bei Sant Antoni.

Fanny und Munk setzten sich an einen freien Tisch und waren zwar nicht einer Meinung, was diese Autos anging, aber einverstanden mit den Drinks. Ein Kellner kam, um den Tisch abzuwischen, und beide hoben ihre Gläser. Der Kellner trug ein Tanktop über dem muskulösen Oberkörper und war von der Hand bis zum Hals tätowiert. Er wischte über den Tisch und sagte: »Danke.« Dabei sah er Munk kurz an und der starrte fassungslos zurück.

»Ralf?«

Der Kellner hielt einen Moment inne. Es schien, als müsse er kurz ein paar lose Drähte in seinem Kopf miteinander verlöten, dann zwinkerte er mehrmals heftig und sagte: »Peter?«

»Das gibt's doch gar nicht«, sagte Peter und erhob sich. Ralf ließ seinen Lappen fallen und die beiden umarmten sich lange und innig.

Fanny zog die Augenbrauen hoch und sagte: »Kann es sein, dass ihr euch irgendwoher kennt?«

»Wir haben zusammen Abi gemacht«, sagte Peter atemlos. »Und das haben wir hier gefeiert. Und dabei haben wir uns irgendwie aus den Augen verloren.«

»Das heißt, ihr habt euch jetzt sechzig Jahre nicht gesehen oder was«, sagte Fanny und schob den Lappen ein Stück von sich.

»Dreißig sind's, oder einunddreißig«, sagte Ralf und zwinkerte abermals. Sein Tick war immer noch da und das erfreute Munk, weil es ihn an seine Jugend erinnerte. »Aber die Sache war anders. Wir haben uns nicht aus den Augen verloren, du bist früher nach Hause gefahren, nach der Sache mit der kleinen Spanierin vom Strand.«

»Jaja«, sagte Munk abwiegelnd.

»Welcher kleinen Spanierin vom Strand?«, fragte Fanny, schon um Munk zu ärgern, der offensichtlich nicht darüber sprechen wollte.

Ralf zog sich einen Stuhl heran und setzte sich, was er bestimmt nicht durfte. Er beugte sich zu Fanny und erzählte ihr die ganze Geschichte. Munk sah seinen früheren Freund an und entdeckte ihn hinter dem Sechstagebart und den blonden langen Haaren. Ralf war schmal, fast schmaler als damals, und er hatte einen vergoldeten Eckzahn. Er sah gut aus.

Als Ralf seine Geschichte beendet hatte, sagte Munk: »Und du bist dann dageblieben? Für immer?«

»Ja, bin ich. Seit über dreißig Jahren auf der Insel.«

»Und was machst du?«

»Alles Mögliche. Kellnern. Deutsche Freunde von mir machen hier Gin, da helfe ich mit. Und im Winter mache ich ein bisschen Design. Websites für Kneipen, Tattoos. Ist ein feines Leben. Meistens.« Ralf streckte die Schultern und sah Munk fröhlich an. »Hast du Familie?«, fragte Munk.

»Drei Kinder von vier Frauen.«

»Bitte?«

»Ah. Quatsch, andersrum. Vier Kinder von drei Frauen.« Er lachte über seinen gelungenen Scherz. Fanny ebenfalls. Er fragte, ob sie noch etwas trinken wollten, und kam bald darauf mit einer Runde zurück. Es wurden dann fünf, auch weil er zwischendurch Feierabend machte, was sein Chef mit einem dösigen Nicken quittierte.

»Und du so? Hast's geschafft, oder?«, fragte Ralf und das klang keineswegs herablassend oder neidisch. Peter stapelte tief und sagte, dass er Architektur studiert habe und nun schon lange in dem Beruf arbeite. Ja, in Freiburg. Und nein, keine Kinder, keine Ehe. »Aber Topfrau«, sagte Ralf lobend und darauf tranken sie.

Es war längst dunkel und Ralf verabschiedete sich. Es war klar, dass sie keine Kontaktdaten austauschen würden. Sie hatten sich wieder getroffen, es war kein Gram mehr da, alles gut, wie man dann immer sagt. Aber ihre Lebenswege hatten keine Überschneidungen und gegen Mitternacht war alles besprochen. »Hasta luego«, sagte Ralf und verschwand hinter der Bar. Wenig später erhielt Fanny eine WhatsApp von einer Pressefrau. Clint Metzger werde jetzt eines der Autos persönlich über die Mole ins Hafenbecken fahren, das gebe tolle Bilder. Man müsse in fünf Minuten dort sein.

Fanny stand auf, um das Spektakel via TikTok bezeugen zu können, Munk blieb sitzen. Er hatte genug von dem Quatsch, außerdem hing er seinen Erinnerungen nach und bestellte noch einen Drink. Als Fanny nach einer Dreiviertelstunde nicht zurückkam, spazierte er durch den Hafen, aber er fand weder Fanny noch den Rest der Partygesellschaft, die sich offenbar in diverse Clubs und Großraumdiskotheken verstreut hatte. Er schickte Fanny eine Nachricht, aber es erschien bloß ein grauer Haken, was bedeuten konnte, dass das Handy trotz der beiden immer zum Bersten gefüllten Powerbanks in ihrer Handtasche keinen Strom mehr hatte. Er schickte noch eine weitere Nachricht, dass er nunmehr aufbrechen und sie im Hotel treffen werde.

Das tat er auch. Als er die Zimmertür öffnete, saß Fanny auf dem Bett. Ganz genau genommen saß sie auf Ralf und Munk fand das sehr überraschend, weil Ralf ihr rein netzwerkmäßig eigentlich gar nichts brachte. »Was soll das. Fanny!«, sagte er, zu seiner eigenen Verwunderung ziemlich leise.

Ralf hob hinter ihr den Kopf und rief: »Hey, Peter. Du bist nicht mitgekommen und wir wollten nicht mehr warten. Da haben wir schon mal angefangen. Komm her und mach mit.«

Fanny schien von der Idee angetan zu sein und sagte: »Steh nicht so da rum, komm schon.« Sie sah ihn auf eine Weise an, die ihm fremd war. »Ihr glaubt ja wohl nicht ernsthaft, dass wir jetzt einen Dreier machen«, sagte er.

»Wieso denn nicht, ist doch lustig«, sagte sie etwas bemüht, weil Ralf gerade sein Becken bewegte.

»In zwanzig Minuten bist du hier verschwunden«, sagte Munk, drehte sich um wie ein Roboter und verließ das Zimmer. Als er auf dem Flur stand, fragte er sich, warum er gesagt hatte, dass Ralf in zwanzig Minuten abhauen sollte und nicht sofort. Er führte das darauf zurück, dass er nicht als kompletter Spielverderber dastehen wollte. Außerdem hatte er nicht prinzipiell etwas gegen einen Dreier. Sie hatten sogar schon einmal davon gesprochen, dabei aber eher über die Teilnahme einer weiteren Frau diskutiert. Und nicht über einen Dreier mit einem Mann. Und erst recht nicht mit Ralf.

Munk wartete zwanzig Minuten in der Hotelbar, wo er ein San Miguel trank und andauernd auf seine Uhr sah. Ihm fiel ein, dass es das zweite Mal war, dass er und Ralf sich in einem Hotelzimmer voneinander verabschiedet hatten. Beim ersten Mal war Ralf aus der Tür gegangen. Und nun er. Munk gab ihnen sechsundzwanzig Minuten und als er erneut das Zimmer betrat, war Ralf tatsächlich nicht mehr da. Fanny aber auch nicht.

Er traf sie am nächsten Morgen beim Frühstück. Sie setzte sich zu ihm und bestellte einen Kaffee und einen Negroni. Die Sonnenbrille behielt sie auf, weil sie, wie sie sagte, aussehe wie eine Fledermaus auf Speed.

Munk hatte keine Lust auf inquisitorische Fragen. Er wollte ihr keine Szene machen, auch wenn er die Situation nicht einzuordnen vermochte. Er nahm an, dass ihr Verhalten irgendwie digital war, hochmodern. Influencerisch, sozusagen. Trotzdem fragte er: »Warum hast du das gemacht?«

Sie nippte von seinem Orangensaft und sagte: »Ich weiß nicht, war irgendwie casual. Aber nichts dahinter. Und es war dann auch gleich die Luft raus.«

»Wie meinst du das?«

»Als du weg warst, haben wir nicht weitergemacht. Es ging nicht mehr, das Momentum war weg.«

»Aha, das Momentum. Und was ist dann passiert?«

»Wir waren noch bei ihm. Er wohnt hier in der Nähe in einer völligen Bruchbude. Wir haben geredet und irgendwelche Handyfilme von seinem ältesten Sohn angesehen. Der ist Surfer. Irgendwann bin ich auf seinem Sofa eingeschlafen. Er war nett und hat mich zugedeckt. Wir haben vorhin noch einen Kaffee getrunken und das war's.«

Da geschah etwas mit Munk, was er in so einer Situation vorher für unmöglich gehalten hätte: Es war ihm egal. Es ließ ihn völlig kalt. Er empfand zwar eine Liebe zu dieser übernächtigten und verkaterten Frau. Aber der große Zeiger seines moralischen Kompasses bewegte sich kein bisschen in den Norden der Entrüstung über den Betrug, die Untreue, den Verrat – und die Frechheit seines einstigen Kumpels.

Munk saß einfach da und aß ein Egg Benedict. Ihm war plötzlich ganz klar, dass Fanny und er kein Paar sein konnten. Er akzeptierte sie so, wie sie war, aber er sah sich nicht mehr neben ihr. Und sie nicht mehr neben sich. Am liebsten hätte er sie gebeten, einfach aufzustehen und den Tisch zu wechseln. Aber er blieb charmant, bestellte ihr Pfannkuchen mit Sirup, weil sie Zucker brauchte, und wunderte sich über sich selbst.

Die Trennung verlief danach harmonisch. Nachdem sie wieder zu Hause waren, sprachen sie darüber, sie weinte kurz und war wie immer anderer Meinung. Aber vielleicht war sie auch froh, weil sie auf diese Weise ihr Netzwerk bald um jemand anders bereichern konnte, der vielleicht mehr so in Richtung Mode tendierte. Sie fand ihren Kleiderschrank zu leer. Er erinnerte sich an den letzten Satz, den sie sagte, bevor sie sich voneinander verabschiedeten: »Ich habe es nie auf deinen Sperrbildschirm geschafft.« Er fand diesen Befund im Nachhinein ebenso poetisch wie pointiert. Und sie hatte es auch nicht auf seinen Sperrbildschirm geschafft.

Munk informierte Yvonne und Klaus nach dem Wochenende über die Trennung und man war sich einig, dass Fanny der Firma als freie Mitarbeiterin unbedingt erhalten bleiben musste. Und so stritten Munk und die Influencerin einfach weiter in jeder Konferenz. Und nicht mehr in seiner Wohnung. Und es war okay für beide.

Munk rollte den Minigolfball über den Schreibtisch in seinem Zimmer und sah auf seine Liste. Er hatte nun alle Namen darauf mit Personen und Erinnerungen und Gefühlen verbunden und dabei tief in seinem Inneren herumgekramt. Es hatte ihn berührt, zuweilen auch amüsiert und einige Male mit Scham erfüllt. Für den Nachmittag stand das Abschlussgespräch bei Doktor Grenzmann auf dem Programm, dann am nächsten Morgen die Abreise.

War er allen Frauen in diesen Überlegungen gerecht geworden? Und auch sich selbst? Und was lernte er daraus, dass er lange zurückliegende Ereignisse erneut durchlebte, in Freude natürlich, aber auch im Schmerz? Auf jeden Fall hatte der Arzt recht gehabt: Der Schlüssel zu seiner Erkrankung steckte in seiner unsortierten Seele. Es fehlte ihr etwas, wonach er seit Wochen suchte. Er war nie wirklich unglücklich gewesen, er mochte das Leben, das er führte, und mit sich selbst kam er leidlich zurecht. Und doch war da ein blinder Fleck, eine Unerfülltheit, die im Scheitern seiner Beziehungen einen Ausdruck fand. Er hätte es jedes Mal besser machen können, das wurde ihm nun klar. Noch vor Monaten hätte er darüber nur mit den Achseln gezuckt und gesagt: »Es hat halt nie so richtig lange geklappt.«

Er ging die Frauen auf dem Papier noch einmal durch, betrachtete jede von ihnen mit großer Zärtlichkeit als das, was sie waren, nämlich Seelen, die er zumindest teilweise sehr geliebt und am Ende doch nicht gehalten hatte.

Bei Judith war er viel zu jung gewesen. Sein erstes Mal war wie bei so vielen Menschen nicht wirklich das erotische Highlight seines Lebens gewesen. Wie sie wohl an ihn zurückdachte? Womöglich hatte sie die ganze Geschichte vergessen, schließlich war ja für sie dabei nicht wirklich etwas passiert. Oder sie erinnerte sich doch und lächelte nachsichtig. Das war ein versöhnlicher Gedanke.

Dann Nicole. Für sie war er wie ein Irrer Schlittschuh gefahren und hatte ein Haus gebaut. Sie war seine erste richtige Liebe gewesen, von der er gelernt hatte, was das eigentlich bedeutete. Bestimmt lebte sie ein gutes Leben, war verheiratet und hatte Kinder, mit denen sie Schlittschuh fahren konnte.

Ana, die kleine Diebin. Bei ihr war er buchstäblich zum Opfer geworden. Der Betrag war gering, der Schmerz hielt sich in Grenzen, aber die kürzeste Beziehung seines Lebens hatte ihn um seinen besten Freund gebracht. Und wer weiß, vielleicht hatte er ja ein Kind. Irgendwo.

Dann Maja, Lehrerin der Demut. Sie hatte ihn bis zur Selbstverleugnung getrieben. Munk hätte für sie zweifellos einen Mord begangen und jede dumme Mutprobe auf sich genommen, nur damit es ihr gut ging. Die Frage, was sie sich umgekehrt für ihn zugemutet hätte, konnte er nicht beantworten.

Heike aus Düsseldorf, die überhaupt nicht zu ihm passte. Sie hatte ihm gezeigt, dass man ihn mögen konnte, ohne ihn zu verstehen, und das war, wenn auch erst Jahrzehnte später, für ihn ein schönes Gefühl. Heike war, das konnte er rückblickend sagen, ein guter Mensch gewesen.

Galt das auch für Andrea, die Kindfrau? Natürlich, dachte er jetzt. Andrea hatte ihm beigebracht, wie sinnlos es manchmal ist, jemanden zu lieben, der nicht wenigstens auf ähnliche Weise dazu in der Lage ist. Er hatte akzeptieren müssen, dass die Nachtseite einer Persönlichkeit manchmal viel größere Schatten wirft als die Tagseite. Andrea war für ihn wie Heroin gewesen und der Entzug dauerte Jahre.

Danach kam Claudia und er stellte fest, dass dies die einzige Beziehung in seinem Leben gewesen war, die so etwas wie eine Normalität besessen hatte. Es kam ihm in den Sinn, dass dies womöglich auch der Grund dafür gewesen war, dass er diese Verbindung am Ende sabotiert und zerstört hatte. Es hatte die Gefahr bestanden, tatsächlich glücklich zu sein. Claudia hatte ihm dann gezeigt, wie viel Hermann Munk in ihm steckte. Und dass man niemals weit genug laufen kann, um seinen Genen zu entfliehen.

Und Jutta? War dann wohl eine Art Werkzeug dieser Beweisführung gewesen. Mit ihr hatte er erlebt, dass er amoralisch handeln konnte. Und zwar nicht nur gegenüber Claudia, sondern auch ihr gegenüber. Es steckte mehr Schwein in ihm, als er sich jemals eingestanden hätte.

Ansonsten wäre auch die Sache mit Anja nicht geschehen. Es wurde ihm durch diese Beziehung bewusst, dass er verantwortungslos handeln und gleichzeitig verliebt sein konnte. Seine moralischen Kontrollmechanismen versagten bei Anja. Wie sie wohl im Rückblick auf ihn schauen würde? Wahrscheinlich als Episode, mehr war er nicht und es war ihm recht.

Und bei Harper hatte er sich zum Idioten gemacht. Die schmerzliche Erkenntnis, dass es möglich war, für wenige Tage vollkommen verbindlich miteinander umzugehen, um sich danach nie wieder zu begegnen, faszinierte und erschreckte ihn gleichermaßen. Aber er bewunderte diese Frau. Und er mochte sie auch im Rückblick noch sehr.

Bei Penelope hatte er verloren. Oder besser: Gegen ihre Söhne hatte er verloren. Das schmerzte auch jetzt noch, denn sie war gut zu ihm gewesen. Ohne Kinder eine Traumfrau, mit Kindern unerreichbar.

Wie Karin, bloß ganz anders. Ihre Lebenswelt befand sich so weit außerhalb der normalen Gesellschaft, dass Munk in der Rückschau das Gefühl hatte, ein paar Monate auf dem Mars verbracht zu haben. Er hatte diese Frau geliebt, aber sie nicht ertragen können. Und am Ende waren ihm seine Werte zu kostbar, um sie für Karin zu opfern. Aber für ihr Lachen wäre er hundert Kilometer rückwärts auf Knien gelaufen.

Mit Fanny hatte er sich amüsiert. So sah er das im Rückblick. Zwar hatte sie ihn am Ende betrogen, aber sosehr er sich auch anstrengte: Es hatte ihn nicht beschädigt. Ob er sie noch einmal zurückhaben wollte? Höchstens für eine Nacht oder zwei. Vielleicht noch mit einer guten Freundin. Munk fand komisch, wie wenig Romantik er in Gedanken an Fanny aufbrachte. Sie hatte ihm also vermutlich beigebracht, nicht von jeder Beziehung ewige Erfüllung zu erwarten.

Und dann Nadja. Die ihn geliebt und ausgenutzt hatte. Mit der er am Ende auf eine furchtbare Weise auseinandergeraten war. Unwürdig für beide. Und die ihn gelehrt hatte, dass es nicht klug war, miteinander zu schlafen und miteinander zu arbeiten. Nadja war nicht gut für ihn gewesen, hatte es wohl auch nicht sein wollen. Am Ende war sie ebenso verschwunden wie alle anderen Frauen in seinem Leben. Und mit ihnen das Gefühl, zu jemandem zu gehören.

Munk faltete den Zettel mit den Namen und steckte ihn in die Hosentasche. Es war kurz nach 14 Uhr. Er wusste nicht, was er zu dem Gespräch bei Dr. Grenzmann anziehen sollte. Immerhin bildete es ja den feierlichen Abschluss seines Aufenthaltes. Nun würde das große Resümee gezogen. Dafür konnte man schon mal einen Kaschmirpullover überziehen. Aber er beließ es dann bei einem Sweatshirt. Vielleicht war ja am Ende nichts wirklich wichtig.

Das Modell Elm des Herstellers COR ist ein fabelhaftes Sitzmöbel und es ist aufgrund seiner stabilen Polsterung ausgezeichnet dafür geeignet, auch unangenehme oder längere Gespräche in Vorstandsetagen oder Wohnzimmern zu absolvieren. Munk hatte schon bei seinem ersten Besuch bemerkt, dass das Mönchhof-Resort an dieser Stelle bei der Einrichtung nicht an Qualität gespart hatte. Trotzdem setzte er sich etwas unruhig in den Sessel und der Arzt bot ihm daraufhin ein Glas Wasser an, das Munk sofort auf dem Tischchen neben dem Sofa abstellte.

Es kam ihm vor als sei er um Jahre gealtert seit seiner Ankunft. In Wahrheit waren es keine vier Wochen gewesen, die er im Mönchhof-Resort mit Gymnastik, Sellerie, Wandern und Grübeln verbracht hatte. Auf die Frage, wie er sich fühle, sagte er nur knapp: »Gut.« Dabei hatte er kalte Füße. Er war vor dem Termin noch ins Dorf spaziert, um dort am Geldautomaten eintausend Euro Trinkgeld für die Belegschaft zu ziehen, und hatte dafür das falsche Schuhwerk gewählt. Es wäre ihm aber seltsam vorgekommen, auf die Frage des hageren Grenzmanns ehrlich zu antworten, dass er an den Zehen fror. Also: gut.

»Wie ist es Ihnen ergangen? Haben Sie den Eindruck, der Aufenthalt hat Ihnen geholfen?«

»Ja«, sagte Munk. »Ich denke, ich habe die Operation gut überstanden. Ich glaube, dieses Herzding war eine einmalige Angelegenheit. Ich fühle mich gut.«

»Das ist erfreulich. Und wenn Sie von der körperlichen Genesung absehen? Wie geht es Ihnen?«

»Besser. Gut. Würde ich sagen.« Munk war noch nicht warm. Er bewegte seine Arme, wollte sie erst verschränken, legte sie aber dann auf die Lehnen seines Sessels.

»Was ist denn anders?«, fragte Grenzmann. Munk merkte ihm zwar an, dass er diese Art von Fragen jeden Tag stellte, aber das konnte man ihm nicht vorwerfen. Er musste in seinem Beruf auch häufig dasselbe fragen.

»Ich glaube, dass ich etwas näher an mein Herz rangekommen bin, wenn man das so sagen kann. Ich habe über meine Beziehungen nachgedacht. Wie ich dort war, wer ich war. Und wie ich mich entwickelt habe.«

»Und wie haben Sie sich entwickelt?«

»Nicht gut, finde ich. Ich hätte gedacht, dass ich ein besserer Mensch bin.«

»Es ist Ihnen wichtig, ein guter Mensch zu sein?«

»So habe ich das gelernt, ja. Es ist mir wichtig. Ist so in meiner Erziehung. Auch wenn sich mein Vater nicht sehr daran gehalten hat.«

»Das haben Sie zu Beginn der Behandlung erzählt, ja. Und dass Sie sich selbst nicht besonders gut kennen. Hat sich das geändert?«

Munk dachte kurz nach und spielte dabei mit der Bügelfalte seiner Hose. »Ja, schon, würde ich sagen. Ich bin mir nähergekommen. Komischerweise, indem ich über diese Frauen nachgedacht habe.«

»Das war der Sinn der Übung«, sagte Grenzmann und lächelte mild. Munk dachte über diesen Satz nach und sagte: »Ich glaube gerade, es ging am Ende gar nicht um die Frauen. Oder?«

»Um die Frauen? Nein. Es ging darum, dass Sie sich mit sich selbst beschäftigen. Dass Sie sich kennenlernen. Und das kann man manchmal ganz gut, wenn man sich mit seinem Beziehungsleben auseinandersetzt. Ich hatte Ihnen ja zu Anfang gesagt: Als

Mann sind Sie die Summe aller Beziehungen, die Sie hatten. Sie haben das für sich dahingehend interpretiert, dass damit alle Sexualpartnerinnen gemeint seien. Das ist okay.«

Er machte eine Pause und sah Munk eindringlich an. Ein Blick, den der vor Wochen noch nicht ausgehalten hätte. »Sie hätten auch an wichtige Vertragspartner denken können oder an entscheidende Lehrmeister. Oder an ihre Eltern. Eigentlich ist das nicht so wichtig. Am Ende geht es darum, sich selbst in diesen Begegnungen zu erkennen und sich neu zu vermessen.«

»Am wichtigsten ist am Ende wahrscheinlich mein verdammter Vater.«

Grenzmann bewegte den Kopf von links nach rechts. Es war kein eindeutiges Kopfschütteln, eher ein Ausdruck von Bedenken. »Das sagt man immer, ja. Stimmt auch, natürlich. Die Eltern legen das Fundament, wie man in Ihrer Sprache sagt. Aber die Wände mauern Sie selbst.«

Munk nickte und sagte: »Aber damit wissen wir immer noch nicht, warum ich diesen Herzinfarkt hatte.« Beim Aussprechen des Wortes zwickte es in seiner Brust. »Es muss doch einen Auslöser gegeben haben.«

»Ja, den finden wir auch. Aber dazu wären Sie im März noch gar nicht in der Lage gewesen.« Grenzmann stand auf und zog die Vorhänge zu. Er wollte nicht, dass die schöne Aussicht störte. Im Stehen sagte er: »Denken Sie noch mal an den Tag des Ereignisses. Was war da?«

Munk blickte zu Boden und folgte einem roten Streifen, der durch den Teppich mäanderte und von blauen und grünen Linien gekreuzt wurde. Ein scheußliches Ding. Aber es half ihm bei der Konzentration.

»Ich bin mittags mit dem Zug nach Zürich gefahren, denn ich hatte dort einen beruflichen Termin. Routine, kein großes Ding. Von dort bin ich im Taxi zum Hauptbahnhof. Ich hatte noch ein bisschen Zeit und wollte Handschuhe kaufen. Ich habe mich darüber geärgert, dass ich meine auf dem Hinweg im Zug gelassen habe. Im *Globus* dachte ich, meine Ex-Freundin gesehen zu haben. Ich war wahnsinnig aufgeregt. Und dann bin ich auf der Rolltreppe zusammengebrochen.«

»Das wissen wir schon«, sagte Grenzmann mit geringer Strenge. »Sie haben sich erschreckt.«

»Ja, aber das Komische war: Ich war gar nicht nur wegen Nadja aufgeregt. Ich war schon vorher die ganze Zeit unruhig, also bevor ich in dieses Kaufhaus ging«, sinnierte Munk. Da war etwas gewesen. Etwas, das ihn berührt hatte. Aber er kam nicht darauf, was es war. »Ich war auch bei dem Termin nicht ganz bei der Sache. Ich weiß, dass ich mich selbst irgendwie unkonzentriert und fahrig fand«, sagte Munk und wurde es bei der Erinnerung abermals.

»Hatten Sie den Eindruck auch schon beim Aufstehen?«

Munk dachte nach und schüttelte den Kopf.

»Vielleicht ist auf der Hinfahrt etwas passiert«, sagte Grenzmann.

Munk schloss die Augen. »Ich saß in einem Abteil mit fremden Leuten und habe gelesen«, sagte Munk.

»Und was war da?«

»Nichts«, sagte Munk leise.

»War etwas besonders an diesen Leuten?«

»Nein. Gar nicht. Ich kann mich nicht an sie erinnern.«

Doch das stimmte nicht. Mit einem Mal kamen Bilder.

Peter Munk betritt ein Abteil der ersten Klasse und grüßt freundlich, denn zwei Personen sitzen bereits dort. Ein Mädchen von etwa achtzehn Jahren am Fenster und ein Mann, offenbar ihr Vater, daneben auf dem Mittelplatz.

Munk legt ab und setzt sich dem Mädchen gegenüber. Man

tauscht sich kurz über das Wetter aus. Es ist ja kalt, es hat geschneit, dabei freue man sich doch Ende Februar schon auf den Frühling. Das Mädchen trägt einen dunkelgrünen Wollpullover und hat lange braune Haare. Sie ist hübsch. Der Vater sieht freundlich aus. Schütteres Haar, Brille. Ein netter Mann. Etwas jünger als er, vielleicht Mitte oder Ende vierzig. Sie sprechen leise miteinander mit leichtem schweizerischen Akzent. Dann holt das Mädchen etwas aus seinem Rucksack.

»Was denn?«, fragte Grenzmann.

»Eine Flasche Almdudler, aus der sie einen kleinen Schluck trinkt und die sie danach wieder verschließt. Und dann noch einen großen Apfel. Und ein Opinel-Messer. Ihr Vater zog ein Papiertaschentuch aus der Innentasche seiner Jacke und entfaltete es auf dem Tisch.«

Das Mädchen beginnt, den Apfel zu schälen. Gekonnt fährt sie mit der Klinge um den Apfel herum und schneidet die Schale in einem einzigen langen Ring herunter. Sie teilt den Apfel in genaue Viertel und entfernt das Gehäuse, ohne etwas zu verschwenden. Schließlich schneidet sie jedes Viertel noch einmal durch, sammelt die Reste, öffnet die kleine Klappe am Fenster und wirft sie hinein. Sie legt die acht Stücke auf dem ausgebreiteten Taschentuch in Kreisform aus und schiebt sie ihrem Vater zu.

»Was für ein Wunder. Erst sagen Sie, da waren fremde Menschen und es sei nichts gewesen. Aber dann wissen Sie noch, dass das Mädchen Almdudler trank und ein Opinel-Messer dabeihatte.«

Munk nickte abermals und sah zu Boden. Er sagte lange nichts. Grenzmann schwieg und wartete ab. Nach einer langen Minute sagte Munk: »Das hat mich irgendwie fertiggemacht.«

»Was genau?«

»Diese stille Übereinkunft. Wie das Mädchen für seinen Vater diesen Apfel geschält hat. Die Zartheit dieses Moments. Diese unfassbare Liebe zwischen ihnen. Der Vater schien glücklich. Es war so ein schöner Augenblick. Wissen Sie, ich kenne so etwas nicht.«

»Können Sie sich vorstellen, dass es das war?«

Munk versuchte, nicht zu weinen, was ihm gelang. Aber das Bild von Vater und Tochter ging nicht weg. Er spürte es, stärker denn je. Dann sagte er: »Ich sah den beiden beim Glücklichsein zu. Der Mann hatte ein Kind, das ihm einen Apfel geschält hat. Ich meine, das ist doch nichts Besonderes. Jeden Tag schälen Millionen Menschen auf der Welt anderen Menschen einen Apfel. Es ist banal. Aber ich dachte: Scheiße, kein Mensch schält mir einen Apfel. Ich habe es irgendwie versäumt, ein Leben zu haben, in dem man einen Apfel geschält bekommt.« Er hielt inne und bekämpfte die Trauer. »Ich meine, ich will nicht jammern, scheiß auf den Apfel.«

Er machte wieder eine lange Pause. »Es war so ein winzig kleiner Moment, vielleicht hat das nur eine Sekunde gedauert. Aber da habe ich das Scheitern meines Lebens gesehen. Alles, was ich nicht habe, war da sichtbar. Es war nur ganz kurz, deshalb habe ich es wohl vergessen.«

»Genau wie die Handschuhe.«

»Wahrscheinlich habe ich sie deswegen beim Aussteigen liegen lassen. Ich war danach benommen, mir war schwindlig im Taxi. Ich denke, da ging diese Unruhe bei mir los. Vielleicht hat der Mann die Handschuhe, ich hoffe es, ich gönne sie ihm. Ich bin durch Zürich gefahren und habe versucht, diesen Termin vernünftig zu absolvieren. Ich hatte Angst, Nadja zu begegnen, und ich brauchte neue Handschuhe. Ich wollte sie sofort ersetzen.«

»Warum?«

»Weil ich vielleicht dachte, dass die Unruhe dann weggeht.«

»Was ist jetzt im Moment mit dieser Unruhe?«

Munk bewegte die Finger, wie um zu testen, ob sie zitterten. Aber da war nichts. Er war ganz ruhig. Es ging ihm gut.

»Ich bin okay. Es geht mir gut.«

Sie blieben noch zwei Minuten sitzen, ohne dass jemand etwas sagte. Von draußen hörte man, wie jemand zum ersten Mal in diesem Jahr den Rasen im Park des Resorts mähte.

»Es ist nicht zu spät, Herr Munk.«

Grenzmann erhob sich und zog die Vorhänge auf. »Sie können das alles noch haben. Sie können noch etwas für dieses Herz tun, es ist ja nicht kalt.«

Grenzmann blieb stehen und hielt Munk seine Hand hin. Der stand auf und lächelte vorsichtig. Dann verabschiedeten sie sich. Als Munk schon in der Tür war, sagte Grenzmann noch: »Ich mag Ihren Namen.«

Munks Zusammenbruch auf der Rolltreppe des Globus in Zürich war acht Wochen her. In der Zwischenzeit hatte er sich verändert. Er war an sich herangekommen und er wusste, warum ihm sein Herz mitgeteilt hatte, dass es so nicht mehr schlagen wollte. Er war nicht gut mit ihm umgegangen, auch wenn er körperlich nichts tat, um ihm zu schaden. Aber seelisch war es unterfordert, er hatte es nicht richtig trainiert und nicht richtig benutzt.

Munk beschloss, noch einmal neu zu lieben. Anders. Er wollte etwas richtigstellen. Und nachdem er wochenlang im Mönchhof-Resort sämtliche Frauen durchgegangen war, nachdem er tief in sich hineingehorcht hatte, war ihm klar, dass Claudia die Frau seines Lebens war.

Jene Claudia, die er schmählich und aus nicht mehr ersichtlichen Gründen mit ihrem Kinderwunsch im Stich gelassen und dann auch noch betrogen hatte. Aber Grenzmann hatte recht: Es war ja nicht zu spät. Er konnte die Wunden noch heilen und dieser Lebens-Frau noch einmal begegnen. Er stellte sich vor, sie zu besuchen, die ganzen schweren Themen auszuräumen. Er war auch bereit für Kinder. Auch dafür war es nicht zu spät. Wenn es sein sollte, adoptierte man eben welche. Gerne vier oder fünf, das war ihm egal. Der Aufenthalt im Mönchhof-Resort hatte nicht nur sämtliche Körperfunktionen ertüchtigt, sondern auch seinen Geist.

Munk war unabhängig, er war frei und er würde sich zukünftig mehr Zeit nehmen. Er war erst durch seine Erkrankung ertüchtigt und betrachtete sich als einen idealen Partner für eine Beziehung auf Augenhöhe. Mit Claudia.

Also machte er sich auf die Suche nach ihr. Dreizehn Jahre waren seit ihrer Trennung vergangen, aber er fand sie trotzdem ohne große Mühe. Seine Nachforschungen begannen damit, dass er ihre alte Handynummer probierte, aber die funktionierte nicht mehr. Er suchte ihren Namen online, wo er sie unter ihrem Mädchennamen nicht entdeckte. Also rief er bei dem Verlag an, in dem sie gearbeitet hatte, und erreichte eine Kollegin, die damals schon dort war und ihm erzählte, dass Claudia nach München zu einem größeren Haus gewechselt war. Also rief er dort an, aber da kannte man zunächst keine Claudia Günter. Tags darauf rief ihn jedoch jemand aus dem Lektorat zurück und beschied ihm, dass es sich um Claudia Gathmann handeln müsse. Die habe nämlich noch unter dem alten Namen dort angefangen, dann den Verlagsleiter geheiratet und sei mit diesem vor neun Jahren nach Frankfurt gezogen.

Claudia Gathmann war leicht zu finden. Sie wohnte in Hofheim im Taunus, fotografierte gerne ihr Essen, bemalte Luftballons, hatte schon mal vor einem Geysir in Island posiert und auch vor einer Imbissbude in Patagonien. Sie hatte bei Facebook 438 Freundinnen und Freunde – sowie ganz offensichtlich Zwillinge im Alter von zehn Jahren. Letzteres war ein kleiner Schock für Munk. Andererseits: von ihrem Mann keine Spur in ihrem sozialen Netzwerk. Sie war nicht einmal dort mit ihm befreundet. Wahrscheinlich Trennung.

Er fand auch ihn, obwohl er nicht bei Facebook war. Holger Gathmann. Grauenhafte Brille. Zu kurze Haare, leichte Neigung zu Säufernase und Pyknikertum. Nach einer Branchenmeldung seit sechs Monaten auch Leiter eines weiteren Verlags.

Mehrere Bilder zu Pressemitteilungen. Aber nichts Privates. Er existierte nicht privat. Das konnte ein Grund dafür sein, dass er in Claudias Leben keine Rolle mehr spielte. Man hatte die Kinder in die Welt gesetzt und war nicht in der Familie angekommen. So war es in Düren geschehen und offenbar auch in Hofheim.

Er ahnte, dass Claudia es als alleinerziehende Mutter nicht so leicht hatte. Und er stellte sich vor, wie er dort retten konnte. Nach all den Wirrungen und falschen Abbiegungen konnte man jetzt auf einer geraden Straße durchs Leben fahren. Munk war erfüllt von einer Sehnsucht und einem Optimismus, für den er sich nun liebte. Und weil er mit Selbstliebe keine großen Erfahrungen gemacht hatte, kamen ihm die Tränen.

Er sah im Online-Telefonbuch nach und fand ihre Nummer. Und sogar die Adresse. Die Recherche ergab, dass sie in einem besseren Wohngebiet lebte, in einem Bungalow aus den späten sechziger Jahren. Nicht ganz Sep Ruf, aber ganz gut, wenn auch mit einer absurden, offenbar in den neunziger Jahren angebauten Garage, die die Proportion des Gebäudes zerstörte und zudem von einem farbenblinden Verbrecher lachsfarben gestrichen worden war. Munk verbrachte einige Zeit mit der Vorderansicht des Hauses und stellte sich vor, dass er dort wahre Wunder vollbringen konnte. Jedenfalls wenn Claudia mit den Kindern erst einmal nicht nach Freiburg ziehen wollte. Man musste nach so langer Zeit nichts überstürzen.

Natürlich war ihm bewusst, dass Claudia nicht unbedingt euphorisch darauf reagieren würde, wenn er sich nun bei ihr meldete. Er hatte sie monatelang betrogen und belogen, sich von seiner schlechtesten Seite gezeigt und sie als Mutter gemeinsamer Kinder abgelehnt. So musste sie das empfinden. Und nun kam er Jahre später wieder an. Das musste sie nicht unbedingt wollen.

Andererseits stand für ihn fest, dass sie bis heute hätten glücklich zusammen leben können, wenn er damals schon so weit gewesen wäre wie jetzt. Es war noch nicht zu spät. Das sagte er sich immer wieder und wieder.

Er nahm das Telefon in die Hand und tippte ihre Nummer, dann legte er wieder auf. Er musste sich erst überlegen, was er eigentlich sagen wollte. Das war nicht so einfach, denn es war eine ganze Menge. Schließlich nahm er sich zusammen. Nach dem dritten Klingeln ging der Anrufbeantworter dran und Claudias Stimme sagte, dass leider niemand zu Hause sei, man sich aber über Nachrichten freue und so schnell wie möglich zurückrufe. Das fuhr ihm ins Gemüt, er wurde ganz schwach, als er sie hörte.

Er wartete das Piepen ab und sagte nach einer zweisekündigen Sammelpause: »Hallo, hier ist der Peter. Wir haben ja lange nichts voneinander gehört. Was schade ist. Und da habe ich nun deine Nummer bekommen und ich dachte, ich melde mich, damit wir, wenn du möchtest, also ich möchte das gerne, dass wir vielleicht einmal sprechen. Ich kann auch zu dir kommen und wir besprechen das direkt, das wäre natürlich schön, aber auch erst mal am Telefon. Ich falle da jetzt natürlich ganz schön mit der Tür ins Haus gewissermaßen. Jedenfalls würde ich mich freuen, wenn du mich zurückrufen würdest. Meine Nummer ist noch dieselbe. Also, ich würde mich freuen. Der Peter. Also Munk natürlich.«

Er legte auf und rief noch einmal an, um seine Mobilnummer zu hinterlassen. Er konnte ja nicht sicher sein, ob sie diese nicht gelöscht hatte. Den Rest des Abends verbrachte er damit, abgelaufene Lebensmittel zu entsorgen und Wäsche zu waschen. Er hatte eine lange Reise gemacht und nun war er wieder zurück. Es fühlte sich gut an.

Noch aus dem Hotel heraus hatte er sein Büro angerufen und mitgeteilt, dass er am Montagmittag wieder da sei. Nur für den Fall, dass man sein Zimmer untervermietet oder als Abstellkammer zweckentfremdet habe. Meike klang zwar erst überrascht, verneinte aber beides und sagte, dass sie sich sehr auf ihn freue.

Gegen 13 Uhr am Montag nahm er ein Fahrrad und seinen Helm und fuhr zur Arbeit. Er wusste gar nicht, wie es nun weiterging. Ob man ihn gar nicht vermisst hatte oder sogar sehr. Ob er Kunden verloren hatte. Ob Yvonne und Klaus hinter seinem Rücken alles umstrukturiert hatten oder vieles liegen geblieben war und Kunden in Scharen abwanderten. Das alles war ihm wochenlang egal gewesen, aber auf den vier Kilometern, die er von seiner Wohnung zum Büro fuhr, bog er gleichsam in seinen Beruf ein. Und es freute ihn.

Yvonne und Klaus erwarteten ihn schon am Empfang mit einem großen Blumenstrauß. Als sie durch die Firma gingen, erhoben sich alle von ihren Plätzen und applaudierten. So peinlich Munk diese Geste war, so gut tat sie ihm auch. Er hatte seit seinem Kniefall auf der Rolltreppe ganz vergessen, dass er für andere eine große Rolle spielte.

In seinem Büro war alles unverändert. Auf dem Tisch lag ein großer Stapel von Laufmappen und Berichten. Er setzte sich und bat Yvonne und Klaus, ebenfalls Platz zu nehmen.

»Wie geht es dir?«, fragte Klaus.

»Gut, danke. Wirklich gut«, sagte Munk.

»So ein Herzinfarkt in dem Alter ist besorgniserregend«, sagte Klaus.

»Woher weißt du, dass ich einen hatte?«, fragte Munk.

»Das hier ist ein Versicherungsfall für die Firma«, sagte Yvonne mit gewohnter Strenge. »Natürlich wissen wir das. Und auch, dass du im Mönchhof warst. Du wurdest dort erkannt.« Letzteres sagte sie im Verschwörerton, der Munk amüsierte. Er wollte gar nicht wissen, von wem.

»Wir haben gedacht, es wäre gut, wenn wir dich damit ganz in Ruhe lassen. Du warst in den letzten Monaten total durch«, sagte Klaus. »Wir haben uns schon lange Sorgen gemacht.«

Das überraschte Munk. »Wieso?«, fragte er.

»Weil du so unruhig warst. So traurig. Und völlig unzugänglich. Wir dachten die ganze Zeit, dass es so nicht mehr weitergehen kann. Aber du hast ja niemanden an dich rangelassen. Es war für uns wirklich keine Überraschung. Jedenfalls haben wir dann hier beschlossen, uns gar nicht bei dir zu melden.«

»Ah. Okay«, sagte Munk, der darüber verwundert war, so gläsern zu sein.

»Und wie geht es dir jetzt?«, fragte Klaus. »Ist alles okay mit dir oder sollen wir hier noch warten? Es läuft gut, wir können dich ganz langsam wieder integrieren.«

Munk war gerührt von der Fürsorge seiner wichtigsten und längsten Partner. Er hatte überhaupt nicht darüber nachgedacht, dass sie ihn mochten und sich sorgten. Es tat ihm gut.

»Es geht mir wirklich fabelhaft«, sagte er. »Ich freue mich, dass ich wieder da bin, und wir können einfach loslegen.«

»Wir haben dir den Nachmittag freigehalten und würden dich gerne updaten, was das Geschäft angeht«, sagte Yvonne. »Es gibt natürlich Neuigkeiten und auch ein paar Entscheidungen, wenn du dafür schon bereit bist.«

»Bereit, wenn Sie es sind«, sagte Munk und zeigte eine Art Heiratsschwindlerlächeln, auf das Yvonne niemals hereinfallen würde.

Sein Handy klingelte. Er nahm es in die Hand. Die angezeigte Nummer kannte er, er hatte sie selbst tags zuvor gewählt. Etwas in der Nähe von Frankfurt. Es klingelte noch drei Mal.

»Willst du nicht drangehen?«, fragte Yvonne.

»Doch, natürlich.« Munk drückte auf den grünen Knopf und sagte: »Munk.«

»Hi, Peter, hier ist Claudia, du hast mich angerufen.«

Keine Stunde nach ihrem Anruf saß Munk im Zug nach Frankfurt. Er hatte nun zwei Stunden Zeit, um sich zu sammeln und seinen Vortrag vorzubereiten. Das Telefonat war kurz. Er hatte gesagt, dass er sie sprechen müsse und dass es wichtig sei. Dabei wollte er vor Klaus und Yvonne nicht ins Detail gehen. Claudia hatte geantwortet, dass es ihr nachmittags gut passe, weil sie ohnehin in Frankfurt sei. Sie schlug ein Café in der Nähe des Hauptbahnhofs vor. 17:30 Uhr. Sie klang entspannt und gut gelaunt. Nach der langen Zeit seit der Trennung hatten sich die bösen Schwebeteilchen in der Seele gelegt. Aber sie war nicht neugierig, jedenfalls fragte sie nicht nach dem Grund des Treffens. Für Munk schien es so, als habe sie damit gerechnet, dass er sich irgendwann melden würde.

Munk bestellte beim Schaffner entgegen ärztlichem Rat einen Kaffee und dazu eine große Flasche Wasser und sah aus dem Fenster. Er würde ihr alles von sich erzählen, auch, dass er sicher sei, ein besserer Mensch geworden zu sein. Der Infarkt hatte bei ihm Prozesse losgetreten, nein, eher Lawinen ausgelöst, so wollte er das erklären.

Zum ersten Mal in seinem Leben sei er klar, auch darüber, wer sein Leben bereichert habe und auf welche Weise. Und wie er es künftig gestalten wolle. Zwei Menschen im Einklang, das habe er nur mit ihr erlebt. Sie sei sozusagen das Uhrwerk in seiner Seele, das Fundament seines Lebensglücks. Er habe dies bloß damals nicht erkannt. Nun jedoch sei er sicher, dass sie beide gemeinsam ins Abendrot des Lebens reiten müssten. Und ja, er habe Fehler gemacht, auch nach ihrer gemeinsamen Zeit. Nie wieder ein Yin für sein Yang gefunden, nachdem er sie verloren habe. Es sei aber nie zu spät, außer vielleicht für gemeinsame Kinder. Doch er sei nun bereit.

Die schwafeligen Auspinselungen in diesen Erörterungen fügten sich in ein riesiges Gemälde, in eine Art Ölschinken seines Gemütszustandes. Der sonst auf Reduktion und Klarheit ausgerichtete Munk verwandelte sich gerade in einen Barock-Architekten und als er das bemerkte, gebot er sich selbst Einhalt. Er würde das alles viel einfacher halten müssen. Claudia war als Frau ziemlich resistent gegenüber derart schwülstigen Ansagen. Wahrscheinlich würde sie ihm nicht glauben oder lachen und ihre Hand auf seine Stirn legen, um zu prüfen, ob er Fieber hatte.

Als der Zug zwischendurch in Karlsruhe anhielt, dachte er kurz an Penelope und daran, dass er es schon einmal mit zwei fremden Kindern versucht hatte und wie er daran gescheitert war. Diesmal würde er es besser machen. Und Claudias Zwillinge waren jünger. Das würde es vermutlich vereinfachen. Auf jeden Fall musste er seine Strategie Claudias Wesen anpassen. Er durfte nicht sofort mit der Tür ins Haus fallen. Er musste behutsam mit ihr umgehen, ihre Verwundung ins Zentrum des Gesprächs stellen und nicht seine Läuterung. Das wäre narzisstisch. Munk war so motiviert für dieses Gespräch, dass sein Herz schneller schlug, was ihm gefiel, anstatt ihn zu besorgen. Vielleicht war es aber auch der Bahn-Kaffee.

Er entschied sich dafür, Claudia im Gespräch kommen zu lassen. Erst mal zu fragen, wie es ihr denn ging, und der Antwort zuzuhören, solange sie auch dauern mochte. Wahrscheinlich würde es für sie nicht leicht sein, das Scheitern ihrer Ehe mit Herrn Gathmann zu thematisieren. Irgendwann würde er dann sanft auf sein Anliegen umlenken. In knappen Worten. Mit einem klaren Fokus. Wie bei Bauherren aus Dubai. Einfach sagen, was man leisten kann, zum Besten aller Beteiligten.

Er nahm ein Taxi, obwohl das Café keinen Kilometer vom Hauptbahnhof entfernt lag. Er wollte vor ihr da sein. Zuerst am Ort einer Verhandlung sein ist immer wichtig, es verschafft Vorteile. Man kann sich den Platz aussuchen und man sollte immer vor dem Fenster sitzen. Man ist dann im Gegenlicht schwerer auszurechnen. Außerdem verschafft man sich damit die Rolle des Moderators, des Gastgebers gewissermaßen. Man kann schon einmal bestellen. Auch das ist ein psychologischer Vorteil, wie er fand, ohne es begründen zu können.

Als er das Lokal betrat, winkte sie vom Fenster. Sie hatte ein Bircher Müsli und einen großen Milchkaffee sowie ein Wasser vor sich stehen. Er hängte seine Jacke an die Garderobe und sie erhob sich. Eine kurze Umarmung. Sie sah sehr gut aus, soweit er das im Gegenlicht beurteilen konnte. Eigentlich sogar besser als früher. Manche Menschen sind Grower. Sie entfalten ihr Attraktionspotenzial beim Altern. Ein sehr interessantes Phänomen, das Munk auch von der Architektur kannte. Es gab Gebäude, die erst Jahre oder Jahrzehnte nach ihrer Fertigstellung so richtig aufblühten. Und offenbar trieb sie Sport. Er fand sie auf Anhieb sehr attraktiv.

Er setzte sich und legte sein Handy auf den Tisch.

Und dann wusste er nicht mehr, was er sagen wollte, und sah sie nur an.

»Schön, dich mal wieder zu sehen, nach so langer Zeit«, sagte sie frohgemut. »Wie geht es dir?«

»Gut, danke.« Die Kellnerin kam und er bestellte einen doppelten Espresso.

»Und wie geht es dir?«

Sie hob die Augenbrauen. »Ja, soweit ganz gut. Ich arbeite nicht mehr. Schon seit ein paar Jahren. Ich habe auch so genug zu tun.«

»Was machst du denn so?«, fragte er, weil er sich daran erinnerte, dass er sie erst mal sprechen lassen wollte.

»Ich habe mit den Kindern ganz schön zu tun. Zwillinge. Leon und Anton. Doppelte Jungs-Power, wenn du verstehst, was ich meine. Da lernst du wirklich Demut. Man kann sie nicht in dieselbe Klasse tun, also muss man zu zwei Elternabenden. Dann: Der eine ist im Hockey, der andere im Tennis. Sonst würden sie andauernd in Konkurrenz stehen. Es ist schön, aber es ist auch anstrengend. Na ja. Hast du inzwischen Kinder?«

»Nein, leider nicht«, sagte er.

»Du wolltest halt keine, ich erinnere mich.«

»Später schon.«

Er hatte das so formuliert, dass sie hätte fragen können, was seine Meinung zu dem Thema verändert hatte. Aber sie fragte nicht, was Munk aus dem Konzept brachte, das er ohnehin nur noch rudimentär in Erinnerung hatte.

Der Espresso kam und Munk riss ein Zuckertütchen auf. Er mochte gar keinen Zucker im Kaffee, aber jetzt war ihm danach. In seinem Kopf Erinnerungen an ihre erste Begegnung.

»Weißt du noch, wie wir uns zum ersten Mal getroffen haben? Vor dem Kino. *No Country for Old Men*«, sagte er versonnen.

»War es nicht *There Will Be Blood*?«

»Kann auch sein«, sagte er, obwohl er sicher war. War aber auch egal. Er rührte den Zucker in seinen Kaffee. »War eine schöne Zeit damals. Die schönste, finde ich.« Sie aß von ihrem Müsli und beobachtete, wie er trank. Aber sie stimmte nicht zu. Sie sagte nicht: »Ja, es war schön mit dir.« Sie sah ihn einfach nur an.

»Und was machst du so?«, fragte sie dann.

»Ach, na ja, das Übliche. Häuser bauen, reisen. Ich habe nicht geheiratet oder so was.« Das kam zu schnell und unvermittelt, wie er fand. Und weil er dachte, dass er das Gespräch aus dieser Small-Talk-Hölle führen musste, fügte er hinzu: »Ich war sehr krank.«

»Echt? Aber du siehst gut aus. Bisschen schmal vielleicht, aber gut. Was ist denn passiert?«

»Ich hatte Ende Februar einen Herzinfarkt.«

»Ach du Scheiße!«

Und dann erzählte Munk. Alles. Von der Trennung von Nadja und wie er auf der Rolltreppe gestürzt war. Er erzählte vom Krankenhaus und dass er danach zwei Monate weg war. Intensivstation, Krankenhaus, Mönchhof-Resort. Um Bilanz zu ziehen. Er erzählte von seiner Liste und dem Auftrag, alle Beziehungen zu rekapitulieren. Um herauszufinden, was ihm im Leben fehlte. Und um es für den Rest, der noch bliebe, zu finden. Und es dann festzuhalten. Er sprach eine halbe Stunde, in der Claudia einen Latte macchiato bestellte und trank. Sie hörte ihm aufmerksam zu und nickte an manchen Stellen. Er fand sie wunderschön.

Er traute sich aber nicht, sie ganz direkt mit seinem Plan, mit seinem Anliegen zu konfrontieren. Es kam ihm plötzlich unpassend vor, ihr einfach direkt zu sagen, dass er nun vorhatte, die Sache mit ihr ins Reine zu bringen. Er spürte, dass es noch ein wenig Anlauf brauchte. Es war immerhin ein historischer Moment.

»Jetzt habe ich so viel von mir erzählt«, sagte er deshalb. »Wie ist es dir ergangen?« Das war im Grunde etwas heuchlerisch, weil er ja schon viel wusste: Umzug nach München, dann dieser Verlagsleiter, Umzug nach Hessen, Hochzeit, zwei Kinder, Ehe-Tragödie, gemeinsames Sorgerecht, der ganze Scheiß. Und jetzt eben Vollzeitmutter im Vorort. Er würde ihr einiges davon abnehmen. Dann würde sie wieder arbeiten können und vielleicht endlich das Buch schreiben, das sie sich schon damals vorgenommen hatte. In ihr steckte eine große Autorin, das hatte er immer gefunden. Und nun würde diese Seite an ihr endlich erblühen können. Er bestellte noch einen Espresso und ein Stück Käsekuchen, weil er Hunger bekam.

»Ich bin ja damals nach München gezogen. Und das war auch gut so nach unserer Trennung. Und da habe ich dann gearbeitet und dabei meinen Mann getroffen. Den müsstest du mal kennenlernen, ihr würdet euch sicher verstehen. Der hat einen totalen Sinn für Architektur.« Und streicht seine Garage lachsfarben, der Arsch, dachte Munk.

»Und? Wie läuft's?«

»So auf und ab, wie überall. Aber im Großen und Ganzen ist Holger der Mann meines Lebens. Er ist natürlich viel weg und häufig nicht im Alltag präsent, sagen wir es mal so. Aber wir haben unseren Weg gefunden. Wenn er da ist, genießen wir einfach die Zeit zu viert. Er ist ein wahnsinnig guter Vater. Genau das, was ich mir immer für meine Kinder gewünscht habe. Weißt du was: Ich bin richtig glücklich. Auch noch nach zehn Jahren Ehe. Und weißt du, warum? Weil ich in mir selbst ruhe. Weil ich meine beste Freundin bin. Das ist viel wert. Und natürlich, weil ich mich tausendprozentig auf meinen Holger verlassen kann.«

Sie schleckte ihren Löffel ab und sah Munk an, der seinerseits auf die Tischplatte starrte. Nach einer langen Pause sagte sie: »Was willst du von mir, Peter?«

»Ich will eigentlich nur eines von dir wissen«, sagte er und schaute an ihr vorbei.

»Und was?«

»War ich wichtig für dich?«

»Wichtig?«

»Ja. Ich meine, habe ich eine wichtige Rolle in deinem Leben gespielt? War ich, na ja, war ich wichtig für dich?«

Claudia sah ihn amüsiert an. Erst lächelte sie, dann lachte sie. Und dann sagte sie: »Wichtig? Nein. Im Grunde nicht.«

Munk ging lange am Mainufer spazieren und nahm den Zug um 21 Uhr. Er war vor Mitternacht zu Hause.

Achtzehn Monate später

Das Restaurant Il Grotto d'Oro im Frankfurter Westend war berühmt für seinen Fisch. Man musste oft lange im Voraus buchen, um einen Platz zu bekommen. Für Claudia Gathmann war das kein Problem. Sie zählte mit ihrem Mann Holger zu den beliebtesten Gästen des Hauses. Nicht nur, dass sie recht häufig dort aßen, ihr Mann buchte das große Hinterzimmer auch jedes Jahr für sein Autorenessen im Rahmen der Frankfurter Buchmesse. Dabei kam jedes Mal eine so ungeheure Zeche zusammen, dass der Wirt der goldenen Grotte für die Verlegergattin jederzeit speisende Gäste an die Luft gesetzt hätte, um ihr einen Tisch anbieten zu können.

Claudia hatte vor einer Woche angerufen, um das Separee für eine besondere Zusammenkunft um 18:30 Uhr zu reservieren. Extra früh, weil man einiges zu besprechen habe. Man werde zu zehnt sein, vielleicht auch zu elft, hatte sie gesagt. Alles Frauen, zum Teil von weit her angereist. Und der Wirt versprach, für diesen Anlass ausreichend Doraden vorrätig zu haben, was Claudia freute.

Diese Vorfreude hatte jedoch einen Tag vor dem Termin einen Dämpfer, mehr noch, einen Genickschuss erhalten, denn da hatte Claudia vom Seitensprung ihres Mannes erfahren. Und dies auf eine derart demütigende Art und Weise, dass ihr der Schock nicht mehr aus den Gliedern weichen wollte. Als sie ihn zur Rede stellte, wusste er längst, dass er einen riesigen Fehler gemacht hatte. Und zwar nicht nur mit der Affäre selbst, sondern vor allem bei der Nutzung seines WhatsApp-Accounts.

Er hatte also diese Nebenbeziehung begonnen, vor ungefähr eineinhalb Wochen. Alles sehr heiß und heimlich und verbunden mit gegenseitigen Mutproben unter der idiotisch infantilen Fragestellung, wie weit man denn zu gehen bereit wäre. Und da hatte nun diese Frau, eine Vertriebsmitarbeiterin aus dem Verlag, ihn aufgefordert, doch mal ein hottes Foto von sich zu schicken. Und Gathmann, der über diese Aufforderung stark in Wallung geriet, fertigte auf dem Ehebett liegend ein Foto von seinem erigierten Glied an und verschickte es.

Er wunderte sich dann ein wenig, als er zwei Stunden später während einer langweiligen Konferenz im Verlag auf sein Handy schaute und zwölf Nachrichten auf dem grünen WhatsApp-Button vorfand. Als er neugierig die App öffnete, stellte er fest, dass er sein Dickpic nicht an Mara gesendet hatte, sondern an die WhatsApp-Gruppe »Eltern der 5a«.

Obwohl er für seine Begriffe sofort, aber nun einmal erst nach zwei Stunden fiebrig den Beitrag löschte, war sein Untergang mit dieser Fehlbedienung besiegelt, denn unter den Adressaten war auch seine Gattin. Hofheim verwandelte sich ab dem Nachmittag in Höllheim. Gegen achtzehn Uhr verließ Gathmann das gemeinsame Haus mit einer Reisetasche und zog in ein Hotel in der Nähe des Verlages.

Claudia parkte das Auto und ging zur goldenen Grotte, immer noch voller Wut und begleitet von dem Gedanken, dass sie offenbar das Talent besaß, sich Männer auszusuchen, die erstens untreu waren und zweitens zu dämlich, Messenger-Apps richtig zu bedienen. Das war ja bei Munk auch schon der Fall gewesen. Diese Erkenntnis verdüsterte ihre Stimmung weiter, denn bei dem bevorstehenden Treffen ging es genau um Munk.

Der hatte einige Wochen zuvor ein Buch veröffentlicht. Es trug den Titel *Die Summe aller Frauen* und darin ging es um sie.

Um Claudia. Und um ein gutes Dutzend weiterer Frauen, die er in seinem Leben getroffen und geliebt hatte. Nach ihrer Verabredung in einem Café in der Innenstadt hatte er offenbar seine Erfahrungen aufgeschrieben, um sie dann in einer Art verschlüsseltem Erlebnisbericht als Roman zu veröffentlichen. Der Verlag, in dem das Werk erschien, warb mit der »schonungslosen Liebesbeichte eines ehrlichen Mannes« und das Buch verkaufte sich ziemlich gut. So gut, dass Holger schon angemerkt hatte, dass er es auch gerne verlegt hätte.

Claudia dachte seitdem darüber nach, Munk zu verklagen, weil sie ihre Rechte verletzt sah. Andererseits hatte Munk nichts Unwahres geschrieben und die ganze Geschichte insoweit verändert, dass sie im Buch Bettina hieß und in Dresden lebte. Auch hatte er einige Details zu ihren Gunsten anders dargestellt, als sie sich in Wahrheit abgespielt hatten. Und die Tatsache, dass sie ihn mit der Schwangerschaft getäuscht hatte, kam nicht vor, weil er das ja gar nicht wusste. Insofern hatte er nichts verbrochen. Aber es ärgerte sie, dass nur seine, die männliche Sicht, geschildert wurde. Dass die Frauen sozusagen als Teil einer Summe, gewissermaßen entmenschlicht dargestellt wurden.

Sie machte sich nach der Lektüre des Buches auf die Suche nach den anderen Frauen und sie fand nach und nach fast alle, weil diese teilweise in sozialen Medien auftauchten und auch Interviews gaben, in denen sie mitteilten, es sei, was sie betraf, vieles doch anders gewesen als von Munk dargestellt. Das machte ihr Mut und nachdem sie Kontakte hergestellt hatte, schlug sie vor, sich einmal zu treffen, um über das Buch und die Sichtweise der darin vorkommenden Frauen zu diskutieren. Mit offenem Ausgang, denn sie ahnte schon, dass Munk die Geschichten überall verändert hatte und natürlich keine Frau identifizierbar war. Wenn die eine oder andere sich erkannte und damit in die Öffentlichkeit ging, war das ihr Problem und nicht das von Munk.

Claudia kam eine halbe Stunde früher als die anderen und baute ihren Laptop an einem Ende des Tisches auf. Sie startete Zoom für die Teilnahme von Harper, die ihre Zusage sehr schnell gegeben hatte und wohl neugierig war, weil sie gar nicht wusste, dass es dieses Buch gab. Ebenfalls ihr Kommen angekündigt hatten Judith, Heike, Karin, Fanny, Anja, Nadja, Penelope und Maja, um deren Kalender man den Abend organisiert hatte, weil sie ohnehin Termine mit Galeristen und Kuratoren in Deutschland hatte, für die sie aus Tokio angereist war.

Es war Claudia nicht möglich gewesen, Ana in Spanien aufzuspüren, auch Jutta war nicht recherchierbar, was Claudia nicht störte, weil sie gerade nach den jüngsten Ereignissen keine Lust verspürte, Munks alte Affäre kennenzulernen. Nicole hatte sie zwar gefunden, aber diese lehnte eine Teilnahme brüsk ab. Sie hatte sich keineswegs zu einer bodenständigen Schlittschuhmutti entwickelt, sondern leitete einen Ashram in Südtirol und ließ ausrichten, dass sie nur auf einem spirituellen Niveau kommuniziere und Essen generell ablehne. Auch Fisch. Besonders Fisch. Und Andrea lebte nicht mehr.

Über die Zusagen von Karin und Maja wunderte sich Claudia, aber Karin war sogar sehr bemüht darum, einen Termin zu finden. Claudia hatte nach der Lektüre des Buches angenommen, Karin würde sich nie zu einem Essen mit dem sogenannten Plebs herablassen. Das Gleiche galt für Maja, die seit Jahren im jährlich aktualisierten Kunstkompass der zehn wichtigsten Künstler der Welt geführt wurde, aktuell zwischen Tony Cragg und Ólafur Elíasson.

Aber dann ging die Tür auf und Maja kam herein, viel freundlicher und zugewandter, als Claudia erwartet hatte. Und auch Karin machte nicht den Eindruck, sich zu diesem Treffen zwingen zu müssen. Judith, Heike und Nadja trafen gleichzeitig wenige Minuten später ein und tranken sofort nervös ein Glas Champagner. Es schien, als seien sie der Einladung eher verunsichert gefolgt. Penelope erschien in sehr zurückhaltender Stimmung und Fanny freute sich genau wie Anja einfach, endlich mal die ganzen tollen Frauen aus dem Buch kennenzulernen. Sie verkündete gleich, dass es sicher ein geiler lustiger Abend werden würde, womit sie aber zunächst alleine dastand.

Nachdem die ersten Gläser geleert waren, bat Claudia darum, Platz zu nehmen, und begrüßte die Frauen. Es gehe nicht darum, nun eine Art Tribunal zu halten, sondern darum, einmal zu prüfen, was eigentlich an den Geschichten wahr sei und wo es vielleicht Anknüpfungspunkte gebe, Munk zu verklagen, falls das überhaupt möglich sei. Sie habe daher die Idee gehabt, die Protagonistinnen des Buches an einem Ort zu versammeln. Man möge sich beim Essen kennenlernen und vielleicht zunächst einmal das Menü genießen, zu welchem natürlich alle eingeladen seien. Und zwar vom Verlag Peters und Wolff, wie Claudia grimmig in Gedanken hinzufügte. Holger Gathmann würde irgendeine Kostenstelle finden müssen, um diesen Abend zu bezahlen. Und sie hoffte, dass die Damen eine fünfstellige Summe ersaufen würden.

Heike, die neben Karin saß, teilte dann mit, sie esse eigentlich gar keinen Fisch. Höchstens mal Kofferfisch.

»Was ist denn Kofferfisch?«, fragte Karin, die selbst in den besten Restaurants der Welt noch nie so etwas auf einer Karte gesehen hatte.

»Schlemmerfilet. À la Bordelaise. Kofferfisch halt.« Heike

konnte dann umbestellen. Sie fand auf der Karte eines ihrer Lieblingsgerichte. Fensterwurst mit Bratkartoffeln.

»Fensterwurst?«, fragte Karin.

»Bratensülze«, sagte Heike. Damit war der Grundstein für eine lebenslange Freundschaft zwischen der Industriellen und der Kaufhausmitarbeiterin gelegt. Sie stellten schnell fest, dass sie sogar einen gemeinsamen Bekannten hatten, nämlich den Erben der Kaufhauskette, auch wenn Heike diesen nur ganz kurz mal bei einer Betriebsversammlung gesehen hatte und Karin mit ihm gerne auf Sylt in der Kupferkanne einen Sundowner trank.

Die Stimmung am Tisch war lebhaft und freundlich, die Frauen hatten sich einiges zu erzählen und natürlich ging es auch immer um den abwesenden Munk. Claudia fand, dass die Gespräche zu viel von dem vorwegnahmen, was hinterher diskutiert werden sollte, aber sie hatte keine Lust, die Konversation zu moderieren, weil sie in Gedanken bei ihrem Mann war.

Man hatte auf dem Foto sehen können, dass er es auf dem Ehebett aufgenommen hatte. Und zwar auf ihrer Bettseite. Im Hintergrund sah man die Kommode mit der Lumisol-Leuchte darauf. Eindeutig das Gathmann'sche Schlafzimmer. Ihr wurde übel bei dem Gedanken, dass Holger sie zum Yoga verabschiedet und ihr noch vorgelogen hatte, im Homeoffice eine Sitzung für den Nachmittag vorbereiten zu wollen. Und kaum war sie aus dem Haus, legte er sich auf ihre Bettseite und fotografierte dort seinen Schwanz. Also auf ihrer Bettseite! Für irgendeine fremde Frau. Die wahrscheinlich zwanzig Jahre jünger war als sie und Sachen machte, auf die sie schon lange keine Lust mehr hatte. Und die das offensichtlich so gut machte, dass es ihn dazu verleitete, seinen halb schlaffen Holger für sie zu fotografieren. Die Kellner kamen und brachten das Dessert, was Claudia wieder aufmunterte.

Danach ergriff sie das Wort und leitete zum Diskussionsabend über. »Ich habe mir das so gedacht«, sagte sie, »dass wir reihum berichten, wie wir diesen Text sehen und wie er uns betrifft. Vielleicht ist es am besten, wenn wir das in der Reihenfolge machen, wie wir im Buch auftauchen. Oder?«

Geflissentliches Nicken. Dann sagte Claudia: »Ich würde bloß am Anfang gleich eine Ausnahme machen, denn wir haben einen special guest aus Amerika. Harper ist mit uns, jedenfalls hoffe ich das. Und da sie kein Deutsch kann, würde ich sagen, dass wir mit ihr anfangen, dann kann sie danach wieder aussteigen.«

Damit klappte sie den Deckel ihres Rechners hoch und startete die Videokonferenz, zu der sich Harper bereits eingewählt hatte. Es sah so aus, als befände sie sich in einem Hotelzimmer. Und nachdem Claudia sie begrüßt hatte, sagte sie »Hi Folks« und winkte in die Kamera. Claudia begann umständlich auf Englisch, ins Thema einzuführen, als Harper sie unterbrach: »You don't have to go to the trouble. I have an excellent interpreter here with me. Guys, this is Wolfgang from Leipzig.«

Und damit schob sich ein spärlich behaarter Mann ins Bild. Wolfgang aus Leipzig sagte »Hallo« und verschwand dann wieder aus dem Bild. Danach hörte man ihn dann und wann leise sprechen. Claudia fragte Harper, ob sie erst einmal wissen wolle, was über sie in Munks Buch stehe. Und auf Harpers amüsiertes Nicken begann Claudia eine recht exakte Zusammenfassung der Ereignisse, die zwar Jahre her waren, an die sich Harper aber offenbar gut erinnern konnte. Sie nickte, als von dem Abendessen die Rede war, von ihrer fürsorglichen Begleitung des berühmten Architekten und von ihrer Trennung. Schließlich fragte Claudia: »Stimmt es auch, dass du das immer machst? Dass du also sozusagen Beziehungen für drei Tage eingehst und den Männern nichts davon sagst, dass du eigentlich verheiratet bist?«

Die Übersetzung dauerte ein wenig und Harper bejahte fröhlich. Darauf wurde das Gesicht von Wolfgang aus Leipzig sichtbar. »Äh. Moment mal«, sagte der. »Warten Sie mal eben.«

Dann wendete er sich zu Harper und sagte laut: »What does that mean?«

»I would have told you tomorrow«, sagte Harper.

»But I love you«, stammelte Wolfgang aus Leipzig.

Dann wackelte das Bild, beide entfernten sich von der Kamera, man hörte noch ein paar unverständliche Satzfetzen und dann die Tür des Hotelzimmers. Schließlich kehrte Harper wieder vor den Bildschirm zurück. »Sorry guys, I'm afraid I just lost my translator.«

»Ja, da kann man nichts machen«, sagte Claudia und fragte, ob denn die Darstellung Munks zutreffe und ob sie sich damit auf eine unangenehme Weise konfrontiert sehe. Harper verneinte und fand sich in der Rolle einer Tiffany aus Texas im Großen und Ganzen gut getroffen. Sie fügte noch hinzu, dass sie die Deutschen schon ein sehr ulkiges Völkchen finde, besonders jetzt im Moment gerade. Damit verabschiedete sich Harper aus dem Meeting und ließ die Frauen ratlos zurück.

Maja sagte: »Coole Frau, muss man sagen.« Und Fanny fügte hinzu: »Das ist echt ein Beispiel für weibliche Selbstermächtigung gegen männliches Gockeltum.« Das fand Heike lustig, also das Wort Gockeltum. Weil es so ähnlich klang wie Glockenturm und ein männlicher Glockenturm war schon eine komische Vorstellung. Claudia bedankte sich für Heikes Redebeitrag und sagte: »Harper ist offenbar d'accord mit ihrem Erscheinen im Buch. Gut. Dann würde ich sagen, Judith ist an der Reihe. Sozusagen Peters Nummer eins.«

Judith nahm einen Schluck Weißwein und sagte dann: »Ja, ich bin also die Judith. Im Buch Franziska. Und ich muss sagen, ich habe das einerseits mit Amüsement gelesen, aber ich war auch ein bisschen entsetzt.« Sie machte eine Pause, in welche Claudia insistierend sagte: »Von Peter.«

»Nein, von mir. Ganz ehrlich gesagt.«

»Wieso denn? Ich meine, Peter stellt dich als ziemlich kühle und berechnende Person dar«, sagte Claudia. »Wie du den da am Ende auf der Party abservierst.«

»Ja. Und genau so war es auch. Aber es war eigentlich noch schlimmer.« Sie nahm noch einen Schluck. »Eigentlich war er nur Mittel zum Zweck.«

»Zu welchem Zweck denn?«, fragte Anja, die neben ihr saß und vermutlich ahnte, worauf Judith hinauswollte. Ihre eigene Jugend lag zeitlich am kürzesten zurück, sie erinnerte sich noch gut an derartige Situationen.

Judith sagte: »Ich bin nicht stolz darauf. Das sage ich mal vorweg. An dem Abend damals war auch die kleine Schwester meines Ex-Freundes da. Der hatte kurz vorher Schluss gemacht mit mir. Und da habe ich mir überlegt, mit irgendeinem von den Jungs halt rumzumachen. Und es den Mädchen anschließend zu erzählen. Brühwarm sozusagen. Ich wollte, dass die kleine Schwester von meinem Ex-Freund hinterher zu dem geht und ihm sagt, dass ich da mit irgendeinem Typen gebumst habe. Um ihn eifersüchtig zu machen. So halt.«

»Und warum Peter?«, fragte Karin, die sich blendend amüsierte.

»Ganz ehrlich? Weil er am besten aussah, weil er nicht so doof war wie die anderen und weil ich ihn mochte. Trotzdem: Ich habe ihn bloß ausgenutzt für meinen lächerlichen Plan und anschließend fallen lassen wie einen Putzlumpen. Ich sag's ganz direkt: Ich war damals richtig scheiße. Und dafür ist meine Figur im Buch noch ganz gut weggekommen.«

»Du würdest also eher nicht klagen«, sagte Claudia und hakte Judith im Geiste bereits als Mitstreiterin ab.

»Ich würde mich eigentlich lieber bei ihm entschuldigen. Ich meine, das war sein erstes Mal und es war offensichtlich nicht so, wie er das verdient gehabt hätte.« Sie hielt inne. »Nur in einem Punkt war er etwas ungenau, oder er hat da künstlerische Freiheit in Anspruch genommen.«

»Nämlich wobei?«, fragte Claudia.

»Es war nicht Al Jarreau. Es war Barclay James Harvest.«

»O Gott, du bist ja ein richtiges Monstrum«, rief Maja und alle lachten. Während die Kellner die Weißweingläser füllten, fügte Maja hinzu: »Ich werde auch nicht in den Klageclub einsteigen.«

»Fühlst du dich richtig getroffen?«, fragte Claudia.

»Schon, im Großen und Ganzen. Er hat aus mir eine Geigerin gemacht, okay. Und ich heiße da Nina. Aber das, worauf es ankommt, das hat er gut beschrieben. Diese Bedingungslosigkeit in der Liebe und der Kunst. Er hat sich damals mir und meinem Wahn komplett ausgeliefert. So wie ich mich komplett der Kunst ausgeliefert hatte. Nur so kann etwas von Bestand und Relevanz entstehen. Bedingungslosigkeit!«, wiederholte sie so laut, dass Penelope und Fanny erschreckt zusammenzuckten.

»Ich kann nicht sagen, wie ich damals war. Ich habe weder mich gespürt noch ihn, ich war so tief im Prozess, dass ich mich kaum an etwas erinnere. Außer an diese eine Nacht, in der ich so verzweifelt war, dass ich nicht mehr leben wollte und in der er mich nicht erreichen konnte. Weder mit seiner Liebe noch mit seiner Angst. Das weiß ich noch. Und nun hat er eben etwas daraus gemacht. Er hat es übersetzt. In Text. Andere machen ein Lied oder eine Skulptur oder ein Rezept für Tintenfisch. Für mich ist das in Ordnung. Versteht ihr?« Mit den letzten Worten hatte sie sich erhoben und zeigte drohend in die Runde. »Für mich ist das sein Recht. Er darf übersetzen. Jeder Künstler darf übersetzen. Jeder Künstler muss übersetzen.«

»Darf er dabei auch Persönlichkeitsrechte missachten?«, fragte Claudia kämpferisch. Maja machte eine abwehrende Geste. »Ach Himmelherrgott, davon wüsstet doch wenn überhaupt nur ihr. Und ehrlich gesagt: wenn schon. Ich habe ihn mal gemalt, ist ewig her. Das Ding hängt in Lissabon. Ich weiß nicht, ob er es kennt, und ich weiß nicht, ob er sich darin erkennt. Wenn ja, hat er sich nicht darüber beschwert. Und ich werd's umgekehrt auch nicht. Haben die hier Sambuca?«

Die Frage konnte positiv beantwortet werden und bald darauf kam eine Runde, außer für Heike, die lieber Killepitsch gehabt hätte, was aber niemand außer ihr kannte. Sie fühlte sich dennoch wohl in diesem Kreis, weil sie nie in derart teure Lokale ging und auch keine Ahnung davon gehabt hatte, dass ihre Beziehung mit Munk in einem Buch verarbeitet worden war. Bis eine Freundin ihr eine Nachricht schickte und sie darauf hinwies, dass sie gerade ein Buch lese, in dem ziemlich exakt beschrieben wurde, wie sie diesen Architekturstudenten damals in der Altstadt kennengelernt hatte. Die Freundin konnte das beurteilen, denn sie war dabei gewesen.

Also kaufte sich Heike das Buch und war dann sehr erstaunt darüber, wie sie dort vorkam. Sie postete das bei Insta und das war der Ort, wo Claudia auf sie stieß.

»Jetzt zu dir, Heike. Eure Geschichte, stimmt die?«

Heike probierte von Karins Sambuca, hustete kurz und sagte: »Na ja, ich meine, ich weiß nicht. Schon. Das war eigentlich so. Ja. Aber eine Sache war schon auch anders, nämlich der Schluss. Das hat er irgendwie falsch erzählt.«

»Inwiefern?«, fragte Karin, die den Sambuca austrank und zwei neue bestellte. Einen für Heike.

»Er hat das zwar beendet. Das stimmt schon. Aber: Eigentlich wollte ich das auch beenden. Er war nur schneller gewesen.«

»Das konnte er ja nicht wissen, also war es nicht falsch«, sagte

Maja. »Stimmt auch wieder«, sagte Heike. »Jedenfalls war das nicht nur so, dass ich ihm auf den Geist gegangen wäre. Er mir auch. Er war ja ein lieber netter Typ, aber mal ganz im Ernst: Wenn einer nicht zum Karneval will, was macht der dann im Rheinland?« Sie meinte das sowohl im übertragenen wie im direkten Sinn. »Da habe ich mit ihm beraten, ob er mit mir als Pferd gehen will, ich halt vorne und er hinten. Und er sagt, er würde lieber lachend in einen glühenden Lötkolben beißen. Ich meine, da weißt du dann schon, das geht nicht mehr lange gut«, sagte sie und sah Beifall heischend in die Runde.

»Absolut«, sagte Maja ernst und es war nicht sicher, wie viel Ironie darin mitschwang.

»Und was ist mit den Beschreibungen deiner Person? Ich finde, er stellt dich als einigermaßen dumme und bildungsferne Person mit Hang zur Schlagermusik dar. Das musst du dir nicht unbedingt gefallen lassen.«

Das machte Heike für einen Moment nachdenklich. Dann sagte sie: »Das mit dem Schlager stimmt auch. Das mag ich schon. Und das andere, na ja. Das sieht er halt so. Ich finde nicht, dass ich dümmer bin als andere. Am Ende sind doch alle gleich dumm, sonst würden wir hier nicht alle sitzen, oder?«

»Guter Punkt«, sagte Fanny.

»Na gut«, sagte Claudia, die sich nicht weiter mit Heike aufhalten wollte. Da unterbrach Heike sie. Es schien, als habe sie durch ihren klugen Satz an Mut gewonnen. Sie sagte: »Ich möchte noch etwas sagen. Wir reden hier jetzt schon eine Weile über Peter. Aber gar nicht über sein Herz. Er hat nämlich eins. Und zwar ein ziemlich großes. Ich habe das Buch bisher nur bis da gelesen, wo ich drin vorkomme. Aber es steht ja nicht nur etwas über uns drin. Sondern auch, wie wir sein Herz verändert haben. Und wie es dann bricht. Ich finde auch den Titel nicht so schlecht. Das wollte ich nur mal sagen.«

»Der Titel ist eine Katastrophe«, sagte Claudia düster. »Aus Sicht einer Lektorin ist das schon sprachlich totale Scheiße. Es dürfte nicht *Die Summe aller Frauen* heißen, es müsste eigentlich *Die Summe aus allen Frauen* heißen. Dass da überhaupt niemand richtig hinschaut, ist mir ein Rätsel. Aber na ja, Qualität war gestern.«

Heike setzte ihren Gedanken nach diesem Einschub fort: »Ich bin jedenfalls nicht gegen Peter. Wenn ihm das Buch geholfen hat, ist es gut. Das ist jetzt alles dreißig Jahre her. Ich wohne mit meinem Mann in Schwalmtal, er hat einen Verleih für Wohnmobile, wir haben zwei Kinder und wenn ich an Peter denke, war die Zeit schön und wir haben nicht zusammengepasst.«

»Eine Frage habe ich noch«, sagte Anja. »Nur aus Neugier. Dein Mann. Ist der an Karneval dein Pferdearsch?«

»War er mal, natürlich. Aber für nächstes Jahr haben wir was ganz lustiges anderes vor. Ernie und Bert. Ich bin Ernie«, sagte sie und alle Frauen sahen sie entzückt an. Weil Heike einfach offenbar ein aufrichtig netter Mensch war.

Nun wäre Claudia an der Reihe gewesen, aber sie sagte: »Im Buch wäre dann als Nächstes Anja dran.«

»Stimmt nicht ganz«, sagte Fanny. »Erst kam Andrea. Dann kamst du und dann Jutta. Was ist eigentlich mit der?« Claudia nestelte am Kabel ihres Laptops herum und tat so, als müsste sie den Rechner jetzt dringend vom Stromnetz trennen. »Die habe ich nicht gefunden«, murmelte sie.

»Aber du hast mich gefunden«, sagte Judith. »Das war sicher nicht leichter.«

»Wenn ihr's genau wissen wollt, die habe ich nicht wirklich gesucht. Sie spielt ja im Buch auch keine große Rolle.«

»Aber bei dir schon«, sagte Penelope.

»Man erfährt fast nichts über sie und er schreibt ja auch, dass sie nicht wichtig war für ihn. Mal abgesehen davon, dass sie unsere Beziehung zerstört hat, war sie ein Nichts.« Das klang bitterer, als es sollte. Penelope ließ nicht locker. Das Alphagetue von Claudia hatte sie schon den ganzen Abend gestört. Allein schon, dass Claudia den anderen Plätze zugewiesen hatte, mochte Penelope nicht. »Du hast mir am Telefon erzählt, dass du zwei Wochen lang diese Ana in Spanien gesucht hast. Und die spielte tatsächlich keine Rolle. Jutta schon. Und bei ihr hat er womöglich wirklich gegen irgendwelche Rechte verstoßen, wenn er originalgetreu aus ihren Chats zitiert hat.«

»Also gut. Ich hatte keinen Bock auf die. Und dass er ziemlich wörtlich aus diesem Chatverlauf zitiert hat, das kann ich dir auch bestätigen. Ich kenne den Chat nämlich zufällig.« Sie bemerkte selbst, wie patzig und besserwisserisch sie auftrat. Das entsprach nicht ihrem Naturell. Claudia mochte nicht, wie sie gerade war. Sie mochte auch nicht die Vorstellung, Peter anzuklagen. Aber sie war nicht damit einverstanden, dass er in seinem Buch von ihr erzählte, auch wenn er ihr einen anderen Namen gab und einen anderen Beruf und einen anderen Wohnort. Es passte ihr einfach nicht und es frustrierte sie, dass sie bisher damit auf so wenig Verständnis bei den anderen davon betroffenen Frauen traf. Außerdem war sie in Gedanken bei ihrem Mann, der wahrscheinlich in seinem Hotelzimmer soff und nun alle Hebel in Bewegung setzte, um den Schaden zu begrenzen.

Natürlich konnte er immer noch behaupten, das auf dem Foto sei nicht sein Penis. Oder eine Bildmanipulation. Identitätsdiebstahl. Jemand wolle ihn fertigmachen. Er musste ahnen, dass die Sache schnell Kreise ziehen würde, denn noch ein weiterer Vater aus der 5a-Gruppe arbeitete im Verlag, ein anderer in leitender Funktion bei der Frankfurter Messe. Holger konnte nicht wissen, ob nicht irgendwer von denen das Foto als Beweismittel heruntergeladen oder einen Screenshot angefertigt hatte, bevor er die Nachricht nach reichlich zwei Stunden gelöscht hatte. Claudia wusste, dass Holger gerade verzweifelt und betrunken irgendwo auf einer Bettkante saß.

Und sie wusste, dass ihr Mann mit einer anderen Frau vögelte und sie ihm wahrscheinlich Bilder von ihren Titten schickte. Sie hätte dieses Essen absagen sollen. Aber dann wäre es kompliziert geworden, einen neuen Termin zu finden. Sie musste sich jetzt zusammenreißen, was ihr offenbar nur schwer gelang. Sie straffte sich und sagte: »Ich habe gerade eine kleine Krise mit meinem Mann. Nichts Ungewöhnliches nach zwölf Jahren. Aber ich bin deshalb nicht so richtig in Form. Bitte entschuldigt.« Sie nahm einen Schluck Wein. »Okay. Also, meine Geschichte mit Peter. Sie war weitgehend so, wie er es geschildert hat. Auch wie ich das mit seiner Affäre rausgefunden habe, das hat er ziemlich gut beschrieben, das muss ich zugeben. Und das ist es ja gerade. Es reißt Wunden auf, außerdem finde ich ziemlich schändlich, wie er da über meine Freundinnen schreibt. Er konnte die nie ausstehen und stellt sie als blöde Ziegen dar.«

»Dann sollen die ihn einfach verklagen«, sagte Maja spöttisch. Claudia hatte Respekt vor der Künstlerin, die sie als Gegnerin empfand. Aber sie war auch wütend, weil sie sich unverstanden fühlte. »Jetzt mal im Ernst«, sagte Claudia. »Findet ihr, jemand hat das Recht, einfach Persönlichstes von euch in Buchdeckel zu pressen und damit viel Geld zu verdienen? Es wäre doch etwas anderes, wenn er wenigstens gefragt hätte. Dann hätte man Nein sagen können. Aber so ist man dem schutzlos ausgeliefert und der kann wer weiß was über einen behaupten. Und das akzeptiere ich nicht.«

»Ganz kurz mal eben«, sagte Fanny und hob die Hand. »Mich hat er gefragt. Und ich habe Ja gesagt. Ehrlich gesagt war das ganze Buch meine Idee.«

»Bitte?«, sagte Nadja empört.

»Ja. Er hat mir nach seiner Reha viel darüber erzählt, von euch, von diesen Geschichten und wie sie ihn dann doch geprägt haben. Und dann habe ich gesagt: Schreib das doch mal auf. Das ist doch spannend. Auch zeithistorisch irgendwie. So von der Kellerparty in den späten Achtzigern bis heute ins Social-Media-Zeitalter mal die ganzen Liebesgeschichten zu Papier bringen. Und dann hat er es gemacht. Und als er im Schreiben bei mir angekommen war, hat er gefragt, ob ich mal lesen wolle. Habe ich gemacht. Und gesagt, er solle es bis zum Ende erzählen. Und bevor ihr fragt: Ich finde das super.«

»Was ist denn daran super, intime Details von anderen Menschen weiterzutratschen?«, fragte Nadja, die das offenbar kein bisschen super fand.

»Es ist einfach ein gutes Projekt. Künstlerisch sowieso und eben auch als Chronik der Zeit. So sehe ich das.«

»Du kommst ja auch auffallend gut weg«, höhnte Nadja, die einen sitzen hatte.

»Mag sein. Aber ich war gar nicht dran. Sondern Claudia.«

Claudia hatte keine Lust mehr. Ihr schwante, dass es mit der Idee, geeint gegen den heteronormativen Chauvinismus ihres Ex-Freundes anzutreten, nicht weit her war. »Ich finde beschämend, dass jemand, der seine Freundin auf so klägliche Weise betrügt, damit hinterher noch durchkommt«, sagte sie schwach.

»Du hättest auch cool bleiben können«, sagte Anja. »Das wäre ja auch mal gegangen. Der hätte dich doch nie verlassen. Außerdem stehst du doch super als Opfer da. Du bist doch auf jeder Seite Göttin. Und am Ende will er nur zu dir zurück. Ehrlich gesagt weiß ich gar nicht, was du hast.«

Das nahm Claudia erheblich den Wind aus den Segeln. Hinzu kam, dass in *Die Summe aller Frauen* kein einziges Wort über ihren Verrat stand. Ihre Schwangerschaft und wie der Verlust des Kindes sie verändert hatte, wie dieser Prozess zu ihrer Entfremdung geführt hatte, das stand nicht im Buch. Weil Munk es nicht wusste. Weil Claudia es ihm verheimlicht hatte. Und es stimmte: Für das Publikum war sie die beste Frau des Romans, zu der Munk am Ende am liebsten zurückgekehrt wäre.

Es wäre nun an ihr gewesen, ihren Genossinnen die Wahrheit über sich zu sagen. Sie rang mit sich. Sollte sie ihnen erzählen, dass sie ihren Kinderwunsch ohne sein Wissen verwirklicht und das Baby dann verloren hatte? Sie hätte jetzt davon berichten können, was dieser Vorfall mit ihr gemacht hatte und wie sie Munk dafür insgeheim die Schuld gab. Und auch davon, wie sie sich ihrem Freund danach entzog, wie sie ihn verunsicherte und wie er dann nach der Beerdigung des Vaters immer instabiler wurde. Das rechtfertigte sein Verhalten nur in Teilen, aber ihr Verrat an ihm gehörte zur Wahrheit. Claudia konnte sich nicht dazu durchringen. Dann hätte sie gleich noch anfügen können, dass ihr jetziger Mann Pimmelfotos in die Elterngruppe schickte. Und sie erneut Opfer war.

Es durchdrang sie der gemeine Gedanke, dass sie ähnlich wie bei Munk womöglich ihren Beitrag zur Untreue ihres Holger geleistet hatte. All das schwirrte in ihrem Kopf herum. Sie sagte: »Vielleicht hast du in dieser Hinsicht recht. Ich war auch keine Heilige, aber das kommt im Buch nicht vor, weil er es gar nicht weiß. Ich will da jetzt nicht ins Detail gehen, aber wir haben alle unsere Schwächen. Egal. Was für mich bleibt, das ist, dass man fragen muss, wenn man öffentlich Persönliches aus dem Leben anderer erzählen will. Und dabei bleibe ich.« Sie verschränkte die Arme wie ein beleidigtes Kind und es entstand ein Schweigen am Tisch, weil sich niemand ganz gegen diese Argumentation verschließen wollte.

»Okay, dann ich«, sagte Anja. Sie war eine zarte und hübsche Person, aber ihre Stimme klang fest und selbstsicher. »Wenn einer jetzt mit so einem MeToo-Kram ankommt, ist er bei mir an der falschen Adresse. Wir hatten eine total normale Beziehung. Er war halt viel älter und irgendwann hat mir das nicht mehr so gut gefallen. Und was nicht im Buch steht, ist, dass ich es von Anfang an darauf abgesehen hatte, ihn abzuschleppen. Ich war ganz sicher nicht das Opfer von einem Typen, der seine Machtposition ausnutzen wollte. Peter war total verliebt in mich. Und er hat die ganze Zeit Breitseiten dafür bekommen. Ich hatte eine gute Phase mit ihm, das ist die Wahrheit. Ich habe superviel von ihm gelernt, und dass ich heute gut im Job bin, hat auch damit zu tun. Ich bin ihm einfach nur dankbar und wenn ich das richtig gelesen habe, ist er einigermaßen damit klargekommen, wie es gelaufen ist. So. Ende der Durchsage.«

Sie machte eine Pause, wohl um zu sortieren, ob noch etwas fehlte. Dann sagte sie: »Ich fand nur meinen Namen scheiße, ich meine, nennt der mich Birte. Geht's noch?« Einige lachten. Heike sagte: »Ich heiße auch Birte. Mit zweitem Namen. Heike Birte. Was ist denn so schlimm daran?«

»Nichts«, sagte ihre Freundin Karin und schob ihr ein volles Glas Sambuca zu. »Gar nichts.«

»Aber bevor sich hier alle jubelnd in die Arme fallen, möchte ich mal was zum Thema Wahrheit sagen«, fügte Karin hinzu. »Ich bin nämlich hier, weil der feine Herr Munk in zwei Sachen heftig lügt. Und das kann und will ich nicht so stehen lassen.«

»Da bin ich aber mal gespannt«, sagte Maja. »Ich auch«, sagte Fanny, die sich in der Rolle einer Anwältin für ihren Freund Munk sah.

»Zwei Sachen«, wiederholte Karin. »Erstens die Sache mit dem Zimmermädchen. Das war ganz anders. Ich habe ihn mit ihr erwischt. Und zwar in flagranti. Er ging aufs Zimmer und ich sagte, ich käme in einer Stunde nach. Ich wollte noch mit meinen Freunden einen Negroni an der Bar trinken. Übrigens, by the way: Das sind alles hart arbeitende gute Menschen mit einem großen Herz. Und nicht solche Spinner, wie er sie beschreibt. Aber egal. Die hatten dann aber schnell keinen Negroni mehr, was ich bei einer Bar auf dem Niveau skandalös finde. Wurscht. Jedenfalls. Ich gehe also nach zwanzig Minuten aufs Zimmer und da steht er mitten vor dem Bett und diese kleine Schlampe kniet vor ihm und macht, was ihr gerade denkt, was sie macht. Und er so: Oh, ich dachte, du kommst erst um sechs. Und ich so: Sofort raus mit der. Und sie so: Tschuldigung. Wischt sich den Mund ab und zieht Leine. Und ich war echt so total betroffen und traurig. Genau wie Claudia. Was er nämlich mit dir gemacht hat, war kein Einzelfall. Ich meine: ein Zimmermädchen. Geht's noch! Und damit hat auch Lüge Nummer zwei zu tun: Natürlich hat sie die Kette mitgehen lassen.«

»Also war sie am nächsten Morgen tatsächlich weg?«

»Allerdings. Ich habe sie aber zurückbekommen. Anonym, mit der Post, eine Woche später. Jedenfalls ist Peter Munk ein Lügner.« Nicht einmal Claudia glaubte das. »Dann zeig ihn doch an«, sagte Maja spöttisch.

»Ich habe genau das mit meinen Anwälten besprochen. Ist aber nicht so einfach. Und ich glaube, das weiß dieser Verbrecher auch. Im Moment bin ich im Buch Heidi und Erbin eines Konzerns, der Waschmaschinen herstellt. Und nicht Waschpulver. Wenn ich ihn jetzt verklage, weiß jeder, wer im Buch gemeint ist. Und dann muss ich auch darüber sprechen, was für ein Idiot mein Bruder ist und wie ich mein Leben verbringe. Dann muss ich meinen Ruf als Kunstsammlerin und Mitglied einer Gesellschaft verteidigen. Dann werden auch alle meine Freunde geoutet. Mit anderen Worten: Alles, was ich gerne privat gehalten hätte, wird dann erst recht öffentlich. Also habe ich davon abgesehen. Aber ich wollte wenigstens hier, in diesem Kreis, dass ihr alle wisst, dass Munk ein verdammtes Arschloch von einem Lügner ist.«

Erst sagte niemand etwas, aber dann ergriff Judith das Wort. »Also, Munk hat sich im Hotelzimmer einen blasen lassen und dann hat das Mädchen diese Kette geklaut und sie eine Woche später zurückgeschickt. Sorry, wenn ich das so sage. Aber das glaube ich dir einfach nicht. Mir egal, wer oder was du bist oder worum es dir jetzt gerade geht. Aber das kaufe ich dir nicht ab. Genauso wenig wie ich glaube, dass Peter einen elfjährigen Jungen verprügelt haben soll.«

Damit gingen alle Augen auf Penelope, die sich den ganzen Abend zurückgehalten hatte.

»Ich glaube das auch nicht mehr«, sagte sie kleinlaut. »Aber erst einmal möchte ich sagen, dass er unsere Geschichte eigentlich ziemlich treffend wiedergegeben hat. Das stimmt schon alles. Es ist aber trotzdem nicht die Wahrheit. Es ist nicht ganz so gewesen, wie er das geschildert hat.«

»Wie war es denn dann?«, fragte Anja.

»Ich war eigentlich noch nicht bereit für eine Beziehung. Ich war im Grunde nicht wirklich frei. Immer die Schuldgefühle gegenüber Rainer. Als Peter damit angefangen hat, dass wir mit den Kindern nach Karlsruhe ziehen könnten, habe ich regelrecht Panik bekommen. Und dann hat er diesen riesigen teuren Urlaub gebucht. Das war auch viel zu früh. Rainer war total fertig und ich konnte das sowieso nicht genießen. Und deshalb bin ich auch nicht besonders gut mit Peter umgegangen.«

»Und was war dann mit dem Schlag ins Gesicht deines Sohnes?«

»Ich habe nie geglaubt, dass er das war. Aber es war wie eine Erlösung. Es hat mir eine Art Vorwand gegeben, mit ihm Schluss zu machen. Den besten Vorwand der Welt eigentlich.«

»Du lässt ihn seitdem in dem Glauben, dass du ihn für einen Gewalttäter hältst, das ist dir schon klar, oder?«

»Ja«, sagte Penelope leise. »Ich habe ihn auch geliebt. Wenn wir uns später getroffen hätten, dann hätte es vielleicht geklappt. Aber so«, sagte sie und ließ den Rest des Satzes in der Luft hängen.

»Du könntest ihn anrufen und die Sache jetzt richtigstellen«, sagte Fanny.

»Wollte ich auch. Schon oft. Aber dann vergeht immer mehr Zeit und man denkt sich: Das ist schon auch komisch, wenn ich damit jetzt noch um die Ecke komme. Da habe ich es gelassen. Auf jeden Fall würde es mir nicht zustehen, ihn wegen irgendwelcher erfundenen Passagen anzuklagen. Und deshalb tue ich das auch nicht. Außerdem hat mir ein Freund neulich erklärt, dass da Roman auf dem Buch steht. Da darf man Dinge erfinden. Muss man eigentlich.«

Claudia bestellte die Rechnung. »Und du, Nadja, findest du das auch alles so toll?«

Nadja kramte in ihrer Handtasche herum und holte einen Zettel heraus. »Gar nichts finde ich toll. Und von mir aus kann der Typ in der Hölle schmoren. Nichts als Häme und Lügen hat der über mich verbreitet. Wegen ihm stehe ich als geldgierige berechnende Hexe da. Ja? Dabei habe ich einfach nur eine Win-win-Situation gewollt. Was soll daran schlimm sein?«

»Dann stimmt es also, dass du ihn nur angesprochen hast, weil du dachtest, dass er dir beruflich nutzen könnte«, sagte Judith.

»Wenn man das unbedingt so auslegen will. Man könnte auch sagen, dass ich ihn halt kennenlernen wollte. Klar. Und es war auch erst gut. Aber zu behaupten, meine Präsentation sei Mist gewesen, das ist wirklich unverschämt. Oder dass ich eine schlechte Texterin sei. Ich bin eine, wo weiß, wie Sprache funktioniert!« Worauf Claudia ein bisschen lächelte. »Und hat er denn viel bei dir erfunden?«

»Hach! Wo soll ich anfangen! Das Kleid, das ich da zerschnitten habe, war nicht von Balmain, sondern von Chloé. So geht's mal los. Dann war das nicht auf Capri, sondern auf Elba.«

»Ist doch völlig latte, wo das war«, sagte Heike, die zu viel Sambuca gehabt hatte und nun heftig mit Übelkeit zu kämpfen hatte.

»Ich wurde gefragt«, gab Nadja scharf zurück und orientierte sich weiter an ihrem Zettel. »Dann war die Rechnung nicht so hoch, wie im Buch steht. 42 000 waren das, wenn ihr es genau wissen wollt. Und der Mann, den ich da kennengelernt habe, war nicht Perkussionist, sondern Saxofonist.«

»Man weiß nicht, was toller ist«, sagte Karin leise.

»Aber das Wichtigste ist, dass er mich als Frau für seine Zwecke zu einer Hure erniedrigt, die nur auf Prestige und Geld aus ist. Und das muss ich mir nicht gefallen lassen. Dieses Würstchen. Ich meine, die ersten vierzig Seiten dieses angeblichen Romans sind doch trostlos. Die ganze Heulerei die ganze Zeit. Und das will ein Mann sein.«

Penelope hob etwas zaghaft die Hand und sagte: »Komisch, aber das hat mir im Buch eigentlich am besten gefallen. Rainer hatte fast zur selben Zeit auch einen Herzinfarkt. Und das macht wahnsinnig verwundbar. Du erlebst einen Menschen dann in einer ganz anderen Verletzlichkeit. Es dauert, bis das wieder weggeht. Viele Menschen weinen dann. Und viele machen sich dann auch Gedanken übers Leben, manche zum ersten Mal. Das fand ich eigentlich gut beschrieben. Bei Rainer hat das auch ein halbes Jahr gedauert.«

»Ich fand's albern«, sagte Nadja streng. »Mäh. Mäh, mäh, mein armes Herz. Albern, larmoyant, typischer Männerscheiß, die Hälfte erfunden, die andere Hälfte ehrabschneidend. Vielen Dank auch.« Sie steckte den Zettel zurück in ihre Handtasche.

»Und gedenkst du, irgendwas dagegen zu unternehmen?«, fragte Claudia, die die Hoffnung noch nicht aufgegeben hatte, eine Mitstreiterin zu gewinnen.

»Er ist es mir nicht wert, ganz einfach«, sagte Nadja, die wohl mit einem anderen Ziel in das Treffen gegangen war, aber am Ende des Abends zumindest dahingehend ihre Meinung geändert hatte, dass die Sache anstrengend und unangenehm werden würde.

»Okay«, rief Claudia. »Dann bedanke ich mich bei euch, dass ihr den Weg auf euch genommen habt. Ich fand es auf jeden Fall aufschlussreich und ich fand es auch ganz toll, euch alle mal zu sehen. Wir können das ja wiederholen.«

»Warum?«, fragte Maja, die froh war, dass es noch nicht zu spät für einen Drink mit ihrem deutschen Lieblingsgaleristen war, und sich eilig vom Stuhl erhob. Dem schlossen sich die anderen an.

Da sagte Fanny: »Ich habe noch eine Frage an Nadja. Das wollte ich schon die ganze Zeit wissen.«

»Was wolltest du wissen?«

»Ganz am Anfang, die Szene im Kaufhaus in Zürich. Hat Peter dich da in der Parfümerie gesehen? Warst du das oder hat er sich das nur eingebildet?«

Nadja stand auf, nahm ihren Mantel vom Ständer und zog ihn an. »Ich glaube, er meinte diesen Mantel hier«, sagte sie. »Den haben viele in Zürich.«

»Warst du's?«

»Irgendwas an diesem Buch muss ein Geheimnis bleiben, findet ihr nicht?«, sagte Nadja und dann an Claudia gerichtet: »Macht's gut. Vielen Dank für das tolle Essen.« Und damit verschwand sie in die Nacht.

Auch die anderen Frauen verabschiedeten sich voneinander. Übrig blieb Claudia, die den Wirt darum bat, die Rechnung in den Verlag zu schicken, nachdem sie vierhundert Euro Trinkgeld darauf vermerkt hatte.

Sie ging langsam zu ihrem Wagen, setzte sich hinein, holte ihr Handy hervor und tippte eine Nachricht in die WhatsApp-Gruppe »Eltern der 5a«: »Sorry wegen Holgers kleinem Fauxpas. Es ist uns beiden total peinlich, aber die Sache hat ja auch was Gutes: Nach über zehn Jahren sind wir immer noch so horny, dass wir uns kleine Überraschungen schicken. Ist jetzt halt mal schiefgegangen. Wir entschuldigen uns für die Störung und spendieren die Würstchen (!) beim Sommerfest. Eure Claudi.« Und dahinter setzte sie einen Tränenlach-Emoji.

Dann fuhr sie nach Hofheim. Sie war vor Mitternacht zu Hause.

ENDE

Danke

Mein Dank geht an Peer Teuwsen, Ressortleiter Kultur der NZZ am Sonntag, denn ohne ihn würde es dieses Buch nicht geben. Er beauftragte mich für einen Fortsetzungsroman, der unter dem Titel *Die Summe aller Frauen* in 52 Folgen von März 2023 bis März 2024 in der *NZZ am Sonntag* erschienen ist. Diese etwa halb so umfangreiche Textfassung bildete die Grundlage für *Munk*.

Songs

Den Soundtrack zu dieser Geschichte mit allen Songs,
die darin vorkommen und noch einigen weiteren,
gibt es bei Spotify.

Dort »Munk« ins Suchfeld eingeben oder
folgenden QR-Code scannen: